Einleitung

Die erste Anregung dazu, einen Band Erotika zusammenzustellen, die ausschließlich von Frauen geschrieben sind, bekam ich aufgrund zahlreicher Anfragen von Frauen aus meinen Therapiegruppen, die während der praktischen Übungen mit dem Ziel sexueller Stimulierung nach erotischem Lesestoff verlangten. Diese Art Literatur ist bisher hauptsächlich von Männern aus eindeutig männlicher Perspektive verfaßt worden. Da die sexuellen Erfahrungen, von denen in solchen Büchern berichtet wird, sich gewöhnlich erheblich von den erotischen Erfahrungen von Frauen unterscheiden, fanden die Frauen ihre eigenen Bedürfnisse kaum angesprochen oder gar ihre Sinnlichkeit davon geweckt, und sie hatten deshalb große Schwierigkeiten, überhaupt darauf zu reagieren. Infolgedessen stellte ich den Band *Pleasures* mit lebensnahen Erzählungen über erotische Erfahrungen von Frauen zusammen.

Ich möchte damit nicht nur Material zur Verfügung stellen, das Frauen dazu verhelfen kann, eine erotische Einstellung zu entwickeln, orgasmusfähig zu werden und ihr sexuelles Verlangen zu steigern, sondern gleichzeitig geht es mir darum, ganz allgemein diesen wichtigen Aspekt im Leben von Frauen zu legitimieren.

Es scheint sich ein echter kultureller Wandel in Richtung auf eine breitere Akzeptanz von Frauen anzudeuten, die Freude an ihrer Sexualität haben, und das ermutigte mich, mich auf das Gebiet weiblicher Erotika vorzuwagen.

Es besteht eindeutig das Interesse nach weiblichen Erotika – genausogut bei Frauen wie bei Männern. Einige Frauen, die nach weiblich orientierter erotischer Literatur suchen, wünschen sich dabei etwas, das ihr sexuelles Verlangen steigert, sind neugierig hinsichtlich der Erfahrungen und Einstellungen anderer Frauen, und sie sind zu der Auffassung gelangt, daß die Lektüre darüber ihnen dazu verhilft, das eigene Leben freudig zu akzeptieren. Andere Frauen wollen einfach mehr Spaß am Sex haben, sie möchten spielen, sich Phantasien hingeben und ganz allgemein die positiven Kräfte ihrer Sexualität freisetzen. Andererseits sind auch Männer neugierig darauf zu erfahren, was Frauen für wichtig halten, sobald es zum Sex kommt. Einige möchten gern wissen, was Frauen erregt und wie sie als Liebhaber besser sein könnten. Andere Männer wiederum möchten sich auf das Abenteuer einlassen, stellvertretend durch die Augen einer Frau sexuelle Erfahrungen zu machen.

Als ich diesen Band zusammenstellte, entwickelte ich ein tieferes Verständnis für die Art und Weise, wie Frauen ihre sexuellen Erfahrungen lustvoll erleben, und vor allem erfuhr ich weitaus mehr über jene Aspekte, die solche außergewöhnlichen Augenblicke im Leben einer Frau zu wahrhaft erotischen machen. Für Frauen bildete den Hauptbestandteil in der Gestaltung des spezifisch Erotischen die Qualität ihrer gefühlsmäßigen Bindungen an ihre Partner/Partnerinnen. Die rein körperliche Erfahrung, die Antizipation und der Zusammenhang, in dem es sich ereignete, schienen eher zweitrangig. Auch der Reiz des Einzigartigen oder Verbotenen im erotischen Erleben spielte offenbar keine so bedeutende Rolle.

Ich legte mir die Frage vor, ob wohl diese Hierarchie noch in der erotischen Literatur Bestand haben würde. Wofür würden schreibende Frauen sich wohl entscheiden, sobald ihnen keine Beschränkungen mehr auferlegt wurden und sie nach Belieben Geschichten erfinden konnten, wie sie sie sich wünschten? Ich war nicht so sehr neugierig auf die Art der sexuellen Phantasien, die Frauen haben (obwohl einige dieser Geschichten eindeutig sexuelle Phantasien ihrer Autorinnen wiedergeben), sondern auf den Typus künstlerisch durchgeformter Kurzgeschichten, die Schriftstellerinnen wirklich erotisch finden. Ich fragte mich, was wohl die Autorinnen dabei empfinden würden, fiktive Erotika zu schreiben, anstatt über wirkliche Erfahrungen zu berichten, und inwieweit weibliche Erotika sich wohl unterscheiden mochten von unzweideutig sexuell geprägten Stoffen, deren Urheber Männer sind.

Ich konnte erhebliche Unterschiede zwischen erotischer Fiktion und solchen erotischen Geschichten feststellen, die auf wirklichen Erfahrungen aufbauen. Zunächst einmal sind die fiktiven Geschichten weitaus vielschichtiger als Erfahrungen aus dem wirklichen Leben. Sie sind in der Anlage viel subtiler, in ihrer Aussage tiefgründiger und spiegeln oftmals eine größere Vielfalt im Herangehen an das Erotische wider als Erlebnisberichte. Unglücklicherweise macht die Vielschichtigkeit der Geschichten es geradezu unmöglich, sie in klar umrissene und eindeutig bestimmbare Themengruppen einzustellen. Die weiblichen Charaktere in den Geschichten sind sehr verschieden: Einige sind heterosexuell, andere lesbisch, einige jung, einige alt, einige verheiratet, andere alleinstehend. Die Themen sind von ähnlicher Unterschiedlichkeit: Einige Stücke sind ausgesprochen romantisch – mit entsprechend glücklichem Ausgang; andere sind bittersüß, ziehen Bilanz und geben zu denken. Einige erzählen von langjährigen Beziehungen, während andere sich um ein flüchtiges Abenteuer oder um eine Gruppensexerfahrung ranken. Und während einige der Gechichten sich ganz im Rahmen möglicher Alltagserlebnisse ihrer Leser und Leserinnen halten, sind wieder andere so einzigartig – einschließlich erotischer Science-fiktion –, daß wohl kein Leser je etwas erlebt hat, das dem auch nur entfernt nahegekommen wäre.

Die meisten Autorinnen haben auf Befragen angegeben, daß ihre Geschichten zumindest teilweise auf Alltagserlebnisse zurückgehen – mit gewissen dichterischen Freiheiten, die für dramatische Effekte sorgen sollten. Allerdings hatten einige wenige dieser Erzählungen ihre Wurzeln ganz und gar nicht im Erfahrungshorizont ihrer Autorinnen, sondern stellten ausnahmslos entweder eine Projektion des vollkommenen Partners, der beglückenden Romanze, Wunschphantasien darüber, wie es wohl hätte sein können, dar, oder es handelte sich um Phantasien über unvorstellbare, verbotene Erlebnisse. Was allerdings beim Zustandekommen dieses Vorhabens unzweideutig klar wurde, ist, daß sich *buchstäblich alles erotisieren läßt.* Sicher weiß ich aus meiner Arbeit als Psychologin und Sexualtherapeutin, daß Menschen die verschiedensten Körperpartien erotisieren können – es gibt zum Beispiel Männer, die auf *Beine* und andere, die auf *Brüste* fixiert sind. Dann gibt es Menschen, die von Schuhen erregt werden und andere, die von der Möglichkeit, erwischt zu werden, hochgradig in Erregung versetzt werden. Einige Dinge werden von einer so großen Anzahl von Menschen für erotisch angesehen, daß allein schon das bezeichnende Wort – wie etwa *Unterwäsche* – schlechthin für's Erotische steht.

Ein roter Faden zieht sich allerdings durch sämtliche erotische Geschichten, die mir eingeschickt worden sind. Das Erotische fiel zusammen mit der körperlichen Erfahrung der Hauptcharaktere, mit der Erregung aller fünf Sinne. Und was diese körperliche Erfahrung noch zu intensivieren schien, war ein Element des Fremden, Unvertrauten. In keiner der Gechichten hatte das Vorhersagbare und Erwartete erotische Qualität. Keine der Schriftstellerinnen erzählt über eine dauerhafte Beziehung, in der die Sexualität zwar befriedigend, doch Tag für Tag praktisch gleichförmig ist; statt dessen lag die Betonung auf dem Geheimnisvollen, der Neuartigkeit, dem Abenteuer, der Ungewißheit darüber, wie ein Partner reagieren würde oder was wohl der nächste Augenblick bringen mochte. Eben dieses Gefühl, »auf Messers Schneide« zu sein, die Aura von Erwartung oder Antizipation, erschien ihnen als das wesentliche Element bei der Aufladung der erotischen Spannung.

Carolyn Banks beschreibt einen Vorfall, der sich auf einer Pferdeschau ereignete und in dem für sie diese Qualität des Erotischen Wirklichkeit wurde: »Eine ganz gewöhnliche Begebenheit, die in etwas völlig Unerwartetes umkippt, ist das, was für mich etwas wirklich Erregendes hat. Eines Tages saß ich allein im Madison Square Garden neben einem wildfremden Mann. Vor uns saß ein junges Pärchen. Plötzlich begrub der Mann vor uns eine Hand im Haar der jungen Frau und zog ihren Kopf zu sich heran. Er tat dies mit solcher Leidenschaft und es geschah derart unerwartet, daß der Mann neben mir und ich uns einander ganz unvermittelt anschauen mußten. Diese ganz einfache, unerwartete leidenschaftliche Handlung schuf eine unermeßliche erotische Spannung zwischen uns, und wir konnten sie beide deutlich spüren.« Solche Motive des Unerwarteten, des Neuartigen, des fast Unerreichbaren, des Geheimnisvollen und des Verbotenen tauchten wiederholt in den fiktiven erotischen Erzählungen auf, die die Frauen mir einsandten.

Ich stellte mir die Frage, warum das wohl so sein mochte; warum wohl steigert das Unerwartete das erotische Empfinden?

Als ich Forschungsberichte auf dem Gebiet der Psychologie und Physiologie durchging, entdeckte ich, daß sehr viele deutlich unterschiedene Gefühle fast identische physiologische Reaktionen hervorrufen können. Erhöhte Pulsfrequenz, erhöhter Blutdruck und Muskeltonus sowie Hyperventilation und andere Körperreaktionen treten auf, sobald eine Person wütend, ängstlich, beunruhigt oder sexuell erregt ist. Während jedem dieser Gefühle deutlich unterschiedene Attribute zukommen, besteht ihre Gemeinsamkeit doch in dieser allgemeinen Aktivierung des Sympathikussystems. Und in der Regel verhält es sich so, daß, je stärker die Aktivierung des Nervensystems, desto intensiver auch die emotionale Erfahrung ist.*

In einem sehr interessanten Forschungsbericht wird geschildert, wie die Verabfolgung von Epinephrin oder Adrenalin fast täuschend ähnliche Reaktionen hervorrief wie Erregungen des Sympathikussystems. Nach dieser Medikation wurden die Versuchspersonen zwei völlig verschiedenen Situationen ausgesetzt: Die eine war so angelegt, daß sie speziell Wut hervorrief, die andere erzeugte einen euphorischen Zustand. Die Versuchspersonen reagierten emotional in einer Weise, die ihrer jeweiligen Situation entsprach; dennoch waren deren emotionale Reaktionen weitaus intensiver als die derjenigen Versuchspersonen, die zwar derselben Situation ausgesetzt wurden, jedoch ohne daß man ihnen die Droge verabfolgte. Der Anstieg des Adrenalinspiegels im Blut wirkte auf das Nervensystem

* Cantor, Joanne R., Dolf Zilman und Jennings, Bryant: »Enhancement of Experienced Sexual Arousal in Response to Erotic Stimuli Through Misattribution of Unrelated Residual Excitation.« *Journal of Personality and Social Psychology,* Vol. 32, no. 1 (1975), pp. 69–75.
Schacter, Stanley und Jerome E. Singer: »Cognitive, Social, and Psychological Determinants of Emotional States.« Psychological Review, Vol. 69, no. 5 (1962), pp. 379–99.

und erzeugte eine gesteigerte gefühlsmäßige Reaktion. Man kann in dieser Untersuchung eine Bestätigung für das sehen, was zuweilen auch die »Jukebox-Theorie« des Gefühls genannt wird. Sobald die Münze fällt, wird die Maschine aktiviert und in Gang gesetzt; ein Knopfdruck (– oder die Art des Lebenszusammenhangs, in die eine Person sich gestellt sieht) entscheidet dann über das jeweilige »Lied« (– oder das jeweilige Gefühl).

Weitaus interessanter allerdings ist der Umstand, daß ein erhöhter Reaktionswert sich von einem situativen Kontext auf den anderen übertragen läßt. Das Nervensystem eines Menschen kann z.B. aktiviert werden durch Wut, ein hochgradig konkurrenzbestimmtes Tennismatch, durch den Schock einer Konfrontation, und sobald dann ein solcher situativer Kontext verlassen wird und die jeweilige Person in Richtung Sexualität geschoben wird, kann das sich daraus ergebende Liebeserlebnis weitaus intensiver sein. Das bekannteste Beispiel dafür dürfte wohl sein, daß die Liebe nach einem handfesten Streit doppelt so lustvoll ist.

Gefahr, Herausforderung, das Unerwartete, das Unbekannte, Besorgnis, Angst – all diese Empfindungen stimulieren das Nervensystem. Ein Zuviel an Angst, Wut, Besorgnis usw. wirkt sich natürlich auf die erotische Reaktion aus, doch solange sich solche Empfindungen innerhalb bestimmter Frustrationsgrenzen halten, kann ein Nervensystem, das durch eine dieser emotionalen Erfahrungen gereizt und aktiviert und dann auf das Erotische gelenkt wird, die sexuellen und erotischen Empfindungen beträchtlich steigern. Es wird demnach niemanden überraschen, daß Motive, die diese emotionale Aktivierung hervorrufen, ein wichtiger Bestandteil dieser Erzählungen von Frauen sind. Intuitiv machen sich diese Schriftstellerinnen einen natürlichen physiologischen Prozeß zunutze, indem das erotische Empfinden eine Steigerung erfährt.

Häufiger noch wird in diesen erotischen Erzählungen das Unerwartete oder Unbekannte durch das Abenteuer zum Ausdruck gebracht, in dem es um Wagnisse geht – sowohl solche der Seele als auch des Körpers –, die die Produktion von Adrenalin erhöhen und das Nervensystem erregen. Doch Abenteuer sind vielgestaltig.

Unabweisbar handelt es sich dort um ein Abenteuer, wo sich jemand auf die Erfahrung mit einem Partner einläßt, den er kaum kennt und dabei Phantasien nachhängt, die mit der Chemie der Körper und Seelen zu tun haben. Da gibt es einmal das Risiko, auf einen Partner zuzugehen, der sich nicht wirklich binden will und mit dem es keine Sicherheiten für die Zukunft gibt, sondern nur Hoffnungen und hochgespannte Erwartungen. Sogar innerhalb der Vertrautheit einer Ehe kann sich das Gefühl des Abenteuerlichen einstellen, wo völlig neuartige und unsichere Gebiete betreten werden und wo Reaktionen sich nicht vorhersagen lassen. Da ist das Gefühl, ein großes Wagnis einzugehen, das entsteht, wenn wir unsere innersten Gedanken preisgeben, unsere Schwächen, Ängste, Leidenschaft und Wut; das zutiefst beruhigende Gefühl der Hingabe, das sich einstellen mag, wo höchstes Vertrauen und Zartgefühl nur das Ergebnis der Preisgabe unserer eigentlichen Verletzlichkeiten sind. In festen Beziehungen enthält die Wiedervereinigung nach einer langen Spanne der Trennung oft jenen Reiz, der gefehlt hatte, als alles noch ganz glatt lief. Und aus einem ungeschützten Liebesgeständnis, ohne die Sicherheit einer Erwiderung, entsteht oft auch das Gefühl einer Art Verletzbarkeit, die die erotische Spannung erhöht.

In den meisten Fällen hatten die Partner/innen der Frauen in diesen Geschichten eine Aura des Geheimnisvollen um sich: Sie haben ihre dunkle Seite, sind unberechenbar, kommen aus dem Unbekannten oder mögen manchmal sogar etwas gefährlich scheinen – der Fremde, der »Andere«. Ein Partner, der der Frau nicht gestattet, die Oberhand über ihn zu gewinnen, er, den sie nicht beeinflussen kann, ist der eine, der sie stets in der Schwebe hält und infolgedessen für sie gewöhnlich auch umso erregender ist. Ebenso reizvoll sind Partner, die plötzlich Seiten ihrer Persönlichkeit herauskehren, die, gemessen an ihrem Äußeren, ihrem Auftreten, völlig unerwartet sind: Der Macho von hoher Sensibilität, die kleine bescheidene Hausfrau, die sich in eine Sirene verwandelt. Tatsächlich sprachen viele der zu diesem Band beitragenden Frauen darüber, wie wichtig es ihnen in ihren festen, langjährigen Beziehungen gewesen wäre, ein Flair des Geheimnisvollen zu wahren, Raum für Spontaneität zu erhalten und das Entdecken neuer Möglichkeiten zuzulassen, um die sexuelle Vitalität zu erhalten. Eine der Autorinnen sagte: »Nichts ist so tödlich für guten Sex wie Langeweile. Nicht nur im Bett sind Überraschung oder Abwechslung notwendig, sondern man muß auch in der Lage sein, ebenso neue Aspekte eines Partners außerhalb des Bettes entdecken zu können. Das ist für eine erfüllte Beziehung wesentlich.«

Das Verbotene ist ein weiterer verbreiteter Grundzug, der in diesen, von Frauen geschriebenen fiktiven erotischen Erzählungen immer wieder auftaucht. Das rauschhafte körperliche Hochgefühl, das sich einstellt, wenn man ein Tabu bricht, anerkannte Normen überschreitet, ist seit undenklichen Zeiten schon immer mit dem Erotischen in Zusammenhang gebracht worden: Der Heranwachsende, der seinem ersten sexuellen Erlebnis entgegenfiebert, das außereheliche Verhältnis, Gruppensex, die Exhibitionistin, die sich in übermütiger Verzücktheit zur Schau stellt, die Voyeuristin, die, sich im Hintergrund haltend, nur um so mehr vom Geschehen erregt wird. Einzigartige und ungewöhnliche Erlebnisse, die gerade weit genug vom Herkömmlichen abweichen, um unsere Neugier anzustacheln und Leidenschaft zu erwecken.

Es gibt noch andere Elemente des Unbekannten, die immer und immer wieder in den Geschichten angesprochen wurden. So erweist sich Antizipation als ein wesentlicher Aspekt des Unbekannten, der in Erregung zu versetzen vermag. In den Anfängen einer Beziehung wird Leidenschaft gesteigert durch die Möglichkeit, daß beide ihrer ersten sexuellen Begegnung zusteuern. Flirten und kleine Anzüglichkeiten schaffen eine gesunde Erwartungsvorfreude, die in jedem Alter wichtig bleibt; in der Jugend ist eine lustvolle Vorwegnahme oft bereits das ganze Ereignis.

Wohl von höchster Erotik ist dasjenige, das zugleich auch etwas Geistiges in sich schließt. Einige Autorinnen beschreiben Sex als eine transformierende oder transzendierende Erfahrung, in welcher eine Kombination der übermächtigen Kräfte von Hingezogensein und Vertrauen zu einem Fallenlassen jeglicher Abwehr führen kann, das in einem Gefühl der Einheit kulminiert und das man vielleicht sogar eine »kosmische Expansion des Selbst« im innigsten Augenblick des Zusammenseins nennen könnte. Für einige findet ein Heilungsprozeß höchster Form statt, wenn zwei Menschen zueinander finden.

Beim Durchlesen dieser Erzählungen stellen sich noch verschiedene andere Vorzüge heraus, die zu ihrer Fähigkeit beitragen, erotische Gefühle wachzurufen. In einigen Fällen erreicht das Erzähltempo einen Rhythmus oder einen Ton, der schon für sich genommen erotisch ist. Auch Kontraste erscheinen ganz wichtig: Stark gegen schwach, Metall gegen Haut, Vollmond, der über einem See aufsteigt. Die Fähigkeit, die aktuelle sinnliche Wahrnehmung von Geschmack, Gerüchen und Körperempfindungen zu vermitteln, die sich im Liebesakt verdichten, ist für die erotische Provokation wesentlich. Ob diese Körpererfahrungen nun durch das Unbekannte oder Unerwartete gesteigert werden oder nicht, sie bleiben unabdingbar das Fleisch und Bein und Haut und Haar des Erotischen, denn vornehmlich ist es doch die Identifizierung mit den Erfahrungen der Protagonisten einer Geschichte, die im Leser erotische Spannungen erzeugen.

In Anbetracht meines langjährigen Interesses für eine Vielzahl von Aspekten, die die Sexualität beeinflussen, fand ich es wichtig, einige Geschichten mit aufzunehmen, die nicht nur erotisch sind, sondern zugleich heikle Punkte auf dem Gebiet der Sexualität ansprechen. Einige der Geschichten setzen sich mit der Menopause, einer Körperbehinderung, dem Altwerden in derart ungewöhnlicher Form auseinander, daß sie ganz überraschende Einblicke in gewisse stark verbreitete und oftmals unbewußte Vorurteile und Mißdeutungen gewähren.

Diese von Frauen geschriebenen Geschichten unterscheiden sich von ähnlichen, von Männern veröffentlichten, in vielerlei Hinsicht. Die Geschichten der Frauen scheinen »sanfter«, der Sex sinnenfroher und entspannter – leidenschaftlich und intensiv zwar, doch niemals gewalttätig, rücksichtslos oder schmerzhaft. Ich bekam nur eine einzige Geschichte zugeschickt, die einen gewissen sadomasochistischen Touch hatte, und in keiner der Erzählungen werden Frauen vergewaltigt oder belästigt, was ja in den Sachen, die von Männern geschrieben werden, ein immer wiederkehrendes Thema ist. In diesen Storys werden Frauen nicht gedemütigt oder als masochistische Wesen porträtiert, was ja bei den männlichen Kollegen auch oft der Fall ist. Stattdessen feiern die Frauen ihre Sexualität mit Hingabe und Freude. In den von Frauen verfaßten Geschichten scheint es mehr Sinn für Nuancen zu geben – nicht nur die körperliche Liebe ist subtiler gestaltet, sondern auch das ganze Drumherum. Und obwohl einige Männer behaupten, daß Frauen entschieden zu lange brauchen, bis sie endlich zu dem kommen, was *sie* für die Hauptsache halten, ziehen andererseits doch auch viele Männer diese Art Erotika vor und finden ihre eigene Sensibilität in dieser Ausdrucksform des Sinnlichen besser aufgehoben als beim harten Männerporno.

Die Autorinnen dieser Anthologie betrachten das Erotische als einen sehr wichtigen Aspekt ihres Lebens. Marilyn Kriegel sagte: »Für mich ist das Erotische nichts, das im Leben abseits steht. Vor vielen Jahren brach ich mit einem recht stoischen Lebensstil, nachdem mir plötzlich aufgegangen war, daß mein Leben und alles andere die Sinnlichkeit vollständig eingebüßt hatte. Seit jener Zeit bestimmt das Erotische mein Leben. Wann immer ich Entscheidungen treffen muß, tue ich es auch im Blick darauf.«

Die einundzwanzig Autorinnen, die zu diesem Band beigetragen haben, verbrachten ihre Anfangsjahre in vielen Teilen des Landes, sowohl in Großstädten als auch in ländlichen Gebieten. Allerdings leben die meisten gegenwärtig in Kalifornien. Das Alter der Frauen reicht von dreiundzwanzig bis achtundfünfzig Jahren. Nur zwei Frauen sind in den Zwanzigern, sechs in den Dreißiger Jahren, was bedeutet, daß die Überzahl, also dreizehn Frauen, älter als vierzig sind (und zwei der Frauen in den Dreißigern sind bereits neununddreißig). Der außergewöhnlich hohe Prozentsatz von Frauen über vierzig mag ein Hinweis darauf sein, daß entweder die meisten Schriftstellerinnen bis zu ihrer Lebensmitte brauchen, um die Fähigkeiten dafür zu entwickeln, etwas so Schwieriges wie Erotika zu schreiben, oder daß eine Frau schon eine beträchtliche Zeitspanne braucht, bis sie mit ihrer Sexualität hinreichend klarkommt, um erotische Literatur zu schreiben.

Der Familienstand der Autorinnen ist so unterschiedlich wie ihr Alter. Fünf Frauen sind gegenwärtig verheiratet, fünf sind alleinstehend, fünf leben entweder ständig mit einem Partner oder einer Partnerin oder haben eine Beziehung zu einem Menschen, mit dem sie aber nicht zusammenleben, und sechs der Frauen sind geschieden. Während vierzehn Frauen heterosexuell sind, gaben sich sechs als Lesbierinnen zu erkennen und eine bezeichnete sich als bisexuell.

Fünf Autorinnen dieser doch fiktiven Erotika entschieden sich dazu, unter einem Pseudonym zu veröffentlichen. Sie nannten vielerlei Gründe dafür. Da eine der Autorinnen regelmäßig Erotika unter einem Pseudonym herausbringt, war es nur logisch, daß sie den Wunsch hatte, auch weiterhin den Namen zu verwenden, unter dem ihre Bücher bekanntgeworden sind. Eine andere Schriftstellerin verwendet stets den Namen ihrer Urgroßmutter, wenn sie feministische Texte verfaßt, weil sie sich der Geschichte der Frauenbewegung verpflichtet fühlt. Die Gründe allerdings, die die drei anderen Frauen mir nannten, kamen für mich völlig unvorbereitet. Die eine hat erst kürzlich ein sehr ehrenvolles Stipendiat bekommen, mit dem eine Klausel über untadeliges moralisches Verhalten für die so Ausgezeichnete verbunden ist. Sie hatte die Befürchtung, daß die Mitglieder des sehr konservativen Auswahlkomitees es anstößig finden könnten, ihren Namen in diesem Buch zu finden, und wollte nicht riskieren, dieser Ehre verlustig zu gehen. Eine andere Frau arbeitet gerade an ihrem ersten Roman, und obwohl sie der Auffassung ist, daß es wichtig sei, Erotika zu schreiben, und sie findet, daß sich damit keine negativen Assoziationen verbinden sollten, hat sie doch Angst vor der Reaktion eines Verlegers und ist nicht bereit, ihren Namen für ihre Story herzugeben. Und die letzte, die einige ihrer Empfindlichkeiten auf den Umstand zurückführt, daß sie achtundfünfzig Jahre alt ist, macht sich Sorgen, daß die Menschen, mit denen sie zusammenarbeitet, ihr Vorwürfe machen könnten. »Ich befürchte, daß gewisse Leute dann glauben würden, daß ich nicht die höfliche, wohlerzogene Lady bin, für die sie mich gehalten haben, und ich hätte auch Skrupel, jene Organisation bloßzustellen oder ihrem Image zu schaden«, sagte sie.

Ich vermute demnach, daß wir in mancher Hinsicht doch etwas langsamer vorankommen, als ich gehofft hatte. Und obwohl die Mehrzahl der Verfasserinnen froh war, für das, was sie schreiben, Lob und Beachtung zu finden, deutet doch die Ambivalenz, die einige Frauen dabei empfanden, ihren Namen hinter ihre Geschichte zu setzen, darauf hin, daß die freimütige Darstellung weiblicher Sexualität in dieser Kultur noch immer mit Vorbehalten behaftet ist.

Genau wie in anderen Bereichen der Sexualität wächst womöglich auch hier das Selbstbewußtsein gleichzeitig mit der Erfahrung.

Das Selbstbewußtsein schien ebenso auch im Akt des Schreibens mit zunehmender Erfahrung zu wachsen. Autorinnen, die zum ersten Mal Erotika schrieben, waren überrascht von der Schwierigkeit dieser Aufgabe. Eine der Frauen sprach davon, wie schwer es gewesen wäre, eine größere Vielfalt von Worten zu finden, um die eindeutigen Aspekte des Liebesakts zu beschreiben. »Ich habe meine Freundinnen ausschwärmen lassen, damit sie für mich auf die Suche nach neuen Namen für die älteste Sache der Welt gehen«, sagte sie. Eine Zweite fand es schwierig, ein Vokabular zu finden, das nicht bereits von Männerpornographie mit Beschlag belegt ist, oder einen Ton zu finden, der nicht burschikos ist, oder Formulierungen, bei denen sie nicht kichern mußte. Eine Frau sagte: »Während ich mich doch selbst nicht gerade für prüde halte, war es doch hart, so offen über Sexualität zu schreiben.«

Im Allgemeinen fanden die Frauen, daß die wirklichen Erfahrungen, über die zu schreiben sie beschlossen hatten, gewöhnlich so mächtig waren, daß sie sich praktisch von selbst schrieben. Für viele hatte das Schreiben einen geradezu kathartischen Effekt. In den erfundenen Geschichten dagegen wurde den Frauen bewußt, wie viele Entscheidungen sie zu treffen hatten. Die Rahmenhandlung zu strukturieren, war naturgemäß eine gebieterische Forderung, wo die Erfindung und nicht das wirkliche Leben als Stoff für eine ›Reportage‹ die Grundlage der Geschichte bildete. Wie eine der Frauen sagte: »Die wirkliche Erfahrung kam aus dem Herzen, die Erfindung entsprang dem Kopf.«

Während in den ersten Versuchen die Wirklichkeit die Grenzen setzte, fühlten beim zweiten Mal einige der Frauen sich überwältigt von den Wahlmöglichkeiten, die sie hatten. Bei manchen liefen sogar gleich mehrere Geschichten nebeneinander her, ehe sie sich dann entschieden, welche sie aufarbeiten und welcher sie sich dann ganz widmen wollten. Doch im Großen und Ganzen fühlten sich die meisten Verfasserinnen erleichtert, die Freiheit zu haben, entweder eine wirkliche Erfahrung noch ein bißchen weiter auszuschmücken oder eine Geschichte ausschließlich aus ihrer Phantasie herauszuspinnen. Folglich fanden sie das Niederschreiben einer erdachten Begebenheit interessanter. Wie Susan Griffin sagte: »Es setzte die Künstlerin in mir frei.« Einige Frauen betonten das Wirkliche, das noch in der Fiktion existiert. So meint Signe Hammer: »Erdachtes ist genauso wahrhaft wie alles andere auch, vielleicht sogar noch mehr.« Dazu sagte Tee Corinne ergänzend: »Diese Fiktion ist für mich realistischer als eine aus dem wirklichen Leben gegriffene Geschichte, weil sie viel mehr wie meine eigene Wirklichkeit ist, die ja auch hin und her spielt zwischen Phantasien und Träumen, Gegenwart und Vergangenheit.« In vielen Fällen, nämlich dort, wo eine Geschichte im wirklichen Leben wurzelte, wandelte eine Frau gelegentlich auch schon mal eine zwiespältige Erfahrung zu einer Geschichte ab, die ein unverfälschtes Happy End hatte. Eine Frau erklärte, daß dies ihr geholfen hätte, mit einer unglücklichen Liebesaffäre fertigzuwerden. Eine andere hatte das Gefühl, das Schreiben verhelfe ihr zu wichtigen persönlichen Einsichten. Im Erschaffen ihrer Phantasiebeziehung war sie mit einem Mal imstande, Charakterzüge zu benennen, die sie sich bei einem Mann wünschte und derer sie sich vorher gar nicht bewußt gewesen war. Beim Durchgehen ihrer Geschichte kam noch hinzu, daß sie die Art von Qualitäten erkannte, die sie in sich selbst entwickeln müßte, um für jenen Mann reizvoll zu sein, nach dem sie Ausschau hielt.

Doch am wichtigsten ist wohl, daß die Frauen, die diese Beiträge geschrieben haben, Freude daran fanden. Eine nannte es »...eine wunderbare Erfahrung. Man steht ganz ungeschützt im Offenen, versteckt sich nicht, hält keine Gefühle zurück.

Und es ist schon großartig zu wissen, daß diese Geschichte draußen herumschwirrt und allen Leuten ordentlich unter die Haut geht. Es ist, als hätte man eine einzige, riesengroße Liebesgeschichte.«

In diesem Sinne auch erhoffen wir uns alle, daß die Geschichten dieser Anthologie Ihnen Freude bereiten werden. Wir hoffen, daß sie ihren Alltag ein bißchen heller machen und Ihnen zusätzliche Freude an Ihrer eigenen Sexualität und an Ihren sexuellen Beziehungen bringen. Haben Sie mit ihnen Spaß, teilen Sie ihn mit einem Freund, einer Freundin, und vielleicht entsteht daraus etwas ganz Neues und Überraschendes.

I

ABENTEUER UND WAGNIS

Das Thema Abenteuer mit den in ihm schlummernden Wagnissen scheint in der Mehrzahl der von Frauen geschriebenen Geschichten eine zentrale Rolle bei der Schaffung einer erotisch geladenen Atmosphäre zu spielen. Die Angst, erwischt zu werden, datiert im Leben der meisten Menschen bis zurück auf die Pubertät, als der beschleunigte Herzschlag, der die Neuartigkeit sexueller Entdeckungen begleitete, sich mit der Furcht vor den Eltern verband, die vielleicht unerwartet früh nach Hause kommen, oder mit einem Polizisten, der mit der Stablampe durch die beschlagenen Autofenster ins Innere leuchtet. Später im Leben wissen dann die meisten Menschen von gesteigerter sexueller Erregung zu berichten, wann immer die Möglichkeit besteht, erwischt zu werden, ganz gleich, wie unwahrscheinlich das auch sein mag: Sich draußen an einem abgeschiedenen Ort zu lieben, in die Toilette im Flugzeug zu gehen, um dort einem Partner zu begegnen oder sogar mit dem Ehemann durch die Betten zu gehen, während unten noch Gäste sind, die über Nacht bleiben wollen. In all diesen Fällen erzeugen Furcht oder Beklommenheit, wie schwach sie auch sein mögen, dennoch zusätzliches Adrenalin. Dieser gesteigerte physiologische Zustand intensiviert das erotische Erleben.

Der Adrenalinschub ist genauso stark bei einem Wagnis des Gefühls wie dann, wenn man ein körperliches Risiko eingeht. Ob nun eine Beziehung brandneu oder Jahrzehnte alt ist, emotionale Risikobereitschaft kann immer die sexuelle Erfahrung intensivieren. Das Wagnis reicht von einem Gefühl, das so allgemein sein mag wie die Besorgnis, von einem neuen Partner als schlechte Liebhaberin angesehen zu werden, bis zu der Art seelischer Verletzbarkeit, die sich dann einstellt, wenn tiefes Gefühl offengelegt wird oder wenn das Aussprechen bestimmter Gedanken oder Gefühle jemanden der Möglichkeit einer offenen Zurückweisung aussetzt.

In »Das Privatleben der Mrs. Herman« schreibt Udana Power über eine Ehe von fünfzehn Jahren Dauer mit all den Gemeinsamkeiten und Vertrautheiten, die sich über so lange Zeit herausgebildet haben. Dennoch ist das Risiko, das Mrs. Herman läuft, sehr wirklich. Ganz gleich, wie sicher eine Beziehung sein mag, ein Ausbrechen in eine unerwartete Richtung birgt stets die Möglichkeit einer Krise in sich.

Udana sagte zu mir: »Ich habe bemerkt, daß Frauen mit einer Menge sexueller Energie nicht eben selten als Herumtreiberinnen oder Nutten abgestempelt werden. Ich wollte hier eine Frau schaffen, die hingebungsvoll und zärtlich, doch zugleich auch in hohem Maße erotisch und bereit ist, ihren Mann in sexuelles Neuland zu führen. Ohne von ihrem Mann dazu ermuntert zu sein, trifft Mrs. Herman eine Entscheidung. Anstatt ihre geballte sexuelle Energie zu nehmen, die brachgelegen hatte, und sie einem neuen und daher stets zutiefst erregenden Liebhaber zuzuwenden, tritt Mrs. Herman aus ihrem Charakter heraus, wirft alle Hemmungen ab, öffnet sich selbst ganz und richtet ihre aufgestauten sexuellen Energien voll auf ihren Ehemann. Das zusätzliche potentielle Wagnis einer möglichen Liebesaffäre in Verbindung damit, daß sie von ihrem Mann beinahe entdeckt wird, all das komprimiert sich zu der Art von erregender Dichte, die eine starke erotische Spannung schafft.«

Das Privatleben der Mrs. Herman illustriert zudem eine wunderbare Gelegenheit, eine langjährige Beziehung davor zu bewahren, sexuell langweilig oder platt zu werden. Udana zeigt, daß das wirklich Erregende in tiefer Intimität besteht und wie jenes Erregende sich wieder aufstacheln läßt, indem jemand das Risiko eingeht, zu enthüllen, wer er wirklich ist und dann etwas Neues ausprobiert.

Marilyn Kriegels Spiel mit dem Wagnis innerhalb einer langen, ungewöhnlichen Ehe geht einen anderen Weg. Für ihre Hauptfigur in »Liebesbriefe« nimmt das Abenteuer die Gestalt einer offenen sexuellen Beziehung an. Mit einer sicheren Beziehung im Hintergrund hat sie die Freiheit, ganz ohne Verpflichtungen durch Europa zu reisen, ohne große Erwartungen nur von Augenblick zu Augenblick in aller Freizügigkeit zu leben. Gleichzeitig treibt das Abkommen mit ihrem Mann, das keinen der beiden verpflichtet, monogam zu sein, die Grenzen ihrer Ehe bis ans Äußerste, wobei eine Spannung geschaffen wird, die Gefühle und sexuelle Empfindungen unermeßlich steigert. Marilyn meint dazu: »Jedes Abenteuer enthält ein potentielles Wagnis, und es ist zum Teil die mögliche Gefahr für die Beziehung, was die Geschichte so erotisch macht. Die Beziehung unterliegt einer ständigen Belastungsprobe, wird nie unbefragt so hingenommen. Dann ist da noch die Unmöglichkeit für die Frau, den Partner zu kontrollieren, und ebenso geht auch von seinen sexuellen Affären eine Gefahr aus, die alles noch viel erregender macht.«

Ob nun eine Beziehung monogam oder offen ist, »Liebesbriefe« jedenfalls beschreibt eine überaus nützliche Technik, die sexuelle Vitalität einer Beziehung zu bewahren, wenn einer der beiden auf Reisen ist. Indem sie sich die Zeit nimmt, vorauszuplanen, hält die Hauptfigur bei ihrem Mann durch ihre Briefe die Verlockung wach, die auf ihre sehr sinnlichen, erotischen Erfahrungen anspielen. Und indem sie ihn neckt, bringt sie ihn dazu, begierig ihre Rückkehr zu erwarten.

Die Elemente Wagnis und Herausforderung werden in Signe Hammers Geschichte »Fremdlinge im Weltall« auf grundsätzlich andere Weise durchgeführt. Signe sagt dazu: »Erotik ist ein Tanz aufeinander zu und ein Sich-Wegbewegen voneinander. Manchmal kommt man zusammen und es klappt nicht, also geht man auseinander, und wenn man dann riskiert, wieder zusammenzukommen, geschieht mit einem Mal etwas ganz anderes. Das hat schon etwas Spielerisches.«

Ihre Story schildert eine Beziehung, die nicht von Anbeginn sexuell ganz intensiv aufgeladen ist, sondern eine, in der dargestellt wird, wie beide Seiten Angst vor der eigenen Leidenschaftlichkeit haben. Aus dieser Unsicherheit schafft Signe Spannung. Die Antizipation und die Verletzlichkeit dieser beiden Menschen bilden die Grundlage einer ganz zarten Erotik. Das Risiko zahlt sich aus, wenn wir Zeugen werden, wie beide aus ihren Schneckenhäusern zu kriechen beginnen und mit zaghafter Verspieltheit langsam darauf vertrauen, daß sie sich nicht selbst verlieren werden, während sie einander immer näher kommen.

Eine andere Art Risiko stellt sich dann ein, wenn ein Mensch beschließt, dem anderen gegenüber völlig offen zu sein. In »Spiele« zeichnet Grace Zabriskie zwei Menschen, die, anders als das Paar in Signe Hammers Geschichte, sich kopfüber in eine Beziehung stürzen. Sowohl der Mann als auch die Frau sind bereit, gemeinsam das Unbekannte zu erkunden, auch auf das Risiko hin, dumm oder leicht verdreht dabei auszusehen. Und diese Offenheit und die daraus folgende Verletzbarkeit erzeugt eine erotische Leidenschaft, die weitaus tiefer geht als die übliche anfängliche Verzauberung. »Es gibt eine Art Verletzlichkeit und Intimität, die sich herausbilden, wenn beide Menschen gemeinsam an einen Ort gehen können, den sie gemeinsam in ihrer Phantasie erschaffen haben«, erklärt Grace. »Bei diesem Paar vertrauen beide einander genug, um imstande zu sein, einer im anderen dem Kind nachzuspüren. Es ist dieser eigentümliche Ort, dieses Entdecken und diese Verletzlichkeit, die ich zutiefst erotisch finde.«

Zudem ist da noch jene ungewöhnliche erotische Potenz, die mit ganz frühen oder präsexuellen Erfahrungen auftritt. Oftmals erzeugt das Erotische solcher Erfahrungen weitaus machtvollere Prägungen als spätere Erlebnisse, gleichgültig, wie intensiv oder einzigartig die spätere Erinnerung im Vergleich zu einer jüngeren sein mag.

Auch Witz und Spaß, die beim Sex beteiligt sein können, sind ein wichtiger Aspekt von »Spiele«. Der Kontrast zwischen leidenschaftlichem Sex und Leichtigkeit und Verspieltheit schafft jenes allgegenwärtige Moment der Überraschung, das dem Erotischen zusätzlich Intensität gibt.

In Kim Chernins Geschichte »Eine Amerikanerin in Paris« erleben wir Abenteuer und Wagnis, die darin bestehen, die eigene Verliebtheit zu zeigen, ohne Gewißheit zu haben, daß die Gefühle wechselseitig sind. In dieser Story erwächst das Erotische aus der Ungewißheit, ob diese beiden Frauen ihre Freundschaft in eine sexuelle Beziehung verwandeln werden. Infolgedessen nehmen jede Geste, jede Bewegung, jeder Blick eine gesteigerte Bedeutung an, und bei alledem baut sich erotische Spannung auf. »Was ich so erotisch finde«, sagte Kim, »ist, von jemandem angezogen zu sein und überhaupt nicht zu wissen, was dieser Andere für mich empfindet. Da sind die Unsicherheit und das Wissen darum, daß an irgendeinem Punkt das Wagnis völliger Entblößung eingegangen werden muß und es in Beschämung und Verstörtheit enden kann.«

Der Grad des Risikos, das darin liegt, sich einem anderen aufzuschließen, ist in lesbischen Beziehungen noch größer. In den meisten heterosexuellen Beziehungen wissen sowohl der Mann als auch die Frau, wann der Moment gekommen ist, einander ihre Absichten zu erklären. Mit einer anderen Frau dagegen ist dieser Augenblick weniger leicht bestimmbar. Vielleicht ist man sich gar nicht sicher, ob auch die andere lesbisch ist und sie nicht vielmehr von einer engen platonischen Freundschaft ausgeht anstatt von einer sexuellen Liebesaffäre. Der Augenblick des Sich-Zu-Erkennen-Gebens ist daher voll höchster, quälender Spannung. Jemand muß sich offen erklären, ob die Beziehung in jene Richtung gehen soll, und dieses Risiko schafft unvorstellbare Spannung und eine Verwundbarkeit, die die erotischen Gefühle unermeßlich vertiefen.

Manchmal allerdings haben das Abenteuer und das Wagnis, das damit einhergeht, nichts zu tun mit der Annahme oder Abweisung eines Partners im wirklichen Leben, sondern bedeuten schlicht, daß sich jemand ungeschützt der Intimität und dem potentiellen Schmerz der Liebe öffnet. In »Berlioz und der Ghetto Blaster« muß die Hauptakteurin plötzlich feststellen, wie ihre geborgene und sichere kleine Welt mit einem Mal infrage gestellt wird. Die Verfasserin Valerie Kelly schafft erotische Spannung dadurch, daß sie diese Künstlerin mit dem starken Willen zu Unabhängigkeit und Selbstständigkeit einem unwahrscheinlich machistischen Allroundhandwerker gegenüberstellt, der auch starke, gefühlvolle, nachdenkliche Seiten hat. Als die Hauptfigur anfängt, die Möglichkeiten einer Beziehung nur erst zaghaft in Erwägung zu ziehen, können wir nachempfinden, wie jene gewaltig aufgestaute Leidenschaft sich Bahn zu brechen beginnt und an die Oberfläche tritt.

»Die Erotik besteht im Romantischen«, sagte Valerie. »Mir

gefällt der Gedanke, wie jemand die Zäune und Mauern durchbricht, die ein anderer aus Selbstschutz um sich herum errichtet hat. Gewöhnlich ist es der Mann, der so eingesperrt ist, und die Frau holt ihn heraus, doch in dieser Story geschieht das durch den Mann, und mir gefällt dieser unerwartete Rollentausch. Mir gefällt die Vorstellung von einem Mann, der es liebt, heiß zu baden, klassische Musik zu hören und eine Frau mit Blumen zu umgeben, und der trotzdem noch ein undichtes Dach reparieren, eine Harley fahren und sich durch einen Sturm kämpfen kann, um Gemüse und Lebensmittel heranzuschaffen.«

In »Das Haus der Zwillingsjuwelen« hat Gayle Feyrer ein hochbrisantes erotisches Abenteuer erdacht. In einer epischen Phantasie, die in ein anderes Sonnensystem entrückt ist, macht die Kriegerin sich auf die Suche nach einer Erfahrung. Doch die Intensität des Erlebnisses ergibt sich ebensosehr aus einem Abenteuer der Seele – den widersprüchlichen Wünschen von Verlangen und Liebe, den Gefahren von Verrat und Vertrauen – wie aus ihrer Erkundung eines fremdartigen Landes.

Für Gayle schaffen Intensität und Gegensatz die Dynamik in ihrer Story und ihrer Erotik: »Ich finde den Kontrast zwischen der weiblichen Kriegsheldin und dem männlichen Sklaven erotisch, den vom Dunklen gegen das Licht, die Mischung aus Klängen, Formen und Gerüchen an diesem exotischen Ort. Für mich besteht das Wesen des Erotischen aus der emotionalen Intensität, die aus der Verschmelzung von Liebe und Sex entsteht – der Begegnung von Körper und Geist.« Und in ihrer Geschichte ist es die Erkundung der Welten des Ich und des Anderen, eine Situation erfüllt von Konfrontation und brodelnden Affekten, die ihre Intensität steigern.«

Abenteuer und das Eingehen emotionaler Wagnisse, das Gefühl, aus dem Gleichgewicht zu sein, ein Gefühl der Verletzbarkeit, die Ungewißheit, wohin der nächste Schritt führen wird – das alles schafft ein überhöhtes Niveau der Antizipation und Erregung, die das Erotische mit sich reißen und auf eine höhere Ebene der Intensität führen. Die sieben Geschichten in dieser Abteilung besitzen durchweg jenen Geist des Abenteuers und der tiefen Wagnisse, die sich unlösbar verbinden zur Erschaffung des Eros.

Udana Power

Das Privatleben der Mrs. Herman

Amy Herman hatte es eilig, ihre Kinder zur Schule zu scheuchen. Es war ein Donnerstag und Lilly, die Achtjährige, sollte von ihrer Großmutter abgeholt und von der Schule direkt zu ihrem Ballettkursus gefahren werden; Mac, zehn Jahre alt, wollte zum Schwimmen im Tocaloma Club' gehen.

Ihre Brustwarzen zogen sich unter dem weißen, weichen, baumwollenen Morgenmäntelchen zusammen, als sie an den Tag dachte, der vor ihr lag.

Draußen hupte der Schulbus. Lilly und Mac Jr. rafften ihre Bücher zusammen und stürzten, unverdrossen ihre getoasteten Waffeln weiter mampfend, zur Vordertür.

»Das sind meine Kinder«, dachte sie und beobachtete sie dabei, wie sie, mit Schulranzen und Tüten und Taschen voll Essen kämpfend, stürmisch über den Gartenweg rannten. Sie waren aus ihrem Bauch gekommen. Zwischen ihren Beinen hervor waren sie auf die Welt gekommen. Oh Gott, die Vorstellung war fast unerträglich erotisch! Sie fühlte sich unten naß werden, während Wellen der Wärme ihren Körper durchfluteten.

Amy hatte solche Gefühle fast schon vergessen. Sie waren zerstoben, als die Kinder gekommen waren und ihr Mann, Mac Sr., befördert wurde. Oder war das, als sie das neue Haus bezogen hatten und all diese Rechnungen gekommen waren...? Sie konnte sich nicht mehr erinnern. Vielleicht war es auch nach Lillys Geburt gewesen... nein... bestimmt waren ihr all diese Gefühle noch nicht fremd, als Lilly kam. Das würde sie nie vergessen. Mac hatte ihr bei der Entbindung geholfen. Jene alte, mächtige Woge der Leidenschaft und tiefer Liebesgefühle strömte in ihrem Becken zusammen, als sie sich an das schwach erleuchtete Zimmer erinnerte.

Mac hatte ihr beim Atmen und Pressen beigestanden und ihr

während der fünf Stunden härtester Arbeit zärtlich ins Ohr geflüstert und auf sie eingesprochen. Die Erinnerung an jenen blind machenden Schmerz war mit den Jahren verblaßt, und was jetzt einzig noch wichtig zu sein schien, war die Erinnerung an Macs Stimme, die ihr sanft zusprach »Nun komm, Liebling... ja, gut, Schatz... oh ja, das machst du großartig, mein Schätzchen!«

Seine Stimme hatte ihr ganzes Bewußtsein durchdrungen, war durch ihre Brust scheinbar bis tief in ihren Schoß geflutet, um dabei zu helfen, die kleine Lilly in die Welt zu pressen. Amy hatte nicht gemerkt, wie fest sie sich an Macs große Hand geklammert hatte und welche Kraft von ihm in sie überging, bis es vorüber war. Als der Schmerz abgeebbt war, hatte sich Amys Griff gelockert, und Mac hatte mit Hilfe der Hebamme ihre winzige Tochter aufgenommen und sie auf Amys Bauch gelegt.

»Oh mein Gott!«, hatte Amy erschöpft gedacht, als sie das kleine, glitzernde Wesen, ihre Tochter, gesehen hatte, das zappelnd auf dem Leib seiner Mutter seinen Platz in dieser neuen Welt beanspruchte. Fast ohnmächtig vor Erschöpfung hatte Amy tastend nach unten zu dem Kind gelangt und es sacht ihren Bauch hinauf an ihre wartende Brust geführt. Als der Mund des Neugeborenen die braune Knospe erreicht hatte und anfing zu nuckeln, hatte Amy einen Schwall prickelnder Hitze verspürt, der von ihrer Brust zu ihrer Scheide flutete. Erstaunt hatte sie zu Macs Gesicht aufgesehen... es war tränennaß gewesen und hatte hilflos vor Liebe ausgesehen. Eine Hand auf ihrer Schulter, die andere beschützend auf ihre Hüfte gelegt, war Mac ergriffen vom Wunder der Geburt.

»Mac... oh Schatz...« Sie hatte darum gekämpft, wachzubleiben.

Als er sich näher gebeugt hatte, um besser zu hören, hatte sie die Kraft seiner männlichen Energie gespürt, die sein muskulöser Körper an sie weitergab. Seine Nähe hatte sie sanft und weich gemacht.

»Mein Liebling, Mac...« hatte sie geflüstert, während das Baby ihre Brust tiefer in sich einsog, was ihr das Gefühl gab, vom Leben, vom Dasein selbst gebraucht zu werden. »Ich glaube, daß es mir kommt...«

Und Mac hatte gewußt, was er tun mußte. Er kam mit seinem Kopf noch näher heran, umfaßte seine stillende Frau mit dem Kind mit seinem linken Arm und schob seine rechte Hand an ihr hinab, um ihr Geschlecht damit zu bedecken... jene herrliche Pforte zur Ewigkeit, in der er sich so oft verloren hatte.

Amy hatte vor Lust aufgestöhnt, als seine große Hand sich sanft über sie legte und er mit dem Mittelfinger innen nach der zarten Knospe ihrer Leidenschaft tastete. Er verhielt an jenem süßen Punkt, den er so gut kannte.

Als er sie dort berührte, hatte sie gespürt, wie von seiner Hand ein elektrischer Strom in sie überging. Seine Energie wirbelte in ihr, bis das gesamte Weltall rasend in sich zu kreisen schien.

»Ohhh...« stieß sie schwach hervor, als der Orgasmus sie überwältigte.

Als er merkte, daß sie jetzt auf der Schwelle zur Ekstase war, tippte er mit sanft vibrierendem Finger genau in der Art, von der er wußte, daß sie es so am liebsten mochte, auf ihren Kitzler und drückte seinen steifen Penis gegen die Bettkante.

Sie spürte, wie es ihr von ihrem Rückrat aufwärts kam. Es war, als öffnete sich weit eine Tür, aus der die Fülle des Lebens in sie hineinbrandete. Das Gefühl, zu kreisen, stieg hoch und überflutete ihren Körper, drängte bis an die Grenzen dessen, wo sie sich ihrer selbst noch bewußt war... drängte... drängte... drängte... Außerstande, diese Lebenskraft noch länger zurückzuhalten, ließ sie sie endlich durch jede Zelle ihres Körpers rasen, fühlte sie sich gereinigt von Licht, und das ganze Zimmer berstend davon erhellt. Ihr Kind... ihr Mann... hier in ihren Armen... Ihr Glück war so groß, daß sie glaubte, das Herz müßte ihr davon zerspringen. Für Augenblicke wußte sie, was taumelnde Entrücktheit war. Dann verblaßte alles zu einem gnädigen Schwarz.

Als sie jetzt auf der Schwelle stand und ihren Kindern nachsah, dachte Amy verwundert über diese Erinnerungen nach. Über die Magie von Sex und Liebe. Wohin war das alles entschwunden? Warum kehrte es jetzt zurück und überfiel sie? Und noch dazu bei einem anderen Mann?

»He, Schätzchen«, rief Mac, als er, der massige Exfootballspieler, lärmend die Treppe heruntergepoltert kam und auf die Küche zusteuerte. »Was gibt's zum Frühstück?«

Es war ihm immer gleichgültig gewesen, was er zum Frühstück aß, er hatte einfach Spaß an einem möglichst geräuschvollen Auftritt. Gut gelaunt und ein bißchen gedankenlos, war dies seine Art, sich für die Scharmützel und Schlachten im Geschäft zu wappnen, die ihn jeden Morgen erwarteten.

Amys Mundwinkel kräuselten sich unwillkürlich, als sie über diesen verrückten Mann nachdachte, den sie geheiratet hatte. Er war stark wie ein Stier, laut, liebevoll besorgt und verläßlich. Ein bißchen übergewichtig, aber dennoch hart wie Fels. Manchmal auch langweilig. Manchmal lästig-zudringlich. Immer für sie und die Kinder da. Und in jüngster Zeit so tief drin in der ganzen männlichen Konkurrenzscheiße, daß seine Einladungen zum Sex jetzt von dem blöden Satz eingeleitet wurden: »He, Schätzchen, wie wär's denn mit einem Big Mac?«

»Big Mac, du Arsch«, dachte sie und wunderte sich, daß sie grinsen mußte. Ein kleiner warmer Kitzel meldete sich in ihrer Möse. Sie lachte laut heraus, als sie die Eingangstür schloß und zurück in die Küche ging.

Als sie im Vorbeigehen einen Blick in den Flurspiegel warf, sah sie darin eine hübsche Frau mit dichtem braunem Haar, das ihr weich auf die Schultern fiel. Ihre blauen Augen blitzten vor Intelligenz und ihr rundes Gesicht, das sie nie gemocht hatte, als sie noch jung gewesen war, schien ihr jetzt ewige Jugendfrische zu versprechen. Sie grinste sich selbst im Spiegel zu, wurde sich bewußt, daß sie jetzt endlich bereit war, sich einzugestehen, daß sie nicht wie ein Modell aussah, niemals vollkommen sein würde – na, und wenn schon! Sie war eine attraktive Frau im besten Alter, und zum ersten Mal seit Jahren regten sich wieder ihre Leidenschaften, und das alles wegen Christopher, dem jungen Karatelehrer an der Schule, auf die Mac Jr. ging.

Sie kannte ihn nicht sehr gut, doch immer, wenn sie ihren Sohn vom Karate abholen ging, knisterte es zwischen ihnen. Sie hatte sich angewöhnt, immer schon früher da zu sein. Er hatte sich angewöhnt, beim Unterricht sein Hemd auszuziehen. So führte eins zum anderen. Ein Telefongespräch. Eine spielerisch ausgesprochene Einladung. Ein Treffen heute bei ihr zu Hause unter einem läppischen Vorwand, bei dem ihnen beiden bewußt war, daß es im Bett enden würde. Sie war nervös, fühlte sich überdreht, leicht besorgt, fröhlich, von der ganzen Sache höllisch erregt und schwer verängstigt.

Mac hatte sie seit Jahren kaum noch beachtet. Sie hatte abgenommen, ihr kräftiges braunes Haar wachsen lassen, sie trug sehr sexy aussehende Leotards im Haus, die allerknappsten Shorts im Gemüsegarten und im Bett überhaupt nichts, doch aus irgendeinem Grund schien Mac immun gegenüber ihren raffinierten kleinen Aufforderungen und ganz handfesten Bedürfnissen. Inzwischen hatte Amy absolut keine Gewissensbisse mehr, die Erfüllung ihrer Bedürfnisse bei einem neunzehnjährigen Jungen zu suchen, der eine hinreißende Figur hatte. Doch diese kleine Affäre sollte ihre Ehe nicht zum Scheitern bringen.

Als sie durch's Eßzimmer ging, spürte sie den leichten, spitzengesäumten Baumwollstoff ihres Morgenmantels auf der Haut. Sie glühte verführerisch, schwer und erdhaft. Oh, wie sehr sie sich danach sehnte, jetzt sofort Liebe zu machen, die weiche Spitze eines geschwollenen Gliedes zu spüren, das quälend lustvoll den feuchten Mund zwischen ihren Beinen umspielte!

Doch Mac war immer so eifrig und geschäftig und das ganz besonders morgens. »Er könnte mich abweisen. Ich würde mich ganz blöd fühlen...« dachte sie zögernd.

Doch an *diesem* Morgen waren die Kinder aus dem Haus, und um halb Elf würde sie ein Liebhaber besuchen. Sie hatte nicht übel Lust, gleich jetzt mit dem Vorspiel anzufangen, jetzt, um acht Uhr fünfundvierzig, mit ihrem Ehemann. Wer war er denn, daß er ihr Vorschriften machen wollte, wohin sie mit ihrer Sexualität sollte? Falls er sie abwiese, na und? Sie hatte sich für halb Elf rückversichert. Jedenfalls hatte sie nicht die Absicht, heute trübe herumzuhängen und sich mit ihrem ungestillten erotischen Verlangen schlecht zu fühlen.

»Also stellen wir das gleich mal klar«, beschloß sie, »falls Mac Feuer fängt, werde ich ihm nicht erlauben, zu kommen. Ich lasse ihn einfach mal nachempfinden wie es ist, hängengelassen zu werden.«

Sie setzte ihr eigenes kleines Grinsen auf und löste die Schleife, die ihr kleines Baumwollmäntelchen vorn zusammenhielt. Es fiel auseinander, enthüllte ihren gewölbten Bauch und das weiche Haargekräusel zwischen ihren Beinen. Oh, dieses süße, sanfte Ziehen in ihrer Scheide, die sich sehnte, einen Penis drinnen zu haben... sie hatte vor, jene Süße zu genießen, sie in die Länge zu ziehen, sie auszukosten. Mac sollte wissen, daß es allein *ihre* Lust war. »Ich bin eine Frau«, dachte sie, während sie in der Küchentür haltmachte. »Ich bin sechsunddreißig, liebevoll, erotisch, sexuell bedürftig, unanständig geil und bumsbereit. In mir brodelt es vor Energie. Wenn ich jetzt nicht meinen Spaß daran habe, wann eigentlich dann?«

Die Hände auf die Türklinke gestützt, schaute sie zu Mac hin; seinen bulligen Körper hielt er vornüber gebeugt, sein Kopf steckte im Kühlschrank. Sie ließ ihr Baumwollfähnchen noch weiter aufklaffen und entblößte ihre linke Brustwarze und ihr linkes Bein in voller Länge. Sie war froh, daß sich von all den Aerobics ihr Körper so straff und schlank anfühlte. Mac hatte nichts bemerkt, nur hin und wieder gegrunzt. Heute morgen aber sollte er was zu sehen bekommen!

»Guten Morgen, mein Liebling!«

»Hey«, murmelte er, ohne aufzusehen, während er die Ketchupflasche beiseite räumte, dann den Auflauf von gestern abend herausnahm und ihn auf die Ablage neben dem Kühlschrank zur Milch und zur Butter stellte. Sie wollte ihn schon fragen, wonach er eigentlich suchte, doch dann beschloß sie, sich in seine allmorgendliche Routine nicht einzumischen, nach diesem und jenem zu stöbern...

Von ihrem Schweigen überrascht, schaute er erst hoch, dann zurück in den Kühlschrank und sagte: »Hast du das Reddi-Whip gesehen? Gestern war es noch hier!«

Sie ging zu ihm und kauerte sich still neben ihn. Das Gemüsefach öffnend, schob sie die Hand am Kopfsalat vorbei. »Ich hab's vor den Kindern versteckt.«

Sie reichte es ihm in einer gespielt verführerischen Pose hin. Abwesend gab er ihr einen flüchtigen Kuß auf die Stirn, stand auf und ging scherzend hinüber zum Tisch. »Das war sehr gerissen, Schatz, umso mehr bleibt für mich übrig!«

Er grinste töricht und drückte einen gewaltigen Berg Schlagsahne in seine Tasse mit heißem Kaffee.

»Mmmmm... köstlich«, seufzte er und setzte sie genießerisch an die Lippen.

Amy stand auf, machte kommentarlos die Kühlschranktür zu, überlegte, was sie wohl als nächstes tun könnte, wandte sich dann zu ihrem Mann um und betrachtete ihn. Er sah wie ein großes Kind aus mit seinem tief hinter der Zeitung vergrabenen Kopf und dem weißen Tupfer Schlagsahne auf seiner Nasenspitze.

Ihre Brustwarzen wurden wieder hart, als ihr Blick auf seinen muskulösen Hals und seine strammen Schultern fiel. Er hatte noch immer starke Arme und große, zupackende Hände. Es fing an, ihr Spaß zu machen, ihn so zu sehen, als wäre er ganz neu, nicht der Mann, den sie geheiratet hatte, nicht der Mann, hinter dem sie herräumen mußte, nicht der Mann, der sich Sorgen machte über Finanzen und Investitionen und Firmenstrategien und Absicherungen für die Kinder. Nein, an diesem Morgen war Mac einfach ein Mann mit sandfarbenem Haar und einem breitflächigen, lebensfrohen Gesicht, dem es irgendwie gelang, hübsch auszusehen, trotz der Nase, die durch zahlreiche Brüche etwas verdickt war. Und noch immer umgab ihn eine ungeschlachte Männlichkeit, trotz seines komischen Hemdes und der lächerlichen Krawatte. Und sie fühlte sich ganz als Frau. Mächtig. Verführerisch. Saftig. Und bereit, das alles herauszulassen.

Das Telefon klingelte. Sie hatte nicht die Absicht, ranzugehen. Mac schaute hoch. »Telefon, Schätzchen...«

Sie nickte, lächelte und sagte: »Ja, ich weiß...« und machte keinerlei Anstalten, sich zu rühren. Statt dessen hob sie ihr linkes Bein und setzte den Fuß leicht auf die Kante des Küchentischs, so daß Knie und Schenkel hoch in die Luft gereckt waren. Ihr kleines Bauwollmäntelchen fiel jetzt ganz auseinander, enthüllte kleine, runde Brüste mit harten, braunen Spitzen, einen hübschen Oberkörper, der sich zu einer schmalen Taille verengte, während ihre Figur unterhalb wieder ausladender wurde, mit breiten Hüften, und dann begann unterhalb des Bauchnabels ein Busch aus braunem, gekräuselten Haar, der

Wache hielt über der roten und purpurfarbenen Passionsblume zwischen ihren Beinen.

Wieder klingelte das Telefon. Sie bewegte sich nicht, starrte nur unverwandt zu Mac hin. Er schaute hoch; das Reddi-Whip an seiner Nasenspitze gab ihm ein lächerliches Aussehen. Sie konnte sich nicht mehr halten und mußte kichern... Während sie noch immer einfach dastand und ihm ihre ganze Weiblichkeit zur Schau stellte.

Mac fiel der Unterkiefer herab. Er brachte nicht mal ein »Schätzchen...« heraus.

Wieder klingelte das Telefon. Er stand auf, um abzunehmen, stieß gegen den Tisch, warf fast einen Stuhl um, außerstande, die Augen von seiner Frau abzuwenden. Fassungslos zu ihr hinstarrend, griff er nach dem Hörer, nahm ab und sagte: »Hallo?« in die Muschel.

Amys Herz ging schwer vor Beklommenheit und Aufregung. Noch nie vorher hatte sie etwas Ähnliches gemacht. Wenn nun Mac durchdrehte? Ihre Beklommenheit überwindend und keinen Gedanken darauf verschwendend, wer der Anrufer wohl sein mochte, ließ sie die Finger ihrer Linken sanft streichelnd um ihre linke Brustwarze kreisen. Sie wurde härter, als sich drumherum eine Gänsehaut bildete, und sie spürte eine schmelzende Kraft sich in ihrem Inneren ausbreiten.

Dann rieb sie mit den Händen über beide Brüste, während ihr Mund sich instinktiv öffnete und ihre nasse Zungenspitze ihre Lippen nachzeichnete.

»Wo Amy ist?«, hörte sie Mac am Telefon wiederholen. In nackter Bestürzung schaute er sie flehentlich an. Das sah sie jetzt zum allerersten Mal an ihm – daß er nicht wußte, was er tun sollte. Es fiel ihr nicht im Traum ein, ihm zu helfen. Sie fand es herrlich, ihren Körper so offen zu erforschen.

Vor Verlangen war ihr Gesicht ganz weich und ihre Hüften bewegten sich ganz sacht. Sie hob die rechte Hand zum Mund und befeuchtete die Finger spielerisch mit ihrem Speichel, während die Finger ihrer linken Hand in kleinen sanften Kreisen über die Innenseiten ihrer Schenkel fuhren und dann leicht über den Pelz von dunklem Haar. Warme, elektrische Ströme schienen an ihrem Rückrat zu entspringen und von dort summend, vibrierend in ihren ganzen Körper auszustrahlen. Sie fühlte sich dabei frei und leicht, vor den Augen ihres Mannes mit sich selbst zu spielen, insbesondere, während er ein Telefongespräch führte. Sie spürte einen kleinen Machtrausch, als sie erkannte, daß er total abgelenkt war.

»Amy?«, wiederholte er ins Telefon. »Oh ja, sie muß hier irgendwo sein.« Er starrte sie weiterhin hilflos an wie ein Mann, den der Schlag getroffen hat. Er gab vor, ins andere Zimmer hinüberzurufen und brüllte: »Amy?«, und starrte sie einfach ausdruckslos weiter an, offenbar, weil er von ihr irgendein Signal erwartete.

Amy hob zwei nasse Finger und führte sie nach unten zwischen ihre weit offenen Beine. Der linke Fuß auf dem Tisch bot ihr die Möglichkeit, ihren Körper abzustützen und dennoch die Hüfte leicht zu drehen, weit genug, um ihm den vollen Blick auf das freizugeben, was sie tat.

Sie öffnete die Falten ihrer Schamlippen und ließ dann die Finger ihrer Rechten sanft in die Feuchtigkeit der inneren Fältchen ihrer Pussy eintauchen. Oh Gott, wie wunderbar sich das anfühlte! Naß und warm. Sie spreizte die Lippen ganz weit auseinander, so daß Mac das wunderschöne Rot sehen konnte, vor Geilheit ganz prall und geschwollen.

Vollends verwirrt, rammte er sich den Hörer wieder ans Ohr und sagte gepreßt: »Ich weiß nicht, wo sie ist! Sie kann jetzt nicht ans Telefon kommen! Rufen Sie später nochmal an!«

Blindlings suchte er mit dem Hörer nach der Gabel, ertastete sie schließlich und legte auf.

»Bleib, wo du bist«, befahl sie ihm mit rauher Stimme, bevor er auf sie zugehen konnte.

Sie wollte nicht, daß er sie berührte. Noch nicht jetzt. Er sollte nur zusehen. Sie fühlte sich so hübsch. So sinnlich. So frei und glücklich. Wie ein lebendiges Kunstwerk...

Sie konnte sehen, wie die Ausbuchtung seiner Hose größer wurde, während sie damit weitermachte, die Feuchte über die ganze Öffnung ihrer Scheide zu verteilen. Und wieder klingelte das Telefon. Sie achtete nicht darauf. Er war unentschlossen, ob er abnehmen sollte oder nicht. Instinktiv preßte er die rechte Hand über sein hartes Glied, während er ihr dabei zusah, wie ihre Finger zuckend in ihre Scheide fuhren. Unwillkürlich stöhnte er, schnappte sich den Hörer, sagte: »Rufen Sie später an«, und legte auf.

Er drehte sich zu Amy um. Seine Stimme klang brüchig, als er beinahe höflich flüsterte: »Was machst du denn da?«

»Ich ruiniere dein Frühstück«, spottete sie mit sanfter Stimme.

»Oh nein... ja... ich meine... Oh Gott, Amy... was machst du denn da?«

»Ich mache Liebe – für dich«, flüsterte sie rauh und stieß sich zwei Finger in die Scheide. Ihre Hüfte schnellte unwillkürlich hoch und sie hatte plötzlich das Gefühl, als würden die Beine unter ihr wegschmelzen. Mit geschlossenen Augen rollte ihr Kopf nach hinten, und sie stöhnte vor Lust.

»Oh Gott«, wiederholte Mac und konnte kaum noch an sich halten, auf sie zuzustürzen, doch zögerte er, aus Angst, sie könnte aufhören. Außerdem wollte er sich ihrem Befehl nicht widersetzen. Hastig riß er den Reißverschluß seiner Hose auf, ließ sie sich über die Hüfte fallen und hielt dann seinen starken, harten Penis fest in seiner Rechten. Seine Augen klebten weiterhin an Amy.

Als sie träge die Augen öffnete, sah sie, daß Mac sein Glied langsam auf und ab massierte. Kleine Tropfen milchiger Flüssigkeit machten seine Schwanzspitze feucht.

Ihr Herz setzte für einen Schlag aus. Sie fühlte sich so verletzlich und so unglaublich sinnlich, ihm beim Masturbieren zuzusehen, während er sie anstarrte. Auf seinem Gesicht zeigten sich abwechselnd Verwunderung, Faszination, Liebe, Geilheit und das wollüstige Verlangen nach ihr. Es gefiel ihr unbeschreiblich, seine Leidenschaft so zu sehen. Seine Männlichkeit. In den zwölf Jahren Ehe hatte sie sein hitziges Verlangen noch nie so deutlich zu spüren bekommen.

Und er liebte sie. Das war deutlich. Er liebte sie.

»Oh ... Mac ...« rief sie aus, als ihre Beine sich spannten und dann nachzugeben drohten. »Oh Mac, ich bin kurz davor, zu kommen!«

Ihre Augen schlossen sich, als sie spürte, wie ein Energiestrom unten von ihrer Möse hoch in ihre Brüste und bis in ihre

Kehle schoß. Als sich ihr ein heiserer Schrei entrang, konnte sie spüren, wie seine starken Hände sie oben festhielten und sie am Rücken stützten. Er war immer für sie da.

Als sie die Augen aufschlug, konnte sie ihm die blanke Not von seinen grünen Augen ablesen, bevor er seine Lippen auf ihre drückte.

Seine Lippen verrieten ihr Hunger und Liebe. Als er sie drängend küßte, spürte sie etwas in sich hochschießen, als hätte sie einen elektrischen Schlag bekommen. Ein Schauder durchfuhr sie, als er mit seiner großen Hand ihr Becken an sich preßte. Sie schienen miteinander zu verschmelzen.

In ihrer Trunkenheit hatte sie das Gefühl, als würde sie von einer hohen Klippe in die Ekstase geschleudert. »Ich liebe diesen Mann«, war alles, was sie denken konnte, als sie sich seinen heißen Küssen ganz hingab.

Jetzt war er über ihr... brauchte sie... begehrte sie und legte sanft ihren Kopf zurück auf den Küchentisch. Ihre Beine baumelten herab und die nasse Stelle zwischen ihren Beinen lieferte sich ihm ganz aus.

Sacht schob er zwei Finger in ihre Scheide und brachte sie dazu, den Rücken durchzubiegen und zu stöhnen. Dann spürte sie, wie sich die weiche Spitze seines Schwanzes zart gegen das empfindliche Fleisch am Mund ihrer Scheide preßte. Sie konnte die Kraft seines Verlangens in der Spitze seiner Eichel fühlen. Jedes Mal, wenn sie ihren Kitzler berührte, überkam sie ein wunderliches Zucken. Dann schob er seinen Schwanz leicht in sie hinein, erst nur ein kleines Stück und zog ihn dann wieder heraus. Als er ihn dann ganz hineinschob und wieder herauszog, schien die Welt um sie herum zu versinken. Kinder. Telefon. Küchentische. Da waren nur noch männliche und weibliche Energie, die miteinander verschmolzen, irgendwo weit in der Ewigkeit, und er stieß seinen harten Schwanz tiefer und tiefer in ihren Mittelpunkt.

Die Leidenschaft entlud sich zuerst in ihrem Herzen und überwältigte sie mit heißen Tränen der Liebe und des Entzükkens. Dann schoß die Hitze in ihr Geschlecht und explodierte noch einmal in dem nächsten Schwall von Energie.

Ahhh...« hörte sie ihn stöhnen, als er das Zucken ihres Orgasmus in seinem pochenden Glied tief im Innern ihres Leibes spürte. Sie spürte, wie seine Hände ihren Oberkörper fest umklammerten, als er seinen Schwanz wieder und wieder in sie hineinstieß. Sein ganzes Sein schien tiefer und tiefer in sie einzudringen, bis sie nicht mehr zu sagen vermochte, wo ihr Körper aufhörte und seiner anfing. Dann spürte sie etwas, das sie noch nie zuvor empfunden hatte. Es war, als würde sein Orgasmus in sie überspringen.

Er schrie laut auf, als es aus ihm herausbrach und er sie mit Strömen von Energie überschwemmte. Sie verschmolzen ineinander. Es gab nichts anderes mehr auf der Welt. Nicht ihn. Nicht sie. Nur diese unglaubliche Süße orgasmischen Schmelzens. Er schrie noch einmal auf, als er tiefer zum Mittelpunkt ihrer Wärme und Liebe vorstieß.

Ihre Scheidenwände schienen sein Glied einzusaugen, zu packen und zu kneten, es tiefer und tiefer in sich hineinzuziehen. Magische Funken schienen von seiner Spitze zu sprühen, ihr Herz, ihre Seele zu schmelzen. Der nächste Orgasmus wallte in ihrem Schoß auf, flutete durch ihren Körper. Sie fühlte sein Erschauern, als die Lust durch ihren Leib raste.

Sie waren völlig hilflos beide, als die Wellen von Energie wieder und wieder in ihnen wogten, sie zu einem einzigartigen gleißenden Licht der Liebe und des Sex heiß verschmolzen und sie dann in die Unendlichkeit rissen.

Sein Oberkörper sank schwer auf sie nieder, er hielt sie fest und sie konnte spüren, daß er schwer atmete und wie ein Zukken seine Brust durchlief. Ihre Arme um seinen starken Rükken gelegt, drückte sie ihn fest an sich, während er seinen heißen Tränen freien Lauf ließ. Sie hatte das Empfinden, als zöge sie sein Herz irgendwie tief in ihre Seele hinein. Dieser Mann war daheim. Diese Arme, dieser Schwanz, einfach alles an ihm war für sie der Mittelpunkt des Weltalls auf immer und ewig. Das war alles, was sie je über Gott erfahren mußte.

Lange Zeit blieben sie so. Sie rücklings auf dem Küchentisch, mit herabbaumelnden Beinen, er mit dem Schwanz noch in ihr drin, den Oberkörper sicher und schwer auf sie gelegt, sie fest umschlungen haltend – er gab ihrer Zerbrechlichkeit Schutz vor der Welt.

Sie rührten sich nicht. Ihr Gefühl ließ sich nur so beschreiben, als würde ihr Geist irgendwo mit dem seinen dahintreiben. Es war, als schwebten sie außerhalb von Raum und Zeit durch ein Medium von einer so großen Ruhe und solchem Frieden, wie es ihn auf der Erde nicht gab.

Sie blieben so wunderbar vereint, bis das Telefon wieder klingelte. Mac löste sich vorsichtig von ihr und nahm sanft ihr aufgelöstes, tränenverschmiertes Gesicht in seine großen Hände und küßte sie wieder und wieder. Dann begann er langsam, ganz langsam, seine Kraft von ihr zu lösen, als er sacht sein Glied aus ihr zurückzog.

Sie war ganz erfüllt von dem Wunder, das geschehen war. Das Klingeln des Telefons kam aus einer fernen Welt, in die sie nur langsam zurückkehrte.

Sie hörte Mac sagen: »Ich werd' ihr eine Nachricht hinterlassen...« und sie wußte, daß sie sich jetzt noch nicht den Kopf zerbrechen mußte. Sie konnte sich Zeit lassen, auf diesen Planeten zurückzukehren, in diese Wirklichkeit, in diese Zeit und diesen Raum.

Sie stützte sich leicht mit den Händen auf. Ihr baumwollenes Hausmäntelchen hing an beiden Seiten herab. Sie schaute in das verschwitzte Gesicht, sah das verschwitzte Hemd und den weichen Penis dieses Mannes in ihrer Küche, der in einer irgendwie fremden Sprache ins Telefon murmelte. Sein Blick war auf sie gerichtet. Sein Gesicht war ganz weich und sanft. Ganz schutzlos. Sie erkannte darin nur seine Liebe zu ihr. Er legte den Hörer zurück auf die Gabel und kam zurück zum Tisch, um sie in die Arme zu nehmen.

Sie spürte, wie seine starken Arme sich um sie legten und wie er sie fest an seine Brust zog.

»Das war eben ein Christopher Sowieso... Macs Karatelehrer. Sagte irgendwas davon, daß der Kurs um zehn Uhr dreißig ausfällt... Du kannst was damit anfangen?«

Fest an ihn gedrückt, grinste Amy, ihr Gesicht an seinem verschwitzten Hemd hinterließ überall Make-up und Mascara und sie sagte: »Ja, ich weiß, was er sagen will.«

Sie schlang ihre Beine um ihn, zog ihn näher zu sich heran und sagte: »Das heißt nämlich, daß du unmöglich so ins Büro gehen kannst. Wir müssen das Telefon abstellen und beide in die Badewanne gehen. Vielleicht kannst du um zwölf da sein. Vielleicht überhaupt nicht...«

Sie mit den Armen festhaltend, hob Mac sie auf, drückte sie an seine Brust und sagte sanft: »Das gefällt mir, dieses ›vielleicht überhaupt nicht‹...« Und dann trug er sie nach oben.

Sie verbrachten den ganzen Tag zusammen, entdeckten einander immer und immer und immer wieder neu...

Marilyn Harris Kriegel

Liebesbriefe

Erst am 29. Mai abends öffnen!

Liebster L.!

Ich werde jetzt schon fort sein. Zuerst geht's nach Chicago, dann nach Amsterdam. Während Du dies liest, werde ich schon in Holland sein, und während Du Dich gerade bettfertig machst, wird für mich ein neuer Tag beginnen.

Wann immer für uns der Augenblick kommt, uns zu trennen, gerate ich trotz unserer langen Vorgeschichte in eine leichte Paranoia. Vor meinem inneren Auge beschwöre ich Frauen herauf, die im Hintergrund lauern, nur auf meine Abreise warten, um gleich in Dein Bett zu kriechen. Natürlich kannst Du ihnen nicht widerstehen. Und natürlich willst Du das auch gar nicht.

Diesmal, mein Lieber, habe ich mir etwas ausgedacht um sicherzustellen, daß wir, ganz gleich, in wen wir uns während dieser Zeit der Trennung verlieben, auch damit Zeit verbringen werden, einander zu lieben. Mir ist ein brillanter Einfall gekommen: Anstatt pflichtschuldig geschriebener Postkarten, die hastig zwischen einem und dem nächsten Abenteuer vollgekritzelt werden, werden diese Briefe das gemeinsame Band zwischen uns sein, von denen ich Kopien mitnehmen werde. Sie werden Dich an meine Liebe erinnern. Und während ich darin von Zeit zu Zeit an diesem oder jenem Ort lese, sollen sie auch mich erregen und entzücken.

Wie unsere Leidenschaft sollen auch diese Liebesbriefe ihren eigenen Rhythmus haben. Nicht für jede der kommenden Nächte ist einer geschrieben. Mach' deine an den Abenden auf, an denen du erregt sein willst und die Neugier Dich überwältigt. Vielleicht schläfst du dann ein, deine Seele sanft von meiner Gegenwart umschlossen.

Meine Kopien werde ich morgens öffnen. Manch einer meiner Tage wird damit anfangen, daß ich deinen Geschmack und Geruch in mich aufnehme. Vielleicht lesen wir manchmal auch diese Briefe zur selben Zeit. Ganz wie in jenen unwahrscheinlichen Augenblicken, in denen unerwartet, wie durch einen Glückszufall, unsere Körper einander entgegenfliegen und wir bis zuletzt eins sind.

Der Gedanke daran, daß wir diese Liebesbriefe miteinander teilen, hat mir bereits große Freude gemacht. Und falls du zurückdenken solltest an gemeinsame Stunden der Leidenschaft in dem Monat, bevor ich abgereist bin, wirst du begreifen, welche Freuden es uns beiden beschert hat, sie zu schreiben.

Lieber L.!

Werde ich dich vermissen? Wirst du mich vermissen? Erinnerst du dich noch, als wir einander zum ersten Mal eingestanden haben, daß einer den anderen nicht »vermißt«, solange wir auf Reisen sind? Wie erschreckend es doch war, zugeben zu müssen, daß wir die meiste Zeit, die wir getrennt waren, glücklich mit unseren eigenen Erlebnissen beschäftigt gewesen sind. Das Wissen darum, daß unsere Liebe diese Trennungen aushält, hatte für uns etwas besonders Erregendes und machte uns frei, ohne Schuldgefühl und Vorwurf durch die Welt zu reisen.

Jetzt bin ich fort, ohne mich Regeln unterwerfen zu müssen, reise ich, wie es mir beliebt. Bereit, auf Entdeckung zu gehen, bin ich selbst unerforschtes Land, eine Karte, in die nur Möglichkeiten eingezeichnet sind.

Fremde Straßen entlangschlendernd, warte ich darauf, zu erkunden und erkundet zu werden, und trotzdem überrasche ich mich dabei, wie ich daran zurückdenke, daß ich nie begehrenswerter oder nie so sexy ausgesehen habe wie dann, nachdem wir uns gerade geliebt hatten. Männer und Frauen sind angezogen von dem Zustand der Erfülltheit, in dem ich dann bin. Meine funkelnden Augen begeistern sie, die eben erst entstandene, ihnen verborgene Nässe zwischen meinen Schenkeln. Ich weiß, wenn ich diese Briefe unterwegs lese, werden meine Augen in dem gleichen Licht erstrahlen. Ich werde die Welt erkunden und die Welt wird wissen, daß ich geliebt werde.

Lieber L.!

Man muß nicht unbedingt auf Reisen gehen, um Romantik und Leidenschaft zu finden. Vergangene Woche war ich in der Stadt einkaufen und bin dort einem Mann begegnet, der einfach atemberaubend war. Er war dermaßen schön! Es hätte mir genügt, ihn anzustarren, doch er flirtete mit mir. Er war ziemlich gut. Lange, eindringliche Blicke, etwas seelenvoll, mit einem ganz kleinen Zwinkern. Sofort wurde ich wieder zum Teenager. Ich konnte in seiner Gegenwart kaum sprechen. Ich war hingerissen davon, was ich dabei empfand. Die Welt schien gefährlich und voller Möglichkeiten. Angesichts meines eigenen lustvollen Zustands fühlte ich mich leicht dümmlich und unbeholfen. Er war in Begleitung seiner Frau. (Ich mußte mich fragen, wie sie wohl mit Situationen wie dieser umgingen.)

Auf der Heimfahrt schien mir die Autobahn wie eine einzige gigantische Singles-Bar. Ich flirtete mit jedem Mann am Steuer, an dem ich vorüber kam. Alte Damen, Teenager, junge schwule Boys, hinreißende Frauen und – Gott segne sie! – Fernfahrer. Über die Brücke zu fahren war reinste Ekstase! Meine Möse flatterte, pochte im Gleichklang mit meinem Herzschlag.

Sacht schob ich meine Fingerspitzen unter meine Bluse und spielte an meinen Brustwarzen. Ich bog in einen kleinen Seitenweg ein und fuhr weiter in die Hügel hinauf, mitten durch ein Blumenmeer. Welch herrlichen Frühling wir hatten, dachte ich, als ich die Hänge sah, die mehr lupinenblau als grün waren. Als ich den Wagen in der Parkbucht abstellte, begrüßte mich Monty Wool, schwarzer Wuschelkopf, die aufgeregt zappelnd herumsprang, ganz so, als würde sie wittern, wie reif ich war und mit der Nase nach Spuren schnuppernd, die ihr etwas von dem verrieten, was ich nachmittags gemacht hatte.

Der Ozean brandete gegen den Strand, hörte sich an, als wollte er in mein Ohr atmen, und die Gerüche der verschwitzten Kids, die sich vor den Fernseher gekauert hatten, ihr Pubertätsgeruch nach Popcorn und Baseballeder, kamen mir ausgesprochen dekadent vor.

Ich fiel in unser Bett. Die Erde schien aufzuseufzen, als ich mich durch die Feuchtigkeit meiner Kleider hindurch berührte.

Als ich kam, schmolz ich unter Lachen und einem Gefühl unbeschreiblicher Freude. Vor dem Abendessen fiel ich in einen leichten, seligen Schlummer.

Die Lust stellt sich oft so unerwartet ein! Ich frage mich, wo wir in den nächsten Monaten unser Entzücken finden werden. Welche Abenteuer werden wir einander zu berichten haben? Und wenn du mich wiedersiehst, von welchen Geheimnissen soll ich dir dann erzählen?

Mein Allerliebster!

Ich denke gerade daran, wie Du in unser zerwühltes Bett steigst. In der frischen salzigen Luft riecht das Bettzeug etwas dumpf. Ich stelle mir Deinen Körper vor, der golden im Lampenlicht schimmert. In Sommernächten siehst Du aus wie eine Heldengestalt auf Renaissancegemälden. Deine lieblichen Täler bergen die geheimen Mulden, in die ich mich betten kann und in denen sich mein Leib versteckt. Die dunklen Stellen, in die sich meine Zehen vorwagen, um sich zu wärmen, die leicht feuchten Winkel Deiner Kniebeugen und Deiner Achselhöhlen – all das ist Teil der Landschaft meiner Liebe.

Wie glücklich ich darüber bin, daß ich einfach neben Dir liegen und den hellen Schimmer anstaunen kann, der Du bist, Du, mein Geliebter, mein Freund. Ich werde von der Wärme Deines Körpers träumen, von dem sicheren Ort, den Du für meine Lust, meine Liebe und mein Lachen geschaffen hast.

Lieber L.!

Ich werde an Dich in Deinem Strandhäuschen denken, wo Dich Nebelhörner in den Schlaf wiegen. Wenn draußen Nebel, wenn der Mond tief verhangen ist und die Lichter der Stadt, fernes Zeichen der Zivilisation, die uns umgibt, nicht zu sehen sind – das sind Zeiten, in denen ich Dich ganz mit den Ohren liebe. Jedes Mal, wenn ein Nebelhorn tutet, dringt sein Laut, sein leiser, langer dunkler Seufzer tief in mich ein. Wenn wir uns lieben, wenn die Lichter aus sind, nur unser Atem und unsere tastenden Bewegungen uns führen, erfüllt das Nebelhorn meinen Körper, weist mir all die unberührten Stellen unserer Leidenschaft, die sich dehnt und weiter wird und erfüllter.

Manchmal stelle ich mir vor, daß wir schiffbrüchig auf See treiben. Ich bilde mir ein, daß nur der Klang der Nebelhörner uns davor bewahrt, an den Felsen zu zerschellen, und unser Lieben scheint voller Gefahren und von Unheil umstellt. Ich halte Dich noch fester. Ich strecke meine Arme und Beine aus und umschlinge Dich. Nur in solchem Eins-Sein kannst Du Dich bewegen. Meine Beine werden lang und biegsam, meine Arme um Deinen Rücken sind stark. Das Nebelhorn stöhnt, diesmal als Warnung vor den scharfen Kanten des Lebens. Und wir, voll Leichtsinn und unbekümmert, ficken im Angesicht der Katastrophe. Später dann, abgekühlt von der feuchten Luft, nebeneinander liegend, als hätte uns die Flut an Land gespült, zum Geräusch der Brandung, das der Nebel um ein Vielfaches verstärkt, schlafen wir ein. In solchen Nächten, wenn wir dann plötzlich geweckt wurden von der Kälte, die uns in die Knochen drang, krochen wir unter die Steppdecke, sehr verletzlich und dankbar, am Leben zu sein.

Ganz gleich, wo ich auch bin, der Nebel, Feuchtigkeit in der Luft, in meinen Haaren, auf meinem Gesicht und auf den Kuppen meiner Finger, das alles wird mich an unsere meerumspülte Liebe erinnern.

Mein Lieber!

Schlaf heut' nacht auf meiner Seite des Bettes. Falls klarer Himmel ist, schau hinauf und durch das dreieckige Fenster über der Tür. In der unteren Ecke siehst Du einen leuchtenden Stern. Ich weiß seinen Namen nicht, doch er sieht uns Nacht für Nacht zu. Er ist dort in jedem Frühjahr und bleibt den ganzen Sommer hindurch. Es ist eigenartig, Jahr um Jahr so eindringlich und unverwandt beobachtet zu werden. Er hat uns zugesehen, als wir uns stritten und drauf und dran waren, uns zu trennen. Doch haben wir es je eine einzige Nacht geschafft, ohne daß wir die Hände nacheinander ausstreckten? Ich glaube, er weiß, wie tief wir einander lieben. Wenn Du auf mir drauf liegst, sehe ich ihn über Deiner Schulter blinken. Er zwinkert.

Manchmal erinnert er mich daran, Liebe zu machen. Ich gehe müde und ausgepumpt ins Bett und bin froh, nicht angerührt zu werden – und dann ist er da. »Oh, fick ihn doch – nun mach schon!« Er ist ein ziemlich geiler Stern. Wenn unser Atem sich beschleunigt, wird er größer.

Versuch's mal. Mach's Dir selbst und träume von mir. Wenn Dein Glied zu schwellen anfängt, beobachte ihn. Sieh hin, wie er heller wird. Und bitte sag' ihm in unserem Namen Dank!

Liebster L.!

Schau auf dem obersten Regalbrett über dem Bett nach, da ist eine Flasche mit wunderbarem Kokosöl. Es riecht nach den Tropen – Hibiskusblüten – und nach Wärme. Ich hab es mitgebracht. Stell Dir vor, wie ich mein kleines Ölfläschchen öffne und mir die Brüste damit einreibe. Beide Warzen stehen ganz hart heraus, ich sehe vor mir, wie Du Hand an deinen Schwanz legst... hart und mit dem Geruch derselben Süße, die mir in die Nase steigen wird. Ich werde nicht lange warten, bis ich meine nasse Möse für diese Köstlichkeit weit öffne. Ich bin ganz still und konzentriere mich, damit ich Dich in mir spüren kann, wie Du Dich sanft bewegst, sacht, seidig, bis ich in Dein Lied einstimme und sich meine Zehen in Ekstase spreizen.

Hallo, mein Lieber!

Sag Deinen Füßen Guten Abend. Du hast die breitesten Füße, die eher wie geheimnisvolle Erdteile aussehen und so gar nicht wie Füße. Ich liebe Deine Füße. Besonders gern mag ich es, mit meinen Fußspitzen über Deine Sohlen zu fahren. Ganz gleich, welche. Deine Füße sind immer warm. Ich kann mir nicht erklären, welches Wunder der Chemie so warme Füße hervorbringt... welch wundersamer Blutkreislauf. Ich liebe Deine Füße. Und dann liebe ich es auch, mich an Dich zu kuscheln und vorsichtig meine Füße bis zu deinem Schritt hochzuschieben und Deinen warmen Schwanz dazwischen zu fühlen.

Ich mag es gern, wenn einer von uns später als der andere ins Bett geht und unsere Füße ›Hallo‹ zueinander sagen. Sogar wenn wir aus dem Tiefschlaf kommen, angeln sie nacheinander. »Hier bin ich – Schön, dich zu fühlen.« Ich glaube, wir lieben Deine Füße noch nicht genug. Ich werde Dir etwas Wunderschönes für sie mitbringen. Ich mach' mich auf die Suche nach einem herrlichen Geschenk für Deine Füße.

Lieber L.!

Bevor ich gefahren bin, erinnerst Du Dich noch, wie oft wir über Ärsche gesprochen haben? Ich bin hingerissen, wenn Deine Händen meinen Hintern packen und mich da ganz fest halten. Ich denke, das muß zurückgehen auf jene ersten Tanzereien, als jemand die Artigkeit besaß, meinen Arsch zu begrabschen und meine ganze unterdrückte und noch unberührte Sexualität aus mir hervordrängte. Wenn jemand meinen Hintern hält, ist das so, als wäre ich gerade sechzehn und zum Platzen reif. Ich glaube, einer der ersten Männer, die meinen Arsch betatschten, war der Junge, mit dem ich damals ging, als ich in die Oberstufe kam. Er war ein Typ namens Allen, und ich begegnete ihm in einer Eisdiele in Princeton. Ich habe ihn nie wiedergesehen. Ich weiß nicht einmal mehr seinen Nachnamen. Aber ich erinnere mich noch gut, wie er meinen Hintern fest gepackt hielt. Wir sollten ihm danken.

Danken sollten wir auch einem Burschen, dem ich an einem Mittwochabend im Jahre '54 am Y begegnet bin, und der mich dazu bringen wollte, auf dem Parkplatz des *White Castle* seinen Schwanz in die Hand zu nehmen. Ich schaffte es, ihn abzuwimmeln, doch bei dem Gerangel berührte ich seinen harten – oh Mann, das war vielleicht aufregend! – Schwanz. Jener Kampf, der schreckliche Zwiespalt zwischen meiner Neugier und meinem Verlangen einerseits und den Wertvorstellungen meiner Eltern und der Gesellschaft andererseits, haben dazu geführt, daß es für mich die reine Wonne und immer wieder ein ganzer Sieg ist, wenn ich Dein Glied in der Hand halten kann!

Das wahre Wesen des Universums enthüllt sich vielleicht darin am trefflichsten, daß jeder Mann, den ich gekannt und erkannt habe, zu unserer Wollust beigetragen hat. Und, Lieber, Du mußt auf meine Rückkehr warten, um an den Wohltaten dieser Reise teilzuhaben.

Lieber L.!

Ich habe über das Vorspiel nachgedacht. Dabei habe ich mich gefragt, ob nicht vielleicht die Lektüre dieser Briefe das Vorspiel sein könnte zu bisher noch unentdeckten Freuden, die genau richtige Vorbereitung dafür, uns einer Liebe zu öffnen, die sonst vielleicht verborgen und unentdeckt geblieben wäre.

Vorspiel.

Unsere Fahrt per Anhalter nach Steep Ravine. Der heiße Tag, der beschwerliche Marsch den Küstenpfad hinauf und dann der Abstieg hinunter in die kühle Üppigkeit des kleinen Wasserlaufs, der Farne, der Rotholzbäume. Stunde um Stunde langsam dahinwandernd, wurden wir im Denken und Fühlen eins. Unsere Leiber sehnen sich nach derselben Nähe wie unsere Seelen, die uns am Ende des Abends einander in die Arme treibt, auch dann, wenn unsere schmerzenden Beine Ruhe brauchen.

Vorspiel.

Frühstückspause. Zuhören, wie Du heut' morgen mit Deiner Arbeit vorangekommen bist. Unsere gemeinsamen Zweifel und kleinen Bedenken, als wir uns über Deine jüngste Pasta-Création auslassen. Darüber lachen, wie wunderbar es ist, daß wir imstande sind zu leben und eine Arbeit zu haben, die uns anregt, die uns aufregt. Unsere Arbeit wird uns zur Quelle unserer Liebe.

Vorspiel.

Sich hinsetzen, um einen Plan für die Woche zu erstellen. Die Einkaufsliste für Lebensmittel, das kleine Gezerre darum, wer kochen und wer saubermachen soll und wer die Post abholt und das Auto in die Reparatur bringt. Und, oh ja, ich kümmere mich um die Wäsche und mitten in den kleinen weltlichen Geschäftigkeiten unseres Lebens, während ich vielleicht Deine vergilbten T-Shirts zusammenlege und Deine Socken stopfe, fließen meine Säfte, mein Herz schlägt schneller und ich weiß, daß wir uns bestimmt sehr bald wieder lieben werden.

Vorspiel.

Während Du diesen Brief liest, rutsche und gleite ich durch ganz Europa, stelle mir vor, wie Du meine Abenteuer und Launen gutheißt, mich bei meiner Arbeit und in meiner Verspieltheit unterstützt und denke an die Freiheit, die wir einander lassen. Freiheit: Das ist eine seltene Form des Vorspiels. Ich bin gern Deine Gefährtin. Ich freue mich, daß ich dazu imstande bin, Dich noch über so weite Entfernungen zu erregen.

Liebster!

An dem Morgen, an dem ich dies lese, werde ich fest an Dich denken und es mir selbst machen. Ich werde meinen Körper vom Kopf bis zu den Zehen genüßlich verwöhnen. Und dann trage ich diesen lustvollen Sex hinaus in die Welt. Das ist ein Spiel, über das wir nie gesprochen haben. Ich spiele es mit Hingabe: Die ganze Welt vögeln. Orgasmus rund um die Stadt. Hier sind die zwei Grundregeln.

1. Sieh zu, daß Du jeden deutlich spürst, den Du berührst. Die Kellnerin beim Frühstück, den Fleischer, wenn er Dir das Wechselgeld gibt, Deinen Freund, Deine Freundin in der Mittagspause, wenn ihr Euch zur Begrüßung die Hand schüttelt. Sie müssen ja gar nicht wissen, daß Du sie vögelst. (Obwohl die Klügsten und Feinfühligsten schon einen Weg finden werden, Dich wissen zu lassen, daß sie es wissen.) Spüre sie ganz und rundum mit allem, was Du hast, bis in deine Fingerspitzen, mit den Ohren und unten in Deinen Lenden, Deinen Füßen, mit prickelnden Zehen. Dann sag' einfach: »Wie geht's Dir denn?« »Oh, ganz gut, danke.« Es ist, als würde man ins Telefon sprechen, während man im Bett weiter bumst.

2. Geh davon aus, daß jedes Gespräch entweder Vorspiel ist oder direkt nach einem Orgasmus stattfindet. Es gibt gar keine andere Wahl. Achte darauf, wie Deine Stimme weicher wird. Meine wird ganz belegt und der viele Speichel, den ich im Mund habe, macht meine Lippen feucht. Gespräche werden viel, viel interessanter, Begegnungen werden viel bedeutsamer, wenn jeder kurz davor steht, gleich zum Liebhaber zu werden oder es gerade gewesen ist. Wenn ich heimkehre, freu' ich mich schon darauf, von Dir zu hören, wie Du dieses Spiel gespielt hast. Du, der Du so begeistert und gut spielst, wirst gewiß manches Interessante zu erzählen haben.

Lieber L.!

Neue Städte regen mich an. Fremde Speisen erregen mich. Neue Menschen finde ich spannend. Neue Betten, ihr Geruch und wie sie sich anfühlen, reizen mich auf. Kannst Du das aushalten? Denk an mich, mein Schatz, während ich mich öffne, mein Puls fliegt, ich vor Erregung vibriere, die Geliebte von

Tausenden neuer Geräusche und Geschmacksempfindungen werde.

Welche großartigen neuen Mysterien werde ich Dir wohl offenbaren können, wenn ich heimkehre? Welche Weisheit bring' ich Dir zurück? Was werde ich gelernt haben? Vielleicht nur einen neuen Tanz. Und wenn, mein Liebling, wirst Du dann mit mir tanzen?

Mein Geliebter!

Welches Wunder hat sich in uns abgespielt. Welcher Zauber hat es vermocht, das Feuer in Gang zu halten, während so viele andere ausgebrannt sind?

Erinnerst Du Dich noch, als wir uns zum ersten Mal begegneten? Die elektrische Spannung war so groß, die Erinnerung daran hat sich mir unvergeßlich eingegraben. Ich sehe das Bild deutlich vor mir. Wir gehen aus entgegengesetzten Richtungen aufeinander zu. Man macht uns miteinander bekannt. Beide lächeln wir, schütteln einander die Hand. Nur einen ganz flüchtigen Augenblick. Ein einziger Händedruck. Ich erinnere mich noch, wie ich meine Hand anschaute und mich fragte, »Was war das?« Dies ›Hallo‹, das wie kein anderes Hallo in meinem Leben klang.

Mit Freude erinnere ich mich an die Leidenschaft, die uns umschloß. Es war, als sollte die Schokolade, die wir in unsere Körper eingerieben hatten, um sie aufzusaugen und aufzuschlecken, nur die verzehrende Lust verbergen, die wir füreinander hatten. Du warst meine Nahrung. Mein Trank. Mein Atem. Deine Zunge hat meinen Mund mit Schokolade gefüttert. Deine Säfte hatten sie für mich weich geschmolzen. Welch erlesene Cuisine! Heftig hast Du in meinen Mund geatmet, atmetest die Luft, nach der ich keuchte. Ich zerschmolz, vertraute Dir meinen Atem an und wußte dann nicht zu sagen, wessen Atem welchen unserer Körper lebendig erhielt, als dieses einzige eine Wesen aufstand, sich zu duschen und seine vielen Beine, Ohren und Münder zu waschen. Eins.

Wir traten einer in des anderen Leben, als hätte alles andere aufgehört zu existieren. Nur dieses Wesen aus einem Stück, auferstanden aus einem Bett aus Schokolade, das seinen Weg in die Welt findet. Schokolade. Nur ein einziges kleines Stück davon, und jene alten Erinnerungen fluten zurück. Und übrigens, Liebling, in meiner oberen Nachttischschublade ist ein kleines Päckchen mit deinem Namen drauf. Laß es Dir schmekken, ich bringe Dir noch viel mehr mit.

Lieber L.!

Das letzte Kuvert. Bald werde ich daheim bei Dir sein. Nach so langem Getrenntsein wieder zusammenzukommen, ist stets voller Gefahr. Wirst Du mich noch immer lieben? Liebe ich Dich noch? Oder haben wir in all unserer Freiheit vielleicht irgendein Geheimnis entdeckt, das unserem Einssein unwiderruflich ein Ende setzen muß? Es sind diese Angst und die Ungewißheit, die solchen Wiedervereinigungen die Stimmung einer ersten Begegnung verleihen. Vielleicht ist es genau diese Freiheit, die uns füreinander so neu sein läßt. Wir werden wieder verletzbar sein, wenn wir einander beim nächsten Mal begegnen.

Ich habe für uns in einem großartigen Hotel reserviert. Ich werde Wein mitbringen. Im Ankleideschrank hinter meinen Schuhen ist ein kleines, in Silberpapier gewickeltes Päckchen. Bring es bitte mit, es ist ein kleines Geschenk, das ich für uns vorbereitet habe, bevor ich abgereist bin. Bald, mein Liebling, werden wir uns wiedersehen!

Immer die Deine, T.

Signe Hammer

Fremdlinge im Weltall

Es regnete, als wir hinunter ans Kap fuhren; es war schon am frühen Nachmittag dunkel. Drinnen war die Corvette, eine kleine Höhle, hin und wieder erfüllt von aufflammendem Licht und Spiegelungen. Sandy fuhr, über das Lenkrad gebeugt, die langen Beine scharf angewinkelt, obwohl der Sitz bis ganz ans Ende zurückgeschoben war. Ich hatte meine Hand auf seinem Schenkel, den Arm auf den schwarzen Knüppel der Gangschaltung gestützt. Sobald er den Gang wechselte, zog ich meine Hand zurück.

Wir fuhren auf neutrales Gebiet, unsere erste gemeinsame Zeit an einem Ort, der nicht meine Wohnung in der Innenstadt oder sein kleines Haus an einem Berghang in Vermont war. Wir hatten nichts weiter bei uns als Kleidung zum Wechseln, etliche Flaschen Wein, reichlich Lebensmittel und eine tiefgefrorene Ente. Angeschnallt in die Schalensitze der Corvette, hinausstarrend in die trübe verwischte Schneise der Scheinwerfer, deutlich getrennt durch den Tunnel der Kardanwelle, waren wir plötzlich Reisende, denen Geschichte und Zusammenhang abhandengekommen waren, die nur durch das Dunkel draußen voneinander angezogen wurden, jedoch insgeheim ein bißchen ängstlich waren, was sie wohl anfangen würden, sobald sie ihren Bestimmungsort erreicht hatten.

Hinter dem Auf und Ab der Scheibenwischer sah das kleine Haus blind und still aus. Es gehörte niemandem, der uns besonders nahestand, nur einem Vetter, der ganz selten dort war, und es gab eine simple Vereinbarung: Sandy hatte eingewilligt, nach dem Dach, den Regenrinnen und den Abflüssen zu sehen und darauf zu achten, daß die Leitungen nicht einfroren. Wir schleppten nacheinander unsere Tüten und Beutel nach drinnen, nahmen den Geruch von muffigen Teppichen wahr, schauten die Verkleidung aus Pinie an und das Doppelbett. Ich faßte gleich den Entschluß, eine Flasche Wein aufzumachen.

»Ich mach uns ein Feuer«, sagte Sandy und ging hinunter in den Keller, um Holz zu holen. Ich hörte das dumpfe Poltern und den Aufprall, als sich große Scheite von dem Stapel lösten, und dann kam er heraufgestapft; Harz tropfte von den Kloben und Borke blätterte herab auf den Teppich bis zum Franklin-Kamin, wo sie aufgeschichtet wurden und lodernd zu brennen anfingen. Es war Holz vom letzten Winter, geschnitten, nachdem es ausgeharzt war und abgelagert in dem Schuppen, den man vom Küchenfenster aus gerade noch sehen konnte.

Sandy langte hinüber, um sein Weinglas von der Anrichte zu nehmen, wobei er mich ganz kurz mit dem Kopf streifte und sein Bart über meine Wange fuhr. Ich hätte ihm gern die Hand an Bart und Wange gelegt, doch eine plötzliche Scheu hielt mich davon ab. Ich empfand mit einem Mal, wie die häßliche anonyme Küche einen Graben zwischen uns schuf, uns einander entfremdete, all das zunichte machte, was wir langsam und qualvoll während der letzten Monate an Mitteln und Wegen gefunden hatten, einander näher zu kommen.

In jener ersten Nacht in meiner Wohnung hatte Sandy erschüttert und beschämt auf meiner Bettkante gesessen, derart beklommen und in sich gekehrt, weil er das, was uns körperlich trennte, nicht überwinden konnte. Also stand ich auf und kochte für uns, und wir saßen auf meiner Couch und aßen Hähnchen mit den Fingern, und wir redeten, und ich beschwichtigte ihn, der so verwirrt und verstört war wegen der Impotenz, die von den Schrecken der Liebe verursacht war und nicht von Dope, Alkohol oder Erschöpfung. Als er dann freier wurde und sich entspannen konnte, fing ich an zu krampfen, und er kam nicht in mich hinein, und ich machte wieder ein Essen, und diesmal besänftigte er mich, und es stellte sich dadurch so etwas wie Vertrautheit zwischen uns ein. Doch wir blieben stets angewiesen auf Orte, die uns heimisch waren.

Es ist schwer, aus seiner eigenen Haut zu können und sich jemand anderem zu nähern. Jeder verfügt über so viele vertraute Arten, mit anderen Menschen zusammenzusein oder sie sich fernzuhalten, daß einer, der ganz neu ins Leben eines anderen tritt, wie ein Schock auf ihn wirken kann. Es ist so, als wären wir gefangen und von all jenen anderen Menschen ausgelaugt, die durch unsere Träume ziehen. Wir brauchen eine schlichte, alltägliche Routine mit einem neuen Menschen, um uns von dem Umstand abzulenken, daß wir nackt sind, bis irgendwann unsere Art, zu jemandem zu finden und mit ihm zusammenzusein, mit der des anderen zusammenfällt – mit ihm und seinen zwei gescheiterten Ehen und mir und meiner letzten unglücklichen Liebe, mit seinen Schallplatten, die wir uns anhören und meinen Büchern, die er liest oder links liegen läßt – damit Wegmarkierungen, die wir noch nie zuvor gesehen haben, plötzlich vertraut erscheinen; und mit einem Mal schaffen wir es, über den trügerischen Graben, der sich mal schmaler, mal breiter zwischen uns auftut, hinwegzukommen und mit dem Schwung, den uns die Vergangenheit versetzt, in die Zukunft zu gleiten.

Doch manchmal bleiben wir auch stecken. Die einfache Gegenwart öffnet sich zu ungeahnten Tiefen; es gibt keine Wegzeichen und keine Grenzen, nichts, woran man sich im Dunkel klammern könnte. Und dennoch treiben wir, treibt es uns weiter.

Sandy reckte sich in seinem Schaukelstuhl neben dem Kamin, und ich rollte mich in der Sofaecke zusammen, und wir tranken unseren Wein und hörten dem prassenden Feuer und dem heulenden Wind zu, und kurz darauf stand Sandy auf und ging ins Schlafzimmer, und ich konnte hören, wie er die Betten zusammenschob. Er kam heraus und stand auf der Türschwelle zum Schlafzimmer, und ich stand auf und ging zu ihm, stand vor ihm, und meine Brüste stießen an seinen Bauch und sein Kinn ruhte leicht auf meinem Kopf. Er legte die Arme um mich und wir gingen hinein und liebten uns. Es ging alles ganz gut, doch etwas zögernd und auf Distanz; er glitt in mich hinein, als erforschte er eine neue Höhle, sich vorantastend, horchend, ob sich Gestein löste oder Tropfwasser von irgendwoher ein Echo gab. Ich öffnete mich etwas widerstrebend, gerade weit genug; überdeutlich war ich mir des Regens bewußt, der draußen, nicht weit vom Bett entfernt, auf das Fensterblech trommelte, des gräßlichen grünen Anstrichs der Wände und des schmalen Spaltes zwischen den Matratzen, der breiter werden und uns auf dem Fußboden landen lassen konnte, falls einer von uns dazwischenrutschte; ich verspürte den Drang, auf meinem schmalen Bett das Gleichgewicht für uns beide zu halten und atmete ganz ruhig.

Am Morgen stieg Sandy auf's Dach um nachzusehen, ob der Sturm einige Schindeln losgerissen hatte, und ich ging hinaus in das Marschland, um Rohrkolben zu schneiden und Gräser für einen Herbststrauß zu pflücken. Die vorherrschenden Farben der Landschaft waren Mauve und ein ledernes Braun unter schiefergrauem Himmel. Ich schaute zurück zu Sandy, der sich kurz unterhalb des Giebels hingekniet hatte, um den Halt der obersten Schindeln zu prüfen und dann vorsichtig das vom Wind getrocknete Schieferdach hinunterstieg, dann, auf der Leiter stehend, Hände voll Blätter aus der Regenrinne holte. Ich sammelte meine Gräser; außer Möwen und Krähenschwärmen waren keine anderen Vögel zu sehen. Vom Regen war die oberste Bodenschicht aufgeweicht und matschig, doch darunter war die Erde noch gefroren und knirschte. Als ich das nächste Mal hochschaute, war Sandy verschwunden, war entweder die Leiter hinabgeklettert oder auf der anderen Dachseite. Die Leiter, die an der Regenrinne lehnte, gab dem Haus das Aussehen von Verlassenheit. Dann aber kräuselten sich Rauchfähnchen aus dem Schornstein; bei ihrem Anblick spürte ich plötzlich die Kälte und machte mich auf den Rückweg. Als ich den Hang vor dem Haus hinaufstieg, wurde der Rauch dicht und gleichmäßig und durch das Küchenfenster konnte ich flüchtige Bewegungen erkennen.

Sandy aß sein Mittag aus der Bratpfanne: Brotscheiben, auf die er Käse, aufgeschnittene Hot Dogs, Tomaten und Perlzwiebeln gehäuft hatte, zwischen jeder Schicht eine Lage Mostrich. Für einen großgewachsenen Mann waren seine Bewegungen leicht und sicher; er war schlank und hatte einen leichtfüßigen Gang.

Er ließ die letzte Brotscheibe vom Pfannenheber auf den Teller rutschen und wandte sich um, als ich in die Tür trat. »Das vertreibt die Kälte aus den Eingeweiden«, sagte er. Sein Anblick, wie er so mit dem Bratenheber in der Hand dastand, verursachte mir ein plötzliches Schwächegefühl, und ich blieb stocksteif stehen und starrte ihn töricht an. Sein Bart, der an den Seiten langsam eisengrau wurde und seine Hängeschultern, die noch ausgeprägter waren durch die lebenslange Angewohnheit großgewachsener Menschen, sich beim Sprechen mit Leuten von normaler Statur vornüber zu neigen, verliehen ihm ein anheimelndes, liebes und vertrautes Aussehen.

Er machte zwei lange Schritte durch die Küche, und plötzlich spürte ich seinen Atem auf meiner Stirn, und seine langen Arme schlangen sich um meine Schultern. Die eigenen Arme schlaff herabhängend, schloß ich die Augen, und so standen wir, während das geröstete Brot kalt wurde, berührten einander vorn so sacht und leicht, daß ich kaum atmen konnte. In der unbewegten Stille wurden meine Brustwarzen zu winzigen Druckpunkten, die bei jedem seiner Atemzüge elektrische Stöße in mein Gehirn jagten. Seine Lippen strichen sachte über meine Stirn, ließen sich so leicht und flüchtig auf meinen Lidern nieder, daß sie nur mit einem kleinen Flattern antworteten und ich einen ganz schwachen Kitzel in meiner Scheide spürte. Doch das reichte schon; in meinem Gehirn »feuerten« Neutronen wie verrückt, Transmitter jagten über Synapsen, Zellmembranen gingen auf Empfang, um dann den Befehl an meinen Körper weiterzugeben, ganz dringend sich ebenfalls zu öffnen.

Meine Arme schlossen sich um ihn, und ich trat ganz dicht an ihn heran, fühlte, wie sein Glied, sein Druckpunkt, auf mich ansprach. Seine Arme umspannten mich fester und meine Brustwarzen durchfuhr ein Stoß, der mich so weit brachte, auf Zehenspitzen stehend den Versuch zu machen, die Ausbuchtung seiner Hose zu besteigen. Ich hob das Gesicht und wir küßten uns hart und lösten uns dann voneinander. Sich selbst überlassen, würden unsere Körper wohl von allein weitermachen, doch wir mußten herausfinden, wo wir standen. Für uns beide waren Lippen ein Beweis des Zutrauens: Wenn sie eine Verbindung herstellten beim Aufeinanderpressen und Sichlösen, im leichten Berühren und festem Druck und schnellen, gezielten kleinen Schmatzen, wurden sie zu einem Medium, in dem sich die Verbindung von Geist und Körper leichter und sicherer herstellte, als Worte es vermögen. Ich glaube fest, daß eine Frau schon nach einem einzigen Kuß sagen kann, ob ein

Mann auf ihren Körper eingeht oder sich ihm nur aufdrängt; ob er leicht, trocken und herzhaft ist; gepreßt, hart und besinnungslos; oder – und das ist das Schlimmste – plump, schlaff, feucht und nachlässig.

Beim ersten Mal, als wir uns geküßt hatten, war Sandys Mund auf meinem zum Leben erwacht, obwohl das gegen sein besseres Wissen geschehen war. Er machte gerade eine Scheidung durch und war vor Frauen sehr auf der Hut. Meine Vorgeschichte mit Männern war eine Kette elender Fehlschläge. Vielleicht war es das gewesen, was es uns so schwer gemacht hatte, über den Anfang hinauszukommen; und warum sogar damals schon, jedes Mal, wenn wir uns liebten, unser erster Kuß immer so war, als träfen sich Verliebte nach einer langen Zeit der Trennung; ein Schock des Wiedererkennens und dann die Frage: *Bist du noch da?*

Schrittweise entdeckten wir, daß es so war. Die winzige Küche mit den billigen Schränkchen aus knorriger Pinie und der Anrichte mit dem Kunststoffurnier erwärmte sich, die frostklirrende Landschaft draußen wich zurück, und unsere Körper wurden füreinander wieder vertraut. Meine Ecken und Kanten schmiegten sich in die festen, flachen Mulden zwischen Sandys Rippen und Hüften. Und dann waren wir im Schlafzimmer und zogen die absurde Bettdecke aus Chenille ab, schlugen die Wolldecken und das Laken zurück. Sandy schubste mich sanft, so daß ich auf der Bettkante zu sitzen kam, und er kniete sich vor mich hin. Er begann, meinen Pullover über meine Rippen hochzurollen, während ich stumm dasaß und nur die Arme hob, damit er ihn mir abstreifte. Er küßte mich auf die Nase und sah mich dann mit Augen an, die so völlig durchsichtig geworden waren, daß ich mich selbst darin sehen konnte. Er beugte sich vor, um mein Hemd aufzuknöpfen. Das alles tat er ernst und bedächtig, öffnete erst einen Knopf und schlug dann sorgfältig das Hemd zurück, um den nächsten aufzumachen. Ich spürte, wie sich vom Spannungspunkt im Zentrum meiner Schwerkraft eine große Ruhe ausbreitete, als schwebte ich mit hellwachen Sinnen in vollkommenem Gleichgewicht. Sandy schien mir unsagbar liebevoll und geduldig, mit Händen, die die Knöpfe meines Nervensystems lösten, mit seinem Gesicht, das so aussehen mochte wie das, das mir aus einem Spiegel entgegenblicken würde, der mich mir von innen zeigte. Als er meine Brüste bloßlegte, sich vorbeugte und meine linke Brustwarze küßte, begegneten Lippen und Brust einander wie Geliebte, die zwischen Morgen und Abend getrennt waren, begierig, in die warme Geborgenheit des Morgenbetts zurückzukehren, das sanft gewölbte Zelt der Laken und die ruhige Spannung zwischen Schlafen und Erwachen, wo Grenzen sich verwischen und keiner sich schon bewußt ist, daß er nackt und allein ist.

Die kleinen Stöße in meinem Gehirn setzten wieder ein und das Kribbeln auf der Oberfläche meiner Haut. Sandy streifte erst eine Brustwarze, dann die andere, und dann ging er vom kostenden In-den-Mund-Nehmen, das so zart war, daß ich seinen Mund nicht von meiner eigenen Haut unterscheiden konnte, zu festerem Ziehen und Kneten über, wobei seine Zunge über meine Brustspitze schnellte. Ich geriet außer mir. Mich zurücklehnend, packte ich seinen Schopf und drückte ihn an mich; er kam aus seiner knienden Stellung hoch und beugte sich, die Arme neben mir aufstützend, wie ein Zelt über mich. Und dann stieg er zu mir ins Bett und rollte mich auf die Seite, und ich knöpfte sein Hemd auf und küßte seine Brust, fuhr mit der Zunge über seine kleinen Brustwarzen, und dann zog er mir die Hosen und die Unterhosen herunter und ich zappelte, um ihm dabei zu helfen. Seine Finger spürten Feuchtigkeit, als sie sich zart zwischen meine Schamlippen schoben, und er strich leicht über die glatte, weiche Knospe meines Kitzlers, und ich spürte, wie ich zu schmelzen begann. Ich drehte mich, um seinen Reißverschluß aufzuziehen und ihn von seinen Cordhosen und den Netzunterhosen aus Baumwolle zu befreien, und meine Finger auf der weichen, zarten Spitze, auf der sich schon Feuchtigkeit sammelte, waren dieselben wie seine Finger in mir, sein Mund und meiner ein und derselbe Mund, und als er sich hob, um in mich hineinzukommen, fühlte ich, wie ich mich nach außen öffnete. Und dann war er in mir, doch beide steckten wir in derselben Haut, in einer großartigen, verzauberten Höhle, und dann fluteten wir beide gemeinsam in etwas Gewaltigem, das hinauswogte ins Unendliche und jeder Zentimeter war weich und sanft wie Nachtluft im Sommer unter Bäumen. Wir wußten nicht, wer im anderen war; wir waren beide innen und es gab kein Außen, wir erfüllten die Unendlichkeit und trieben in ihr, unsere zwei Köpfe waren wie ein einziger Planet, der eine Sonne umkreiste, die irgendwo innen im Universum unserer Leiber stand. Süß dehnten sie sich weiter und weiter, eine unendlich langsame, stille Supernova, die Lichtjahre durch den Raum unserer Höhle zog, und wir badeten uns in ihrem weißen Licht und ihrer Hitze, bis das letzte Photon strahlend zerplatzte, und wir taumelten benommen und verwundert hinaus in eine Welt aus zerknitterten Laken und Decken, die auf dem Boden lagen, wo eisiger Regen hart gegen schwarze Scheiben schlug und wir unsere Körper noch nicht als unsere eigenen fühlen konnten.

Und dann fanden wir sie verzögert und träge wieder; wir waren von einem fernen Ort zurückgekehrt und fragten uns, wo wir waren. Traurigkeit überkam uns; es war nicht wie das gewohnte langsame Zurücktreiben ins wache Bewußtsein, nicht das vertraute Beieinanderliegen und Reden und Einanderberühren, um die Verbindung zu halten.

Wir waren gemeinsam so weit fort gewesen, daß wir jetzt, zurückgekehrt, nicht wußten, wie wir miteinander umgehen sollten; es gab keinen festen, vertrauten, gemeinsamen Grund, einen sicheren Ort, an dem jeder sein Selbst zurückfordern konnte. In der abscheulichen Neutralität des kleinen Hauses, das wie ein Motelzimmer war, befanden wir uns wieder im Niemandsland.

Sandy stand auf, ging hinüber ins Wohnzimmer, machte den Fernseher an und setzte sich, lehnte sich tief zurück in die Sofaecke, um sich ein eigenes Plätzchen, einen Winkel zu schaffen. Ich spürte, wie mich Depression überkam, ein Verlust der Räumlichkeit und Verbundenheit, jedoch ganz ohne Trennung; es war, als hätten wir einander die Seele gestohlen.

Mir ging auf, daß wir jetzt, sofort, irgendwoanders hingehen sollten, unter anderen Menschen sein mußten. »Laß uns ausgehen«, sagte ich, und kurz darauf stimmte mir auch Sandy zu. Schweigend fuhren wir durch den Regen zu einer Bar, wo Folkmusik gespielt wurde, wo Männer und Frauen sich unterhielten und in ständiger Bewegung waren, aufstanden, sich hinsetzten, sich über die Bar und aneinander lehnten, schwatzten, lachten, stritten, während der Sänger auf einem hohen Hocker saß und zwischen den Liedern Witze mit dem Publikum riß. Wir saßen auf Barhockern und tranken Bier und Sandy flirtete mit der Frau hinter dem Tresen und unterhielt sich mit einem bärtigen Naturburschen; und ich saß einfach da und ließ mich von der Hitze wärmen, die all die anderen Körper verströmten, und das lebendige Treiben und die Gesprächsfetzen, die ich hörte, verscheuchten nach und nach meine Depression. Nach einiger Zeit fingen Sandy und ich an, unsere Späße miteinander zu machen, und dann konnten wir ganz kameradschaftlich dasitzen und dem Sänger zuhören und ganz allmählich, nachdem wir zu unserer eigenen Überraschung herausgefunden hatten, daß unsere Seelen wieder uns selbst gehörten, nachdem wir wohlig alle Nischen und Winkel unserer eigenen Körper gespürt und gefühlt hatten und feststellten, daß alles wieder wie angegossen paßte; und nachdem wir uns dann an den allgemeinen Ansichten vollkommen fremder Leute in der mittelgroßen Höhle der Geborgenheit, die eine gute Bar an einem regnerischen Abend darstellen kann, gerieben hatten, fanden wir Frieden. Und irgendwo tief in den Knochen regte es sich wieder schwach, und als wir gingen, dachten wir, daß wir einander auch im Dunkeln finden würden, in jeder Höhle, jeder Grube auf Erden und dennoch lebendig wieder herauskommen würden.

Grace Zabriskie

Spiele

... das funktionierte doch nicht... nein...

»Nein«, sprach Ann seufzend zu Rosys Kitzler. Sie löste ihre verschlungenen Beine von Barts Hals und hob Rosys Beine von ihren eigenen Schultern.

... wer war das da unter ihnen eigentlich?...

Ann konnte ihn nicht erkennen, aber vermutlich war es John und dann dieser andere Bursche, den er mitgebracht hatte. Bedauernd hob sie ihr Becken an und preßte den Schließmuskel zusammen, bis sie den Dildo aus ihrem Anus hinausgedrückt hatte.

Gemurmel hier und da, schmatzendes Lutschen und Seufzer, Stellungswechsel, mit denen delikate Vorkehrungen getroffen wurden für verschlungene Entwirrungen; Vorsprünge glitten aus Höhlungen... und das vielgliedrige Wesen mit den vielen Körperöffnungen fiel auseinander.

Ann schob sich zur Kante des gewaltigen Tummelplatzes von einem Bett, auf dem sie alle während der vergangenen Stunden geturnt hatten... niemand erhob Einwände... Sie stand auf und schaute auf sie hinunter... wie sie in verschiedenen Winkeln zueinander dalagen... zu ihr hochschauten.

»Was ist los?«, fragte John.

»Nichts«, sagte Ann ohne besondere Betonung... aber alle hatten es mitbekommen. In einer kurzen Ruhepause starrten sie sie eine Weile an. John reckte sich, streckte sich, spreizte die Zehen ab, eine ausgestreckte Hand fand unabsichtlich Rosys Bauchnabel und begann, träge damit herumzuspielen.

»Geh schwimmen«, riet er ihr, während er mit der anderen Hand suchend nach einem der zahlreichen kleinen Tiegel mit Duftöl auf einer Ablage tastete, dann die Finger eintauchte, damit über Barts Schenkel strich und dann über sein eigenes schlaffes Glied. Bart bemerkte, wie Ann ihn beobachtete, lächelte und schloß die Augen. Er liebte es, beobachtet zu werden, erinnerte sich Ann, doch niemand aus dieser Gruppe schien sich damit zufrieden zu geben, das zu tun... jedenfalls nicht für lange.

...so war das also, dabei zuzuschauen...

Als John sich auf den Bauch rollte und langsam Rosys rechtes Knie und Barts linkes Knie gegeneinander drückte und dann in einem weiten Kreisbogen die empfindlichen Wölbungen und Beugen zu lecken begann, erkannte Ann darin ein Bild aus einem erotischen Traum wieder, den sie einmal gehabt hatte. Auch damals im Traum hatte sie zugeschaut. Als die Szene vor ihren Augen lebendig wurde, hatte Ann das Gefühl, daß sie selbst schon durchlebt hatte, was sie jetzt miterlebte.

...oder war das, was sie einst geträumt hatte, genau das, was sie jetzt träumte?...

John drängte die beiden Körper enger aneinander, packte beide an den Hinterbacken und kantete sie so auf die Seite, daß ihre Becken einander zugewandt waren, so daß er mühelos erst einen Schoß und dann den anderen mit dem Mund bearbeiten konnte, erst den einen, dann den anderen, immer und immer wieder, bis Ann spüren konnte, was Rosy sich anscheinend vorstellen mochte: Daß sie Johns Zunge noch immer fühlen konnte, auch dann noch, wenn sie schon ihren zerbrechlichen Hüftknochen verlassen hatte und jetzt über Barts rauheren, kräftigeren glitt...

...und auch das war genau, wie es im Traum gewesen war...

John hatte Rosys Kitzler der kundigen Betreuung durch Bart überlassen, während er seine Stellung so verändert hatte, daß sein Atem über Barts längerwerdenden Schwanz strich.

...sie konnte die feuchte Hitze geradezu fühlen... die Spannung, die sich in ihren eigenen Unterleibsmuskeln zusammenzog...

Gerade als sie zu spüren glaubte, daß Barts Gier danach unerträglich sein mußte, senkte sich Johns Mund, schloß sich um den langen dunklen Schaft, der ihn schon erwartete... und ebenso konnte sie fast spüren, wie Johns Hand jetzt weiterwanderte auf der Suche nach Barts Anus.

Die Trennlinie zwischen Beobachten und Tun schien sich zu verwischen, der Unterschied zwischen Tun und Traum war aufgehoben. Und zwischen Beobachten und Träumen... jene Trennlinie hatte für sie nie wirklich existiert, erkannte Ann... obwohl sie sich nicht erinnern konnte, schon jemals »zugesehen« zu haben.

...denn der Träumer schaut zu... der Zuschauer träumt... wo hatte sie das schon einmal gelesen?...

Sie schaute hoch.

...wo zum Teufel war dieser neue Typ? Der Cowboy...

Ihr Blick wurde wieder fest und da drüben, durch die Glastür, am anderen Ende des Riesenbetts, sah sie ihn, wie er sie vom Jacuzzi her beobachtete, hinter ihm das schimmernde Blau des Wassers. Wie war noch sein Name? Wahrscheinlich Tex.

...vielleicht würde sie jetzt schwimmen... doch sie wollte doch gehen...

Als sie sich auf den Weg zu ihm machte und im Vorbeigehen zum Abschied hier ein Ohr, da eine Brust, dort eine Hinterbacke küßte, ging ihr mit einem Mal auf, daß sie lächerlicherweise eine gewisse Scheu spürte. Vorhin hatte sie bei diesem Typ gar nichts empfunden, bestimmt nicht, als sie mit ihm gefickt hatte, bis Rosy, John und Bart sich alle beschwert hatten – oder während Rosy ihm einen geblasen hatte, bis Rosy nun wirklich keinen Grund mehr zur Beschwerde hatte – oder während – nein, sie hatte doch wirklich *überhaupt* nichts empfunden, während dann Rosy und sie sich geliebt hatten.

Aber danach dann, als die zwei Frauen nach großen Margaritas verlangt hatten, um einen Eisschwanz zu machen aus Barts hübschem, dunklen, hart erprobten Glied, erinnerte sie sich, daß sie viel gelacht hatte über diesen – verflixt, wie war doch noch sein Name? – Slim? Und seine Weigerung, auch sein Ding ins Glas zu tauchen, hatte ihr gefallen. Bei dem Gedanken allein schon schrumpfte er ihm ein, so hatte er behauptet und sich nicht umstimmen lassen.

Ann setzte sich auf die Kante des Wellenbads und tauchte ein Bein in das wirbelnde Wasser.

»Ist nicht gerade sehr heiß«, sagte sie.

Soll ich's ein bißchen wärmer einstellen?«

»Na klar«, grinste er. »Vorhin, da drin, hast du's nicht geschafft, ihn einzufrieren, also denke ich schon, daß man dir jetzt 'ne faire Chance einräumen sollte, ihn zu kochen. Ach, was soll's. Dreh' *ganz* voll auf.«

Sie zuckte die Achseln und ließ sich in das erwärmte Wasser gleiten, lehnte sich dann an den Rand des kleinen Beckens und wandte ihm ihr Gesicht zu.«

»Ich bin Ann«, sagte sie.

»Ich weiß.«

Sie wartete. »Ich weiß deinen Namen nicht.

»Ich weiß.«

»Du bist schwierig, wie?«

»Nein, ich bin Joe. Und du willst gehen. Oder du *warst* schon am Gehen.«

»Ich weiß«, sagte sie.

...sie fühlte sich wie ein Kind, weil sie es ihm nachgesprochen hatte...

»Warum?«

»Ich weiß nicht.«

Er lachte. »Doch, du weißt es. Du warst gelangweilt.«

...nun, das war sie jetzt eigentlich nicht...

»Das war zu sehen, was?«

»Nicht wirklich. Jedenfalls... ich glaub' nicht, daß das der einzige Grund war.«

Sie musterte ihn eine ganze Weile. »Hast du etwa vor, mir zu sagen, was deiner Ansicht nach dieser andere Grund sein könnte?«

»Was meinst du damit?«

»Ich *meine*... falls ich dich danach *fragte*... was du denkst, warum ich wirklich... von der *Orgie* da drinnen... weggegangen bin... wirst du mir denn nun eine *Antwort* darauf geben?«

»Eh... nein.« Er beobachtete sie eindringlich. »Ich glaube, ich hatte vor, den Geheimnisvollen zu spielen... Du hast es herausgefunden, stimmt's?«

»Ja«, sagte sie. »Willst du wissen, was ich sonst noch 'rausgefunden habe?«

»Ja, *Ma'am*...

...er sah nicht im mindesten eingeschüchtert aus...

»Magst du auch Spiele?«, fragte sie und lächelte.

»...auch...?«, wiederholte er viel zu unschuldig.

»Ja, auch. *Ich* mag jedenfalls Spiele... bestimmte Arten von Spielen... und du?«

»Na ja, *ich* mag...« sagte er zögernd, »was *ich* mag, das ist... keine Angst zu haben vor neuen Arten von... im Grunde ritualistischen Verhaltensweisen...«

Prüfend musterte er sie, wie sie wohl die ›im Grunde ritualistischen Verhaltensweisen‹ verdauen würde und sah, daß sie mit ihm noch auf gleicher Wellenlänge war.

...irgendein Cowboy, dachte sie gerade

»...weil«, fuhr er fort, »... ich weiß nicht. Ich mag wohl Spiele, denke ich.«

»He, jetzt zieh' dich nicht aus der Affäre! Ich geb' nicht nach! Welche magst du nun lieber: Spiele die du *selbst* machst oder Spiele, bei denen du herausfinden mußt, welche Regeln ein anderer dafür gemacht hat?«

»Na ja, Ma'am...« Ganz langsam griff er nach ihr. »Ich weiß nicht mal, wie man den Unterschied angeben soll...«

Seine Hände berührten ihren schlanken Oberkörper, und mit einer weltvergessenen Konzentration fanden seine Finger ihren natürlichen Platz in der straffen, festen Haut zwischen ihren Rippen...

»...aber nicht, falls du richtig spielst...«

Er beobachtete sie gar nicht richtig, so erinnerte sie sich später, denn seine Augen lagen auf ihrem Gesicht, doch irgendwie schien er zu wissen, wann ihre Brüste ihre vielfachen Botschaften aussandten, nämlich genau dann, wenn sie sich zusammenzogen und fest wurden, genau dann, wenn ihre Brustwarzen sich steif und hart aufrichteten. Denn erst in diesem Augenblick begann jeder seiner Daumen seinen Aufstieg vom Rippenbogen bis zur zarten Unterseite der Brust und höher zur empfindlichen Knospe, über die er ganz flüchtig streifte, zuerst über die eine, dann über die andere und dann noch einmal über die zweite und wieder, während seine Augen hinabwanderten und er impulsiv den Kopf senkte, um sie zu küssen und sanft daran zu nuckeln.

Anns Definition für ein wirklich gutes Spiel lautete, daß es eines sein müßte, bei dem man alle Regeln vergaß, während man es spielte.

...Ah, die bevorzugst du also, dachte sie.

Die Linke? Du weißt schon jetzt, daß sie dein Liebling ist?...

Als er vor ihr kniete, umschlang sie ihn, und ein Teil ihres Gehirns registrierte wach, daß das, was sie jetzt bekam, das war, wofür sie lebte – eine neue ›Befreiung‹. Ein neues ›erstes Mal‹ jedenfalls und, ja, vielleicht auch eine andere kleine Befreiung: Früher immer waren ihr ihre Brüste in gewisser Weise so vorgekommen, als wären sie ›eifersüchtig‹ aufeinander. Nie, so ging ihr auf, war die eine liebkost worden, ohne daß die andere ungeduldig geworden wäre, daß ihr dieselbe Aufmerksamkeit zuteil würde.

Für einen kurzen Augenblick überließ sie sich wollüstig seiner vorübergehenden Vorliebe, ihrer klaren Bewußtheit, daß die Empfindung seines Mundes auf ihrer Brust ganz ungetrübt war von der Gier, daß er sich sofort auch über die andere hermachen müßte. Und dann gab es keine »erste« mehr, keine »Befreiung«, kein Gewährenlassen, keine andere Brust, die sich selbst dazu beglückwünschte, daß sie nicht warten mußte, bis sie an die Reihe kam. Sein Mund hier auf dieser Brust war alles, was es gab... eine Weile lang... bis

...an einer Frau gibt es viele Dreiecke...

Sie versuchte ziemlich verzweifelt, sich diesen Gedankengang sofort zu verbieten, doch die Linie von der Brustwarze zum Gehirn und von dort in scharfem Winkel zum Schoß und dann wieder aufwärts zur Brust wurde in ihrem Bewußtsein ganz deutlich hell und wirklich und leuchtete wie Neonlampen aus der Dunkelheit. Die Feuchtigkeit und Wärme seines Mundes brachte Erinnerungen in ihr herauf; dann – als die Vektoren der Energieströme sich umkehrten – ging das Saugen und Nuckeln weiter von links nach rechts und umgekehrt, wie es gerade kam. Sie spürte all die anderen Münder auf ihrer Brust, fühlte Brüste, die ihr eigener Mund geküßt hatte. Sie sah sich selbst das Kind stillen, das sie gehabt hatte, sah den Säugling, der sie selbst gewesen war, wie er gestillt wurde. Sie spürte ein Zupfen in ihrem Schoß, erinnerte sich an Geburtsqualen und

dann, als sie in der Flüssigkeit des Schoßes zu treiben begann, der sie einst beherbergt hatte... brach sie ab.
Dies verspach ja ein großartiger Fick zu werden, verdammt, aber sie war noch nicht so *ganz* bereit, das ganze in eine »Rebirthing-Erfahrung« ausarten zu lassen... nicht einmal falls –

...was meinst'n damit, »nicht einmal falls«...

– besonders *weil* sie jetzt kurz davor stand, beim Bumsen abzusaufen, wie sie jetzt merkte, da ihre Füße im Becken offenbar den Halt verloren hatten und seit einiger Zeit schon hilflos im Wasser strampelten.

...Himmel, Hergott, hatte sie etwa zu atmen *vergessen?...*

Prustend tauchte Ann an die Oberfläche, machte sich los von seinem noch immer geöffneten Mund, bedeckte beide Brüste wie eine bedrohte Jungfrau. Die rechte war noch immer leicht wund. Na ja, sie konnte wohl von Glück reden, wenn sie noch immer dieselbe *Form* hatte nach dieser besessenen kleinen Marathon-Saug-Arie.

...warte mal... warum war denn die rechte *wund? ...es war doch die* linke *gewesen, die er...*

Sie starrte ihn an... Großartig... Die eine Titte fiel ihr vor purer Vernachlässigung fast ab und der Typ hatte doch tatsächlich eine Maulsperre.

»Mach den Mund zu«, sagte sie.

Er machte ihn zu und öffnete ihn dann wieder.

»Deswegen«, sagte er.

»Was?«

»Ich glaube, ein anderer Grund, weswegen du weggegangen bist... es war deswegen.«

...also das ist doch! ...scheißpißfick den Kerl und seinen dreckfarbenen Gaul, auf dem er hier eingeritten kam... also daran hat er gedacht...?

...seinen nächsten Auftritt als eleganter Conférencier...

Wie oft würde sie diese Lektion wohl noch lernen müssen? Laß dich gehen und laß dich vom Sex ganz mißreißen, falls du das haben mußt, aber setz' nie darauf, daß die Reise für beide in dieselbe Richtung abgeht, weil das, verflucht nochmal, niemals so *ist*. Ob man wirklich mehr als einen anderen Menschen gleichzeitig zum Bumsen *braucht* oder *will* ist dabei ganz nebensächlich... zumindest dann, wenn man wieder hochkommt, um Luft zu schnappen, schaut man nicht einfach nur in ein fremdes Augenpaar, und man denkt in jener einen, von Freude erfüllten Sekunde und vor dem unvermeidlichen Wiedereinsetzen des eigenen Herzschlags, daß beide gemeinsam am selben Ort verweilt haben.

»Deswegen?«, wiederholte sie. »Was soll das sein? ...die unbeschreibliche zwischenmenschliche Freude an einem sexuellen Zweipersonenerlebnis?«

Er zwinkerte. »Jaaa«, brummte er gedehnt und grinste wieder. »Irgendsowas Ähnliches«, Er schaute auf ihre Brust. »Was ist denn mit der da los?... Eifersüchtig?«

Jetzt stand ihr der Mund offen und sie wußte nichts zu sagen.

»...Vielleicht brauchst du drei Typen gleichzeitig...«, fuhr er fort, zog ihre Hand von ihrer eben erst befreiten und schlimm zugerichteten Brust weg, kniete sich dann hin, um sie wieder an sich zu ziehen, wobei er ihren Bauch und Oberkörper anstupste und sacht warme Wassertropfen von ihrer von Liebesöl duftenden Haut leckte, »...aber so müssen wir uns eben damit zufrieden geben, was wir hier und jetzt haben...« und seine Hand strich über die Innenseiten ihrer Schenkel.

»...jedenfalls im Augenblick...« und stand dann auf, wobei er ganz leicht und anstrengungslos zwei Finger in ihre Scheide und einen in ihren Anus schob.

»...es sei denn...« Er hatte aufgehört, sich zu bewegen, und die Ströme, die durch sie hindurchfuhren, waren unterbrochen, einen unwirklichen, absurden Augenblick lang schwebte über den Bildschirm ihres Bewußtseins eine Bowlingkugel.

»...es sei denn, du willst jetzt gleich aufhören und wieder reingehen...?«

Und bevor sie darüber nachdenken konnte, was sie ihm darauf antworten sollte, fand sein Daumen ihren Kitzler, seine Lippen schlossen sich über ihrer Brustspitze und der Bildschirm wurde gnädigerweise dunkel.

Später im Flugzeug von Los Angeles – wo sie herkamen – nach New Orleans – wo sie hinwollten – schlief Ann... gewissermaßen... Er hatte eine Decke über sie beide gezogen. Jedesmal, nachdem er sie zum Höhepunkt gebracht hatte, mußte sie ein Weilchen schlafen, doch jedesmal auch, wenn er seine Hand wegzog, war sie aufgewacht. Irgendwo über Texas brachte er sie noch einmal zum Kommen, doch diesmal hatte sie geschlafen und zur Abwechslung wurde sie jetzt von ihrem Orgasmus geweckt.

»Joe?«

»Ja?«

»Wo sind wir? Ist dies ein... was ist das, ein Flugzeug?«

»Ja. Wir fliegen nach New...«

»Schon gut. Ich erinnere mich. New Orleans... Joe, warum fliegen wir denn nach...«

»Weil du sehen wolltest, ob du sexuell wiedergeboren werden könntest, daheim in deinem alten Hinter...«

»Schon gut, es fällt mir wieder ein, und sag' bitte nicht sowas. Ich bin ziemlich sicher, daß ich den Ausdruck ›sexuell wiedergeboren‹ *nicht* gebraucht habe.«

»Na ja, vielleicht ›verjüngt‹. In eurem alten Hinterhof... Und dann war da noch was über Eierpampe und Sandtorte mit Puderzucker, der aus irgendwas gemacht war, was du am Nachbarhaus zwischen den Ziegeln rausgekratzt hast, weil du den starken Wunsch hattest, das Haus dieser Frau zusammenkrachen zu lassen, weil sie dir von ihrem Fenster aus immer dabei zugesehen hast, was du gemacht hast, und einmal rief sie bei euch zu Hause an, um dich zu verpetzen...«

Ann schaute verwirrt drein. »Oh, wie so was eben passiert. Die Sandtorten waren nicht... weißt du, die gehörten nicht dazu.« Sie lächelte ihn an.

Es war etwas an ihm, so überlegte sie sich, dem das »Kind« in ihr blindlings vertraute. Das wirkliche Kind in ihr, nicht nur der »kindische« Teil, der seinen Kopf durchsetzen will, für anbetungswürdig gehalten werden will oder kuscheln möchte.

Natürlich war sie sich selbst gar nicht so sicher, was denn nun das »wirkliche Kind« in ihr sein mochte – es war noch nie ganz zum Vorschein gekommen... nicht bei einem Mann. Alles andere als »erwachsenes Verhalten« schien die meisten Männer zu irritieren, doch die Alternative war weitaus schlimmer; sie haßte Männer, die sie dazu ermunterten, »babyhaft« zu sein.

Und mit Frauen – das sollte man am besten ganz vergessen!

Frauen verziehen nicht, ließen einem nichts durchgehen! Schön, sie taten es, wenn sie in dich verliebt waren, doch falls *du* nicht in sie verliebt warst, wurde es schrecklich, es sei denn, sie fuhren gerade auf eine solche Situation ab, was noch viel scheußlicher war. *Und* sie konnten furchtbar besitzergreifend sein, ihr Revier abstecken – wie Katzen, so schien es Ann, der niemals ganz wohl dabei gewesen war, wenn sie anderen Menschen aus ihrem bisherigen Leben gegenüber sexuell besitzergreifend gewesen war... andererseits schaffte es eine Frau manchmal, daß es einem eine volle Stunde lang kam... Ann bemerkte, daß dieser letzte Gedanke eigentlich gar nichts mit dem zu tun hatte, worüber sie hatte nachdenken wollen und beschloß, noch einmal einzuschlafen.

Joe murmelte irgendwelchen Unfug über's »Abfahren« – er wollte »mächtig abfahren«, erzählte ihr, er wollte »voll abfahren«, nicht nur »'ne Fahrt im Bus bis zum Park« machen. Sie träumte davon, mit Eierpampe nach Bussen zu werfen, als seine Hand sie wieder weckte.

»Joe? ... Was ist, wenn er gar nicht mehr da ist? ... Mein Hinterhof. Was, wenn da ein anderes Haus draufsteht?«

»Es wird kein anderes Haus drauf sein. Darüber haben wir doch schon gesprochen. Wir kriegen das schon hin. Wir werden Grünzeug finden, das genauso wie dein altes Unkraut riecht, auch wenn wir dafür über die Äcker ziehen müssen.«

»... Und Hühnerdraht, oder was war das noch?«

»Das war's nicht. Ich weiß, welche Art Draht es gewesen ist. Schlaf noch ein bißchen.«

»... Joe?« Er antwortete nicht. »Warum bumst du mich nicht oder leckst mich, und warum läßt du mich's dir nicht besorgen?«

Nach langem Schweigen sagte er: »Ich hab' dich gebumst.«

...*Was*...?

Sie hatte ganz vergessen, was sie gefragt hatte, aber jetzt wußte sie es wieder und zugleich auch, daß das keine Antwort war. Auch er wußte das. Er beugte sich zu ihr hinüber und küßte sie auf die Wange... zum ersten Mal.

»Ich weiß, was du mich fragen willst«, sagte er. »Ich sag's dir später, okay?«

Sie nahm seine Hand und küßte sie ... dann begann sie seine Finger zu küssen und daran zu saugen, bis er sich unruhig wand und sie bat, damit aufzuhören. Lächelnd fiel sie in einen tiefen Schlaf.

Aus dem Hof war *tatsächlich* ein Parkplatz geworden. Doch in New Orleans verändert sich nichts allzu sehr. Dazu ist es zu tropisch dort. An den Rändern war Unkraut nachgewachsen. Es war zwar gemäht worden, doch im hinteren Bereich, wo die Autos ohnehin nicht allzu gut rein- und rausfahren konnten, hatte das Gestrüpp sich seinen Platz zurückerobert.

Etliche Quadratmeter mit hochgewachsenem und sexy riechendem Kraut trennten Ann und Joe von der übrigen Abstellfläche. Sie hatten am Flughafen ein Auto gemietet und auf der Fahrt hierher ein quadratmetergroßes Stück Maschendraht entdeckt und abgemacht. Joe bog es gerade zurecht, bis es wie ein Dach aussah, als hätte Ann ihm Anweisungen gegeben. Es war jetzt fünf Uhr morgens.

»Und was jetzt?«, sagte er, während er das Ding auf dem Boden aufbaute. Ann saß an einem Ende davon, atmete den vertrauten Geruch von Gras und Erde ein und den von diesem ganz bestimmten Unkraut. Er saß ihr gegenüber. Sie versuchte, ihn nicht dafür zu lieben, daß er hier so lässig und entspannt saß.

...es war ganz wichtig, jetzt nichts mehr zu fühlen, was nicht damals Teil davon gewesen war... sie war jetzt bereit anzufangen...

»Wie spät ist es?«, fragte sie.

»Fünf.«

»Schau auf deine Uhr.«

»Scheiße, ich *weiß*, es ist ...«

»Nicht fluchen, Joe! Das ist ›Nummer eins‹. Jetzt sieh auf deiner Uhr nach!«

Er tat es. »Es ist fünf Uhr vierzehn.«

»Du hast gesagt fünf. Das war eine Lüge. Das ist ›Nummer zwei‹.« Ihre Stimme war in einen Singsang verfallen.

Er starrte sie an, und langsam dämmerte es ihm. »Das ist ›Nummer zwei‹, wie?«

»Ja.«

Er zog eine kleine Whiskyflasche, ein Geschenk der Fluglinie, aus seiner Jackentasche. »Falls ich den trinke, ist das dann ›Nummer drei‹?«

»Nein.« Sie kicherte. »Hast du die gestohlen?«

»Falls ja, wäre das dann ›Nummer drei‹?«

»Ja.«

»Ich hab' sie verdammt gestohlen – vom Servierwagen, als niemand hingesehen hat.«

»Nein, hast du nicht, Joe! Du hast deinen zweiten Drink ausgelassen, und ich hab' gesehen, wie du's in die Tasche gesteckt hast. Das sind schon *zwei* Lügen *und* obendrein fluchen und *das* ist jetzt ›Nummer drei‹. Jetzt-mußt-du-all-deine-Sachen-ausziehen.«

Er reichte ihr die Flasche und zog sein Jackett aus. Sie schlürfte Whisky, während sie ihm dabei zusah, wie er Schuhe und Socken auszog, sein Hemd und seine Jeans. Er schielte mißbilligend zu ihr hinüber.

»Du hast gerülpst. Das ist ›Nummer eins‹.«

»Hab' ich nicht.« (Hatte sie doch.)

»Ei, ei, ei und mit der Lüge sind's jetzt zwei, Ann«, sagte er todernst zu ihr, und Ann spürte, wie vor Aufregung der Knoten in ihrem Bauch immer größer wurde.

»Okay... aber du mußt jetzt noch deine Unterhose ausziehen.«

Sie wandte den Blick ab, als er sie auszog.

...genau so war es gewesen...

»Jetzt leg dich unter dies Ding hier«, sagte sie, »auf deinen Bauch.«

»Du nennst es ›das Ding‹?«, fragte er in dem Versuch, nicht zu lachen, während er sich unter das Drahtzelt schob und sich in die richtige Lage brachte. »...Wie habt ihr denn einen Schwanz genannt?«

»›Das Ding‹«, gab ihm Ann ernsthaft zur Antwort. »Wir nannten viele Dinge ›Ding‹.«

»Oh«, sagte er mit leichtem Zittern.

Sie ging um ihn herum, so daß er sie nicht mehr sehen konnte.

»Was machst du denn da?« Seine Stimme *und* sein Hintern

zitterten jetzt und seine nüchterne Sachlichkeit von vorhin schien nun höchst verdächtig.

»Ich seh' dich an, wie du nackt bist«, erwiderte sie ziemlich hartnäckig. »Ich schau mir deinen Dubs an.« Der Laut, den er jetzt von sich gab, hörte sich an wie eine Reaktion auf Marterqualen.

»Du hast das deinen Dubs genannt? Ich kann's nicht glauben...«

»*Du* wirst *bestraft*! Glaubst du etwa, das ist *komisch*? ... Du glaubst...« Sie mußte innehalten. Die plötzliche unterdrückte Wut in ihrer Stimme hatte beide so schockiert, daß sie verstummten.

... Gott, woher das wohl kam?...

Beide hatten gleichzeitig daran gedacht... Mit Verspätung erst merkte er, daß sie es wirklich gesagt hatte.

»Annie?«

»Was?«

»Du darfst nicht ›Gott‹ sagen, Annie! Das ist auch fluchen. Das ist ›Nummer drei‹. Zieh' deine Sachen aus und komm hier runter zu mir.«

Er drehte sich um (ohne die Erlaubnis dazu, bemerkte sie) und starrte zu ihr in ausgesprochen kindlichem, ängstlichem Trotz hoch, sich dessen voll bewußt, daß er wahrscheinlich irgendeine Regel verletzt hatte, die ihm niemand gesagt hatte... Sie erinnerte sich an die zwei Männer und eine Frau, die auf ihren Rücken lagen, nackt, zu ihr hoch starrend, vor ganz wenigen Stunden erst – alle drei gelangweilt, passiv, ohne Neugier – und sie fühlte sich jetzt diesem Mann näher, als sie sich jemals jemandem nahe gefühlt hatte.

... außer, daß er vielleicht wirklich *furchtbar viel* Haare *da unten hatte... großer Gott... ganz zu schweigen davon, was jetzt* mitten *in all dem vielen Haar vor sich zu gehen schien, während sie darauf starrte...*

»Soll ich versuchen, das da wegzumachen?« fragte er.

Sie nickte. »... Und ich möchte...« Sie zögerte. »... Ich möchte, daß wir das Haar wegrasieren. Guck mal, das Haar ist nicht...«

»Wir sind jetzt große Kinder«, lächelte er und verschränkte

die Arme hinter seinem Kopf. »Wir haben Haare.« Und das dichte kastanienbraune Haar in seinen Achselhöhlen glänzte in der frühen Morgensonne auf. Sein Glied wurde jetzt schnell schlapp, aber es sah noch irgendwie keck aus. »Na, kommst du jetzt?«

Und dann, bevor sie noch überlegen konnte, wie sie es ihm erklären sollte, hatte er begriffen. Oder es schien so. Er krabbelte unter dem Zelt hervor, stand auf und zog seine Jeans wieder an. Als er sie zugeknöpft hatte, drehte er ihr und dem Zelt den Rücken zu, setzt sich hin und fuhr müßig mit der Hand durch das Unkraut um ihn herum, bis er den Halm mit der buschigen Spitze gefunden hatte, mit der man jemanden kitzeln konnte und den langen, saftigen Schaft, auf dem man herumkauen konnte, und jetzt kaute er.

... er hatte begriffen... nur einer von ihnen durfte nackt sein; und immer nur einer durfte unter diesem Ding liegen... er hatte erkannt...

Bevor sie aus Johns Haus weggegangen waren, wo all die »Stammgäste« gewöhnlich ihre Extrasachen zum Wechseln hatten, hatte sie sich genau das angezogen, wovon sie wußte, daß sie es jetzt gern ausziehen würde: Zuerst streifte sie sich das T-Shirt herunter. Natürlich hatte sie keinen BH an, und als die warme, feuchte Luft an ihre Haut kam, schauderte sie leicht zusammen.

... ja, so war es richtig...

Sie zog die Jeans und das einfache weiße Unterhöschen aus und jetzt fiel ihr wieder ein, daß sie, als sie hier vor langer Zeit nackt gewesen war, in der Mittagshitze gezittert hatte. Als sie sich gerade hinunterbeugte, um ihre Schuhe abzustreifen, kehrte eine andere, längst verschüttete Erinnerung mit einer Plötzlichkeit – und Lebhaftigkeit – zurück, daß sie fast das Gleichgewicht verloren hätte:

... sie liegt nackt im Unkraut...

Insekten stechen sie in den Po und ein zehnjähriger Junge liegt der Länge nach auf ihr, den Kopf auf ihren Knien. Mit beiden Händen »untersucht« er sie, unbeholfen fummelnd, kneift ganz vorsichtig in ihre Möse und hält dabei doch fest, teilt die kleinen, weichen, schlüpfrigen Hautfalten und ist erstaunt von den vielen feinen Furchen und dem vielen Rosa innen drin. Ein anderer Junge und ein Mädchen sehen dabei zu. Plötzlich fahren sie horchend herum. »Doritha!« sagen sie. Die große massige schwarze Frau, das Hausmädchen ihrer Familie, macht einen unvorhergesehenen Rundgang durch das wuchernde Unkraut. Die anderen Kinder machen sich schleunigst davon, doch Annie ist nackt. Ihre Kleider! In heller Panik fängt sie an, sich anzuziehen . . . eine Socke. Doritha kommt immer näher. Das ist doch verrückt, denkt Annie; laß doch die Socken weg! Sie grabscht... einen Schuh. Also wird sie mit einer Socke ohne Schuh und einem Schuh ohne Socke unter wütendem Gekreisch über das Feld gezerrt. Man hört das Lachen unsichtbarer Kinder.

Ann lächelte, als sie unter das Ding kroch. So lag sie eine Weile, schaute hoch in den Himmel, sah zu Joes beruhigendem Rücken hin. Dann sah sie das Maschendrahtdach genauer an, und sie fing vor Erregung am ganzen Körper an zu zittern. »...Joe...«, sagte sie mit kratziger Stimme.

Er erhob sich und stand mit immer runder werdenden Augen über ihr. Er räusperte sich und sagte dann sanft: »Wie hast du es denn genannt, dein...?«

Ihr ging auf, daß sie sich nicht ganz sicher war, ob er jetzt eine Frage stellen durfte. »Mal nachdenken...« sagte sie. »›Ding‹ natürlich, das ›da vorn‹, ›Pipiloch‹ oder ›Muschi‹. Du kannst wählen.«

»Okay... Jetzt habe ich noch drei weitere Fragen: Warum hast du Gänsehaut auf deinen Armen und Beinen, auf dem Bauch und der Möse, warum hast du keine *Haare* an deiner Möse und wer hat dir eigentlich erlaubt, die verdammten Schuhe anzubehalten?«

»Ich hab' meine Möse im Flughafen von New Orleans rasiert«, improvisierte sie trällernd, glücklich, daß sie die richtige Tonlage gefunden hatte, doch sich zugleich auch bewußt, daß die Zuhöhrerschaft bei ihrer Darbietung begrenzt bleiben mußte, »...während du das Auto gemietet hast – du *weißt,* warum!« Sie hob ein Bein an... »Hab' die Schuhe ganz vergessen...«

Er kniete sich hin und zog sie ihr aus. »Ich hab' die Gänsehaut, weil es geklappt hat, Joe, weißt du das? Es hat wirklich geklappt.«

Ihren nackten Fuß in der Hand, streichelte er ihre Kniekehle, ihre Wade und schaute sie stumm an.

»Was denkst du gerade?«, fragte sie ihn.

»Daß ich in meinem ganzen Leben nie etwas wirklich gesehen habe«, sagte er langsam. »Nur was ich sehen wollte oder zu sehen befürchtete – oder erwartete.« Er ließ ihren Fuß los und hatte sich kniend aufgerichtet, so daß er jetzt durch das Drahtdach zu ihr hineinsah.

Sie wartete. »...Und jetzt...?«, fragte sie nachhelfend.

»Jetzt auch.« Er lächelte. »...Bis auf ein einziges kurzes Aufflammen...« Er lehnte sich vorsichtig gegen das Dach.

...gleich wird er ein Muster auf seiner Stirn haben...

»Faß da hin«, befahl er ihr. »Faß deine Muschi an.« Sie tat es. »Mit beiden Händen... Jetzt nicht mehr anfassen... *Nein,* Hände weg... *Ann,* Simon sagt, du *sollst* nicht mehr anfassen... Jetzt berühr' dich so wie du's immer machst, wenn du allein bist... Das reicht... Jetzt heb' deine Muschi ein bißchen an, mehr zu mir hin!«

Sie blieb ganz still liegen, kostete den Augenblick aus, bevor sie das machte, wonach es sie gierig verlangte; ihr Becken wurde schwer beim Gedanken an die Mühe, es hochzudrücken, zu dehnen und sich seinen Blicken darzubieten ...und als sie sich noch fragte, ob ihr Körper dazu imstande war, dem Befehl zu gehorchen, der ihm gegeben worden war, lüpfte es sich wie aus eigenem Antrieb vom Boden, hob sich vom Endpunkt ihres gespannten, zerbrechlichen Rückrats in einer langsamen, kontrollierten und dennoch ruckartigen, krampfartigen, kreisenden Bewegung. Die Augen fielen ihr zu. Ihre Brustspitzen wurden hart von den Ausläufern der Wellen, die sich schockartig von ihrer Scheide ausbreiteten. Befreit von dem dichten Haar, das sie jetzt schon so lange geschützt hatte, spürten die weichen Zwillingswölbungen ihrer Möse, ihres Kerns, ihrer Muschi, ihres Dings... die Liebkosung der Luft.

...nein, das waren jetzt keine Dreiecke...

Nur Kreise... Halbkreise und dann ganz rund ...pulsierende elektrische Energie, brennend, sich in sie bohrend, in

Wellen aus ihr hervorbrechend ... jeder Nerv ihres Körpers stand flammend mit diesen wenigen Quadratzentimetern Hautoberfläche in Verbindung.

»Mir kommt's gleich, Joe«, sagte sie in einer schleppenden, lasziven Parodie eines normalen Gesprächstons... »Was machst du denn? ... Starrst du auf meine Muschi?«

»Ich verschlinge deine Muschi mit den Augen, Baby«, sagte er nach kurzem Räuspern. »Ich will noch mehr von deiner Muschi... Was willst du mir geben?«

»Sag' mir einfach, was du haben willst, Joe... Sag' mir, was ich als Nächstes tun soll.«

»Ich möchte in deine Muschi reingucken ... ganz tief rein... Erst mal muß sie noch höher zu mir... höher... so nah es geht... Ich fasse sie nicht an, ich möchte sie nur riechen.« Sie konnte hören, wie er tief die Luft einzog. »Jetzt mach' sie für mich auf, so daß ich alles da drin sehen kann...«

... was da innen war, dachte sie, war der ganze schlimme Erwachsenenkrieg ... der allerletzte Krieg, der köstliche Krieg, der Krieg zwischen Ermattung und Raserei...

»Warum?« fragte sie und schwächte ihre Auflehnung mit einem kindlich verschmitzten Grinsen ab.

»Weil«, – seine Antwort kam wie aus der Pistole geschossen »weil ich sicher gehen muß, daß alles in Ordnung ist.« Und dann schob er das Zelt beiseite.

»Spreize bitte die Beine ein bißchen«, intonierte er ganz im Tonfall des neunjährigen Dr. Casey.

Er zupfte und drückte und piekte und untersuchte... bis sie mit den Zähnen knirschte. Alle Erwachsenenerotik war jetzt von ihm gewichen und in Anns Erinnerung tauchten jetzt einige Seiten dieser Hinterhofspiele auf, die sie ganz vergessen hatte – wie etwa Langeweile und Unbehagen.

»Okay, jetzt dreh' dich herum, damit ich deine Trompete sehen kann.«

»Du hast ihn deine *Trompete* genannt?«, fragte sie kichernd. »Das ist nun aber wirklich... *He*!« Er hatte sie irgendwie herumgedreht – und zwar äußerst unzart. Ihr Hinterteil stand hoch in die Luft und ihr Mund drückte sich in das Unkraut. Natürlich roch es noch immer himmlisch und sexy und so...

»Hmmm«, brummte er wichtigtuerisch und teilte ihre Hinterbacken. »Hmmm ... da ist ja ein Loch, Annie ... das könnte sehr tief sein ... Wo führt das wohl hin? Ich frage mich ... ich werde da einfach meinen Finger reinwürgen, Annie ...«

Ihre Knie rutschten unter ihr weg, und hemmungslos lachend ließ sie sich platt auf den Boden fallen. »Du wirst *was* tun?«, brachte sie schließlich heraus. »*was* wirst du jetzt einfach tun?«

Sie drehte sich schnell auf den Rücken, bevor er sie daran hindern konnte, schlang ihre Beine in einer Schere um ihn, zog ihn hinunter, bis er lachend auf ihr landete. Er nahm ihr eines Ohr ganz in den Mund. »Ich liebe dich«, gelang es ihm irgendwie hineinzuflüstern.

Sie hatte selbst prustend gelacht und war sich nicht sicher, ob sie richtig gehört hatte, also gab sie vor, überhaupt nichts gehört zu haben.

»Wer hat *das* bloß gesagt? ... ›reinwürgen‹ ... hat das *wirklich* jemand gesagt?«

»Klar«, sagte er, »das hat dieses Mädchen Cynthia zu mir gesagt, als wir Doktorspiele auf ihrem Hinterhof spielten.«

»Wirklich?«

»Na, ich will doch sehr hoffen, daß du nicht glaubst, du hättest diesen ganzen Scheiß alleine erfunden!«

»Ich möchte bloß wissen, wer die Knöpfe an diesen Jeans erfunden hat ... Hilf mir ... *Hilf* mir«, drängte sie, obwohl er ihr gerade das Gesicht, den Mund, ihren Hals und ihre Brüste küßte und sie ganz und gar nicht wollte, daß er damit aufhörte. »... Das nächste, was jetzt in mich ›reingewürgt‹ wird, wird ganz bestimmt nicht dein Finger sein, Doktor.«

»Nein?«, fragte er. Sie hatte jetzt seinen steifen Schwanz freigelegt, aber er hielt ihn aus ihrer Reichweite« ... Na, ich weiß nicht, was wir sonst noch hier haben ... außer ›diesem Ding‹, meine ich, aber eins muß ich dir sagen – es ist davon nur ein einziger da und du kannst nur in ein Ding zur selben Zeit reinwürgen ...«

Sie setzte sich plötzlich auf. »Joe! ... Hör' doch mal! ... Hörst du denn nichts?«

»Nein«, sagte er, stützte sich auf einen Ellenbogen hoch und war nur für einen ganz kurzen Augenblick nicht auf der Hut

... und schon hatte sie ihn in ihrem Mund ... bis zur Wurzel. Er legte sich zurück.

»Du hast gewonnen«, sagte er, »... aber ich bin ein dankbarer Verlierer.«

Dann berührte er ihr Haar ... während sie an seinem Glied sog, es leckte und küßte, und sie liebkoste seine Eier, berührte ihn sacht immer und immer wieder, ohne jetzt schon groß darüber nachzudenken, wie sie ihn bald, sehr bald schon besteigen würde ... und wie sanft sie sich auf seinen Schwanz gleiten lassen würde ... und wie sie sich in seinen Armen wiegen und zittern, seine Spiele mitspielen würde, mit ihm die Orte aufsuchen wollte, die ihm gefielen und ihm alles geben, was sie hatte und kaum jemals noch einen anderen Mann ansehen ... Dann zog sie ihm die Hosen ganz aus und erkundete seine Beine und seine Füße und seine Zehen, und sie küßte ihm Brust und Bauch und Hintern, dann leckte und küßte sie ihm die Eier und von da bis zur Wurzel und bis zur Eichelspitze ... und den Bauch und den Nabel und dann wieder abwärts ... bis sie dort, wo sie vorher gewesen war, ihrem eigenem Duft begegnete und sich etwas entspannte, aber dennoch nicht aufhören konnte, zu versuchen, sich ihn ganz zu eigen zu machen, verlorene Zeit aufzuholen ...

»Joe«, sagte sie, »ich liebe dich auch.«

»Ich dachte mir doch, daß du es gehört hast ... hast du mir auch zugehört, als ich dir sagte, daß ich nur *einen* Schwanz habe?«

»Habe ich.«

»Ann ...? ... wenn du eine Katze wärst, dann wäre ich jetzt wohl schon von oben bis unten vollgepinkelt, stimmt's?«

... nichts, was er sonst noch sagen könnte, hätte sie glücklicher machen können ...

Kim Chernin

Eine Amerikanerin in Paris

Ich rede mir immer wieder selbst ein, daß ich ganz ruhig bin, während ich auf dem Hotelbett liege und darauf warte, daß das Telefon klingelt. Aber ich bin nicht ruhig. Mir fallen bestimmte Dinge wieder ein. Einiges davon liegt dreieinhalb Jahre zurück. Einiges ist Erinnerung von heute, als ich durch Haufen von Laubblättern wanderte, die sich nicht einmal die Mühe gemacht hatten, gelb zu werden, bevor sie von den Bäumen gefallen waren. Wahrscheinlich ist das auch andernorts so, doch ich stelle mir immer vor, daß es etwas ganz Einzigartiges, aufregend Pariserisches ist.

Es ist Spätherst in Paris, und alle sind längst zurück. Heute ging ich in das Café, wo ich ihr zum ersten Mal begegnet war und sie protestiert hatten, als ich allein an einem Fensterplatz sitzen wollte. Ich hatte den Morgen im türkischen Bad verbracht, meinen ersten Morgen in Paris und hatte Stunden um Stunden in den Schwitzräumen gelegen, bevor ich mich schließlich in den Ruheraum davor zurückgezogen hatte. Wenn ich meine Augen schließe, sehe ich alles ganz deutlich vor mir: Den Springbrunnen mitten im Raum, die Buntglasfenster; Mäntel, Schals, daneben die anderen Kleidungsstücke; auf stoffbespannten Matratzen, die Beine angezogen, aneinander gelehnt, liegend, nackt, mit Badetüchern umwickelt, Pfefferminztee trinkend, Süßigkeiten und Obst essend, plaudern die Frauen in einem Durcheinander aus Handtaschen und bunten Plastiktüten, massieren sich gegenseitig, sitzen mit geschlossenen Augen da, werfen einander prüfende Blicke zu.

Vor Jahren hat sie mir von diesem Ort erzählt, sie erwähnte ihn nur ganz beiläufig, doch er blieb in meiner Erinnerung haften. Vom ersten Augenblick an dachte ich: »Eines Tages komme ich hierher zurück, dann wird es geschehen.«

Heute, während ich ihre Rückkehr aus Zürich erwarte, habe ich das alles ganz allein gemacht. Das türkische Bad, den langen kalten Spaziergang durch unbestimmt vertraute Straßen, durch die ich auch früher schon allein geschlendert bin, das Herumstreifen im Jardin de Luxembourg. Während ich am Tor gestanden und zum Café hinübergeschaut hatte, ging mir mit einem Mal auf, daß sie damals, beim letzten Mal, als ich dasselbe getan – den Park verlassen, mich an den Tischen vorbeigewunden hatte – noch nicht ein Teil meines Lebens gewesen war. Noch nicht einmal als blasser Gedanke hatte sie für mich existiert, denn ich war in jenes Café gegangen, um jemand anderen zu treffen. Sie war nur ganz zufällig dort gewesen. Und zufällig hatte sie auch die Frau gekannt, mit der ich mich traf.

Und dann war ich über die Straße gerannt, hatte die Freundin entdeckt, die mich erwartete und wurde Anna vorgestellt. Am nächsten Tag frühstückten wir zusammen: Der Kaffee wurde kalt, vergessen, gleichgültig daran genippt wenn es mir einmal gelang, meine Augen von ihr abzuwenden. Beide waren wir dann aufgesprungen, um ein Taxi zu bestellen, waren in mein Hotel zurückgejagt, um, während das Taxi draußen wartete, hastig mein Gepäck zusammenzuraffen, damit ich mein Flugzeug nicht verpaßte. Als ich meine Arme um diese völlig Fremde schlang, um sie zum Abschied zu drücken, mußte ich absurderweise denken: »Wie werde ich ohne diese Frau weiterleben können?«

Ich habe dreieinhalb Jahre gebraucht, zu riskieren, ihr wiederzubegegnen, das Wagnis einzugehen, mich ihr als Geliebte anzubieten. Ich sehe zehn Jahre älter aus, ich bin zu dünn, ich bin zurückgekommen ohne den Stolz und die Arroganz der Geliebten, ich habe mir in all diesen Jahren das Herz brechen lassen, und jetzt wüßte ich nicht einmal zu sagen, ob ich überhaupt noch an Liebe glaube, jedenfalls nicht mehr in der Art, in der alles tosend in Flammen aufgeht und man sich ganz verwandelt fühlt; die dann schlimm endet und einen zurückreißt in die sorgfältig gehüteten Geheimnisse deiner Vergangenheit und dich dort heulend im Dunkel zurückläßt, aus dem du dich ganz allein wieder herausarbeiten mußt.

Ich laß das Wasser in der Dusche warm werden, rede mir ein,

ganz ruhig zu sein, warte darauf, ihre Stimme zu hören, frage mich, wie sie sich wohl nach ihrer Bahnreise aus Zürich fühlen wird. Ob sie wohl auch Furcht hat vor dem, was wir miteinander wagen wollen? Vor der Vermessenheit? Zerrt sie diese Phantasie aus dem Dunkel in das grelle Licht, um sie der Wirklichkeit entgegenzuhalten? Oder versucht auch sie, nicht allzu scharf und genau zu denken wie ich? Ich erinnere mich an ihr Gesicht, an die breite Stirn, die hohen Jochbeine, den geschwungenen, ausdrucksvollen Mund, jene gelben, fast schrägstehenden Augen voll Wärme und Intelligenz, Geradlinigkeit und Provokation. Sie ist größer als ich, kräftiger gebaut; als ich sie zum ersten Mal in einem T-Shirt gesehen hatte, waren Hals und Rücken und Arme gleichmäßig tief gebräunt, wie man es offenbar nur bei blonden Menschen findet, und damals hatte ich ganz unvermittelt den Wunsch gehabt, mit ihr zu tanzen.

Das Telefon klingelt; ich komme aus der Dusche gerannt, Wasser läuft an mir herunter, ich schnappe mir den Hörer, hinter mir plätschert Wasser, das Bett ist schon ganz naß, als ich mich darauffallen lasse, mich zusammenrolle und den Hörer ganz fest packe, um ›hallo‹ zu sagen. Hallo, Anna...

Das Taxi setzt mich zuverlässig vor ihrer Tür ab. Ich hab' jetzt zwei linke Hände, zähle das mir ungewohnte Geld ab, lache etwas zu schrill in mich hinein. Der Fahrer macht die Innenbeleuchtung an, um mich genauer zu betrachten, sieht, wie ich die Münzen in die Hand zähle und zählt ganz langsam für mich nach. Er will kein Trinkgeld. Vor ihrem Wohnhaus stehend, schaffe ich es nicht, die Eingangstür aufzubekommen. Ich ziehe und rüttle daran, drücke meine Schulter dagegen, trete einen Schritt zurück, fühle mich lächerlich. Wie leicht es mir fällt, in diesem Augenblick eine Närrin aus mir zu machen! Sie könnte doch sehr gut gar nicht mehr diejenige sein, an die ich mich erinnere, denn ich bin ganz bestimmt nicht, was ich immer vorgegeben habe zu sein: eine selbstbewußte Geliebte.

Im sechsten Stockwerk habe ich Mühe mit der Aufzugstür. Ich reiße am Griff, verheddere mich im Tragriemen meiner Handtasche, stemme wieder mit meiner Schulter und bleibe dann wartend stehen, frage mich, ob wohl jemand kommen wird, um mich aus diesem kleinen Glaskäfig zu befreien.

Benehme ich mich eigentlich nur deshalb so, um mich daran zu erinnern, daß schon Monate vorher das stolze Gefühl der Unbesiegbarkeit zusammengebrochen ist und als Schutz für mich nicht mehr taugt? Ich könnte vor lauter Scham und Verwirrtheit heulen, in meinen engen Hosen, den geputzten weichen Stiefeln, mit dem Schal, den ich nach Art der Pariserinnen dreimal um meinen Hals geschlungen habe. Ich erinnere mich wieder, wie sie auf dem Fahrrad zu mir geradelt gekommen war, um mit mir zu frühstücken. Die Art und Weise, wie sie eilig vom Rad gestiegen war, um mich zu begrüßen, und wie sie dann die Tüte mit Croissants auf dem Tisch abgelegt hatte. Sie vermittelte das Gefühl einer lebensvollen Intelligenz, ihr Gesicht war wunderschön, sie wirkte beseelt, warm, beteiligt, intensiv lebendig. Ich war fasziniert von der Grazie bloßen So-Seins, von Gesten, die man auch Jahre später nicht vergißt, der Art, wie ihr Lächeln noch ein Nachbild früherer Traurigkeit zeigt, von etwas spricht, das größer ist als sie selbst, das durch sie hindurchschimmert. Sie hat eine Art, unvermittelt ganz ruhig zu werden, ganz still zu verhalten, mir gerade in die Augen zu sehen und nichts zu sagen; sie hält deinen Blick, ihre Augen sind offen, sie hat vor solchem Schweigen keine Angst, sie denkt nach, erwägt, was du gesagt hast, äußert Zustimmung oder widerspricht; die gelben Augen verbergen nichts, bis sie dann endlich spricht.

Ich bin nicht mehr schön, sage ich mir selbst, während ich schließlich doch noch aus dem Fahrstuhl freikomme und den dunklen Flur entlanggehe. Warum sollte diese Frau, deren Schritte ich hinter der Tür höre, gerade mich anziehender finden als hundert andere, die vor mir darauf gewartet haben, daß sie die Tür öffnet?

Sie küßt mich auf eine Wange; wir sind in diesem ersten Augenblick etwas verlegen und verwirrt, ich habe ihr auch die andere Wange zum Kuß hingehalten, doch sie hat sich bereits von mir entfernt. »So«, sage ich, »das bist du also wirklich.« »Bist du überrascht!« sagt sie und lacht mich an. Sie sieht älter aus, ihre Augen sind noch immer gelb, sie ist größer als ich sie in Erinnerung habe, ihr Haar kürzer. Aber es ist dasselbe Gesicht und ich stehe kurz davor, vor Erleichterung zu weinen.

Wir setzen uns einander gegenüber an den kleinen Tisch. Sie bietet mir eine Mentholzigarette an, sie wirkt ruhig, beugt sich zu mir herüber, um die kleine, festgerollte Zigarette für mich anzuzünden. Sie sitzt sehr aufrecht, sie hält ihren Arm dicht an den Oberkörper, die Hand vorgestreckt, führt die Zigarette an die Lippen, hält den Kopf leicht schräg geneigt. »Es ist jetzt dreieinhalb Jahre her«, sage ich. »Ich habe dich kaum wiedererkannt«, erwidert sie, »du bist ein ganz anderer Mensch geworden.« Ganz gleich, was wir sprechen, die Unterhaltung entwickelt sich vom ersten Augenblick an, schafft Wege und Bahnen, die zu neuen Ausblicken führen, von denen wir zurückkehren in die Kammern und Räume unserer gemeinsamen Lebensinteressen, stets miteinander Schritt haltend, die Arme im richtigen Moment ausstreckend, um einander bei der Hand oder am Arm zu nehmen – wir sind schon unterwegs, ein Liebespaar zu werden.

Wir sind vom Tisch aufgestanden und in die kleine Küche hinübergegangen, um Mittagessen zu machen. Ich wasche den Salat nur einmal und sie ist damit nicht einverstanden. »Sei froh, daß ich ihn dich nicht dreimal waschen lasse«, sagt sie. Wir essen Reissuppe mit Ingwer, sie macht die Salatsoße. Wir erzählen einander von unseren Schwestern, die gestorben sind. Beide müssen wir weinen. Wir fragen uns nicht, wie es dazu gekommen ist, daß wir miteinander so vertraut umgehen.

Meine Hände haben aufgehört zu zittern. Meine Ellenbogen liegen auf dem Tisch, ich habe mich zu ihr vorgebeugt. Wir haben über meine und ihre schriftstellerische Arbeit gesprochen, über Frauen, die wir geliebt haben, einen Irren, der ihr weismachen wollte, daß sie schon viele Leben gelebt hätte und immer als Mann, wir sprechen von unseren Lieblingsbüchern, ihrer Kindheit in Deutschland, meiner Kindheit in der Bronx. Bis sie mich dann zu meinem Hotel zurückgefahren hat, haben wir schon eine gemeinsame Geschichte – den Kuß auf die Wange, den Salat, den ich nur einmal gewaschen habe, die Art wie sie mir gezeigt hat, ein Halstuch zu binden, als ich sie darum bat: Geduldig, sehr genau. Mit offenen Augen im Bett liegend, sehe ich sie aus meinen älteren Erinnerungen aufsteigen und frage mich: Wird daraus eine Freundschaft werden? Sie hat eine Geliebte, die in Deutschland lebt. Was bringe ich ihr, das ihr den Wunsch eingeben könnte, mich zu wollen?

Der nächste Morgen, ich bin wieder auf dem Weg zu ihr durch Straßen voll mit grünem Laub. In der kleinen Bäckerei an der Straßenecke kaufe ich Brot und Croissants zum Frühstück, Butter aus der Normandie, kleine Becher mit Joghurt. Wieder sitzen wir an dem kleinen Tisch im Eßzimmer, trinken Kaffee aus weißen Steingutbechern. Ich schaue hoch, schiebe meinen Teller zurück, und es ist Abend. Ich bin sehr müde, weit fort von zu Hause, ich bin zweitausend Jahre lang auf Nägeln gelaufen, um diese Frau zu finden. Ich erinnere mich an die knabenhafte junge Polin, die zum ersten Mal in ihrem Leben in Paris war. An die Art und Weise, wie sie die Reisedecke um uns wickelte, um die Kälte abzuhalten. Es war nicht das erste Mal, daß sie Lebewohl sagte, und ich habe sie nie wiedergesehen. Ich mag die Art, wie sie vom Tisch aufsteht, um eine Flasche Wein vom Regal darüber zu nehmen, ohne ihre Rede zu unterbrechen. Das Bestimmende, Feste, die unbeabsichtigte Grazie, das durchdringt mich wie Glassplitter. Ich möchte in ihren Armen liegen, meinen Kopf an ihrer Brust, spüre zum ersten Mal Verlangen in mir aufsteigen, zum ersten Mal ein Verlangen, das versorgt sein will im Austausch gegen mein Selbst, das ich dafür gebe.

Ich bin so klein, so häßlich, so unendlich wenig begehrenswert. Ist das vielleicht deswegen, weil ich das Drängende, Zupackende verloren habe, das früher dieses heimliche Bedürfnis, bei einer anderen Frau aufgehoben zu sein, geleitet hat? Hat jene Nacktheit nur eine neue Nacktheit freigelegt, zu der ich früher nie den Mut gehabt hätte? So also ist das, sage ich zu mir selbst, während das Gespräch uns aus ihrer Wohnung führt; und bald schon wandern wir gemeinsam Straßen entlang, in denen sich die Dunkelheit sammelt, wo die anderen nach Hause streben, eilig, mit festem Ziel; das ist Grund genug, langsamer zu sein, man darf es im Anfang nicht darauf ankommen lassen, diese Bedürftigkeit allzu oft zu zeigen, jedenfalls nicht einer Fremden.

Als wir aus dem Restaurant kommen, hakt sie sich bei mir ein. Ich nehme ihre Hand, drücke sie an mich, lasse sie los.

Aber ich möchte sie jetzt gern zurückhaben, will, daß sie sich auf meine Schulter legt, so daß ich dann den weiten, hohen Kragen meines Pullovers zurückschlagen und ihr meine Haut zur Berührung bieten könnte. Es ist eine seltene Freude, durch die plötzlich hereingefallene, großartige, trockene Winterkälte zu gehen. Wir tragen weiche Stiefel, Schals um den Hals, lange Jacken, die nicht ausreichen gegen die Kälte, die ich so liebe und die sie nicht mag. Ich kann mir nicht vorstellen, wie wir von dieser Geistesverwandtschaft zu einer Kameradschaftlichkeit der Körper finden wollen. Das könnte so leicht auch der Anfang einer Freundschaft sein. Bei Frauen läßt sich das immer schwer vorhersagen.

Es ist jetzt der dritte Tag. Wir ziehen zu einem wärmeren Plätzchen in der hintersten Ecke unseres Cafés um, trinken Cognac und kleine Täßchen Espresso, unsere Halstücher und Taschen und Mäntel auf den Sitzen neben uns. Leute starren uns an. Es ist etwas an ihr, das zu sagen scheint: Liebe mich und du wirst deine Tage nicht hinter dem Ofen verbringen. Ich muß an die Berge denken, wenn ich sie anschaue. Manchmal, wenn sie mir schweigend den Blick zurückgibt, ist darin ein heißes stilles Land, strenger als der Süden, doch lieblicher noch mit seinen Hügeln und Weinbergen. *»Kennst du das Land?«*, sagt sie, meine Gedanken erratend. Und ich mich an die Zeilen von Goethe erinnernd, antworte: *»Dahin möcht' ich mit dir...«*

Wir reden nicht über unsere Beziehung, darüber, ob wir wohl Geliebte werden, ob es für uns eine Zukunft gibt, ob ich sie liebe. Ich sage mir, daß es noch zu früh ist, das zu wissen. Werden wir das wohl je herausfinden? Eines Tages vielleicht wird etwas geschehen, und dann wissen wir es. Oder es wird nicht geschehen.

Nacht legt sich über Paris. Es ist Nebel und von ihrem Fenster aus sehen wir, wie sich über Sacre Cœur ein Licht bewegt und zu unserer Erbauung dieses Bauwerk vor allen anderen heraushebt. Vielleicht haben wir schon viele Male in einem anderen Leben so wie jetzt zu Hause beisammengestanden. Vor dem Kühlschrank stehend, nimmt sie meine Hand; einen kurzen Augenblick lang gibt es nicht die kleinste Spur von Verlegenheit zwischen uns, und ich weiß auch nicht, warum das plötzlich abbrach, vielleicht einfach deswegen, weil wir dazu übergingen, Salat und Suppe zuzubereiten. »Nein«, so sage ich mir, »es wird nicht geschehen.« Und ich verstehe endlich, daß ich alles falsch verstanden habe. Diese Entspanntheit zwischen uns wird uns zu lebenslangen Freundinnen machen, das ist es, was sie mir zu verstehen gegeben hat. Intimität, ganz unbefangen und unbelastet von Erotik.

Das stimmt mich traurig. Wir hören Mahler, beide stehen wir ganz still, schauen uns aus entgegengesetzten Ecken des Zimmers an. Sie sagt: »Jetzt sehe ich wieder eine andere Person in dir. Du veränderst dich ständig. Es ist schwer, mit dir Schritt zu halten. Doch das mag ich gern an dir. Bei dir weiß man nie, worauf man gefaßt sein muß. Diese jetzt...« sie hält nachdenklich inne – »dieser Mensch, den ich jetzt sehe, ist acht Jahre alt.«

»Acht Jahre alt? Wirklich?« Mein Ton klingt überrascht, doch das kommt nur von dem Versuch, Zeit zu gewinnen. Ich versuchte, mich dem unerwarteten Wechsel in meiner Wahrnehmung anzupassen; etwas sehr Großes ist in Gang gesetzt worden, es betrifft unsere Körper, die Art, wie das Blut sie durchpulst, flutendes Verlangen und Rückzug, wobei wir gar nicht gefragt werden, ob wir auch wollen und bereit sind. Morgen fangen wir vielleicht schon an, Pläne zu machen, von heute an in einem Monat werde ich sie aus Kalifornien anrufen. Ich werde an der Wand gegenüber meinem Bett, nahe der Tür, jene Photographie von ihr aufhängen, die ich in ihrem Arbeitszimmer gesehen habe. Jedes Mal, wenn ich hinaus in den Flur gehe, werde ich die Locken ihres kurzen Haars berühren, das sie straff aus der Stirn gekämmt trägt. Und selbst dann noch werden wir weiter vorgeben, daß alles nur von uns abhängt. Doch jetzt, in diesem Augenblick, weiß ich es. Wenn ich jetzt einen Schritt auf sie zu mache, wenn ich mit den Fingerspitzen ihre Wangen berühre, werde ich eine Linie überschritten haben, die mein ganzes Leben in Frage stellt.

Ich spüre es an meinem Atem, an dem Blut, das mir in die Wangen schießt, daß hier etwas Grundsätzliches gewagt werden muß, obwohl noch ganz namenlos; was es mich wohl kosten wird, diese Frau zu lieben und welcher Prüfung ich mich damit wohl unterziehe, vorausgesetzt, ich zerbreche nicht daran. Was hat sie früher einmal voll Zorn von einer bekannten deutschen Schauspielerin gesagt? »Einfach ins Bett einer Lesbierin zu fallen, ist ganz und gar nicht dasselbe wie eine Lesbierin sein.«

Sie steht mit einem Arm auf den Tisch gestützt da, blickt mich voll Ernst an. Es ist ein Augenblick von großer Zerbrechlichkeit. Die Worte, die wir sprechen, tragen ihm nicht Rechnung, wir müssen auf das vertrauen, was wir in der Stille zwischen den gesprochenen Worten hören, auf die Spannung, die unsere Körper in dem freien Raum zwischen uns aufgebaut haben.

»Vielleicht weil ich mich so schüchtern fühle? Ob das das Kind in mir zum Vorschein bringt? Ich bin völlig aufgelöst von dieser Verletzlichkeit in meinem Körper.«

Mir fällt die Art auf, wie ihr Kopf mir zugewandt ist und sich nicht abwendet. Sie hält meinen Blick fest und liest in mir. »Du vermittelst einen völlig anderen Eindruck«, sagt sie langsam, als wäre es jetzt sehr wichtig, die richtigen Worte zu finden. »Du scheinst so zufrieden...« Sie zögert, sucht nach dem passenden Wort, findet es in deutscher Sprache. *»Ja, gelassen.«*

»Ruhig?« Ich erkenne das Wort aus der Übersetzung einer ihrer Geschichten wieder, an der wir heute vor einigen Stunden gearbeitet hatten. »Ich empfinde... ach, ich zeig's dir.« Ich stecke die Hände in meine Taschen und stoße mit der Schuhspitze leicht gegen den Teppich, schaue zu Boden und wende den Blick ab, genau so, wie es vielleicht eine Achtjährige tun würde, die verwirrt und linkisch ist.

»Nein«, sagt sie, »das kann ich nicht glauben. Mir erscheinst du so, als würdest du ganz sicher in deinem Körper ruhen.«

Wir finden nichts mehr, was wir noch sagen könnten. Ich habe hier und jetzt keine größeren Fähigkeiten als Geliebte als ich sie als Kind gehabt haben mochte. Ein robustes Mädchen, das mit den älteren Jungs am Waldrand gespielt hat, mit Messern gespielt hat. Ich wage nicht, sie anzusehen. Ich spüre ihren Atem, so als stände sie ganz nahe bei mir. Doch sie ist noch immer auf der anderen Seite des Zimmers, nahe dem Tisch. Es scheint mir sehr gefährlich, diesen Augenblick verstreichen zu lassen. Falls wir achtlos drüber hinweggehen, werden wir es nicht wieder wagen, ihn noch einmal erstehen zu lassen. In Augenblicken wie diesen wird Liebe verloren oder gewonnen.

Ich möchte die Hand nach ihr ausstrecken, doch ich bin unfähig zu jeder Körperbewegung.

»Ich ruhe ziemlich sicher in meinem Körper«, sage ich und suche danach, was ich als Nächstes aussprechen soll. »Ja«, wiederhole ich mit einem Gefühl, als kämen meine Worte nirgendwo an, »mit meinem Körper bin ich ganz *gelassen.«* und dann entdecke ich plötzlich, daß mir der Weg schon geebnet worden ist. Es ist so einfach. »Die Schüchternheit, die ich fühle? Die ist nur da wegen dem, was ich für dich empfinde...«

Das Schweigen hält unendlich lange an; länger als dafür ausreichend wäre, jetzt vor Scham zu sterben. Angenommen, so rede ich mir selbst ein, sie empfindet für mich gar nichts? Und dann bemerke ich, daß sie nicht mehr weit ab von mir steht. Sie hat den Raum zwischen uns überbrückt, läßt sich auf dasselbe Wagnis ein wie ich. Es ist wie damals, als ich vom Jardin de Luxembourg über die Straße rannte, um mich mit ihr zum ersten Mal zu treffen. Jetzt hat sie die Entfernung überbrückt, um zu mir zu kommen.

Doch ich brauche Zeit für das einzigartige Verlangen, das ich nach ihr habe, bei dem nichts von dem unpersönlichen Bedürfnis geborgt ist, eine Frau zu besitzen, sie zu nehmen, sie zu eigen zu machen. Ich will nicht, daß wir uns jetzt lieben, ich kann unmöglich, ich bin acht Jahre alt.

»Laß uns Kinder bleiben«, sage ich schließlich. »Für etwas anderes tauge ich jetzt nicht.«

Wir sitzen auf dem kleinen Bett, das sie für mich im Eßzimmer hergerichtet hat. Plötzlich möchte ich angesichts der riesigen Unwahrscheinlichkeit weinen, daß dies geschehen könnte, daß diese Frau aus dem Café im Sommer vor drei Jahren in Paris meine Geliebte werden wird. Mein Körper, der die Scheu noch nicht überwunden hat, gibt kleine Signale der Vertraulichkeit. Alles, was ich vermag, ist, ihr Knie zu berühren, ihre Hand zu halten, ihr mit der Hand durch das knabenhaft geschnittene Haar zu streichen. Sie legt mir die Hände an die Schläfen, hält mein Gesicht. Sie sieht mich mit einem Ausdruck an, der zu besagen scheint ›Du Närrin, warum hast du so lange gebraucht, es zu begreifen‹.

Eine von uns – es muß Anna gewesen sein – hat gesagt, daß es im Schlafzimmer wahrscheinlich gemütlicher ist. Wir nehmen uns an den Händen, langjährige Kameradinnen, die gemeinsam die lange, schreckliche Entfernung zurücklegen. Wir befinden uns in einer Form der Räumlichkeit, die von Liebenden erschaffen wird, in der die Gesetze des Raums aufgehoben sind und die beweist, daß zwei Dinge gleichzeitig denselben Raum einnehmen können. Halb sitzend, halb liegend neige ich mich zu ihr hin, es ist sie, die unter mir ist, mir das Gesicht entgegenhebend, was mich überrascht; hätte ich gewagt, mir überhaupt etwas vorzustellen, hätte ich es mir umgekehrt gedacht, daß ich mich ganz ihr gebe und sie die Nehmende ist.

Ich höre mich selbst sagen: »Ich möchte dich jetzt nicht lieben. Nein, nicht heut' nacht. Ich hab' Angst, daß ich dich dann gar nicht kennenlernen werde...«

»Du könntest jetzt wirklich noch aufhören?« Sie hat den Kopf gehoben und sieht mich neugierig an. Ich denke dabei: Das Verführerische an dieser Frau ist, daß sie nicht verführen will. Ihr Mysterium in seiner ganzen Reinheit macht es im nächsten Augenblick für mich zu etwas höchst Geheimnisvollem. Was sie wohl durchgemacht haben mag, um so zu werden.

»Ja, ich könnte noch aufhören«, sage ich, denn mit dem wachsenden Verlangen meiner Hände, sie zu umfassen, verspüre ich den noch stärkeren Wunsch in mir, es nicht auf die altbekannte Weise zu tun. »Ja, ich könnte noch aufhören, falls du mich darum bitten würdest.«

Doch meine Hände führen ein Eigenleben, lösen ihr Halstuch, berühren ihren Nacken mit größerer Sicherheit, ihr Hals biegt sich unter der Berührung meiner Hand zurück, in jener unmißverständlichen Geste, mit der eine Frau ihre Hingabe kundgibt, so daß etwas in mir sich endlich rührt und ich mich zu ihr niederbeuge und ihre Bluse aufknöpfe.

Ich weiß selbst nicht, wie es kam, daß sie mit einem Mal ausgekleidet war. In der nächsten Nacht werde ich sie ausziehen, meinen Mund auf ihre Haut legen, während ich ihr die Jeans hinunterstreife. In dieser ersten Nacht hätte ich es nicht gewagt. Irgendwie ist ihre Bluse nicht mehr da und der Träger ihres schwarzen Unterkleids ist über ihre Schulter gerutscht, und dann sind ihre Brüste nackt, und ich habe meine Hände darauf liegen. Dann ist sie vollständig nackt, steht da, während ich, auf dem Bett kniend, noch angezogen bin. Ich nehme ihre Hand, ziehe sie zu mir hin und sage: »Wie schaffst du es nur, ihn so zu verstecken? Das hätte ich nie geglaubt.« Und sie, die über mein Erstaunen lacht, begreift sofort, daß ich ihren Körper meine. Er ist fülliger, runder, was man bei ihrem kurzen Haar, den Jeans, ihrer Verkleidung als Knabe niemals für möglich gehalten hätte.

Es tut sich wieder eine Kluft zwischen uns auf. Wir sind jetzt beide nackt, sitzen Stirn an Stirn einander gegenüber, zwei Kerzen brennen auf dem Fußboden unterhalb des langen Fensters, leuchten hinaus in die Pariser Nacht, eine Stadt, unentrinnbar, die jetzt nichts mehr ist als eine alte schwarze Steinmauer.

Mit dem Empfinden, daß ich in größere Tiefen meines Selbst hinabtauche, von deren dunklem Vorhandensein ich nichts wußte, löse ich mich jetzt von ihr, damit sie mich ansehen kann. »Ich sehe Todesangst in deinen Augen«, sagt sie und läßt mich zum ersten Mal ganz begreifen, was es heißt, nackt zu sein. »Angst vor dem Tod und Traurigkeit.«

Ich sitze ganz still, mir ist sehr kalt, ich habe Schweiß auf der Stirn, sie sieht mich jetzt als kleines Kind, das zusieht, wie die Schwester stirbt. Diese Furcht begleitet mich hin zu allem, was ich liebe. Etwas in mir reißt sich los, Schleusen tun sich auf. Tränen strömen heraus. »Auch du hast ein anderes Gesicht«, sage ich. »Da ist mehr als Traurigkeit; darin ist nackte Verzweiflung, Verlassenheit... schreckliche Erschöpfung.« Ich bin selbst entsetzt über das, was ich mich sagen höre, gewiß wird sie sich jetzt zurückziehen, um jenes wahre Gesicht ihres Ichs zu verbergen, das sie nie einem anderen gezeigt hat.

Wir sind ganz still und verhalten, keine von uns weiß, ob wir nicht nur das eigene Ich im anderen sehen. Oder sehen wir wirklich den anderen? Der Unterschied ist sinnlos, es wird uns später klar werden. Wir sehen im anderen stets nur das, was jede einzelne imstande ist, in sich selbst zu erkennen.

Trotz der zwei brennenden Kerzen ist das Zimmer dunkel. Ich schaue hinaus in die Dunkelheit und kann selbst gar nicht glauben, daß meine Augen offen sind. Ich möchte in mein Versteck zurück, in ein unpersönliches Verlangen, doch es ist zu spät. Ich weiß jetzt, wie ich sie riechen, sie schmecken, sie berühren, sie einatmen kann, wie ich sie dazu bringe, die Grenzen ihres Ichs zu überschreiten durch alle Poren und Sinne, durch den Mund und jede Öffnung an mir in mich eindringen kann, noch bevor ihre Finger in mir sind. Sie flüstert etwas; vor und zurück in diesem Rhythmus, den wir nicht selbst erfunden haben, aus dem ihr und mein neues Selbst noch nicht geboren worden ist, verschlungen, wie wir hier und jetzt noch sind, die jedoch erschaffen werden aus dem Versprechen jenes heißen Sommertages, jener scheinbar belanglosen Begegnung zweier Fremden. Sie sagt: »Ja dies, diese Zärtlichkeit, das ist es, so wie eben, so wie eben.«

Und jetzt komme ich zu ihr, trage mit mir die ganze Geschichte meiner Geliebten und der gebrochenen Herzen, verletzlich, ungeschützt, zitternd in meiner Preisgabe, meiner Selbstentblößung. Ich weiß, auf welche Art ich diese Frau lieben muß, meine Hände antworten auf die leise Sprache ihres Körpers. Das Wimmern des Kleinkinds nach der Brust, das kleine Kind, das im Keller vergewaltigt wird, das junge Mädchen, das ganz vorsichtig die Hand ausstreckt, um den nackten Bauch eines anderen Mädchens zu berühren.

Streicheln entlang der Innenseite des Arms, Küsse auf ihr linkes Ohr, jede Stelle erforschend, die ihr schneller Atem hebt, die geschwungene Taille, die Rundung des Schenkels, all das verlangt nach mir. Das Bett ist übervoll. Es bleibt kaum Platz genug für uns darin. In dieses Zimmer habe ich meine Mutter mitgebracht, jede Frau, die ich je gewollt und gefürchtet habe zu lieben. So Brust an Brust, wie soll ich sie finden? Dieser Körper, der nun fast mein eigener ist, wie soll ich ihn von jener Frau unterscheiden, die nicht zurückgerufen hat, von der Frau, die um Liebe bettelte, die ich ihr nicht geben konnte, von der Frau, deren Gefühl erkaltete, von der, die mich nie vergessen konnte?

Mein Mund findet die Spur, ihre Schenkel schwellen unter

meinen Lippen. Meine Zunge sagt: So ist es, wenn das Fleisch zwischen uns schmilzt. Ist sie ein Lindenbaum, der blaue Torflügel in seinen Angeln, Quelle, die vom Kummer des Wanderers überwuchert ist? Werde ich klein genug sein, in ihre Hände zu passen? Groß genug zu vergessen: Jugendliebe. Wahnsinnig nach einem Jahr der Trennung. Die Frau mit dem Mottenpulver im Haar. Die Frau, die ich geliebt und am Vorabend meiner Hochzeit verloren habe.

Ihre Hände sind in meinem Haar, schließen sich um meinen Kopf, ihre Hände erfühlen den Weg, Nacken, Schultern, machen dort Rast, Taille, Hüften, finden Halt da, wo meine Haut erblüht.

Wir sind zu den Ursprüngen zurückgekehrt, erzwungen der Einlaß, Höhle meines Ich, in der ich sie finde, und mein Mund schließt sich über ihr, unten in der nassen, salzigen Hitze unseres Anfangs. Frau mit dem Namen Mutter.

Tränen sind nicht nötig, ich bin naß von Liebe, sie nimmt mich auf dieselbe Art, in der sie sich mir gegeben hat, wir fahren schwankend hinaus auf fremde Meere der Vergebung und Reue, Stirn an Stirn, Mund an Mund im Akt der Hingabe, Versunkenheit werden wir es später nennen. Heute Nacht, jeder ins Ich des anderen stürzend, sagen wir: Es soll Liebe sein.

Valerie Kelly

Berlioz und der Ghetto Blaster

Wahrscheinlich ist er inzwischen längst in Arizona. Er hatte gesagt, daß er sich dahin aufmachen wollte. Ich mußte dauernd an ihn denken, besonders in Augenblicken wie diesem, wenn ich in meiner Badewanne bin.

Er hatte auf eine Anzeige geantwortet, in der ich einen »handwerklich geschickten Mann« suchte, und kam bedeckt mit wochenaltem Straßenstaub zu mir, brauchte dringend eine Rasur, schleppte einen Seesack an und einen Ghetto Blaster. Ich war schrecklich kalt zu ihm. »Mir geht's allein um folgendes«, erklärte ich ihm, »um das Unkraut da unten und das undichte Dach. Ihr Leben und was sie damit machen, ist ihre Sache.« Das sollte heißen: Bleib meinem Leben gefälligst fern.

Trotz seines ungepflegten guten Aussehens und seiner offensichtlichen Tüchtigkeit bei jeder Arbeit, die ich ihm auftrug, war er für mich eine Belästigung. Er rauchte Zigaretten, fuhr ein Motorrad und schleppte dieses riesige tragbare Stereogerät überall mit sich herum. Ich konnte es jeden Tag kaum erwarten, daß er mit seiner Arbeit fertig wurde, damit ich endlich wieder ungestört für mich sein konnte und Ruhe und Stille um mich haben. Warum mußte er immer dieses verfluchte Ding plärren lassen?

Als ich diese kleine Hütte in den Bergen kaufte, hatte ich noch keine Ahnung, daß ich so viel Arbeit damit haben würde. Ich war ganz der Romantik erlegen. Denn endlich konnte ich allein leben und ungehindert malen, war jetzt schon lange geschieden, und meine beiden Mädchen waren sicher im College untergebracht. Eine New Yorker Galerie vollbrachte wahre Wunder darin, mich groß herauszubringen, und zum ersten Mal in meinem Leben konnte ich es mir leisten, zu malen was ich wollte. Und ich wollte diese Berge malen.

Sie erheben sich im Nordwesten über dem San Fernando Valley. Hier oben ist man aus dem Smog heraus und weitab vom Verkehr und dem Großstadtgetriebe. Man kann allem entfliehen. Ist es das, was ich getan habe?

Das hat er mir gesagt. Nein, er sagte vielmehr: »Wovor verstecken Sie sich?« Na ja, das ist wohl dasselbe.

Mein Studio ist eine überdachte Veranda auf der Nordseite der Hütte. Ich male hier nicht alles, nur die schwierigsten Partien wie etwa das feine Haar eines Waschbärfells oder die leuchtenden Flecken in den Augen eines Kojoten.

Mir fällt wieder ein, daß er immerzu Fragen stellte. Einmal, als ich mich allein glaubte und voll konzentriert war, spürte ich ihn plötzlich hinter mir. Ich drehte mich um und warf ihm vor, mich zu stören. »Warum malen Sie Tiere?«, fragte er. »Ich mag sie«, gab ich ihm automatisch zurück. »Sie haben aber gar keine Haustiere«, bemerkte er. Ich glaubte, mich verteidigen zu müssen.

»Können *Sie* malen?« fragte ich ihn. »Ich weiß nicht«, sagte er mit seinem ganz bestimmten Grinsen. »Vielleicht, hab's noch nie versucht.«

In jener ersten Woche war er jeden Tag am Haus gewesen, und ich ersehnte mir ein Wochenende ohne ihn. Doch an jenem Freitag um die Mittagszeit erschien er auf der überdachten Veranda, wo ich arbeitete und setzte sich, geräuschvoll ein Sandwich mampfend, neben meine Staffelei.

»Bin heute aus meiner Bude geschmissen worden«, sagte er mit vollem Mund. »Ich muß mich also hier häuslich niederlassen, wenn das mit Ihnen klargeht.«

»Sie können hier nicht bleiben«, sagte ich wie aus der Pistole geschossen.

»Dann bleibt mir wohl keine Wahl, Les.« Mein Name ist Leslie, aber er nennt mich immer Les. »Das sind noch drei Tage Arbeit hier draußen im Hof und dann noch zwei Tage mit dem Dach. Wenn ich nicht hier bleiben kann, zieh' ich weiter und Sie müssen sich dann selbst mit dem Unkraut und den undichten Stellen rumplacken.«

»Aber ich habe doch hier gar keinen Platz für Sie«, protestierte ich.

»Meine liebe Lady, Sie haben hier massenhaft Platz! Sie wollten doch nur sagen, daß Sie mich hier nicht haben wollen.« Und dann, als spräche er mit sich selbst: »Warum sagen denn die Leute nie, was sie meinen?«

Warum hatte ich ihm nicht gesagt, was ich meinte? Warum hatte ich ihm nicht erklärt, warum ich so dringend Zeit für mich selber brauchte, wie teuer ich dafür bezahlt hatte, diesen Augenblick für mich selbst zu haben?

Er kaute weiter auf seinem Sandwich herum. Er kaute es wie ein ausgehungerter Halbwüchsiger, zwei Bissen auf einmal. Dann hatte er es vertilgt. Er stand auf, sah sich um und sagte: »Falls Sie Schiß haben sollten, ich schlafe hier draußen.« Dann ging er nach hinten zum Hof. Nur Sekunden später füllte ein Cellokonzert aus seiner Höllenmaschine kratzend und kreischend den Abstand, den ich zwischen uns halten wollte.

An diesem Abend ging ich ganz schnell unter die Dusche und sprang blitzschnell ins Bett, als würde ein Wildfremder mich dabei beobachten. Ich war zwar erschöpft, doch konnte ich nicht gleich einschlafen. Ich hörte den Grillen zu und der alten Nachteule, doch irgendetwas fehlte. Es war der Ghetto Blaster. Er hatte den ganzen Tag laut vor sich hingedudelt und das Leben schien irgendwie abgebrochen ohne ihn. Unvollkommen.

Er war draußen auf der Veranda in meinem Studio, lag ausgestreckt auf einer Matte, wahrscheinlich in seinen Jeans – oder vielleicht ohne Jeans – und mit nackter Brust. Wenn er arbeitete, zog er immer sein Hemd aus, sogar wenn es kalt war, also schlief er jetzt sicher auch ohne. Wahrscheinlich rauchte er wieder eine seiner Zigaretten, die er selbst drehte. »Wenn viel zu tun ist, mache ich das nicht oft«, erklärte er mir. Ich bildete mir ein, daß ich den Rauch riechen konnte, daß er durch die Ritzen meiner Schlafzimmertür hereinströmte.

Ich machte die Heizdecke an und vergrub mich tief in meinem Bettzeug. *Wovor* versteckte ich mich?

Am nächsten Morgen werkelte er in der Küche. Ich konnte den Schinken und den Kaffee riechen, verlockende, freundliche Gerüche, die ich längst vergessen hatte. Ich zog mich schnell an, wollte hinüber ins Wohnzimmer und hielt dann inne, um erst noch etwas Makeup aufzulegen. Nur ganz wenig Mascara und Lippenstift.

»Guten Morgen, Glen«, sagte ich. Zigarettenrauch in den Augen, blinzelte er zu mir hinüber. Ich haßte es, wenn Leute in meinem Haus rauchten.

»Nur angebraten oder ganz kross?« fragte er.

Ich zuckte die Achseln. »Ganz gleich.« Ich goß mir Kaffee ein und setzte mich an den Küchentisch. Glen pappte Eier, Schinken und Toast zu einem Sandwich zusammen und nahm es mit nach draußen.

»Ich fang besser schon an«, sagte er im Hinausgehen. »Es sieht nach Regen aus.« Mir sah es ganz und gar nicht nach Regen aus.

Doch er hatte recht, es regnete tatsächlich. Glen hatte genug Holz für drei Winter aufgeschichtet, dachte ich, aber ich war jetzt froh, daß er es getan hatte. Es gibt nichts Schöneres auf der Welt, als in einem warmen, freundlichen Zimmer vor einem knisternden Feuer zu sitzen, wenn draußen ein wüster Sturm sein Bestes versucht, die Wände einzudrücken. Man fühlt sich sicher und geborgen.

Als er an diesem Abend duschte, übertönte eine Klaviersonate das Geräusch der Wasserleitung. Musik folgte ihm überall, wohin er ging, sogar bis ins Badezimmer.

Ich saß mit dem Rücken gegen die Couch auf dem Teppich, gut versorgt mit einem irischen Whiskey und betrachtete die züngelnden, orangefarbenen Flammen im Kamin. Sie schienen zur Musik zu tanzen, und ich überlegte, wer wohl der Komponist sein mochte. Ich fragte mich, ob er das Feuer betrachtet und danach die Musik ausgewählt hatte.

Ich war jetzt doch ganz froh, daß Glen hier war. An einem kalten, windigen, stürmischen Abend wünscht man sich Gesellschaft.

Als er aus dem Badezimmer kam, rubbelte er sein blondes Haar mit einem Handtuch, das dieselbe Farbe hatte wie seine Augen. Er trug abgeschnittene Jeans, und die Stelle oben am Reißverschluß war ganz abgeschabt.

Wie kommt's, daß Sie nie die Badewanne benutzen?« fragte er.

»Die Badewanne? Weil ich lieber dusche, genau wie Sie.«

»Ein schönes, ausgiebiges heißes Bad an einem Abend wie diesem ist wie guter Sex. Das hält lange vor. Die Wärme hält sich die ganze Nacht.«

Er lächelte, also lächelte ich zurück, doch bei der Erwähnung von Sex krampfte ich ein bißchen. Ein Frösteln überlief mich, und ich rieb mir die Arme.

»Soll ich ein bißchen stochern?« fragte er und war schon dabei, die Glut im Kamin zu schüren. Ich antwortete nicht. Ich wußte nicht, was ich sagen sollte. Er grinste zu mir hoch, lehnte den Schürhaken gegen den gemauerten Kamin uns sagte: »Na ja, ich werd' mich jetzt auf die Veranda verziehen.«

»Im Regen?«

»Ich hab's doch repariert, es regnet jetzt nicht mehr rein.«

»Aber es ist kalt draußen.«

»Was haben Sie da gesagt, Les?«

Jetzt hatte er mich wieder mal ertappt. »Ich hab' gesagt, wenn Sie wollen, können Sie hier drin bleiben. Hier im Wohnzimmer, meine ich.«

»Na gut. Ich möchte schon.«

Also schlief ich in dieser Nacht noch unruhiger als in der davor. Ich fragte mich, warum ich nicht wie andere Frauen sein konnte, die ich kannte. Ein gutaussehender Mann im anderen Zimmer – sie hätten sich ihn einfach geschnappt oder verführt oder zumindest ein bißchen mit ihm herumgealbert. War ich mir wegen meines Körpers oder wegen meines Aussehens so wenig sicher, daß ich es nicht wagen wollte? Nein. Ich wußte, daß es das nicht war. Ich war ängstlich.

Ich hatte mein ganzes Leben lang geschuftet, um mir dieses Haus kaufen zu können, die Zeit, die ich jetzt zur Verfügung hatte, diese Unabhängigkeit. Ich wollte mich jetzt nicht mit einem Mann einlassen, nein, jetzt noch nicht. Und wie sollte ich Glen körperlich näherkommen, ohne daß der ganze andere Ballast dazu kam? Und was würde ich dann machen, wenn er mich verließ? Ich wäre bedürftig, abhängig, all das, wogegen ich jahrelang angekämpft hatte.

Der Sturm hatte am nächsten Tag noch zugenommen, und die Lebensmittel waren uns ausgegangen. Die schlammigen

Bergpfade, die von der Hütte ins Tal führten, waren gefährlich, zu gefährlich für Glens Motorrad, so daß ich mich erbot, mit dem Auto einkaufen zu fahren. Er nahm mir die Schlüssel aus der Hand und fuhr allein. Er wußte, was gebraucht wurde.

Und dann dachte ich mit einem Mal: »Oh nein, der nimmt sich jetzt den Wagen und haut ab auf Nimmerwiedersehen. Wie blöd von mir, ihm die Schlüssel zu überlassen.« Und als er dann zurückkam, verspürte ich eine Riesenerleichterung und schalt mich selbst, weil ich so wenig Vertrauen hatte.

Bis zum Nachmittag hatte Glen alle Arbeiten innen im Haus erledigt. In verschiedenen Zimmern hatte er Dimmerschalter eingebaut, gegen meine ausdrücklichen Anweisungen sogar im Badezimmer, hatte bei allen Wasserhähnen den Druck reguliert und einige Risse in den Wänden gespachtelt und neu überstrichen. Im Haus roch es stark nach Farbe und ich fing an, wie ein Kind mit einer Schniefnase zu schnüffeln.

Glen machte eine Suppe aus verschiedenen Resten, während uns Dvořák ein Ständchen gab, vorausgesetzt, man wollte diese zudringliche Musik ein Ständchen nennen. Die Suppe war köstlich, doch ich konnte nicht aufessen. Im Magen hatte ich ein mulmiges Gefühl, und die Augen fingen an, mir wehzutun.

»Sie brauchen ein Bad«, sagte er. Ich schüttelte verneinend den Kopf. Das war das letzte, was ich brauchte. Doch er ließ einfach Wasser ein, in das er Duftöl goß und ein bißchen Schaumbad. Dann kam er zum Kamin, mich holen.

Ich werde nie vergessen, wie er mein Badezimmer gestaltet hatte. Glen hatte farbenprächtige Wildblumen aus dem Garten angeschleppt und noch mehr Pflanzen aus anderen Zimmern, so daß es jetzt buchstäblich wie ein Treibhaus aussah. Die beiden kleinen Badezimmerleuchten zu beiden Seiten des Spiegels gaben ein schwaches Dämmerlicht. Auf einem Regal neben der Badewanne hatte er Kerzen angezündet. Er hatte einen Teppich aus meinem Schlafzimmer über die Fliesen gelegt, damit, wie er sagte, meine Beine nicht kalt würden. Zur Krönung des Ganzen hatte er ein Glas Burgunder auf den Badewannenrand gestellt.

»Den können Sie behaglich schlürfen, während Sie im Wasser liegen«, empfahl er mir.

»Wollen Sie mich auch noch ausziehen?« fragte ich.
»Wenn Sie mich lassen?«

Ich sagte nein, ich wollte allein baden. Ich machte die Badezimmertür hinter ihm zu und zog alle Sachen aus, die ich ordentlich auf dem Tisch aufschichtete. Langsam ließ ich mich ins Wasser gleiten. Es war zu heiß und meine Haut lief rot an, doch es war auch ein schönes Gefühl, und bald schon aalte ich mich voller Wohlbehagen in der dampfenden Hitze.

Von der Tür hörte ich leises Klopfen.

»Ich glaube, ein bißchen Musik könnte Ihnen jetzt guttun«, sagte er und schob den Ghetto Blaster durch die Tür. Der spielte bereits eine Sinfonie von Gott weiß wem.

Ich konnte mir das Lachen nicht verkneifen, als ich ihn aufforderte, hereinzukommen. Immerhin war ich ja im Wasser ganz untergetaucht und obenauf schwamm Schaum. Was machte es also schon?

Glen stellte sein Stereogerät leiser und setzte sich, an seinem eigenen Glas Wein nippend, mir gegenüber auf den Fußboden.
»Wissen Sie, er war verrückt«, sagte Glen.

»Wer war verrückt?«

»Berlioz. Der Kerl, der das geschrieben hat. Hätte er heute gelebt, würde man ihn wahrscheinlich aus dem Verkehr ziehen. Aber wahrscheinlich hätten sie ja auch van Gogh einkassiert.«

»Warum denn? Was hat er denn getan?«

»Was alle Künstler tun. Sein Werk hat seine ganze Lebenskraft aufgesogen. Sowas passiert eben, wenn ein verliebter, sensibler Kerl Opium nimmt – das hat er nämlich. Sehen Sie, er war verliebt in diese Schauspielerin, nur war sie echt schön und bedeutend, während er bloß ein Niemand war. Also verzehrte er sich Jahr um Jahr vor Sehnsucht nach ihr. Und dann, verstehen Sie, bekommt er diesen Gig, dieses Konzert. Und er sorgt dafür, daß sie im Publikum sitzt. Er will dabei ganz sicher gehen und linst durch einen Spalt im Vorhang, ob sie auch wirklich da ist. Die Musik – sie ist voller Alpträume und Leidenschaft und Gewalttätigkeit – all seine Sehnsucht nach ihr und dieses große Wagnis, all das ist da drin.«

Es war die längste Rede, die Glen je gehalten hatte, und als er verstummte, fand ich es fast zu plötzlich und abrupt.

»In der Musik konnte er sich auf Wagnisse einlassen, verstehen Sie, aber er schiß sich vor Angst in die Hosen, sobald es um Liebe ging.« Glen lachte und schüttelte den Kopf. »Wie bei den meisten von uns, vermutlich.«

Nach einer ganzen Weile sagte ich: »Meine Arbeit ist aber nicht so.«

»Das wird sie aber, wenn Sie erst mal anfangen, richtig zu arbeiten«, sagte er. Dann setzte er wieder sein Grinsen auf und nahm einen tiefen Schluck von seinem Wein.

»Für jemanden, der noch nicht mal angefangen hat, bin ich aber schon ziemlich gut im Geschäft«, erwiderte ich ganz gegen meinen Willen. »Die Leute kaufen meine Bilder.«

»Aber Sie haben Ihr ganzes Ich bisher noch nicht hineingelegt, nur Ihr Talent. Leute kaufen Ihre Bilder, um sie sich über's Klo zu hängen. Wenn Sie das mal finden, ich meine, den Grund dafür, Malerin geworden zu sein und Sie es dann rauslassen können – wenn Sie ein Wagnis eingehen, genau wie dieser Bursche – dann wird sie wahrscheinlich keiner mehr kaufen wollen.«

Ich mußte lachen. »Das wäre ja eine tolle Ironie! Ich wäre dann wieder arm.«

»Wäre das denn so schrecklich?« fragte er unschuldig.

»Schließlich, wenn man arm ist, ist man auch frei.«

»Man kann sich mit Geld Freiheit erkaufen, Glen«, sagte ich. Es gab so vieles, worüber Glen und ich uns nie würden einigen können. Dies war sicherlich auch ein Punkt. Als die Kassette abgespielt war, schob er die nächste ein. Was jetzt kam, erkannte ich wieder. Es war Mozart.

»Das Wasser ist angenehm?«

»Ja«, seufzte ich und ließ mich tiefer sinken. »Köstlich.«

»Kann ich reinkommen?« fragte er.

Bevor ich noch antworten konnte, hatte er schon seine abgeschnittenen Jeans aufgemacht. Ich mußte die Augen zumachen, um nicht hinzusehen. Aber dann, als er gerade einen Fuß in die Wanne tauchte, sah ich es. Meine Vermutung erwies sich als richtig, er war bereits hart. Was tat ich da bloß? Mit einem Mann zusammen ein Bad nehmen, den ich noch nicht mal eine Woche kannte!

Er zog seine Knie an und legte beide Füße auf meine Hüften. Meine Beine waren unter seinen. Die Wanne war breit genug, sie ganz auszustrecken und trotzdem mit der Brust unter Wasser zu bleiben. Doch meine Brüste hatten die Neigung, nach oben zu treiben und meine harten Brustwarzen konnten leicht mein Geheimnis preisgeben.

»Kann ich Sie waschen?« fragte er und hatte den Lappen bereits eingeseift. Das Glas Burgunder auf einen fast leeren Magen, verbunden mit der entspannenden Wirkung eines heißen Bades, obendrein noch leichte Fiebrigkeit von irgendeiner Grippe, die mich angefallen hatte, all das trug dazu bei, daß ich mich ganz tütelig und duhn fühlte. Ich schloß die Augen und hörte der Musik zu und spürte das köstliche Streicheln von Glens Händen und den etwas rauhen Saum des Waschlappens, der von oben bis unten über meinen ganzen Körper glitt und wischte.

Er begann mit meinen Armen, von den Schultern angefangen bis zu den Fingerspitzen. Dann wusch er meine Beine, zuerst die Waden, dann die Schenkel, Er verweilte ein bißchen zu lange an den Innenseiten und wusch dann meine Füße. Meine Fußsohlen, so entdeckte ich an diesem Abend, waren eine erogene Zone. Doch Glen wußte das wahrscheinlich längst.

Dann wusch er mir den Oberkörper, angefangen bei den Hüften, dann meine Taille. Dann strich er sachte über meine Brüste und fuhr mir mit dem warmen nassen Lappen über Hals und Schultern. Ich beugte meinen Kopf nach vorn, um auch ja alles mitzunehmen.

Mein Gesicht wusch er mir nur mit den Fingern, zeichnete meine Knochenstruktur nach, massierte meine Wangen. Er hatte mein Gesicht in beide Hände genommen, als er mit einem Mal ganz bewegungslos wurde. Als ich meine Augen aufschlug, küßte er mich sanft auf die Lippen und fuhr mir leckend mit der Zunge über die empfindlichen inneren Mundwände. Dann setzte er seine Massage fort. Er umschloß meine Brüste mit diesen warmen, freundlichen, seifigen Händen. Unter seiner Berührung wurden meine Brüste hart. Er atmete tief aus und es hörte sich ganz leicht zittrig an. Oder war ich es, die zitterte?

Eine seiner Hände glitt nach unten und fühlte zwischen meinen Beinen. Sie schloß sich über meinem Schamberg, während sein Mittelfinger sich zwischen meine inneren Schamlippen drückte. Ich sehnte mich danach, daß er ihn hineinstecken würde, doch das tat er nicht.

Ich drückte mich mit geschlossenen Augen gegen seine Hand, freute mich über seine wache Zärtlichkeit, als er sich plötzlich in der Wanne zurücklegte, den Kopf an die Kacheln gelehnt, und seine Augen schloß. Ich fragte ihn, ob er etwas hätte. Verneinend schüttelte er den Kopf. Nein, nichts war verkehrt oder falsch. Wir lagen nur so da, bis das Stück von Mozart zu Ende war, und dann stemmte sich Glen hoch und stieg aus der Wanne. Er war jetzt nicht mehr hart.

Er wickelte mich in ein Badetuch und führte mich zurück zum Kamin und brachte mich dann wie eine Lumpenpuppe in sitzende Stellung. Dann ließ er sich neben mich gleiten und legte seinen Arm um mich. Und jetzt begann es: Eine Sinfonie ganz anderer Art.

Diesmal hatte *ich* orchestriert. Nachdem ich mir schließlich eingestanden hatte, daß ich mich schon tagelang danach gesehnt hatte, begrub ich mein Gesicht in der wunderschönen Mulde zwischen seinen kräftigen Backenknochen und seiner schön modellierten Schulter und küßte ihn dorthin, dann höher hinauf hinter dem Ohr, dann weiter unten, da, wo sich das blonde Haar auf seiner Brust kräuselte. Beim Lichtschein des Kaminfeuers betrachtete ich all seine Muskeln, zog ihre Linien nach, küßte die Gänsehaut weg, die ich ihm verursacht hatte. Mit Lippen und Mund zog ich eine Spur hinunter, noch weiter bis ganz nach unten, bis zu dem pelzigen Dreieck, wo seine Jeans angefangen hätten, hätte er welche angehabt.

Sein Schwanz zuckte hoch und kam mir auf halben Weg entgegen, an der Spitze schon ganz feucht. Ich befühlte den seidigen Balsam mit meinen Fingern, verschmierte ihn dann auf seiner Eichel, bis sie naß schimmerte. Sein Sack wurde ganz hart, und die beiden Kugeln richteten sich auf. Ich nahm sie in eine Hand und drückte zart, und Glen atmete vor Anspannung heftig aus.

»Du bist schön«, sagte ich zu ihm. »Dein Körper, er ist so schön.« Dann legte er sich flach zurück auf den Fußboden, bis auf dies eine Ding, das darauf bestand, aufgerichtet zu bleiben. Es war jetzt genau ein Jahr her, seit ich den Schwanz eines Mannes im Mund gehabt hatte, doch ich wußte, daß ich mir das gewünscht hatte. Langsam senkte sich mein Mund auf ihn und mein Badetuch fiel runter. Glen faßte nach meinen Brüsten und nahm sie in die Hände, während ich mich weit vorbeugte, um mich auf ihn zu legen.

In diesem Augenblick schrie alles in mir danach, daß er in mich eindringen solle, während ein anderer Teil von mir den verzweifelten Wunsch hatte, jenes Gefühl zu bewahren, jene Wärme des Gehaltenwerdens noch lange zu bewahren, die Ekstase, die es bedeutet, in einem Zustand brennenden Verlangens zu sein. Und mit einem Mal erkannte ich auch, wovor ich mich versteckte hatte. *Das* war meine Schwäche. Zugleich war es aber auch meine Stärke.

Schließlich nahm er meine Arme und legte mich hin. Seine Küsse setzten sich leicht auf meine Wangen, meinen Hals und fanden dann meine Brüste. Er sagte, daß er mich begehre und fragte dann, ob das auch in Ordnung sei? Und dann machte er es. Er schob sein Glied langsam, ganz langsam in mich hinein, glitt an weichen, schwammartigen Wänden tiefer, immer tiefer hinein. Oh Gott, ich sagte all die Sachen, die Verliebte sagen und die sich hinterher so blöd und geil anhören. Gott, das war ein erstaunliches, ganz unwirkliches Gefühl, einfach unvergleichlich. Ich kam jetzt schon. Doch er wartete auf mich, bis ich wieder und wieder kam.

Am nächsten Morgen sangen die Vögel und der Regen war vorüber. Und das erste, was ich wußte, war, daß auch dies bald vorüber sein würde. Glen würde mit seiner Arbeit draußen fertig werden und dann auf und davon gehen. Und ich wäre wieder allein, um zu malen. Ich wandte mich vom Fenster ab und fand ihn noch immer in meinem Bett. Ich war überrascht. Ich hatte gedacht, daß er mitten in der Nacht verschwinden würde. Doch er schlief tief und behaglich da in meinem Bett. Wie praktisch.

Während der Nacht hatte sein Kinn Stoppel bekommen und sein mittelblondes Haar war plattgedrückt und strähnig. Doch er sah so hübsch aus auf meinem Kopfkissen. Ich liebte die Form seines Kiefers und sein Kinn und die Art und Weise, wie sich seine Mundwinkel irgendwie kräuselten. Und mir ging auf, daß ich schon immer diese Lippen hatte küssen wollen, schon vom ersten Tag an. Also küßte ich sie jetzt und ließ meine Hand über ihn wandern, ließ sie auf seiner Brust liegen. Und bald schon waren seine Arme um mich und wir machten uns wieder auf.

Als seine Arbeit fertig war, packte Glen seinen Seesack, schnürte ihn auf dem Motorrad fest und sagte Lebewohl. Ich war tapfer. Ich klammerte mich nicht leidenschaftlich an ihn und zwang ihn auch nicht, mir zu versprechen, mal wieder vorbeizuschauen. Ich erfand auch keine weiteren Arbeiten, die einzig er tun könnte. Ich sagte Auf Wiedersehen und machte mich daran, etwas zu malen, das sich sicher nicht verkaufen ließ, doch in das ich meine ganze Seele legen wollte. Als Tribut an Berlioz.

Und während ich jetzt Wochen später in meiner Badewanne liege, frage ich mich, ob ich das Richtige getan habe, als ich ihn so einfach ziehen ließ. Nein, das war nicht das Richtige, doch etwas, das wohl für mich am besten war. Ich halte immer alles, was ich mache, für falsch, denk' mir, ich wäre so, während ich ganz anders bin. Und Glen hatte einiges in mir aufgeschlossen.

Ich wickle mich in mein Badetuch und ziehe den Stöpsel aus der Wanne, laß' Wasser und Melancholie im Abfluß verschwinden. Obwohl es schon spät abends ist, habe ich kein Licht gemacht, und ich sitze mit einem Glas Burgunder vor dem Kamin. »Einen Toast auf Berlioz«, sage ich laut, »wo immer du jetzt sein magst.«

Draußen höre ich ein Motorrad. Das ist schon das einundvierzigste in fünf Wochen. Eins für jedes einzelne Jahr meines Lebens. Dies hier hält an, aber schließlich fährt auch mein Nachbar hier mit seinem Motorrad vor. Doch das Klopfen an der Tür gilt unmißverständlich mir.

Und da steht er, so schmuddelig und unordentlich, wie er am ersten Tag gewesen war, als ich ihm begegnet war, seinen Helm in beiden Händen haltend.

»Übrigens, ich hab' dir ja noch nie Mahler vorgespielt«, sagte er. Und marschierte schnurstracks in mein Wohnzimmer, ganz so als lebte er hier.

Gayle Feyrer

Das Haus der Zwillingsjuwelen

Ich war von den Sternen zurück, bluttriefend und ruhmbedeckt und hatte beides gleichermaßen satt. Die Flotte belohnte mich mit einer Prämie, dekorativem Blech und Lametta und vierzehn Tagen Landurlaub. Nach meiner Abmeldung beim Hauptquartier des Imperiums flog ich mit einem Wingskiff von Starport nach Mer'E'Kita, der Stadt der Mitte und Hauptstadt des andromedanischen Reiches.

Auf der Straße trug ich meine Uniform, wie ich das auf fremdem Gebiet immer tue. Das verschafft mir eine gewisse Achtung... falls es mir nicht Ärger einbringt. Eine Om'Zama Kriegerin in ihrer einheimischen Tracht setzt sich vermutlich eher Belästigungen aus als ein Mitglied der Flotte des Imperiums im Captainsrang. Dennoch gibt es immer wieder einige männliche Wesen, die nicht glauben können, daß eine Frau, ob nun Captain oder Kriegerin, besser zu kämpfen imstande ist. Doch stellen sie selten eine echte Gefahr dar. Echten Ärger gibt es eher mit einer Viererbande, die der Meinung ist, daß, wenn alle vier es gemeinsam schaffen, dich aufzumischen, das schon ein Beweis dafür ist, daß jeder einzelne von ihnen stärker ist als du.

Doch niemand legte sich mit mir an, als ich über den riesigen Basar schlenderte und die Vielfalt dessen, was sich meinen Augen bot, die Klänge und Gerüche genoß, die auf meine Sinne einstürmten. Ich liebte die Mischmasch-Architektur, die hölzernen Buden und leuchtenden Zelte der Basarhändler, die sich unter alten und modernen Gebäuden aus Fiberstahl und Marmor zusammendrängten. Es gefiel mir, durch die Straßen zu wandern, in denen es von allen Rassen der andromedanischen Allianz wimmelte, den schwarzen Om'Zama, dem abgetönten Blau und Mauve der Cygnier, Vallaakarr und den dreigeschlechtlichen Fllyll, den schimmernden, grünbepelzten Zorions. Exotische Fremde schoben sich durch die Menge, die Sklaven und Leibeigenen von dutzenden unterworfener Rassen, wie etwa die buntscheckigen Pri'kia'ki, die eidechsenhäutigen Hssgornu, die flachgesichtigen Klunth hinter farblos grauen Gesichtstüchern und die vielfarbigen Terraner, die geschäftig im Auftrag ihrer Herrschaft unterwegs waren.

Es gab nur wenige Om'Zama in Mer'E'Kita, obwohl ich auch hier bin und hin und wieder eine hochgewachsene Gestalt sah, die durch die Menge schritt. Ein kleines Mädchen rannte hinter mir her und schlang die Arme um mein Bein. Ich hob es auf und hielt es in meinen Armen. Ihre Haut war von einem ähnlichen tiefen Purpur wie meine eigene, mit einem leichten Stich ins Bläuliche, doch das feine, glatte Silberhaar verriet mir, daß sie ein Vallaakarr-Halbblut war. Ihr eines Auge war zugeschwollen und ihre schimmernde Haut war überall mit anderen Prellungen und Abschürfungen dunkel gefleckt. Sie flehte mich an, sie mit nach Om'Zama zu nehmen und ihr das Kämpfen beizubringen. Ich sprach ihr Mut zu, sagte ihr, daß ihre Schwesterclans jede Frau von einem bestimmten Alter an aufnähmen, die zu ihnen käme. Sie war ein wildes kleines Ding, und vielleicht hielt diese Gesinnung lange genug vor; lange genug um zu überleben, bis es so weit war.

Ich bewegte mich langsam durch die brodelnden Straßen, unterwegs dahin, der Göttin meine Huldigung darzubringen. Ich ging über den Tempelvorplatz mit seinem schäumenden Springbrunnen und den heiligen Arra'Mi-Bäumen, von deren Zweigen die bittersüßen Früchte schwer und reif herabhingen und dann in das Heiligtum der inneren Schreine. Ich hatte Räucherwerk für die große Beschützerin mitgebracht, exotische Splitter einer fernen fremden Welt. Ich öffnete den Lederbeutel, in dem ich sie aufbewahrte und schüttete die opalisierenden Bruchstücke in meine Innenhand. Sie lagen da wie Rohedelsteine, rötliche Substanzen, die blau und grün aufflammten. Ich verbrannte eine Handvoll vor dem Altar und legte den Beutel in die Schüssel aus gebranntem Ton, diesem Stoff aus dem Schoß der Erde. Der Feldzug war hart gewesen, kein Leben war verschont worden, aber durch mein Bemühen, meinen

Einsatz, blieb ein ganzer Kontinent, ihre Schöpfung, uns erhalten.

Das ist etwas, was ich bei Männern nie verstanden habe, obwohl ich genauso gut zu hassen verstehe wie jeder von ihnen und der dunklen Mutter mit größerer Hingabe diene als jeglicher anderen Manifestation der Göttin. Ich habe nie verstehen können, wie sie es fertigbringen, die Erde selbst zu hassen und sie auslöschen wollen, als wäre sie ihr Feind. Wieder einmal bedauerte ich, daß ich so wenig Om'Zama unter meinem Befehl hatte.

Dann ging ich zu dem Schrein des Schattens und der Flamme, dem Altar der dunklen Mutter, zu ihr, der man nur Blut opfern kann. Ich wählte eine der scharfen Klingen aus, die davor lagen, schnitt mich damit und ließ die glänzenden, violetten Tropfen in die Schale aus weißem Knochen tropfen. Ich betete darum, daß sie mein Opfer annähme. Die einzige schlimme Verwundung, die mir zugefügt worden ist, erhielt ich, als ich ihren Dienst vernachlässigte. Ich habe seither immer ganz genau darauf geachtet, ihr dieses Opfer darzubringen.

Nachdem ich diese Gaben überreicht hatte, blieb ich noch meditierend dort und ließ das zarte Geläut der Glocke, den immer wiederkehrenden reinen Ton in meinem Körper zart widerhallen, wo er alle düsteren Schwingungen mit seinem reinen hellen Klingen verjagte. Nach dem Glockenläuten fiel ich in die Gesänge ein, bis unsere Stimmen mit dem schwächer werdenden Sonnenlicht leiser wurden und bei Sonnenuntergang ganz verstummten. Wir stiegen die Stufen zum Dach des Inneren Tempels hinauf und schauten zu, wie die riesige Sonnenscheibe hinter den Bergen verschwand. Ein leuchtender rubinroter Lichtschweif erhellte den Horizont, ließ die rauchgeschwängerten Wolken rosig und ambrafarben erglühen.

Es war bereits dunkel, als mir Melkon und O'Talla über den Weg liefen, der Arzt des Raumschiffes und der erste Ingenieur, freundlich angesäuselt der eine, unangenehm nüchtern der andere, und ich nahm ihre Einladung an, mit ihnen ins Haus der Zwillingsjuwelen zu gehen. An jenem ersten Abend ging ich nur aus Kameradschaft mit. Ich wollte nur eine leichte Mahlzeit, ein Glas Kavva, und mir dann das Unterhaltungsprogramm ansehen. Danach wollte ich gehen und dann vielleicht mit dem Wingskiff nach Om'Zama fliegen. Ich empfand wenig Neigung, mich den zweifelhaften Vergnügungen des extravagantesten Bordells der Stadt hinzugeben.

Mit ihrer vollen Stimme wie Honig und sanft klirrende Kiesel deklamierte O'Talla erotische Gedichte zu den drei Monden empor und führte uns durch gewundene Gassen zu dem schwach von Fackeln erleuchteten Portal. Vor uns erhoben sich die Außentore aus schwarzem Schmiedeeisen, die die Form zweier im Liebesakt verschlungener Drachen hatten. Zwei riesige Hssgornuwachen ließen uns am Tor ein, wir passierten das von Lichtern durchzuckte Kraftfeld und betraten den roten Obstgarten. Ein weißer Kiespfad wand sich durch Bogengänge, deren Spaliere schwer von Früchten waren, führte uns bis vor die kunstvoll gearbeiteten Innentüren aus altem, vergilbtem Elfenbein. Jedes der mit Schnitzereien verzierten Felder der Türfüllung zeigte eine erotische Szene aus der andromedanischen Mythologie. Ich erkannte die Zwillinge E'Lan und Le'Ter wieder, geschwisterliche Kriegerinnen, die den süßen Tod sterben... T'El'Pria und den schelmischen Kourkus vom Volk der Kouragi, der seine haarigen Flanken an ihre weiche Haut schmiegt, die scharfen Fänge zart in ihre Halsgrube gedrückt... Irakiru, die Königin und ihr Zauberer Vel'tri, der Wahnsinnige, die von Flammen verzehrt werden... der Sklave Kel'Lan und sein versklavter Herr Sa'chame, der ihm die Füße küßt...

Ungeduldig, alles Schöne zu genießen, das ihn drinnen erwartete, stieß Melkor die schweren Türen auf und wir betraten die prachtvolle Vorhalle der »Zwillingsjuwelen«. Das Innere war elegant und matt schimmernd, sanft erleuchtet von Kerzen in Haltern und vielarmigen Leuchtern, die Moschusgeruch verströmten. Die Fußböden aus farbigen Marmorfliesen waren in raffinierten Mustern verlegt, an den Wänden wechselten sich goldgewirkte Seide und glänzend polierte Edelhölzer als Verkleidungen ab... tief purpurnes Vour'ku, blasse Milchweide, rosenfarbene Heddanuß. Das einzige Möbelstück war ein riesiger Tisch in der Mitte mit Einlegearbeiten aus denselben Hölzern, deren geometrisches Muster auf der Tischplatte einen Lageplan der oberen Räume des Bordells darstellte. Im Mittelpunkt jedes einzelnen Quadrats, das eins der Schlafzimmer markierte, lag ein juwelenbesetzter Schlüssel. Hinter dem Tisch saß der Hüter der Schlüssel.

An einem Ende der Halle teilte sich ein glitzernder schwarzer Vorhang und zeigte dahinter einen Raum in Silber, Mauve und Rotviolett. Auf dem schwarzen Marmorfußboden waren kreisförmig mit Satin bezogene Liegen und niedrige Tische aufgestellt worden, auf denen Schalen mit köstlichen Früchten und Karaffen mit schweren, süffigen Weinen standen. In der Mitte auf einer geschwungenen, erhöhten Bühne saßen zwei flaumig behaarte hermaphroditische Cedealier und spielten in einem lockenden Duett Lyra und Flöte. Um ihre Taillen trugen sie statt der üblichen Metallbänder oder Ketten juwelenbesetzte Stoffgürtel und an den Handgelenken und um den Hals Bänder aus demselben Material, damit die Rüschenärmel und das seidige lockige Haar nicht gedrückt würden. Ohne Zweifel zählten sie zu den letzten und pikantesten Lustbarkeiten des Hauses, seit unlängst erst Cedealia dem andromedanischen Reich einverleibt worden war. Die zwei zierlichen Wesen spielten lieblich und zart. Es war noch früh und die meisten Liegen waren noch nicht besetzt. Das wildere Treiben würde erst später beginnen, mit Fackeltänzern und pikanten sexuellen Vorführungen – vielleicht waren heute abend die Hermaphroditen dran.

Am hinteren Ende der Halle schwang sich in weitem Bogen eine breite Treppe von den oberen Räumen nach unten. Auf dem Balkon entstand Bewegung, als sich dort etliche Lustsklaven aufstellten, die ihren Auftritt hatten, und unten, wo sich die Freier aufgestellt hatten, um zuzuschauen. Ich blickte hoch, als du die Treppe herabgeschritten kamst und spürte, wie mein ganzer Körper erstarrte.

Man wußte deine Schönheit hier zu würdigen und stellte sie überdeutlich heraus. Sie hatten dich nicht angemalt, um deine Wildheit zu betonen, die nur halbgezähmte, reißende, lohfarbene Bestie. Das Haar fiel dir locker ins Gesicht in sonnengebleichten, honiggelben und ambrafarbenen Strähnen. Du bewegtest dich mit tierhafter Grazie, dein nackter Leib straff, stark und biegsam, die eingeölten Muskeln im Kerzenlicht wie das glitzernde Spiel der Wellen. Rosenfarbig entflammt und sanft wulstig geschwollen baumelte dein Schwanz, als du auf mich zugingst. Deine nackte, dunkelgoldene Haut war gebunden mit vergoldeten Ketten – hinfällige menschliche Kraft gegen andromedanische Macht. Stärke und Zartheit gleichermaßen erregend.

Du spürtest meinen Blick und begegnetest ihm geradeheraus und kühl, noch ganz verschlossen und gefaßt. Ein Blick, den man als Herausforderung deuten könnte, wäre er nicht so zurückhaltend gewesen. Auch ich starrte gebannt, während um dich herum sich alles flirrend in einen goldenen Glanz, ein Strahlen auflöste. Als würde dein Leib keinen Schatten werfen, sondern Licht.

Es wäre leichter, wenn meine Leidenschaften nicht von so heftiger Plötzlichkeit, so allumfassend gewesen wären... so selten. Besser viele kleine Feuer, um die Nächte zu erwärmen, als ein einziger, alles verschlingender Feuersturm. Und leichter noch, einfach darüber hinwegzugehen.

Ich glaubte, daß ich mein Herz zu sehr ausgehungert hätte, so daß es jetzt Unterwerfung verlangte.

O'Talla schüttelte sacht meinen Arm und machte sich lachend über meine Vorliebe für Fremde lustig. Ich wandte mich zu ihr und versuchte aufmerksam zu sein, indem ich das dunkeläugige, bekümmert dreinschauende Menschenkind begrüßte, dessen Taille sie umschlungen hielt. Hinter mir konnte ich deine Gegenwart spüren. Melkor sagte irgendetwas... Wein... Süßspeisen... Musik...

Dann mußte ich wieder zu dir hinschauen. Du standest fast am Fuß der Treppe, deine Augen auf die Eingangstür gerichtet. Ich folgte deinem Blick und sah, daß S'Karrak gerade den Saal betreten hatte. Ich hatte in diesem letzten Feldzug Seite an Seite mit ihm gekämpft und miterlebt, wie er Anspruch auf seine Kriegsbeute erhob. Vergewaltigung wäre ein noch zu freundliches Wort für die Art seiner schlimmen Lustbarkeiten. Ich konnte von deinem Gesicht ablesen, daß er auch dir bekannt war... und sah deine Furcht, gemischt mit Abscheu. Dann traf mich ganz kurz dein schneller, suchender Blick, als

S'Karrak auf dich zuging, um dich für den Abend zu kaufen. Ich war schneller, hinterlegte meine Scheckkarte und bekam dafür deinen Schlüssel.

Als ich auf dich zuging, lächeltest du immer noch nicht, sondern hieltest meinem Blick stand. Große Augen mit dunklen Wimpern, sich verengend, als sie prüfend die Fremde einzuschätzen versuchten... Ich konnte jetzt deutlich ihr Farbmosaik erkennen, die Flecken von leuchtendem Grün, Topas ud Gold. Dann wandtest du dich ab, und ohne dich zu berühren, folgte ich, nahe genug hinter dir gehend, um den Schwung deines Hinterteils zu bemerken, während du die Treppen hinaufstiegst und mir den langen Weg über den Flur zu deinem Zimmer vorangingst.

Ich schloß die Tür hinter uns. Du bist einen Augenblick stehengeblieben, von der Dunkelheit des weiten Fensters eingerahmt, das sich auf den Garten öffnete. Dann drehtest du dich zu mir und du warst schon hart, während ich auch schon zerfloß. Deine Reaktion hatte man dir zweifellos unter Einschüchterungen antrainiert – vielleicht durch Drogen beschleunigt und verstärkt. Doch als du näher kamst, fand ich keine Anzeichen dafür, deine Augen waren klar, herausfordernd und glühend vor Verlangen. Vor mir stehend, senktest du deinen spöttischen Blick. Demütig strecktest du mir die Handschellen entgegen, damit ich deine Ketten löste. Lächelnd dann und etwas wehmütig. Voll Anmut unterwarfst du dich einem Ritual der Erniedrigung, das sich den Anschein eines Rituals der Befreiung gab.

Aus Angst, von Zittern befallen zu werden, stand ich aufrecht vor dir, fast keuchend unter der ersten Berührung deiner Hände, die mit der Kühle des Terraners sich auf mein hitziges Fleisch legten. Deine Fingerspitzen zogen die Linien meines Mundes nach, fuhren sanft über meine Wangen. Hat man dich auch dieses köstliche Zaudern hier gelehrt, wie man dir beibrachte, hart zu werden?

»Deine Haut hat die Farbe von Pflaumen«, sagtest du mit deiner hauchenden, etwas belegten Stimme, einer Stimme wie geschaffen zum Flüstern.

Deine Hände verweilten kurz auf meiner Kehle und strichen

dann abwärts. Deine Finger, plötzlich entschlossen und zupakkend, lösten die Schnallen meiner Rüstung und ließen Metall und Leder von meinen Schultern gleiten. Meine Brüste nisteten in deinen Händen, die Brustspitzen in der Mitte deiner Innenhand. Mit deinen Fingerspitzen zupftest du sie hervor, drücktest die Knospen, bis sie zu harten Punkten der Wollust wurden. Diesmal stöhnte ich laut auf.

Deine Hände glitten über meinen Rippenbogen, über Bauch und Hüften und schoben die Kleidungsstücke weg, die ihnen im Weg waren. Du befreitest mich von meinem Beinschutz, bandest meine Sandalen auf. Langsam fuhren deine Hände wieder an meinen Beinen hinauf, liebkosten Waden und Schenkel. Deine Wange rieb sich an dem Dreieck aus Haar, drückte sich fest gegen den Schamhügel. Du wandtest dein Gesicht zu meiner Mitte, dein feuchter Mund legte sich auf schwellende Lippen, deine Lippen schoben sich näher, um die zarten, fleischigen Falten zu teilen.

Lust wallte in mir auf. Meine Knie knickten ein und plötzlich kniete ich vor dir. Deine Augen waren weit und wirkten leicht verwundert. Dann lächeltest du und nahmst mein Gesicht in deine Hände. Ich konnte die Form meines Schädels wie eine Tasse spüren, die du an deine Lippen hebst. Deine Augen schlossen sich, als du mich durstig küßtest. Deine kühle Zunge schmeckte nach meinem Geschlecht. Taumelig vor Lust ließ ich zu, daß du mich auf den Boden drücktest. Ich ließ mich von dir reiten, meine Schenkel taten sich auf, dich zu empfangen. Beim ersten süßen Stoß deines Eindringens kam der erste Orgasmus. Wieder und wieder überließ ich mich deinem Befehl, mein Körper wie feuchter Lehm, den du nach Wunsch formst und neu formst.

In der zweiten Nacht war ich vorgewarnt und kannte deine Macht. Unsere Leiber begannen ein Duell in dem Versuch, einander zu beeindrucken. An welchem Punkt verwandelte sich herzloses Können in tiefempfundene Leidenschaft? Wann beginnen tastende, laszive Finger wild zu klammern und festzuhalten? Ich erinnere mich an dein Schreien... und an mein eigenes. Das geschmeidige Gleiten unserer Körper. Die Kühle in dir, dein Sack fest und rund in meiner Hand. Der plötzliche

Moschusduft, als dein Körper sich spannte und zitternd unter mir erschlaffte.

In der dritten Nacht kam ich zu dir als Ertrinkende und zog dich mit mir in die Tiefe.

Die vierte Nacht... in der vierten Nacht kam ich zu spät. Der Hüter sagte mir, daß niemand dich gemietet hätte – statt dessen müßtest du auftreten. Ich stand hinter dem schwarzen Vorhang halb versteckt hinter glitzernden Stoffbahnen und sah dabei zu, wie du von zwei massigen Zorions genommen wurdest, eingezwängt zwischen zwei dunkle, grünbepelzte Gestalten, sah, wie zartes Fleisch von groben Klauen gepackt wurde. Ich mußte zuschauen, wie dein Mund einen nassen rosa Schwanz schluckte und ein zweiter in deinen Hintern stieß. Hinter dem rammelnden Arsch dessen, der deinen würgenden Hals füllte, konnte ich dein Gesicht sehen. Sekundenlang erstarrtest du, als du mich erkanntest, bis der eine, der dich fickte, dir hart und geräuschvoll auf den Hintern schlug und dir die Sporen gab. Dein Schwanz, der halb steif zwischen deinen Beinen baumelte, wurde plötzlich steif und richtete sich auf. Das Publikum lachte und johlte. Ich hätte gern gewußt, ob es meine Augen oder seine Hand waren, die dich steif werden ließen.

Wie magnetisiert blieb ich, um Zeugin des Höhepunkts deiner Darbietung zu werden. Ich hörte die rauhen Schreie der Zorions, als sie kamen. Sah, wie weißer Samen von deinem Schwanz spritzte durch die geöffneten Beine deiner Peiniger in den wartenden Mund eines begierigen neuen Mitspielers, der aus dem Publikum gekommen war. Ich wandte mich ab und ging, erfüllt von Ekel und Verlangen.

Eine Woche lang, trotz meines Verlangens nach dir, weigerte ich mich, wiederzukommen. Eine Woche lang strich ich nach Einbruch der Dunkelheit durch die Straßen auf der vergeblichen Suche nach etwas, das die offene Wunde der Lust ausfüllen konnte. Über mir brannten fiebrig die Sterne wie glänzende Schwären auf der schwarzen Haut der Nacht. Um mich herum in der nächtlichen Stadt, der Stadt der Huren, starrten mich heiße Augen aus Toreinfahrten an. Arme und Schenkel lockten mich in Gassen. Stimmen wie Seide, die von Haut gestreift wird, flüsterten im Dunkel. Wie Seide, die zerreißt.

Eine Woche lang durchkämmte ich die Bordelle nach blonden terranischen Sklaven, um die Magie deiner sanft abfallenden Wangenknochen, deiner wie gemeißelten Lippen wiederzufinden, die harte Spannung deines Schenkels, der sich an weichen Innenseiten reibt, das leichte Gewicht von Hoden, die in meiner Hand hart werden. Deine goldene Haut suchte ich in blauer, schimmernd schwarzer, karmesinroter und purpurner Haut auszulöschen. Deinen Erdgeruch wollte ich in einem Meer von Schweiß ertränken. Ich fand Schwänze, größer als deinen, die mich füllen sollten, und als mir keiner genügen wollte, versuchte ich die Erinnerung an deinen stoßenden Leib in dem nachgiebigen, nassen Fleisch der Frauen auszulöschen.

Während ich nur den einen, einzigen, begehrte, ertrank ich in der Masse der vielen. Ein Delirium des Sexuellen, das mich so ausgelaugt zurückließ wie ein schwerer Fieberanfall, und genauso zerrissen...

Heute, in der Übungshalle, ließ S'Karrak es sich angelegen sein, mich beiseite zu nehmen. Er erzählte mir, daß er dich besucht hätte. Seine harten stumpfen Augen, die mein Gesicht nicht losließen, während er mir eure Begegnung schilderte – wie er deine Ketten fester gezogen hätten, so daß du dich nicht bewegen konntest und er dann deine Hüften packte, um in dich einzudringen. Er denke daran, so sagte er, dich ganz für sich selbst zu kaufen. Es gäbe da bestimmte Vergnügungen, die das Haus auch gegen Bezahlung niemandem gewährte... aus Furcht, du könntest Schaden nehmen.

Ich habe nicht gefragt, was es kosten würde, dich zu kaufen. Ich sagte mir, daß der Preis zu hoch sein würde und ich ihn mit meinem Stolz und meiner Ehre entrichten müßte. Ich habe mich vor Männern nie zur Närrin gemacht. Dieses vergoldete Hurenhaus hat dir bestimmte Fertigkeiten beigebracht, die deinem Überleben dienen, hat dich gezwungen, mit deinem Verstand und deiner Schönheit zu leben, deiner Stärke, die ein Spielzeug für die Zerstreuungen der Fremden ist. Warum solltest du diese Fähigkeiten nicht auch gegen mich, die Feindin, richten? Ich redete mir ein, daß du wohl gerissen genug wärest, dich zu verstellen, all deine List einzusetzen in der Hoffnung, ich würde dich, verblendet von Leidenschaft, kaufen.

Ich beschloß, noch einmal ins Haus der Zwillingsjuwelen zu gehen. Nur noch ein einziger, der letzte Besuch, um dich aus meinen Gedanken zu verscheuchen und dich deinem Schicksal zu überlassen. Heute würde ich nicht vergessen, wer ich bin und würde dich daran erinnern, wer du bist.

Das kurze Aufleuchten in deinem Gesicht verschwand schnell. Du warst angespannt und widerwillig, als ich dich an Ketten die Treppe hinaufzog. Als ich dich durch's Zimmer zum Bett zerrte, befahl ich dir, vor mir niederzuknien. Ich wollte deinen Mund auf mir haben, bevor ich dich nahm. Dann bist du einen Schritt zurückgewichen, hast mich voll angesehen mit zusammengekniffenen Augen, gereizt und voll Ablehnung.

»Nein...« sagtest du und schütteltest widerstrebend den Kopf. »Nicht mit dir.«

»Du bist aufsässig, Sklave«, zischte ich. »Auf die Knie.«

»Nein«, wiederholtest du mit flacher und kalter Stimme. Und dann: »Ich habe mir nicht ausgesucht, Hure zu sein.« Ich schlug nach dir und mein Schlag warf dich auf's Bett. Die Gewalt des Schlages machte dich benommen. Schockiert starrtest du mich an, ein Blutfaden rann deine Lippen herab, während ich deine Arme über deinen Kopf hob und die Ketten am Bettpflosten festmachte. Deine Fußfesseln machte ich am anderen Ende fest und benutzte dazu die schweren goldenen Halteringe, die für diesen Zweck angebracht worden waren. Unterwerfung ist in deinen Preis mit eingeschlossen. Sie würden dich noch viel härter bestrafen als ich es tue, wenn ich ihnen erzählte, daß du dich mir widersetzt hast.

Jetzt war aller Widerstand gebrochen. Du lagst unbeweglich in Ketten, hilflos meiner Berührung ausgeliefert. Ich legte meine Hände auf die straffe, glatte Haut deiner Innenschenkel und führte sie hinauf, um das goldbronzene Haarbüschel auf deinem Schoß zu umkreisen. Dein Schwanz, der noch weich war, rührte sich sacht in seinem Nest.

»Nicht«, flehtest du.

Ich nahm ihn in die Hand. Du wandtest dein Gesicht ab, deine Zähne gruben sich in deine geschwollene Lippe. Deine Muskeln spannten sich, wurden starr vor Abwehr, sogar noch, als dein Geschlecht sich unter meiner Berührung aufrichtete.

Ich strich über das fester werdende Fleisch, die sich zusammenziehende Haut, und die grobe, trockene Reibung ließ ihn dir steif werden. Mich auf dich schwingend, stieß ich auf dich herab und schob mir deinen harten Schwanz selbst hinein. Du stöhntest und schaudertest, als ich dich ganz umschloß, die Empfindungen, die dich durchrasten, raubten dir fast die Kontrolle. Ich stieß wild zu und zügelte meine Lust, um die Herrschaft über dich zu behalten. Du weigertest dich, mit mir Schritt zu halten, bis ich nahe an den Höhepunkt kam und dann ergriff die Flamme uns beide. Ich spürte, wie sich dein Körper mir entgegenreckte.

Du hast aufgeschrieen, als ich dich so wild vornahm. Ich griff mir deinen Schwanz wie einen Schwengel und stieß meine Möse gegen dein hartes Ding. So mißbraucht von mir, wolltest du dich mir entziehen. Ich beobachtete, wie du mit dir kämpftest, als ich meinen Kitzler an deinem Schwanz rieb. Ich wußte, daß du dich meiner Hand entwinden wolltest, doch ich sah deine Haut sich röten, hörte deinen schneller werdenden Atem, spürte, wie das Harte, das ich mit meiner Hand umklammerte, pulsierte und anschwoll. Hilflos stöhntest du auf, deine Hüften hoben sich an, während ich den heißen Stamm deines Geschlechts über meine glitzernde nasse Öffnung gleiten ließ. Ich wußte, daß du mit mir gemeinsam zum Höhepunkt kommen würdest und versetzte unsere Leiber in Raserei, fühlte eine dunkle Welle des Triumphs in mir aufsteigen.

Auf dem Gipfel dieser finsteren Höhe wurdest du plötzlich unter mir ganz still. Dein Gesicht wandte sich mir wieder zu, die Augen weit und verzweifelt, schweißfeucht deine Haut, die wie von Tränen glänzte.

»A'Asha«, flüstertest du rauh, »A'Asha, tu' es nicht...«

Ich fragte nicht, woher du meinen Namen erfahren hattest. Das war gewiß nicht schwer gewesen. Es hätte mir eigentlich nichts ausmachen sollen, ihn von deinen Lippen zu hören. Doch das tat es. Bei dem, was ich getan hatte, war ich mir selbst fremd gewesen, und du riefst mich nun zurück.

Einen Augenlick noch blieb ich über dich gekauert, keuchend, gegen den Selbstekel kämpfend, der mich befallen hatte. Die schwarze Woge brach sich jetzt, fiel in sich zusammen, rollte zurück und hinterließ einen schalen, bitteren Nachgeschmack von Verzweiflung. Ich fühlte nicht mehr die Wut der Leidenschaft, nur noch Verlassenheit. Ich hatte versucht, deinen Körper zu zwingen und herausgekommen war ein freudloser Krampf für dich und mich. Am Ende haßte ich mich nur noch selbst für meinen vergeblichen Versuch, dich zu verachten.

Dein Schwanz lag jetzt weich unter mir, erloschen wie meine Wollust. Ich stieg von deinen Hüften und blieb eine Weile auf der Bettkante sitzen. Ich fühlte mich ausgehöhlt, als wäre ich ans Ende meiner selbst gelangt. Ich wollte nur noch dieser brutalen Selbsterniedrigung von uns beiden den Rücken kehren. Ohne dich anzusehen, schloß ich deine Ketten auf, legte sie neben dich, stand auf und ging auf die Stelle zu, wo unordentlich meine Kleider lagen...

Ich fühle deine Hand auf meiner Schulter, die mich zu dir umwendet. Unsere Blicke begegnen sich.

»A'Asha«, sagst du, »mein Name ist Ian.«

»E'Yon«, ich wiederhole den Namen, den du mir genannt hast. Präge ihn mir ein.

»Bleib bei mir.« Jetzt kniest du aus eigenem Willen vor mir. Deine Arme umschlingen mich... vorhin so wild und jetzt so klammernd. Du hebst das Gesicht und wieder ist dein Ausdruck ganz anders. Dein Lächeln ist bitter, zittrig, als machtest du dich über mich und dich selbst lustig. Deine Augen sind dunkel und voll Schmerz. »Bleib.«

Mein Zorn, meine Grausamkeit haben sich in Nichts aufgelöst. Du duldest keine Lüge zwischen uns. Meine Berührung soll so wahrhaftig sein wie die deine. Eine letzte Nacht als Liebende... dann auf ewig Fremde.

Begreifst du auch, daß es das letzte Mal ist... daß es das letzte Mal sein muß! Mein Verlangen nach dir ist zu groß. Ich muß fliehen, vor dieser Leidenschaft fliehen, die mich verzehrt. Was jetzt noch zwischen uns steht ist einzig meine eigene Furcht. Ich könnte dich kaufen und zum Leibeigenen machen. Leibeigene, auch die aus der Fremde, dürfen dem Reich dienen. Was du jetzt auch sein magst, früher bist du ein Krieger gewesen. Dein kriegerischer Geist hat überlebt. Du könntest mit mir zu den Sternen fliegen, Schildknappe und Geliebter in einem. Wenn ich dich nur nicht so sehr liebte...

Sacht streichen meine Finger durch dein Haar, erforschen seine Vielfarbigkeit: Weißgold metallisch und gelb, Bronze und Kupfer, warme Farben, die kühl durch meine Hand rinnen, kühl und glattfeucht wie Wasser, leise raschelnd wie Sand. Ich spüre deinen Atem auf mir wie in der ersten Nacht, deine starken Hände, die meine Schenkel liebkosen. Meine Mitte ist heiß und pulsiert, wird naß unter deiner Berührung. Ich höre mich aufstöhnen, als dein Mund mich trifft, deine Zunge in meinen Spalt gleitet, deine Daumen ihn zart öffnen. Zarte nasse, seidige Membranen, glatter Schmelz der Zähne, die Zunge ein weicher, biegsamer Muskel. Du gehst tiefer und tiefer, saugst mit Inbrunst und auch mich hungert jetzt danach, dich zu schmecken.

Mich von dir freimachend, lege ich dich zurück auf den Boden, der sich glatt und kühl unter unserer fieberheißen Haut anfühlt. Die Köpfe in Schöße gebeugt, sind unsere Leiber einer des anderen Spiegel. Zwei Münder schließen sich über deinem und meinem gierigen Geschlecht, geschwollene Knospe und praller Schaft, zwei Hände ziehen die Kurve eines Rückens nach und legen sich um schwellende Hüften. Ich teile die Hinterbacken, berühre spielerisch feines, feuchtes Gekräusel, bereite Finger suchen den feuchten, pulsierenden Ring, der sich zusammenzieht und sich dann unter ihrer Berührung öffnet. Deine Finger gleiten über meinen Kitzler, nehmen die Nässe deines Mundes auf, mischen sich mit der Feuchte, die meinem Schoß entströmt. Wir dringen sacht ineinander ein, erkunden tastend den tiefsten Punkt der Lust. Auffordernde Finger, saugende Münder, wir verschlingen einander..., unser einziges Verlangen, das Herz des anderen zu trinken.

Erschauernde und zuckende Körper, während brennende Ströme des Verlangens uns durchrinnen. Wir tauchen tiefer und tiefer ein. Verklammert bilden wir ein rasendes, lustgetriebenes Wesen, wir ertrinken in einem Flammenmeer. Unser Fleisch löst sich in einer Flamme auf, explodiert zu reinem Licht, flüssigem Licht, das aus uns, in uns überströmt... unsere Seelen mit gleißendem Leuchten erfüllt.

Langsam komme ich wieder zu Sinnen. Ich seufze. Du greifst nach meiner Hand. Erschöpft liegen wir beieinander, unsere Köpfe geborgen am Schenkel des anderen. Dickflüssige Samenspuren rinnen über meinen Mund, kräftiger, milchiger Wein. Ich lecke die überreichlichen Tropfen von meinen Lippen, schmecke den köstlichen, salzigen Balsam.

So liegen wir eine ganze Weile, bis ich spüre, wie sich dein Körper neben mir spannt und der Druck deiner Hand stärker wird. Ich erhebe mich und schaue dich an; in deinen Augen stehen Fragen, Fragen, die du aus übergroßem Stolz nicht stellen willst... und die du zu stellen fürchtest. Die tanzenden Lichter in deinen Augen erlöschen. Du schließt sie wieder und wendest deinen Kopf zur Seite, verschließt dich vor dem, worin wir eins gewesen sind. Du läßt meine Hand fahren, führst den Arm an deinen Kopf und birgst dein abgewandtes Gesicht darin. Die Kette rasselt über den Boden und bleibt dann still liegen.

So also sagst du Lebewohl, nimmst hin... forderst... die Trennung heraus, die ich nun nicht mehr ertragen könnte.

Es wird mich teuer zu stehen kommen, diese Ketten zu lösen, die du trägst. Teurer noch werden die Gefälligkeiten dafür sein, die Sicherheitsüberprüfung eines terranischen Leibeigenen zu überstehen, damit er in meinem Raumschiff Dienst tun darf.

Doch ich habe schon zu viel Zeit in der Dunkelheit meines Ich verbracht...

Wie hoch dein Preis auch sein wird, ich werde ihn bezahlen.

II

MYSTERY

Im wirklichen Leben ist für Frauen die gefühlsmäßige Beziehung zwischen zwei Menschen, sind Liebe, Vertrauen, Vertrautheit und Umsorgtsein dasjenige, was ein erotisches Erlebnis erst schön macht. In der erotischen Literatur allerdings entsteht Leidenschaft oftmals mit einem geheimnisvollen oder gar finsteren Partner, einem, der keine Sicherheit bietet, einem Partner, der sich nie ganz besitzen läßt. Der unerreichbare Partner wird so noch aufregender, reizvoller, weil die Beziehung nicht voll ausgespielt werden kann. Der »Mystery man« ist oft der starke, ruhige Typ, der die Leidenschaft steigert, indem er der Frau einerseits gestattet, an ihrer phantastischen Projektion festzuhalten, während er sie andererseits dazu herausfordert, immer wieder seine unerforschten Tiefen auszuloten.

Situationen, in denen sich die Frau der Liebe ihres Partners nicht sicher fühlt, in denen sie die Art und Weise, wie ihr Geliebter auf sie reagiert, nicht kontrollieren kann, fördern einen chronischen Zustand des Ungleichgewichts. Sie findet nichts, wo sie sich ausruhen oder entspannen kann. Sie muß stets bereit sein zu reagieren, einzugreifen, sich selbst zu schützen, und dieser Zustand gesteigerter Reaktionsbereitschaft, dieser dauernde emotionale Reiz erzeugt ein hohes Maß an Leidenschaftlichkeit und erotischer Aufnahmefähigkeit, sobald sie in diese Richtung gelenkt werden.

Oft sind dies die leidenschaftlichen Haß-Liebe-Beziehungen, in denen ein ständiges Aufflackern die Art von Intensität erzeugt, die einem Menschen das Gefühl verleiht, vor Lebendigkeit zu vibrieren. Überaus häufig allerdings brennen solche dunklen, leidenschaftlichen Beziehungen auch sehr schnell aus. Und obwohl eine derartige Beziehung für eine Frau eine ihrer denkwürdigsten Affären bleiben mag, wird diese Achterbahnfahrt doch oft unerträglich, und die Erkenntnis, daß gewisse selbstzerstörerische Mechanismen mit hineinspielen, trägt dann zum Scheitern solcher Beziehungen bei. Das gilt auch für »Neugeboren« von Doraine Poretz, wo die weibliche Hauptfigur außerhalb des Bettes nie Gelegenheit bekommt, eine ähnliche Intimität und Intensität zu erleben, die sie im Liebesakt mit ihrem Partner erfahren hat. Die mangelnde Bereitschaft des Mannes, sich zu binden, gepaart mit dem verschleierten Versprechen, das mehr daraus werden könnte, macht ihn sogar noch aufregender. »Der komplizierte Charakter, eine vielschichtige Persönlichkeit des Mannes, wirken auf mich besonders verführerisch«, sagt Doraine. »Seine Unfähigkeit, Gefühle auszudrücken und zugleich sein starkes Hingezogensein und sein Verlangen nach der Hauptfigur der Geschichte stellen einen Widerspruch dar, den ich reizvoll und erregend finde.«

Viele Frauen in ähnlichen Beziehunger erleben sich selbst als Opfer und beklagen ihr Schicksal – würden beschwören, daß sie das nie wieder durchmachen wollen. Die Heldin von »Neugeboren« allerdings ist in der Lage, aus der Beziehung auszuscheren, neue Kraft zu schöpfen und ihr Leben weiterzuführen, ohne die Bedeutung, die ihre Liebesaffäre für sie hat, herunterspielen zu müssen.

In »Abschied von Sasha schreibt Susan Block über eine Frau, die sich in der Beziehung zu einem Mann von ihm geradezu besessen fühlt. So sehr sie sich auch abmüht, es gelingt der Hauptfigur nicht, das Feuer zu löschen, das dieser Mann in ihr geweckt hat. Sie ist ganz in seiner Macht; sogar sein Haus hat etwas Magisches und das Gefühl, gänzlich außer Kontrolle geraten zu sein, so daß nicht einmal sie selbst weiß, welchen Schritt sie als nächsten tun wird, hält das Erotische der Geschichte auf einem fiebrigen Höhepunkt.

Susan stellt zudem noch einen Vergleich an zwischen oberflächlichem Sex und leidenschaftlichem Sex. Sie bietet uns eine Anzahl verschiedenartigster sexueller Erlebnisse, die abwechslungsreich und humorvoll sind, erotisch und witzig, doch die Intensität der Gefühle unserer Protagonistin für Sasha hebt das

Erotische auf eine andere Ebene. Dazu meint Susan: »Bei leidenschaftlichem Sex ist man Teil der wirklichen Welt. Man begegnet einander auf einer ganz anderen Ebene und entscheidet nicht darüber, ob man nun heiraten soll oder nicht, Kinder haben sollte und ob das Geld auch ausreicht, ob man Achtung für den anderen hat. Solche Beurteilungen werden ausgesetzt zugunsten der Intensität des Erlebnisses.«

Wenn sich noch Mystery und Abenteuer miteinander verbinden, ist die emotionale Rektion doppelt stark. Nisa Donnelly verwebt beides in »Schnitzeljagd«, einer fulminanten lesbischen Fantasy-Abenteuer-Geschichte. Und während schon bei Heterosexuellen wirklich Gefahren auftauchen können, wenn jemand sich mit einem Fremden auf ein sexuelles Abenteuer einläßt, dann erhöht sich diese Gefahr noch, wenn es sich bei dem geheimnisvollen unbekannten Partner um eine andere Frau handelt. Dazu sagt Nisa: »Eine typische lesbische Phantasie ist, daß man in eine Bar geht und dort dem idealen Menschen begegnet. Hier lebt Randi ihre Phantasie voll aus, und sie kann diese Erfahrung ungehemmt ausleben, weil sie mit einer anderen Frau auf und davon geht.« Es ist diese Mischung aus Beklommenheit und Erregung in der Reaktion auf diese véritable femme fatale, die so unerwartet dominante, mysteriöse Frau, was ihre erotische Anziehung für Randi so verstärkt.

Deena Netzgers Hauptperson in »Blutorangen« begegnet ebenfalls dem geheimnisvollen Fremden. Die Furcht und das Wagnis, die sie erlebt, als sie mit ihm ins Unbekannte aufbricht, erhöhen für sie den erotischen Reiz. Er ist nicht der verläßliche, langweilige Mann, sondern einer, der auf eine Art anders ist, daß sie sie nur schwer begreifen kann. »Indem sie sich auf eine Begegnung mit diesem völlig Fremden einläßt, ja sogar alles darauf anlegt, betritt die Frau unbekanntes Terrain, und ich glaube, daß jeder gute Sex eine solche Komponente von Unvertrautheit und Unbekanntheit hat. Beständig muß man einen neuen Wesenszug bloßlegen, etwas Neues versuchen, sich plötzlich wieder dem anderen öffnen, damit die sexuelle Erfahrung wahrhaft erotisch sein kann.«

Für Deena folgt aus dem Mysterium, dem Unbekannten, zugleich auch ein geistiges. »Wenn Sexualität in den Bereich des

Geistigen gehoben wird, dem Höchsten, das sie haben kann, dann meine ich, daß auch das erotische Erlebnis gesteigert wird. Als die beiden Hauptcharaktere zueinander finden, stellt sich ein solches Gefühl der Einheit mit der Welt her und findet ein Heilungsprozeß statt, der über bloße Wollust weit hinausgeht.«

Dies Gefühl, daß das Geistige Bestandteil einer dezidiert erotischen Erfahrung ist, zeigte sich in sehr vielen Geschichten unserer Verfasserinnen. Auch da wieder das Gefühl, Unbekanntes zu betreten, das Empfinden, daß die Grenzen des Körperlichen fallen und eine Verschmelzung mit dem anderen Menschen und mit dem ganzen Universum stattfindet. Für Suzanne Miller ist dieser spirituelle Aspekt das wichtigste am Erotischen.

Mit »Die Jäger« hat Suzanne etwas geschaffen, wovon sie meint, daß es ein transzendentes sexuelles Erlebnis ist, in dem beide, der Mann und die Frau, obwohl sie einander kennen, sich als ganz neuartige Wesen einander zu erkennen geben. »Sex wird damit das Tor zum Eros«, sagt sie, »zu dem Mysterium, das zu der direkten Erfahrung führen kann, daß nichts im Leben wirklich erkannt ist und daß alles und jedermann, einschließlich man selbst, sich beständig verändert und alles andere nur vorläufig war. In solchem Begreifen, das seine Lebendigkeit dadurch bekommt, daß es auf körperlicher Ebene nachempfunden wird, liegt die Freiheit, im Augenblick zu handeln, die Möglichkeit zu tiefer Leidenschaft und ekstatischer Vereinigung aufzuschließen. Am Rande des Unbekannten finden wir das wahrhaft Erotische.«

Die fünf Geschichten in diesem Abschnitt handeln vornehmlich vom Gefühl des mysteriösen, des geheimnisvollen Partners ebenso wie vom Wunder des Spirituellen im Sex. Beide Aspekte des Unbekannten werden von den Verfasserinnen genutzt, das erotische Erlebnis zu steigern.

Doraine Poretz

Neugeboren

Ein Mondstrahl schreckte sie bis auf die Knochen. Sie wurden dünn, ihr Fleisch schmolz, trieb davon. Während der ersten Monate iher Trennung hatte sie keine einzige Nacht durchgeschlafen, sondern war regelmäßig aufgewacht und hatte Gespräche mit dem Mond geführt. Manchmal hob sich ihr Leib sacht in rhythmischen Wellen oder es löste sich ein Schrei – ein vollkommenes O, das zitternd das ganze Haus durchlief, die Bettpfosten umkreiste, die schlanke Lampe – ein Schrei, der von ihrer Möse her aufstieg, höher zu ihrem Bauch, durch ihr Herz hindurch, bis er einen kurzen Augenblick lang im blauen Licht ihrer Kehle stecken blieb.

Das Flügelschlagen in ihrer Brust regte sich noch sehr lebendig. Über Jahre hatte sie gespürt, daß diese Flügel fest in ihre enge Höhle eingesperrt gewesen waren. Als sich ihr dann der Mann näherte – ein machtvoller Wind von der linken Seite, ein Wind, der spiralförmig ihr durch's Ohr direkt ins Hirn fuhr und die Berge vor ihren Augen aufragen machte – schlugen die Vogelschwingen wütender. Ihr Schlag traf die Öffnung zu ihrem Brustraum, schuf Platz für all die uralten Gespenster und die Träume der Vorfahren. Plötzlich konnte sie nicht länger in jenen vorgefertigten Tagen aus Weißbrot und Lineoleum leben. Sie hielt es kaum durch, ein Auto zu fahren, mit ihren Arbeitskollegen zu flachsen. Der Mann machte sich ihr nicht einmal richtig bekannt: zwischen ihnen lag der Abgrund, und sie lebte jeden Tag auf dem Rand.

Es war ein strahlender heißer Tag, als sie einander begegneten. Die meisten der Interviews mit Studienanfängern waren zu Anfang der Woche abgeschlossen. Sie fragte sich, wie lange sie diese Arbeit noch aushalten würde. Sie war Bildhauerin, keine

Verwaltungskraft, und dennoch schaffte sie es, den Job zu bewältigen. Doch während der vergangenen letzten Monate hatte sie gemerkt, daß sie den Atem verlor. Sie erlebte diese Enge derart gewaltsam, daß sie sich manchmal entschuldigen und die Straßen um den Schulblock herum entlanglaufen und zu den Kronen der Pinien hochschauen mußte, die den Block umstanden. Als sie an diesem Tag in ihr Büro zurückkehrte, war sie erschrocken, weil vor ihrem Schreibtisch ein Mann gestanden hatte. Er war groß und breitschultrig, trug Jeans und ein farbenfrohes Hemd. Am stärksten verblüffte sie sein Haar: Tiefschwarz mit einer weißen Lohe, die seine Braue streifte.

»Hab' ich Sie erschreckt?« fragte er. »Tut mir leid.«

»Oh nein. Eigentlich nicht«, log sie.

»Was heißt ›eigentlich nicht‹?« fragte er lächelnd.

Sie lachte und zuckte die Schultern und wurde gleich ganz geschäftsmäßig, raschelte mit Papieren auf ihrem Tisch, bat den Mann, sich doch zu setzen. Er hatte eine Tochter, die er in der Schule anmelden wollte. Könnte sie sich wohl noch so spät, also erst im Juni vorstellen? Sie beruhigte ihn: »Da das Kind schließlich kein Schulanfänger mehr ist und die Klasse für Neuzugänge noch offen ist...«, redete sie drauflos, und ihre Worte flatterten heraus wie eine Stoffbahn, die man wegen ihres gleichförmigen Musters überall durchschneiden kann. Sie redete weiter und immer weiter und musterte ihn dabei eingehend. Und vor ihrem inneren Auge begann sie ihn zu meißeln. Als er aufstand, um zu gehen, reichte sie ihm eine Broschüre und schaute ihn noch immer an, unentwegt mit dem Meißel weiterarbeitend.

Am nächsten Tag rief er sie an, um irgendwelche belanglosen Einzelheiten wegen der Bewerbung in Erfahrung zu bringen. Sie wußte, warum er angerufen hatte.

»Im Traum erschien mir ihr Hintern«, sagte er. »Unzweifelhaft habe ich Ihren Hintern noch nie gesehen, aber ich wußte sofort, daß das nur ihrer sein konnte.« Es entstand eine lange Pause.

»Äh... ist das alles?« stammelte sie.

»Nein, ich möchte gern mit ihnen zu Abend essen.« Wieder eine Pause.

»Ich bin geschieden«, fügte er hinzu. »Eine klägliche Ehe.«

»Oh, das ist ja wunderbar«, erwiderte sie. »Nein, was ich meine, ist –«

»Sonnabend, 7.00 Uhr abends bei mir.«

Als sie in den Canyon hineinfuhr, der verhangen war von Nebelschwaden und sich durch die Hügel hindurchwand, hatte sie das Gefühl, unter Wasser zu sein und Riffen auszuweichen. Während sie höher und höher fuhr, hatte sie das Empfinden, daß es immer tiefer hineinging. Doch wo hinein? Die Auffahrt war lang, und an ihrem Ende erwartete sie ein großes, hochherrschaftliches Haus. Doch stattdessen war es klein und offen, innen mit viel dunklen Hölzern und Glas. Am liebsten mochte sie den Kamin aus Natursteinen, zu dessen Seiten primitive Ikonen hingen. Er reichte ihr Weißwein in einem wunderbar klaren Kristallglas und strich sich das Haar zurück, das ihm ständig in die Stirn fiel. Sie beobachtete ihn, als er aufstand, um den Käse zu schneiden. Trotz Jeans und offenem Hemd und Sandalen erwies er ihr instinktiv die Gastlichkeit des Hausherrn. Sie ließ sich noch ein Glas nachschenken, stand auf und strich durch die Vorhalle, wobei sie in jedes der Zimmer hineinspähte. Sie hatte das merkwürdige Gefühl, zu Hause zu sein. Sie hörte ihn ins Telefon sprechen: »Ja, wenn Sie bitte diese Reservierung machen wollen...«

Das indische Essen verbrannte ihr die Zunge. Sie sagte nichts und trank einfach nur sehr viel Wasser dazu. Nach einer Weile hatte sie sich daran gewöhnt. Eigenlich genoß sie sogar die Hitze, die sich durch ihren Körper ausbreitete. Sie fuhr mit den Fingern über den Stiel des Weinglases.

»Wann waren Sie denn nun wieder ganz Sie selbst?« fragte sie.

»Was?«

»Sie sagten vorhin, daß Sie daran arbeiteten, wieder ganz Sie selbst zu werden. Wann waren Sie denn ganz und in einem Stück?«

»Möchten Sie noch etwas Wein?«

»Nein.«

Er trank sein Glas leer. »Vermutlich, als ich etwa zehn Jahre alt war. Ich lebte bei meinem Großvater. Er war ein großer, gemütlicher, warmherziger Ire. Er arbeitete gern in seinem Garten, trank seinen Whiskey und kochte leidenschaftlich. Er und ich haben oft gemeinsam gekocht, haben im Garten Gemüse ausgegraben und uns allerlei Schnurren erzählt. Nun, das war eine schöne Zeit. Wir waren ... Magier. Wir kochten Suppe aus allerlei Kräutern, wir waren erfinderisch und wir schenkten einander Glauben in allem.«

»Was geschah dann?« fragte sie.

»Wann soll was geschehen sein?«

»Nach dem zehnten Sommer.«

»Ich wurde größer«, sagte er.

Er zündete eine Kerze auf dem Nachttisch an und wandte sich zu ihr, und mit dem Hellwerden der Kerze flackerte auch bei ihr Wiedererkennen auf, doch bereits wenige Augenblicke später konnte sie sich nicht mehr erinnern, wer er war. Nur daß sie, als er sie noch einmal an sich zog, ihr Haar streichelte, ihre Lider und den Hals leckte, dann ihre Brüste und den Bauch küßte – bis sie ihn endlich tief in sich drin spürte – genau wußte, daß er sie auch schon früher viele Male geliebt hatte. Die ganze Zeit über, während er sie gierig trank, fühlte sie sich einen langen Gang hinabfließen bis zu einem vertrauten Ort, der ihr nur deshalb fremdartig vorkam, weil sie ihn lange, oh, so lange nicht besucht hatte. Kein Gesicht erinnerte an irgendein anderes, doch die Düfte, die Formen und Farben, die Musik, das alles trug sie leicht und sicher. Das Bett war ein Königreich, dann wie das Innere einer Tasse und die Nacht, die hereinströmte, schmeckte wie Minze. Der Flashback eines Flashback: Ein Hinaufschwingen und ein Kinderfuß, in einem Moment jäher Gleichzeitigkeit existierte der Raum zwischen seinen Fingern, in den Laken, zwischen ihren weißen Zehen, die sich wie Kieselsteine in seine Schenkel drückten. Im Dunkel fühlte sie Licht. – Sie schliefen ein, und als sie aufwachte, stellte sie fest, daß er schon angekleidet war. Er fragte, ob sie mit ihm einen Spaziergang in den Hügeln machen wollte. Er würde den Hund mitnehmen. Sie fühlte sich faul und ihr war kalt, aber da sie nicht alleingelassen werden wollte, willigte sie ein. Es herrschte Vollmond, und sie fand ihren Weg die Auffahrt hinunter mit Leichtigkeit. Die Nacht war überraschend warm. Offenbar in

Gedanken versunken, schritt er vor ihr her, die Leine in der Hand haltend, während der Hund vorausrannte. Der Duft von Jasmin drang wie etwas Wildes in sie ein, und das Dunkel, das sich schwer auf sie legte, machte ihr Angst. Sie hastete voran und nahm seinen Arm, und im Gehen drängte sie ihn, über seine Kindheit zu sprechen, von seiner Ehe zu erzählen. Und während er sprach, sah sie einen verletzlichen Jungen vor sich, einen, der viele, viele Male hintergangen worden war. Sie wollte diesen Jungen festhalten, ihn an sich ziehen, ihn davon überzeugen, daß sie seine Wut, seine Sehnsucht verstand. Mit schneidender Stimme rief er: »Dino!« Der Hund gehorchte und wartete geduldig, bis er die Leine am Halsband festgemacht hatte. Sie gingen weiter in die Hügel hinein. Er ließ den Hund wieder frei laufen. Sie bückte sich, um ein paar Steine aufzuheben. »Beweg dich nicht«, sagte er. Seine Stimme war zärtlich, aber fest, und bei ihrem Klang erschauerte sie. Mit einer Hand hielt er sie an der Hüfte und mit der anderen hob er ihren langen Rock hoch und schob seine Hand in ihr Nylonhöschen. »Nur ruhig«, sagte er, »ganz ruhig. Ich will dich bei Mondschein ansehen.« Er schob den Rock bis zu ihren Schultern hoch und zog das Höschen ganz hinunter. »Du hast einen herrlichen Hintern«, flüsterte er. Er küßte und streichelte ihn. Seine Hand war kühl auf ihrer warmen Haut. Ihre Knie zitterten und sie fiel in das stachelige Gras. Sie spürte unter sich trokkene Eukalyptusblätter. Er rieb und knetete weiter ihren Hintern und bald schon war er auf ihr drauf, sein Brustkorb in ihren schmalen Rücken gedrückt, mit einer Hand ihre Brust umschließend, mit der anderen weiter ihr Hinterteil streichelnd. »Du bist so schön, weißt du das?« Er zog sie hoch in eine kauernde Stellung, nahm seinen Schwanz und drückte ihn in die Falte zwischen den beiden Kugeln. Sie konnte spüren, wie die glatte, weiche Eichel größer wurde und anschwoll. Das ist wie Seide, dachte sie.

»Ich möchte dich hier ficken«, sagte er.

Sie konnte kaum atmen vor Geilheit, doch sie sagte: »Nein... nicht. Bitte nicht.«

»Es tut nicht weh.« Er steckte ihr den Finger in den Hintern. »Spür doch mal, wie naß du bist, wie offen.«

»Nein«, wiederholte sie.

»Na schön, wie du willst.« Seine Finger suchten zwischen Gras und Eukalyptus nach ihrer Möse. Er rieb an ihr und kniff hinein, seine Finger forschten, suchten Einlaß. »Du bist so naß«, sagte er immer und immer wieder, »so naß wie ein tiefer Teich.« Und dann schob er ihn ihr ohne Vorwarnung von hinten tief in ihre Möse. Es war ein grauenhafter Schock, und schon im selben Augenblick lag sie hingestreckt am Boden und wurde in die Sterne katapultiert. Er fickte sie mit großer Heftigkeit, bumste und stieß, füllte sie ganz mit Samen und Mondlicht, riß sie mit fort bis dorthin, wo es Erlösung gab, während der Hund zuschaute.

In einem weiten Bogen gingen sie zurück zum Haus. Sie hielt sich auf dem ganzen Rückweg dicht neben ihm. Das Flurlicht war an; als sie hineingingen, bemerkte sie ihre Gabardinejacke, die über die Rückenlehne der Couch gelegt war, die leeren Weingläser, die auf den Tellern klebten. Sie ging ins Badezimmer, und auf der Toilette sitzend betrachtete sie ihren glatten Bauch, ihre Schenkel, ihre gekrümmten Zehen. Der Körper war ein Probierstein: Ein Führer, von dem Augenblick an voller lebendiger Empfindungsfähigkeit, als sie sich unten im Schlafzimmer ausgezogen hatten, im Durcheilen der Korridore des Liebesakts bis hinaus in die Wildnis der Nacht. Doch der Körper veränderte sich jeden Augenblick, Wasser wurde abgegeben, das vor Stunden erst aufgenommen worden war, Hautteile lösten sich ab.

Es war nach 2.00 Uhr nachts. Sie ging in den Raum, in dem sie sich geliebt hatten: Das Bett war zerwühlt, eine Bürste, an der noch Haare hingen, wirkte lebenswarm, die Kappe von der Zahnpastatube war losgeschraubt. Alles Anzeichen von Intimität und Aufbruch. Wie lange hatte sie diesen Mann schon gekannt?

Als sie ins Wohnzimmer kam, starrte er ins Feuer. Er stand reglos da. Sie wußte, daß sie gehen mußte. Sie wünschte sich körperliche Wärme, wollte Schlaf, doch ihr Geist verlangte von ihr, daß sie sich zurücknahm. Sie zog ihre Jacke an. Er sah überrascht aus.

»Du gehst doch nicht etwa«, sagte er.

»Ja.«

»Aber es ist sehr spät. Bleib' bis morgen früh.«

Sie hätte sich seine Einladung gern als Verlangen nach ihr gedeutet, doch ein wacher Sinn sagte ihr, daß sie eher seiner Enttäuschung darüber zuzuschreiben war, daß er die Kontrolle verloren hatte, daß die Tänzerin plötzlich im Sprung erstarrt war, für die er die Choreographie gemacht hatte. Er begleitete sie zu ihrem Wagen, küßte sie, dankte ihr für den Abend. Seine Höflichkeit gab ihr das Gefühl, auf Bestellung hier gewesen zu sein. Während sie den Hügel hinabfuhr, fragte sie sich, ob er wohl überhaupt noch an sie zurückdachte.

Eine Woche verging, und er hatte nicht angerufen. Sie wollte den Abend vergessen, doch die Erinnerung war ein wildes Tier. Schließlich rief sie ihn aus dem Büro an, weil es so leichter war sich vorzumachen, daß sie ihn aus geschäftlichen Gründen anrief. Er antwortete und war kurz angebunden, und sie fühlte sich töricht. So, er wundert sich also, weswegen ich anrufe. Sie sprudelte hervor: »Ich hab' von dir geträumt.«

»Oh«, fragte er, »was war es denn?«

»Äh...«, log sie, »etwas über dich und das Militär.«

Sie hörte geradezu, wie er sich versteifte. Kalt analysierte er den Traum, offenbar beleidigt davon, welchen Eindruck der Traum, in dem er vorgekommen war, auf sie gemacht hatte. Sie legte auf, niedergeschmettert und aus der Fassung und brach dann in schallendes Lachen aus. An diesem Abend schrieb sie ihm und erklärte ihm die Absurdität des Ganzen, gestand ihm ein, daß sie den Traum nur erfunden hätte, um einen Vorwand zu haben, ihn anzurufen. Er rief umgehend daraufhin an und sagte, er selbst hätte wohl nie den Mut gehabt, eine solche Lüge zuzugeben. Sie machten Pläne, sich in der nächsten Woche zu treffen.

Der Fußboden knarrte. Sie zog den Vorhang zurück. Ihr eigenes Zimmer war sparsam möbliert und sauber. Dielen aus Pinie. Weiße Wände. Ein Messingbett mit einer schönen weißen Chenille-Überdecke, die ihre Mutter ihr geschenkt hatte. Eine Milchglasvase mit zwei blauen Iris darin stand auf einem Rattantisch. Sie dachte daran zurück, wie wenig Zeit sie während der vergangenen neun Monate in diesem Zimmer verbracht hatte. Er zog es vor, daß sie sich in seinem Haus, in seinem Bett liebten. Sie saß, die Beine überkreuz, auf dem Fußboden, das Sonnenlicht von ihrem Fenster her bildete ein Rechteck zu ihren Füßen. Hier saß sie in der von ihr selbst geschaffenen geometrischen Ordnung und schaute hinaus. Die Bäume setzten sie in Erstaunen; jedes Blatt, gesättigt vom Zauber des Morgens, sang zu ihr. Sie bedeuteten Zuflucht, diese Bäume. Oft hatte sie die Arme um sie geschlungen, sich erfreut an der rauhen Haut, die große Mutter in ihnen erahnt, die auch in ihr war. Nein, sie war nicht allein. Es war merkwürdig, doch oft, wenn sie mit ihm zusammen war, fühlte sie sich alleingelassen. Nein, nicht allein – schlimmer noch – fehl am Platz. Und dennoch wußte sie, daß sie wahnsinnig verliebt war. Was war das nur? Was fehlte ihr eigentlich? Alles in ihr drängte danach, mit ihm zu verschmelzen, doch in mancher Hinsicht stieß er sie auch ab. In den Zeiten, in denen sie zusammen waren, hatte er ihr nicht ein einziges Mal gesagt, daß er sie liebte, und dennoch spürte sie, daß seine Sehnsucht nach Vereinigung, danach, sie ein für alle Mal und ganz hierzubehalten, genauso tief war wie ihre eigene. Sie hatte immer schon den Wunsch gehabt, einen Mann zu lieben, mit dem sie neue »geheime Dinge« erleben konnte. Die anderen waren so unsäglich berechenbar, nie auf Flucht eingestellt. Dieser Mann aber war anders. Sie dachte zurück an den Blick, mit dem er sie beim ersten Mal angesehen hatte, vorsichtig wie ein Mann eben eine Frau mustert, doch zugleich voll Versprechen. Und als sie sich zum ersten Mal geliebt hatten, hatte sie ausgerufen: »Oh, ich will alles!« Und als er dann ihren Kopf zu seinem Mund herabgezogen hatte, hatte er geflüstert: »Vielleicht bekommst du es auch.«

Sie lagen Gesicht an Gesicht auf dem Bett, das Zimmer dunkel bis auf einen schwachen Lichtschein von der Veranda, der durch die heruntergelassenen Jalousien fiel.

»Warum ist es so kalt?« fragte sie.

»Die Wärme reicht nicht bis hier«, antwortete er.

»Du solltest hier einen Kamin haben«, lächelte sie.

»Nein, das sollte ich nicht«, schnauzte er sie mit einem Mal verärgert an.

Er stand auf und sie zog ihn zurück ins Bett. Sie kannte seine Stimmungen.

»Bleib' noch einen Moment«, sagte sie. »Es hat etwas Schauriges, im Dunkeln neben jemandem zu liegen. All diese unsichtbaren Welten, die herumwirbeln und sich nur einfangen lassen, wenn man ganz ruhig neben einem Geliebten liegt. Ich habe dir zugesehen, während du geschlafen hast. Deine Lippen zittern, wenn du atmest und deine Hände –«

»Himmel«, herrschte er sie an, »hör' bitte mit diesem rhapsodischen Quark auf, ja? Es ist bloß ein Körper wie jeder andere auch, einer von all den vielen, mit denen du vielleicht vögelst.«

»Ich schlafe mit niemand anderem. Das sagte ich dir doch.«

»Oh?« erwiderte er und schaute zur Decke hoch. »Und was sollte es mich kümmern, wenn du es machtest?« Gedemütigt wandte sie sich ab. »Ach, komm her«, sagte er besänftigend, »sei nicht kindisch.« Er zog an ihrer Schulter. »Tut mir leid. Komm schon her. Ich möchte dich schmecken.« Sie war verletzt und wütend, doch seine Hand, die ihre Brustspitzen streichelte, zwang sie, sich ihm zuzuwenden. »Welche kleinen Schönheiten«, sagte er und liebkoste ihre Brüste. Er preßte sein Gesicht dazwischen und drückte sie an seine Wangen. Dann begann seine Zunge mit großer Zartheit, jede Brustwarze einzukreisen, sie einzeln leicht zu befeuchten, bis er schließlich den Weg zu ihrem Ohr fand. Ihr Rücken spannte sich, als das sanfte, quirlende Kreisen in ihr widerhallte. So konnte es ihr leicht kommen, bei dieser Schlangenzunge, die die innersten Winkel erkundigte, kreisend, immer wieder kreisend das Rauschen des Meeres von ihrem Ohr stahl, sie beide mit Wellen überflutete, ihr Fleisch aushöhlte, sie sich die Jahre und Jahrhunderte einprägen ließ, die sie schon so beieinanderlagen.

Das Telefon klingelte. Sie hoffte, daß er nicht abnehmen würde. Er tastete nach dem Lichtschalter und dann nach dem Telefon. Seine Stimme war klar und deutlich. Es machte sie gereizt, daß er sich noch nach Augenblicken großer Leidenschaft so sehr beherrschen konnte. Sie wußte, daß es seine Exfrau war. Als er aufsah, bemerkte sie, daß sich tiefe Linien in sein Gesicht gegraben hatten. Sie zog ihn zu sich heran, doch er schüttelte sie ab und stand auf, um sich zu waschen. Die Stimmung war umgeschlagen.

»Was möchtest du essen?« fragte er. »Ich kann dir ein Omelett machen, oder ... mal sehen ...« Sie hörte, wie die Kühlschranktür aufging. »Es gibt noch Truthahn, einen kleinen Camembert ...«

»Ich überlaß es dir«, rief sie zurück. Er kochte gern für sie. Es war ein Genuß, dem sie sich gern hingab. Ganz gleich, wie einfach sie waren, hatten seine Mahlzeiten doch stets einen Hauch von Eleganz. Er schnitt Obst oder Gemüse mit einem feinem Blick für Formen, die Zitronenstücke waren immer ein vollkommender Keil, Tomaten schnitt er in ganz feine, dünne Scheiben. In seinem Haus glänzten Geschirr und Gläser; die Messer waren immer scharf.

Sie stand auf und zog sich seinen Frottiermantel über, der am Fußende gelegen hatte, wickelte sich fest darin ein und folgte ihm in den Vorderteil des Hauses. In eine Ecke der Wohnzimmercouch gedrückt, schaute sie ihm zu, wie er das Essen zubereitete. Es machte ihr Vergnügen, ihn dabei anzusehen. Oft war er düster, brütend, las ein Buch oder starrte ins Feuer. Er saß meistens vorgebeugt da, mit hochgezogenen Schultern, an einem Drink nippend, und sie erkannte dann einen Falken mit seinen hellwachen, scharfen Augen unter buschigen Brauen, dem dichten, glatt anliegenden Haar – wie Federn, die im Feuerschein aufglänzten. In solchen Momenten war er ein ganz anderer als ihr Geliebter, sogar etwas ganz anderes als irgendein herrlicher Vogel. Er war der Fremde schlechthin und sie war beunruhigt, daß er noch in all seiner Fremdheit so anziehend für sie sein konnte und ihr zugleich so vertraut schien.

»Das war Carol vorhin am Telefon. Tess fühlt sich unglücklich und möchte schon früher herkommen.«

»Und?«

»Und ich möchte das nicht.« Er goß sich einen Drink ein, ging zu der Glasschiebetür und schaute hinaus. »Ich muß hier noch so viel tun«, sagte er. »Es eilt mit dem neuen Skript, und das letzte muß ich noch überarbeiten.« So blieb er eine Weile stehen und schaute hinaus, ohne etwas zu sagen. Und dann: »Ich bin nicht verfügbar, weißt du... für niemanden. Du verstehst das doch, nicht wahr?« Er sprach zu der Schiebtür aus Glas, zu der hell erleuchteten, glitzernden Stadt da unten.

Sie befühlte das zierliche Perlenarmband, das er ihr geschenkt hatte und dachte daran zurück, welch große Freude es ihm bereitet hatte, es aus der Tasche zu ziehen und sie damit zu überraschen. Er war oft großzügig und brachte sie häufig ganz aus der Fassung mit einer Geste tiefer Zuneigung: Bücher, Blumen, höchstes Lob für eine ihrer Skulpturen. Doch im selben Augenblick, in dem er das Gefühl bekam, daß ihre Beziehungen intimer wurden, zog er sich zurück, rief sie nicht an, behandelte sie mit entnervender Höflichkeit. Sie goß sich ein Glas Wein ein. – Sie erinnerte sich noch gut daran, wie sie in den ersten Monaten ihrer Liebesromanze eines Morgens vor seinem Haus ankam, das Gesicht tief sonnengebräunt, mit einer gelben Lilie im Haar. Er hatte die Tür geöffnet und gerufen: »Ein echter Gauguin.« Das gab ihr den Mut auszusprechen, was sie ihm schon lange hatte sagen wollen: daß sie ihn liebte. Und als sie es ihm sagte, wandte sie den Blick ab. »Das ist nicht möglich«, sagte er und die Art, wie er es aussprach, zeugte nicht von Verwunderung, sondern war als Befehl gemeint. Sie wollte gehen, doch er hielt sie zurück, wollte sie nicht fortlassen. Als sie ihm in die Augen sah, erhaschte sie einen Schimmer, hinter Schatten hervorblinkend erkannte sie die Klarheit seiner Seele, die wie ein Bergteich war. Erschrocken dachte sie: So viel Schönheit müßte verboten werden.

»Ich muß dich etwas fragen«, sagte sie. »Ich brauche Rat. Es betrifft uns.«

Er legte die Tomate beiseite, die er gerade abwusch und drehte sich um. Er schien jetzt ganz wach und auf der Hut; doch seine Stimme klang gleichmütig wie immer: »Bist du schwanger?«

»Nein«, lachte sie. »Nein, mein Lieber, ich bin nicht schwanger.«

»Oh«, sagte er und seiner Stimme war die Erleichterung anzuhören. Er wandte sich wieder der Tomate zu und spülte dann den Salat. »Worum geht es denn dann?«

»Mir ist ein Job angeboten worden, eine Möglichkeit, Kunst zu unterrichten.« Den Salat in der Hand, drehte er sich um und sagte strahlend: »Na, das ist doch wunderbar!«

»Ja«, nickte sie, »ist es schon.«

»Du scheinst nicht sehr glücklich darüber. Woran hapert's denn? An der Bezahlung?«

»Nein, das Gehalt ist sehr gut. Es ist nur... ich würde ein Jahr weg sein... in Paris.«

»Paris«, sagte er lächelnd. »Nicht schlecht.« Und nach einer Weile: »Aber ein Jahr. Das ist eine lange Zeit.«

»Ja.« Sie fuhr mit dem Finger über den Rand des Glases.

»Nun, was meinst du dazu?«

»Was ich meine? Nun, ich... denke... daß das eine fabelhafte Chance ist.«

»Ich weiß ja, aber was ich sagen wollte... was würdest du davon halten... wenn ich... weg bin?« Er hatte sich schon wieder zur Spüle umgedreht und zupfte jetzt den Salat. »Also?« fragte sie wieder. »Was meinst du dazu?«

»Ich kann dir nicht sagen, was du tun sollst.«

»Ich fordere dich auch nicht dazu auf.«

»Es ist dein Leben.«

»Ich weiß schon. Ich frage nur –«

Er fuhr herum. »Was denn? Was fragst du mich?« Er warf den Salat in die Schleuder, schüttelte sie heftig, preßte den letzten Rest Wasser heraus. Plötzlich wirkte er sehr pathetisch. Er sagte ganz ruhig: »Ich hab's dir gesagt... ich hab' dir von Anfang an gesagt, daß ich... daß ich...«

»Ja«, flüsterte sie vor sich hin und trank ihren Wein in winzigen, knapp bemessenen Schlucken aus. »Du hast es mir gesagt.«

Nach vier Monaten Trennung wußte sie endlich, daß es vorüber war. Sie fühlte sich ganz plötzlich seltsam erleichtert. Sie konnte anfangen, sich auf diese Gelegenheit zu freuen: Paris! Eine Chance, ganz selbständig zu sein, Kunst zu produzieren, Geld zu machen. Alles war schon gepackt, bereit, am nächsten Tag an Bord des Schiffes verladen zu werden. Irgendwie war es ihr trotz alledem gelungen, alles in Ordnung zu bringen. Sie hatte schon Angst, daß sie irgendwo versagen würde, so ganz auf sich gestellt, doch sie war auch aufgeregt. In der letzten Woche ohne ihn ging ihr auf, daß jetzt abreisen und alles hinter sich lassen auch bedeutete, einen Teil von sich selbst wiederzufinden, der ihr verlorengegangen war. Sie erinnerte sich daran, daß sie während der Zeit, in der sie zusammen gewesen waren, bildhauerisch nur ganz wenig gearbeitet hatte. So viel Zeit hatte sie mit ihm gemeinsam verbracht oder, ohne ihn, an ihn denken müssen. Sogar ihre Gespräche hatten sich um ihn gedreht. Nicht, weil es ihm darum gegangen wäre, sich selbst zu offenbaren, sondern eher auf ihr Drängen hin, weil sie unbedingt jede feinste Nuance seiner Gefühle kennenlernen wollte, das Bedürfnis hatte, ihn zu verstehen. War also das Liebe? Dieses allumfassende Bedürfnis? Während der letzten Wochen allerdings hatte neue Energie ihr Leben fortgerissen. Er war in ihren Gedanken nicht mehr allgegenwärtig. Ich bin frei, dachte sie. Frei.

Deshalb war sie auch so aufgeschreckt, als sie an diesem Morgen aufwachte und es wieder spürte. Diese Sehnsucht. Diesen schrecklichen Schmerz, der ihr in die Glieder fuhr. Sie hörte ihn über das Fensterblech heulen, sah ihn wiedererstehen in einem Schauer von Bougainvillea, die sich in Kaskaden über das Dach des Nachbarhauses ergoß: Ein Purpurglanz, der ihren Leib an den Haarwurzeln packte und sie hochriß. Und dann wieder durch den Vorhang, der sich bauschte, diese Sehnsucht. Wie ein zarter Knabe. Sacht, so sacht. Sie konnte sich im Gleichklang mit ihr wiegen, sich fallen lassen, sich von ihr um die Hüfte halten lassen, ihren heißen Atem in ihrem Nacken spüren. Sie konnte sich hingeben, doch nein, das könnte sie nicht... würde sie nicht... wollte sie nicht an sich herankommen lassen. Rastlos ging sie von einem Zimmer ins andere und ihre Haut straffte sich.

Der kahle, aufgeräumte Tag dehnte sich vor ihr, wirkte bedrohlich mit seiner Leere. Sieben Uhr früh. Ihr blieben nur noch drei Stunden Schlaf. Sie spürte wieder den starken Flügelschlag, eine Erschütterung, die sie den Atem anhalten ließ. Sie griff hastig zum Telefon und rief eine Freundin an. Ein Anrufbeantworter gab ihr Anweisungen. Sie legte auf. Sie blätterte in verschiedenen Büchern. Nein, lesen wollte sie jetzt auch nicht. Vielleicht Musik. In letzter Zeit hatte sie oft ganz für sich allein getanzt, nackt, nur beim Licht einer Kerze, die das Dunkel erhellte. Sie hatte nie für ihn getanzt. Einmal hatte sie den Wunsch gehabt, einen lasziven Strip hinzulegen, um ihn aufzugeilen, hatte gewollt, daß er einen Fünfzig-Dollar-Schein aus ihrer Möse zog, es sich jedoch bis zuletzt nicht getraut.

Sie tappte hinüber zur Küche und brühte Kaffee auf, schob ein Croissant in den Ofen. Immerhin hatte sie jetzt wieder Appetit. Aber jetzt heulte sie schon wieder. Oh Gott, dachte sie, nicht schon wieder! Sie aß und warf einen Blick in die Zeitung, sah ihr Spiegelbild im Wechselrahmen einer Lithographie, die über dem Tisch hing. Oh Gott, dachte sie, ich seh' abscheulich aus.

Als die Türklingel anschlug, dachte sie zuerst, sie hätte sich verhört. Das mußte beim Nachbarn gewesen sein. Die Wände waren dünn genug. Dann schellte es wieder. Wie kann ich denn, so wie ich bin, jemandem gegenübertreten? Sie wischte sich mit dem Handrücken über Augen und Nase und fragte, wer da wäre. Sie bekam keine Antwort. Sie öffnete die Tür einen Spaltbreit und... »Oh, mein Gott«, murmelte sie. »Nein, nicht jetzt.« Er sah älter aus, vielleicht, weil er unrasiert war.

Er lächelte etwas schüchtern. »Tut mir leid, daß ich nicht vorher angerufen haben, aber ich bin gerade vorbeigefahren und ich...« Er zögerte. »Ich geh' sofort, falls du...«

Sie machte die Tür weit auf. »Nein... bitte... ich bin bloß überrascht.« Ihre Hände hielten den Bademantel zusammen und flatterten dann hoch zu ihrem Gesicht. Er kam herein und schaute sich um. An der Wand waren einige Kisten aufgestapelt.

»Schon gepackt? Wann ist es denn so weit?«

»In zwei Wochen.«

»Das ist gut. Gut, daß du dich entschlossen hast.«

»Ja.«

Er ging ins Wohnzimmer, stand da, schaute sie an. Sie fuhr sich mit den Fingern durch's Haar. »Äh... möchtest du einen Kaffee?«

»Nein danke.« Er nahm sich eine Zigarette. Auch seine

Hände sahen älter aus. Seine Haut trockener. »Darf ich ... darf ich mich setzen?« fragte er.

»Oh, oh, natürlich«, lachte sie. Nervös. Sie war schrecklich nervös. Sie fragte noch einmal: »Wirklich keinen Kaffee? Oder Tee?« Er lächelte und schüttele den Kopf, saß rauchend vor dem zugezogenen Fenster. Er beugte sich vor und fuhr mit den Fingern über den Rücken einer Terrakottafigur. »Ich habe dieses Stück immer sehr gemocht«, sagte er. Und dann wieder lächelnd: »Du siehst sehr schmal aus.«

»Deine Küche hat mir gefehlt.«

»Du solltest besser für dich selbst sorgen.«

»Ich fange gerade damit an«, sagte sie.

Kurze Zeit später stand er abrupt auf. »Ich weiß eigentlich selbst nicht recht, warum ich vorbeigekommen bin. Ich bin früh aufgestanden, hab' geschrieben und wollte dann die Zeitung holen gehen und kam an deinem Haus vorbei und –«. Er hielt inne. In der Rückschau wäre sie dann wohl diejenige, die ihm ein um's andere Mal Unbehagen erspart hätte, ihm als Entschuldigung dienen konnte, Lückenbüßerin für ihn wäre. Ihm war jetzt etwas unbehaglich zumute, er hatte sein Gewicht auf eine Seite verlagert und schaute sie etwas unsicher an. Sie sagte nichts. Ihr fiel nichts mehr ein, was sie noch sagen könnte. Dann erinnerte sie sich an die Schlüssel.

»Oh«, murmelte sie, »ich muß dir ja noch was geben.« Sie wühlte in ihrem Schreibtisch und ging auf ihn zu. »Die Schlüssel zu deinem Haus.« Er verhielt einen Augenblick ganz still und nahm sie an sich, und dann riß er sie mit großer Plötzlichkeit in seine Arme, drückte sie mit solcher Kraft ganz dicht an sich, daß sie ihre Knochen krachen fühlte. »Oh Gott«, flüsterte er, »ich werde dich vermissen ... ich *werde* ...« Er schlang seine Arme um sie und begann wie rasend ihr Gesicht zu küssen, ihre Wangen, das Kinn, die Nase, er biß sie ins Ohr, ihre Haare verfingen sich in seinem Mund, er drückte ihren Kopf nach hinten, um sie auf die Kehle zu küssen. Und plötzlich mußte sie weinen.

Er küßte sie ganz, ganz lange, ihre Schultern, ihre Brüste, und dann machte er ihren Bademantel auf, fiel auf die Knie und küßte ihren Bauch und die Innenseite ihrer Schenkel. Die Zehen tief im Teppich eingesunken stand sie da mit dem verrückten Gefühl, ein Akkordeon zu sein – Wellen der Lust, dann der Furcht und der Trauer wurden auf ihr gespielt. Über ihm stehend schaute sie jetzt herab, sah seinen Kopf, den Schopf mit dem dunklen, straffen Haar zwischen ihren Beinen. Sein Mund war auf ihr, er saugte sie auf, zog sie an ihrem Hinterteil zu sich herunter. Gesicht an Gesicht, sie eng umschlungen haltend, schlang er seine Beine klammernd um ihre Hüften und sie preßte die ihren in sein Hinterteil, und dann nahm er ihr Gesicht wieder in die Hände, küßte sie so hart auf den Mund, daß ihre Zähne aufeinanderschlugen. Er sog an ihren Lippen, fuhr mit der Zunge unter ihre Oberlippe, dann hinter die untere... sicher wird er mich verschlingen, dachte sie, bestimmt paßt mein Kopf ganz in seinen Mund. Ihre Finger begannen wie rasend, sein Hemd aufzuknöpfen; sie spürte die elektrisierten Haare auf seiner Brust rauh gegen ihre Innenhand. Sie preßte ihre Brüste gegen das haarige Gekräusel, es war, als knisterten Funken zwischen ihnen, und er küßte und küßte sie weiter, als glaubte er, sie würde verschwinden, wenn er damit aufhörte.

Sie ließ sich zurücksinken, und seine Hand fand ihre heiße Möse. Während er sie befühlte, mußte sie an die Blumen mit den weiten Trompetenkelchen denken, die sich um ihren Hof zogen. Tiefe, leuchtende Kehlen. Seine Finger waren naß und er knetete ihr schlüpfriges Loch, rieb über die eine, dann über die andere Seite. Jetzt war er über ihr, die Hosen lagen ausgezogen irgendwo, und sie griff in seine Unterhosen und packte seinen Schwanz, der dick und weich war und rieb ihn – auf und ab, auf und ab. Ihr Mund drängte sich vor, sie leckte ihn, sog daran, dachte: Ich könnte bleiben, ich werd' die Reise absagen und bleiben, ich brauche nichts weiter als ihn, nur ihn. Sie sank wieder zurück, seine Finger waren noch in ihr, ihre Beine weit offen. Ich brauche doch nichts anderes als dies, dachte sie, nur ihn, seine Kra – oh, oh, oh! »Komm, Baby, ich möchte, daß du kommst«, hörte sie ihn sagen, »einfach so, nur ganz für dich allein, ja komm«, drängte er. »Ja.«... *Ich kann nichts versprechen*, hörte sie ihn sagen... »So ist's gut, Baby«... *Das heißt, ich bin nicht verfügbar*, hörte sie ihn sagen... »Komm, Liebling...« und sie spürte den wilden Flügelschlag des Vogels in ihrer Brust, der jetzt mit Macht ausbrechen wollte. Sie legte ihre Hand auf seine und führte sie an den genau richtigen Punkt. »Da«, sagte sie, »da ist es gut... Oh, oh, schön, ich...« *Ein dunkler Vogel*... »komme...« *Ein wild zuckendes Fluten*... »Ich...« *Ich bin ganz ich selbst, ich bin stark*... »komme... oh Gott!« rief sie, »Ja, ja, jetzt... ja, jetzt... oh Gott«, schrie sie auf... *zerspringend*... »es kommt... ich komme...«.

Sie küßte ihn zärtlich auf die Wange und versprach zu schreiben. Er lächelte und streichelte ihr Gesicht und ging. Sie rannte hinter ihm her, um ihm die Skulptur zu schenken, die er so bewundert hatte. Im Zurückgehen in ihre Wohnung dachte sie daran, daß sie ja noch Lehrkassetten für Französisch kaufen müßte und ihre Katze unterbringen mußte. Sie schaute nicht zurück, als er davonfuhr.

Susan Block

Abschied von Sasha
Oder das Bett macht den Mann

Zum dritten und letzten Mal verließ ich ihn. Sex hatte damit nichts zu tun.

Aber es hatte was zu tun mit Macht, Besitzanspruch und Beherrschen, mit dem Wunsch, Kinder zu haben, Kinder zu *sein,* mit dem Wunsch, normal zu sein und dem dringenden Bedürfnis, verrückt zu werden. Es hatte zu tun mit all den weisen Ratschlägen meiner sämtlichen guten Freunde einschließlich meiner Mutter. Es hatte zu tun mit Davonlaufen ohne einen Blick zurück.

Aber Sex? Damit hatte es ganz und gar nichts zu tun.

Es hatte nicht mal was mit Liebe zu tun. Denn immerhin liebte ich Sasha ja noch. Sogar noch, als ich meinen alten, narbenbedeckten Kombi, der mit Milchkartons und Kleidersäkken vollgepackt war, rückwärts aus der langen, gewundenen Einfahrt fuhr, sogar noch, als ich durch den Rückspiegel beobachtete, wie seine weichen Amaretto-Augen kleiner und kleiner wurden, liebte ich Sasha mehr denn je. Da stand er nun – schwarzes, gekräuseltes Kosakenhaar, weiches Flanellhemd, das er in aller Hast über seine starken, breiten Schultern gezogen hatte (Sasha ging nie in ein Fitnesscenter; er bildete seine Muskeln dadurch, daß er wirklich *arbeitete*), schwarze Stiefel, schwarzer Blick – unter der trüb erleuchteten Eingangstür zu seinen mit Phantasie angefüllten Pfefferkuchenhäuschen, in dem ich eine seiner beharrlichsten, gewissermaßen seßhaft gewordenen Phantasien gewesen war. Ich war die Prinzessin in einem Märchenbett, einem phantasievoll aufgeschichteten Matratzenhaufen unter einem glasgerahmten Bild des Landes Oz. Ein Traumbett für einen Traummann. »Pfeifchenträume«, so nannten sie meine guten Freundinnen und Freunde. Oder vielleicht waren es auch Visionen...

Ich trat auf die Bremse und verfehlte nur knapp den Eiskremwagen, der uns jeden Morgen aus dem Bett aufscheuchte. Nein, Sex hatte nichts damit zu tun, wenn ich Sasha verließ, doch es hatte unbedingt damit zu tun, fernzubleiben.

Weil dieses dritte Mal wirklich das letzte Mal sein sollte, brauchte ich etwas sehr Starkes, irgendeine Super-Knockout-Droge für's Herz, etwas zur Ablenkung meiner Wunschphantasien, der Traurigkeit, der einsam-verlorenen Eiskrem-Panik. Und dieses Etwas mußte Sex sein.

Und ich wußte genau, wo es zu holen war. Andre, der Playboy von West-Hollywood (er allerdings sprach lieber von »Beverly Hills und Umgebung«). Spür' eine Singles-Party für Heteros irgendwo zwischen Fairfax und Westwood auf, und du findest dort mit Sicherheit Andre vor, immer mit einer anderen Frau; sowohl Hefner-Bunnys als auch brillante Karrierefrauen bettelten praktisch darum, daß er sie in seine, mit Eau de Cologne getränkten superengen Calvin-Klein-Slips ließ. Seit ich ihm impulsiv meine Karte zugeschoben hatte, hinterließ er mir andauernd die heißesten, schwülsten Botschaften auf meinem Anrufbeantworter. Sasha verabscheute Andre. Er war so ultraschick, so glattzüngig, so eindeutig erste Wahl. Andre war genau das, was ich brauchte.

Und als ich dann in meinem kaum von mir bewohnten Apartment ankam, wartete schon wieder eine neue Botschaft auf meinem Anrufbeantworter auf mich...

»Rosalyn... Andre... Nicole ist gerade weg, und ich entspann mich gerade ganz allein in meinem Jacuzzi... das Wasser ist so... heiß... und naß... Warum bist du nicht hier bei mir... wirbelst drin 'rum... Ruf nicht an... komm einfach...«

Ich stellte das Ding ab... und ging.

Andre, so sah ich voraus, konnte mir durch Sex ein bißchen Selbstdisziplin beibringen. Durch ihn würde ich Selbstkontrolle lernen; lernen, wie ich auf dem rechten Weg blieb, ohne zurückzuschauen. Alles an ihm war so hart, knapp, höchste Präzision: sein athletischer Körper, die vom Fitnesstraining aufgepumpten Muskeln, gekräuseltes Flachshaar, glatthäutige, feingemeißelte Züge, grausam gebogene Lippen, vollkommene Zähne...

Andre verkaufte Immobilien, obwohl er den Leuten gern erzählte, daß er früher einmal Immobilien verkauft hätte, er sich jetzt jedoch glanzvolleren Geschäften wie Dokumentarfilmen und Rock-Videos zugewandt hätte. Eigentlich sah es aber mehr danach aus, als verkaufte er Sonnenbrillen. Ich zählte insgesamt zwanzig davon, die auf seinem Art-Deco-Kaffeetisch lagen, eine für jede seiner schicken Männersportarten: Tennis, Golf, Laufen, Skilaufen, Wasserski, Mädchen aufreißen...

Sobald er, sein prächtiger goldener Körper von Wasser triefend und von Hitze leicht gerötet, aus dem Becken gestiegen war, saß ich in der Falle. Wir hatten noch kaum die üblichen Nettigkeiten ausgetauscht, als wir auch schon oben in seinem Boudoir waren. Ein High-Tech-Interieur ganz in Schwarz mit einem super King-Size-Plüschbett, das auf einem Podest wie auf einer Bühne stand. Darüber hing ein überlebensgroßes Poster von Andre mit Schneebrille, der schwungvoll über aufstiebenden Schnee jagte. Disziplin. Kontrolle. Der Mann verstand es, niemals zurückzuschauen.

Ich blickte direkt in die kühlen, kobaltblauen Augen des »wirklichen« Andre und legte meine Hände unbekümmert auf seinen harten, zusammengekniffenen, mit einem kleinen Handtuch bedeckten Hintern, da ich wußte, daß er mich dann gleich küssen würde. Ich schloß die Augen und öffnete die Lippen für seine wollüstige Zunge mit Pfefferminzgeschmack, die wie ein erfahrener Taucher, der genau weiß, wo die Perlen sind, in meinen Mund stieß, was mir scharfe elektrische Schauer das Rückgrat hinunterlaufen ließ. Mit einer Hand zog er mir den Rock ab, während die andere zwischen meine Schenkel fuhr, mit gestreckten Finger, die sich in mich hineinpreßten, während er mich sacht auf sein perfektes schwarzes Bett schob.

Dann warf er sein Handtuch ab und enthüllte seinen langen, schimmernden Schwanz, der sich so steif aufbog, daß er fast die Bauchdecke berührte. Ich beugte mich ihm entgegen, und er schob mich zurück, sah auf mich herab wie ein Abfahrtsläufer auf der Spitze eines hohen Berges. Er hielt einen Augenblick inne und suchte an meinem Körper nach der idealen »Spur«, den sichersten Weg über meine Hänge und Kurven, und dann jagte er hinunter durch das Starttor hindurch und kam dann in mir immer schneller in Fahrt, so hart und schnell, daß ich kaum Atem holen konnte. Das muß es sein, was ich brauche – dachte ich, während er meinen mißhandelten Körper herumwarf und jetzt die »Rückwärtigen Hänge der Berge« durchquerte – ganz roher Sex: eisig, hitzig, athletisch, unpersönlich, perfekt.

Aber hier wurde das Hinuntertauchen zum Pumpen – zu ausdauerndem, unerbittlichem, aerobischem Beischlaf – rein und raus und das über Stunden – jedenfalls schienen es mir Stunden zu sein. Einmal sprang Andre sogar von mir ab und hinauf auf seinen Hometrainer, radelte darauf einige Runden und hüpfte dann vom Trampolin aus zurück ins Bett, um dann sogleich sein gymnastisches Pumpen auf mir, seinem allerneuesten Übungsgerät, wieder aufzunehmen. Und der Kerl wurde nie müde, hörte nie auf und es kam ihm auch nie.

Während er so immer die Kontrolle behielt, verlor ich das Bewußtsein. Irgendwo zwischen dem Rein und Raus blieb ich einfach weg. Stunden – oder vielleicht nur Minuten – später stand ich auf, taumelte in sein schwarz und grau gefliestes Badezimmer, schmierte mir eine Handvoll Vaseline zwischen die schmerzenden Schenkel, schlüpfte in meine Sachen und machte mich davon.

Ich fuhr weg und mußte an Sasha denken, daran, wie er mir manchmal zugeflüstert hatte: »Oh Baby, ich gehöre in dich rein, ja, ich weiß, da hinein gehör' ich«, während er in die seidigen Falten fleischlichen Gefühls drängte, wie er plötzlich zurückzog und mich voll großer Zärtlichkeit, mit unendlicher Sehnsucht anschaute und sich dann tiefer in mich hineinschob, bis es uns beiden mit einer Intensität kam, die an Poesie grenzte.

Aber ich verlor sie schon wieder, ich verlor die Kontrolle. Ich jagte die dunklen Boulevards hinunter wie eine gehetzte Frau. Auch andere Männer konnten mich genau wie Sasha anschauen, auch andere Männer konnten mich befriedigen. Ich mußte sie bloß finden. Dann drehte ich das Radio auf:

»Du gibst mir das Gefühl... eine Jungfrau zu sein... oh ooohhoohhoh oh...« Der einzige Mann, bei dem ich mich als Jungfrau gefühlt habe, war Rick, mein erster richtiger Freund,

und das war vermutlich deswegen, weil ich damals *tatsächlich* noch Jungfrau gewesen bin. Rick hatte mich befriedigt und er war klug, wohlerzogen, verantwortungsbewußt und jüdisch gewesen; meine Mutter hatte ihn angebetet. Unglücklicherweise war er inzwischen verheiratet und lebte mit Frau und zwei Kindern in einem Vorort von Pittsburgh. Doch ich kannte noch einen anderen Rick, der in L. A. lebte...

Dieser Rick war traumhaft – lieb, sensibel und sehr gut betucht, ein bißchen füllig zwar, doch ausgestattet wie ein Pornostar. Darüber hinaus kochte er auch noch leidenschaftlich. Seine blitzblanke Küche war ein Yuppie-Garten kulinarischer Genüsse: Pfannen und Töpfe in jeder Form und Größe, blitzende Messer, sirrende Rührmaschinen, Mixer, Haushaltsquirle und Fleischklopfer. Unmengen farbenprächtiger Früchte, Fleisch, frische Kräuter und Gewürze köchelten in Töpfen vor sich hin oder lagen ausgebreitet auf der Arbeitsplatte, verströmten berauschendes, exotisches Aroma. Stärkungsmittel, dachte ich: Genau das, was ich brauchte, mir die Kraft zu geben, Sasha fernzubleiben.

Rick, ein grinsender, dicker Pillsbury Doughboy spießte ein üppiges Stück Kalbfleisch auf und schob es mir zwischen gierige Lippen. »Hmmm«, stöhnte ich behaglich. Das war kein Mann, wie ihn meine Mutter mögen würde; das war ein Mann genau wie meine Mutter.

Das Abendessen war ausgedehnt, ausschweifend, köstlich: Das Kalbfleisch badete in einer seidenweichen französischen Sahnesoße, garniert mit süßen, rosigen Äpfeln und wohlschmeckenden Pilzen. Die Pasta war himmlisch, der Salat knackig und der Wein – Rick kannte seine Weine. »Könnte Hedonismus nicht die umgekehrte Form der Disziplin sein?« fragte ich mich alkoholisiert, während Rick gefällig plauderte (er konnte auch *wirklich* gut reden), von einer neununddreißigjährigen Schauspielerin ohne Engagement sprach, mit der er sich häufig getroffen hatte und die sich weigerte, Kinder zu haben, solange sie nicht in einem bedeutenden Film groß herausgekommen wäre. »Oh, das paßt ja vollkommen«, dachte ich und leckte mir die Soße von den Lippen. »Ich möchte Kinder, Rick will Kinder, das wird allen sehr gefallen.«

Ich überlegte, ob ich Rick von Sasha erzählen sollte, ob ich so ganz nebenbei und leichthin seine verrücktmachenden slawischen Exzentrizitäten erwähnen oder vielleicht sogar eingestehen sollte, daß dieser Mann, den ich verlassen wollte, für mich geradezu zu einer Besessenheit geworden war. Doch bevor ich über dieses Thema noch ein Wort verlieren konnte, tänzelte Rick in Richtung Küche, und als er wieder auftauchte, hielt er zwei frostbeschlagene Schalen mit pastellfarbenen Pfirsichen in den Händen und schob mir einen Löffel voll mit dem allersüßesten, leichtesten, fruchtigsten, frischesten Sorbet in meinen geöffneten Mund.

Dann, bevor ich noch dazu kam, zu schlucken, ließ er sich unter den Tisch rutschen, zog mir meine schwarzgemusterten Höschen herunter und begann, mich mit größerem Eifer leerzuessen, als er für sein Kalbfleisch aufgebracht hatte. Ich fing an zu halluzinieren, daß dieser Rick mein alter Rick wäre, heimgekehrt aus der Vergangenheit, um mich zu heiraten, mich aus meinem Durcheinander mit Sasha zu befreien und mich auf einen Porzellanteller zu setzen, wo ich in einem See französischer Sahnesoße schwamm. »Ohhh... ahhh... du machst... hmmm... das guuut...« keuchte ich, als er da unten küßte, leckte, zupfte, sog, schlürfte, wie man einen Shake durch einen Strohhalm trinkt. Ich glitt vom Stuhl herab auf den Fußboden, er verschlang mich weiter und, seinen Mund überschwemmend, kam es mir mit Macht.

Der neue Rick wollte nicht einmal, daß ich seinen prallen lustigen Schwengel lutschte; nein, heut' Abend besorgte er das Kochen *und* das Essen. Er hob mich hoch und trug mich hinüber in sein Schlafzimmer, den Bankettsaal seines dekadenten »Restaurants«. Sanfte Jazzmusik sickerte aus hochhängenden Stereolautsprechern, unruhiges, gedämpftes, mauvefarbenes Licht waberte, chinesische Satinlaken waren wie ein Tischtuch über das vorgewärmte Wasserbett gebreitet, das zum letzten Gang auf diesem Fest der vielen Lustbarkeiten einlud. Zur Abrundung gab es natürlich mich, den abschließenden Likör. Doch er mampfte mich wie einen Cheeseburger – verschlang mein Fleisch, schlürfte meine Säfte, blieb dann mit einer Hand bei mir dran, während er die Innenhand einer anderen leckte und dann sein zwanzig Zentimeter langes hartes, heißes, koscheres Fleisch befeuchtete. Er schob es mir hinein und stöhnte leicht auf wie ein Weinkenner, der gerade einen besonders köstlichen Chardonnay entdeckt hat. Während er stieß und zog und das Wasserbett wabbelte, war mir, als würde ich in Sahnesoße ertränkt, so rundum eingehüllt von seinem heißen Fleisch. Und anders als Andre hatte Rick (dankenswerterweise) nichts dagegen, zu kommen. Das tat er dann auch mit einem weiteren sanften Aufstöhnen, dann rollte er sich von mir hinunter auf's Wasserbett und kotzte.

Ich schloß die Augen und sah mich selbst auf einer Swimmingpoolparty nackt unter Wasser schwimmen. Die anderen Partyvögel waren beim Essen, während Sasha und ich wie Delphine herumalberten, uns begrabschten und küßten, planschten und kreischten. Ich versuchte, ihm unter Wasser einen zu blasen, kam prustend... und triumphierend hoch...

»Rick?« sagte ich weich, in der Hoffnung, er könnte mir dabei helfen, die Kontrolle zurückzugewinnen, ja vielleicht meine bedrängenden Gedanken an Sasha »verzehren«. Doch er antwortete nicht, schnarchte nur friedlich vor sich hin wie ein Walfischbaby nach einer reichlichen Mahlzeit.

Am nächsten Abend beschloß ich, eine Pause einzulegen. Was ich vielleicht brauchte, war eine Gedankenkontrolle: Meinen Geist sieghaft gegen Sashas Materie einzusetzen. Mit diesem Ziel vor Augen warf ich meine Maschine an und machte einen Ausflug zu den totschicken Century City Büros eines hochangesehen und infolgedessen kostspieligen spiritistischen Mediums. Dort sprach ich mit einem Geist aus einer anderen (vermutlich asexuellen) Dimension namens Dr. Peabodies, der sich »mir zu erkennen gab« in Gestalt eines ziemlich gutaussehenden Ex-BWM-Händlers names Pete. Flüchtig fragte ich mich, wie es wohl wäre, Sex mit einem Medium zu haben. Würde Pete bumsen, während Dr. Peabodies heulte? Es mit einem Doktor aus einer anderen Dimension zu treiben, würde bestimmt Sasha, dieses schlichte menschliche Wesen, aus meiner Seele tilgen. Es würde mich hoch erhaben machen über meine Bessenheit; nur daß ich eben diesmal nicht auf einer erhöhten Turnmatte liegen oder in einem Teller mit französischer

Rahmsoße schwimmen würde. Ich würde in ungeahnten Höhen des Geistigen fliegen. Eine Frau, die »vom Geist« besessen war, konnte schließlich niemals Besitz eines Mannes werden...

Ich wagte nicht, einen derart intimen extradimensionalen Einfall kundzugeben, sondern atmete nur einfach aus und fragte das Unvermeidliche: »Soll ich Sasha fernbleiben? Oder vielleicht – sollte ich zurückgehen?«

»Meine Liebe, oh meine Liebe, meine Liebe«, skandierte Pete/Dr. Peabodies in einem schrillen, ostindisch-brooklynesischem Sing Sang. »Schon die Art, wie Sie ihre Frage gestellt haben, verrät uns ihre Antwort.« Dr. Peabodies räusperte sich in Petes Hals und lächelte versonnen. »Sollten Sie ›*zurückgehen*‹? Oh meine Liebe, gehen Sie niemals rückwärts! Gehen Sie immer nur vorwärts! Wachsen und gedeihen Sie! Gott segne Sie!«

Aha, dachte ich, die Geister stärken mir den Rücken. Es war mir *vor*bestimmt, Sasha zu verlassen. Ich war eine Schachfigur unterwegs zu ihrem nächsten Feld. Ich lief schnell, flog ganz hoch oben, bewegte mich in die richtige Richtung. »Niemals rückwärts! Immer vorwärts« wiederholte ich mir wie ein Mantra und legte das Gelübde ab, daß ich nie wieder Bilder von Sasha heraufbeschwören wollte, während ich mit einem anderen Mann schlief.

Ich beschloß, daß die beste Art, das zu tun, die wäre, eine sexuelle Machtphantasie auszuagieren – bis zum Gehtnichtmehr – die so stark, so gründlich überwältigend und zwingend war, daß in meinen Gehirnzellen kein Platz mehr für Bilder von Sasha sein konnte. Ich rief Michael an, einen kurzgeratenen, geschiedenen, unanständigen Regisseur problemorientierter Fernsehspiele. Etliche Male schon hatte mir Michael angeboten, mir im Ausagieren meiner wildesten Phantasien zur Seite zu stehen. In diesem Augenblick war ich dazu bereit.

»Okay, Michael, wir werden folgendes machen...« sagte ich und hatte sofort die Kontrolle übernommen.

»Gefällt mir«, erwiderte er. »Gefällt mir absolut.« (Männer wie Michael, die tagsüber alle Leute 'rumkommandieren, sind hingerissen, wenn man ihnen ganz genau sagt, was sie tun sollen, sobald es zum Sex kommt.) »Ich setz' gleich meine Sekretärin dran, damit sie *tout de suite* alle Arrangements trifft.«

Diesmal würde ich aus mir ein Musterbild wollüstiger Herrschaft machen. Ich kräuselte mein langes glattes Haar zu einem Dschungel aus Löckchen und Schmachtlocken, rieb mich mit Öl ein und trug rostfarbene Streifen auf (wegen des »Verwundungseffekts«), legte ein Tigerzahnhalsband um, schlang mir ein Tuch mit Leopardenfellmuster um die Hüften und ein zweites um meine Brust. Dann schaute ich in den Spiegel und erblickte eine umwerfende, sexsprühende Wilde: Hippolyta, Königin des Amazonas.

Als ich bei Michael ankam, bemerkte ich sofort, daß seine Sekretärin für die gebührende Dekoration gesorgt hatte: In seinem großen luftigen Haus am Meer waren überall grüne Blätter und Zweige ausgestreut und es roch nach Mango. »Liebe im Dschungel« wurde von einer versteckten Stereoanlage abgespielt, der Fußboden war mit Ringermatten bedeckt. Ein Gewirr von Netzen und Seilen lag einsatzbereit in einer Ecke der Lasterhöhle. In der gegenüberliegenden, elegant wirkend wie eh und je, in Khaki und Knochenputz, lag Michael – ganz mein großer weißer Jäger.

Er deutete auf eine Kamera rechts von mir, während ich wie ein wütender Elefant durch die Tür gestapft kam. »Ich weiß Bedeutung dieses Zauberkastens, weißer Teufelsmann«, trompetete ich in meiner Version von gebrochenem königlichen Amazonas-Englisch.

»Es ist bloß eine Kamera, Königin.« Er grinste und bekam das Spiel langsam spitz.

»Nein, ist ein Werkzeug von Macht«, wies ich ihn zurecht und pirschte mich langsam an ihn heran, damit seine geile Phantasie meine fabelhafte Kostümierung voll würdigen und sich davon anregen lassen konnte. »Weiße Männer benutzen es, zu stehlen Seelen von ihren Frauen.« Irgendwo im Hinterkopf wußten wir, daß wir uns wie Figuren aus einem lächerlichen alten Tarzanfilm anhörten, doch wir lachten nicht; wir waren voll drauf. Das hier war Phantasie; das andere war Hollywood. Gedankenzucht durch Abwehr des Unglaubens.

»Du wirst nicht stehlen meine Seele, weißer Mann-Teufel«, erklärte ich, nahm das Seil auf, schlug peitschend nach ihm, bis es sich um ihn wickelte, schnappte mir die Kamera und warf sie auf den Haufen mit den Netzen. Langsam löste ich mein oberes Tuch mit dem Leopardenmuster, enthüllte meine geölten braunen Brüste, zwischen denen das Tigerzahnhalsband bedenklich baumelte. Dann schlang ich, flink wie Cheetah, das Tuch um seinen offenen Mund. Er bäumte sich gegen die Stricke auf, aber ich hielt sie fest zusammen, löste sie gerade nur soweit, daß wir uns wie Löwenbabys auf den Matten balgen konnten.

»Oh Königin, womit kann ich Eure königliche Lust befriedigen?«, fragte mein Jäger furchtsam, während ich seine Schultern auf die Matte drückte, als ich mich 'rauf und 'runter, auf und ab an der steinharten Ausbuchtung seiner Safarishorts rieb. Ich sprang auf und warf mich in den breiten Sessel in einer Zimmerecke. Von dort aus, so wußte ich, konnte ich den ganzen Dschungel überblicken, mein Königinnenreich, jenes dampfende Gebiet unbewußter Zwänge, in dem Libellen summten, Eingeborene tanzten, schäumende Flüsse von Tod und Verlangen sich wanden und der Schlag uralter Trommeln zu hören war. Unten in der Grube (das heißt auf der Matte) lag ein wunderschöner weißer Mann, mein Jäger, mein Sklave, der sich in meinen Stricken wand wie eine gefesselte Schlange.

»Komm zu mir«, befahl ich. »Komm, knie nieder vor meinem Thron.« Er kam schnell zu mir hergekrochen, dahin, wo ich saß, die Beine weit gespreizt und feucht schimmernd. Ich löste das Tuch von seinem Mund und führte ihn an die erschauernde Quelle des Amazonas, die zwischen meinen Schenkeln kochte und brodelte. »Trink von meinen Geheimnissen und du wirst stark werden«, intonierte ich und gehorsam trank er, jedoch *nicht* mit eifrigem Genuß (ganz anders als der heißhungrige Rick war Michael beim Cunnilingus kein Connoisseur). Doch ich, Königin meiner eigenen Lust, die ich war, brauchte nur ein ganz leichtes Schaben der Zunge des weißen Mannes, um wie die Flußgöttin selbst zu kommen, den gesamten Dschungel damit zu überfluten und die Eingeborenen und alle Tiere dahinzubringen, daß sie brüllend und vor Entsetzen kreischend davonstoben.

»Jetzt ist meine Kraft deine, weißer Mann-Teufel«, rief ich aus und er riß sich seine Safarishorts herunter, bestieg mich auf meinem Thron, gerbte mich wie eine Tierhaut und stahl mir meinen Indianerschatz wie ein ruchloser Konquistador, und dies alles in wenigen besinnungslosen Sekunden, bevor er völlig verausgabt auf die Matten fiel (Michael konnte nie länger als eine Minute in mir drin bleiben, bevor es ihm kam).

Ich schloß meine Augen, floß den Amazonas hinunter, öffnete sie dann wieder, um eines Wunders ansichtig zu werden: Eine kleine Chinapuppe, eine schöne, olivhäutige, junge orientalische Frau, die nichts an sich trug als jadegrünen Lidschatten. »Oh, Königin, wie kann ich, Eure ergebenste Dienerin, Eurer Majestät zu Diensten sein?« fragte sie mit piepsiger Puppenstimme.

»Das ist Liana, meine Haushälterin«, erklärte Michael, unser Spiel ganz kurz unterbrechend. »Ich dachte mir, daß eine Extrarolle unsere kleine Darbietung spaßiger machen würde.«

»Oh?« Ich war jetzt eine sprachlose Königin. Liana lachte und drückte sich neben mir in den Thron und ihr langes schwarzes Haar strich wie ein Blütenregen über meine Haut. Sie schaute zu mir hoch, ihre glänzenden schwarzen Augen, meiner »Befehle« harrend, erwartungsvoll auf mich gerichtet. »Mach' mit mir Liebe«, wisperte ich, zugleich schockiert und entzückt von meiner schamlosen Kühnheit, und mit ihrem Körper liebkoste sie mich, ihre warme Haut schmelzend wie Butter auf einem ofenwarmen Brötchen. Ich spürte ein mächtiges Hochschießen nie gekannter Sinnlichkeit, als meine Glieder sich um diese winzige liebliche Verdoppelung meiner eigenen Weiblichkeit schlangen. Ihre Hände waren fein, zart und forschend wie die meinen, doch kleiner; ihre Brüste genauso fest und rund wie meine, doch von köstlicher Kleinheit. Unsere Lippen legten sich aufeinander, zwei weiche, kühle Frauenmünder, zwei freundliche, fordernde Zungen. Liana war die kleine Schwester, die ich nie gehabt hatte; wir waren Kriegerinnen vom Amazonas beim Spiel, zwei vietnamesische Huren, die dem amerikanischen Soldaten eine Vorstellung boten, der masturbierte, während er uns belauschte. Sie saugte sich mit ihrem winzigen Mund an mir fest, ihre feinen, schmalen Finger hielten mich, als ich mich zu ihr beugte, ihr perlendes Lachen stieg auf wie Champagnerbläschen, weiter steigend, sich über alles erhebend, was mich je festgehalten, gebunden hatte.

Dann glitt ich zu ihrem hübschen seidigen Schoß hinab, unsicher zuerst, wie ich es eigentlich anfangen sollte, doch dann überkam mich ein rauschhaftes Machtgefühl, als ich merkte, daß ich ihre Lust genauso gut kannte wie meine eigene, mich fast selbst geleckt fühlte, als ich sie leckte, instinktiv ihren Rhythmus und ihre Wünsche verstand, wie ich eigentlich nie die eines Mannes hatte verstehen können. Sie war meine Geisha, meine Puppe; ich kontrollierte sie, wie ich den Wunsch gehabt hatte, mich selbst zu kontrollieren. Als sie aufstöhnte und seufzte, sich vor der Erlösung spannte, hatte ich das Empfinden, genau zu spüren, was sie fühlen mochte, jedes Wogen ihrer schmalen Hüften, jedes lustvolle Erzittern ihrer Scheidenwände. Ich saugte meine süße Geishapuppe, drängte mich sogar noch tiefer in sie, als ich plötzlich spürte, daß Michaels steife Männlichkeit von hinten in mich hineinstieß; denn vorn in meinem Gesicht kam jetzt sie und er kam hinten, beide durch mich hindurch sich vereinigend. Ich war der Leiter bei dieser hochgespannten elektrischen sexuellen Entladung, gleichzeitig Gebende und Empfangende in einem, ganz kontrolliert und völlig aus dem Häuschen. Wir kreischten, kicherten und klappten dann zusammen.

Sanft in Schlaf hinübergleitend gratulierte ich mir dazu, gerade großartigen Sex gehabt zu haben, ohne auch nur ein einziges Mal an Sasha denken zu müssen. Ich hatte Kontrolle erlangt, ich lief frei und ungebunden herum, ich spielte über das ganze Schachbrett hüpfend Himmel und Hölle. Sasha würde mich jetzt nicht zu fassen bekommen...

Plötzlich rüttelte mich Michael aus meinem Thron, aus seinem Sessel. »Ist nicht persönlich gemeint«, verkündete er, »aber ich kann's einfach nicht ertragen, wenn eine Frau hier im Haus bis zum nächsten Tag durchschläft... niemals.«

Die Geisha Liana war gegangen. Die Großvateruhr, die eingerahmt war von glänzend grünen Weinranken aus Plastik, die jetzt ziemlich lächerlich wirkten, zeigte 3.15 Uhr morgens. »Das ist bloß so ein kleines Problem, das ich damit habe, wenn Frauen in meinem eigenen Bett die ganze Nacht über schlafen. Faß das bitte nicht als Zurückweisung auf«, sagte er.

»Oh nein, ich nehm's nicht als Zurückweisung«, erwiderte

ich ganz sanft und versuchte, meine beiden Pupillen zu zwingen, in dieselbe Richtung zu schauen. »Ich nehm's einfach als ein kleines königliches Mißgeschick.« Ich hob mein speichelfeuchtes Leopardentuch auf. »Na geh' schon, mach' mir einen Kaffee«, befahl ich.

»Ich hab' keinen Kaffee da.«

»Keinen Kaffee? Himmel.« Ich fragte mich, wie wohl Königin Hippolyta mit einem Kerl wie ihm umgesprungen wäre.

»Ich hab' Perrier... Papayanektar.«

»Laß nur, Michael.« Ich griff mir meinen Mantel und stolperte die Stufen hinab und hinaus in die klammfeuchte nächtliche Meeresluft, wobei ich mich irgendwie fühlte wie eine der überarbeiteten, unterbezahlten Frauen der Nacht.

Ich kreuzte den Pacific Coast Highway hinab in südliche Richtung und beruhigte mich, indem ich Betten zählte, darüber nachdachte, wie das Bett den ganzen Mann ausmacht. Da war Andres erhöhtes, kahles, schwarzes Sexertitienbett; Ricks Wasserbett mit den Satinlaken für orgiastische Festlichkeiten; Michaels Matten (er hätte mich nie in die Nähe seines kostbaren »persönlichen«, von Frauen unberührten Betts gelassen). Und dann war da Sashas Bett, unser Prinzessin-auf-der-Erbse-Märchen-Bett, das mich in Höhen gehoben hatte, von denen ich nicht mehr glaubte, daß ich sie jemals wieder erreichen würde...

»Schau' nicht zurück«, schrien Stimmen in meinem Kopf, die vernünftigen Stimmen meiner Freunde, Freundinnen, meiner Mutter, Dr. Peabodies. »Behalt die Kontrolle! Hör' zu, du bist eben einfach nicht gründlich genug. Du triffst dich – und bumst – ganz wahllos, kunterbunt herum! Was du brauchst, ist die ganz methodische Jagd nach deinem Mr. Richtig. Gib ganz persönlich gehaltene Annoncen auf, versuch's mit Videoverabredungen, Computern, Freunden von Freunden, Freunden der Freunde deiner Mutter. Du wirst dann nicht einmal Zeit haben, an Sasha zu denken. Immerhin gibt's ja auch noch andere Sashas – bessere Sashas, größere Sashas, reichere Sashas, klügere Sashas und ja, sogar Sashas, die viel mehr Sex-Appeal haben.

Ich fuhr direkt nach Hause, setzte mich, den Notizblock in

der Hand, hin und schaltete meinen Anrufbeantworter ein, entschlossen, meine Jagd nach Mr. Richtig damit zu beginnen, daß ich die *sämtlichen* Botschaften abhörte und nicht gleich auf die erstbeste, halbwegs aufregende hin losrannte: »Hey, Rosy Schätzchen, hier ist Arnie. Großes Tam-Tam und Getrommel in der ganzen Gegend, daß du wieder ein freies Weib bist. Gratuliere! Laß uns das feiern. Ruf mich an.«... »He, Rosalyn, ähhh, mein Name ist Jeff, ähh, ich bin ein Freund von Sandy und, na ja, sie hat vorgeschlagen, daß ich dich mal anrufe. Also, ich bin Rechtsanwalt, ich mag Tennis, alte Filme, ähhh, ich bin grad' geschieden, na ja, eigentlich sind wir getrennt, und äh, wir können das alles besser später bereden. Also meine Nummer ist 345-2222, ruf' doch mal an, ähh, wann immer dir danach ist.«... »Ros? Ros? Bist du das? Bist du denn *nie* zu Hause? Wo treibst du dich denn die ganze Zeit 'rum? Hier ist Peter. Ruf' mich an.«... »Rosy, hier ist Mutter. Wollt' bloß mal anfragen, wie es dir so ganz allein geht.«... »Rosalyn... Andre... ich bin schon wieder im Jacuzzi... heiß und naß... für dich... ruf' nicht an... komm' einfach...«... »Hallo, Rosalyn? Hier ist Salvador. Hab' dich letzte Woche in der Disko getroffen...« ...»Rosalyn, du fehlst mir, bitte komm' zurück.« Das war Sasha.

Ich fragte mich, während ich die vertraute Strecke von meiner Wohnung zu Sashas nahm, warum ich das eigentlich tat – »zurückgehen« anstatt »vorwärts«, wovor der weise alte, körperlose Dr. Peabodies mich gewarnt hatte. Ich fühlte mich *tatsächlich*, als bewegte ich mich rückwärts durch die Zeit, als ich die alten Straßen entlangfuhr, die Abzweigung meiner Vergangenheit nahm, in die lange schmale Auffahrt fuhr, unter dem weißen griechischen Torbogen hindurch und dann über den Kopfsteinpflaster-Pfad ging, durch das schmiedeeiserne Tor, hinein in den Phantasiegarten, der überall von farbigen Weihnachtslichtern erhellt war, und wo mich die antiken Statuen nackter Frauen umstanden. Ich konnte die uralten Geister in Sashas Haus spüren, die nun zu meiner Begrüßung herauskamen, sah die Lichter blinken, die Statuen ihre glatten steinigen Leiber recken, sah, wie die gemalten Damen aus dem achtzehnten Jahrhundert ihre Röcke hoben und aus den Bilderrahmen sprangen, sah Büsten und Ungeheuer gähnen, den Mund zum Kuß spitzen. Die ganze Szene schien von Sashas fremdartiger, unnachgiebiger Leidenschaft aufzusteigen. Aber das ist doch zu merkwürdig, dachte ich, das ist eine ganz andere Welt; es ist nicht die wirkliche Welt. Es gibt einen Grund dafür, daß ich gegangen bin, einen guten Grund. Ich wandte mich zum Tor zurück und fing an zu laufen – zurück in die »wirkliche Welt« aus Bumsereien für eine Nacht und körperlosen Doktoren und volles Rohr aufgedrehten Autoradios, um den Nachklang meiner Träume zu ersticken.

Sasha stand vor dem Tor. Im aufblinkenden Licht sah er aus wie eine seiner Statuen, seine dunklen herkulischen Brauen kühn geschwungen, seine breite, starke Brust vorstehend aus dem offenen Bademantel, das lockige Haar um seinen Kopf wie eine Krone aus schwarzen Perlen. Er sah traurig, aber doch friedfertig aus, wie er so dastand und, Astarte im Arm haltend, die Katze streichelte.

»Du kannst mich nicht hier halten!« schrie ich ihn wie ein bockiges Kind an.

»Rosalyn«, sagte er in diesem vollen, tiefen Bariton, der mich schon immer elektrisiert hatte, sogar auf dem Anrufbeantworter. »Ich halte dich hier doch nicht. Du bist deine eigene Herrin. Du bist aus freien Stücken hergekommen. Und du kannst sofort wieder gehen, falls du das willst.« Er trat zur Seite und machte mir am Eisentor Platz. Widerstrebend hastete ich darauf zu, schaute dann noch einmal zu ihm zurück, erhaschte den Blick jener Amaretto-Augen, die in der Weihnachtsbeleuchtung aufleuchteten und mich wie angewurzelt stehenbleiben ließen.

Ich versuchte verzweifelt, Bilder von Ricks Augen heraufzubeschwören, von Andres Augen, Michaels, Lianas, meiner Mutter und jedermanns Augen, doch es war hoffnungslos. Sashas Augen, sogar die winzigen, müden Fältchen darunter, rissen mich aus jener »wirklichen Welt« und in seine warmen, starken Arme. Wir hielten uns fest, hielten einander nur ganz eng und fest, als würde um uns herum ein Sturm wüten. Und als der Sturm sich legte, küßte er mich mit süßen, nachgiebigen Lippen, pressenden Lippen, und es war nicht ein weiblicher

Kuß wie der Lianas, sondern ganz weich, weicher als der jedes anderen Mannes, so weich, daß ich das Gefühl hatte, der Sturm wäre in einen freundlichen Frühlingsschauer übergegangen, der mein Inneres vollregnete. »Nun komm«, flüsterte er und führte mich zurück durch den Garten, an dem Steinlöwen vorbei, der Wasser spie, hinauf zur riesigen Eichentür von Capricorn Castle. Ich sah den Schein des flackernden Feuers, das mich durch die Mattglasscheibe anlockte und mir zu verstehen gab, daß ich zu Hause wäre.

Ich folgte ihm in die verhutzelte, halbfertige Küche, sah ihm dabei zu, wie er Astarte fütterte und dann seine starken Arbeiterhände abspülte. Er langte nach einem Handtuch und ertappte mich aufblickend dabei, wie ich ihn anstarrte. »Hast mich wohl vermißt?« fragte er und versuchte, einen kleinen Anflug von Verletzung zu überspielen. Ich nickte, wollte ihm etwas Gescheites oder Bedeutsames sagen, wie ich es zu jedem anderen Mann gesagt hätte, doch alles, woran ich denken konnte, war, wie sehr ich mich danach sehnte, mich ganz von ihm ausfüllen zu lassen, von seiner Härte, seiner Weichheit, seiner Seele. Über die ganze Länge der Küche blickten wir uns nur noch einen kurzen Augenblick lang abwartend in die Augen, bis wir unsere Zurückhaltung wie eine alte dicke Joppe im Frühling wegwarfen und aufeinander zuflogen, in die Arme des andern, ihn überall befühlend, jeden Zentimeter geliebte Haut, die uns so sehr gefehlt hatte, daß wir schon dachten, wir würden uns nie wieder sehen.

»Oh Sasha«, seufzte ich. »Ich fühle mich so gut bei dir. Jetzt weiß ich, warum ich gegangen bin, warum ich mit all diesen anderen Männern geschlafen habe. Damit ich danach nur um so mehr –«

Er packte mich hart bei den Schultern und schüttelte mich. »Du widerst mich an«, flüsterte er mit mühsam beherrschter Wildheit. »Du und deine Spiele, deine sexuellen Abenteuer.«

All die süße, berauschende Bewegtheit des Augenblicks kam kreischend und krachend zum Stillstand. Da stand ich nun, aus dem Himmel vertrieben und abgesetzt auf dem Angeklagtenbänkchen. »Sex hat damit gar nichts zu tun«, sprudelte ich. »Es hatte mit Macht zu tun, mit Besitzanspruch und Kontrolle –«

»Bloß Worte, Rosalyn, Psychogestammel.«

»Oh Sasha.« Ich lächelte schafsdumm. »Du kennst mich –«

»Nein, ich kenne dich nicht.« Seine Augen schossen Pfeile auf mich ab. »Was schlimmer ist, du kennst dich noch nicht mal selbst. Du weißt nicht, was du willst. Du handelst so, als wüßtest du es, doch du weißt es nicht.«

»Oh, und du weißt natürlich alles, wie?« Mein Kopf kochte vor Haß. *Das* war es, warum ich ihn verlassen hatte, dachte ich, *das* war es, warum ich sofort wieder kehrtmachte, ganz schnell davonlaufen und kein einziges Mal zurückschauen sollte.

»Ich weiß, daß ich dich liebe«, flüsterte er, sein harter Griff lockerte sich, brachte mich um meinen letzten kleinen Halt, der mir noch geblieben war, goß Liebe in den Haß, wirbelte diese beiden scheinbar so gegensätzlichen Gefühle durcheinander in einem Mahlstrom anschwellender Leidenschaft.

»Ich liebe dich auch«, entgegnete ich, voll Sehnsucht, hinzuschmelzen, aber stattdessen mich innerlich verhärtend.

Er ist verrückt, dachte ich, echt verrückt. Besitzergreifend. Gefährlich. *Schlecht* für mich. Meine Freunde haben recht. Meine Mutter hat recht. Dr. Peabodies. Jeder sagt, daß er verrückt ist. Ich selbst muß verrückt sein, hierher zu kommen.

Noch einmal machte ich einen Satz zur Tür. Doch ich spürte, wie die verhängnisvollen, grausigen Geister dieses Hauses mich einkreisten, in Besitz nahmen, sich um mich schlossen. Ich war heimgekehrt in Fantasyland, seltsam beleuchtete Ungeheuer machten mir den Hof, die Portraits von Sashas weißrussischen Vorfahren, die Zauberer und Bären und der schrullige Wust von Kunstgegenständen. Augenblicke lang glaubte ich, den Eiskremwagen mitten in der Nacht bimmelnd die Straße hinunterfahren zu hören und mir das Versprechen geben, ich könnte alles, was ich nur wollte, genau hier finden, wenn ich nur aufhörte zu rennen...

Vielleicht war ich nach allem doch nicht Hippolyta, die Königin der Amazonen, sondern Atalanta, die mythische griechische Prinzessin, die schneller rennen konnte als jeder Mann. Jeden Mann, der sie zu besitzen begehrte, schlug sie im Wettlauf, und alle Verlierer wurden zum Tode verurteilt. Atalanta war die erste im Wettstreit, sie gewann immer, hatte sich immer unter Kontrolle, doch jedes Mal, das sie gewann, tötete sie einen weiteren Mann und tötete damit auch einen Teil ihrer selbst ab. Endlich verliebte sich ein junger Mann so sehr in sie, daß er gegen sie rennen *mußte*, daß er ihr Einhalt gebieten mußte, noch weiter mit anderen Männern zu rennen, er sie vollständig besitzen, ihre Liebe gewinnen mußte – selbst wenn ihn das Rennen sein Leben kostete. Dieser junge Mann war nicht einmal ein sehr guter Läufer, doch trotzdem forderte er Atalanta heraus, und mit Hilfe dreier goldener Äpfel, die ihm von der Göttin der Liebe gegeben wurden, gewann er. Natürlich *ließ* ihn Atalanta gewinnen. Inzwischen war sie des Mordens müde geworden und müde auch, gegen fremde Männer anzutreten. Mehr noch fühlte sie, daß die Liebe dieses jungen Mannes zu ihr so stark und so zwingend war, daß sie nicht mehr wirklich den Wunsch verspürte, vor ihm davonzulaufen. Also blickte sie *zurück* zu diesen golden schimmernden Liebesäpfeln; sie ließ zu, daß sie die Kontrolle verlor. Indem sie das Rennen verlor, gewann sie sein Leben; indem sie die Kontrolle verlor, erlangte sie *Amok*...

Sasha hatte mir seine goldenen Äpfel angeboten, dachte ich. Vielleicht sollte ich einen aufheben und von seiner Macht kosten.

Und da stand er nackt vor dem geschnitzten mittelalterlichen Ritter an seiner Schlafzimmertür und sah, wie ich mit Mythen kämpfte. »Ros«, sagte er, »es tut mir so leid.«

Ich kickte meine Laufschuhe weg und ging zu ihm hin, brachte die Furien in meinem Kopf zum Verstummen, brach das Rennen ab und hörte zumindest in diesem Augenblick auf, zurückzuschauen. Ich blickte in seine Augen und sah in ihnen den tiefen Schmerz und die Freude, die ich in dieser Woche so heftig vermeiden wollte zu empfinden, den Schmerz, allein zu leben und zu sterben, die Freude, einander Liebe zu geben.

Wir liebten uns unter dem Bild von Oz über seinem Bett aus so vielen Matratzen und Kissen, auf seinem fliegenden Teppich in's Reich der Phantasie. Wir phantasierten, daß wir die einzigen zwei Menschen im Universum wären und das Universum allein uns gehörte, damit wir es neu erschaffen könnten. Und wir machten Liebe, wir machten »wahrhaft Liebe, wie ein Töpfer einen Topf macht, wie ein Baum mit Sonne und Regen Blätter macht; wir machten, formten, schmolzen, drückten, schlugen, saugten und atmeten Leben in ein Etwas zwischen uns, das irgendwie verschieden war von unserem kümmerlichen, einsamen männlichen und weiblichen Selbst, etwas Wunderbares und Verrücktes, etwas, das ich meiner Mutter oder mißbilligenden Freundinnen nie erklären könnte, etwas, das dunkel wie Blut und dennoch glänzend wie ein Stern war, etwas, das ganz und gar außer Kontrolle war.

Und ich konnte spüren, wie es ihn durchfuhr – dieses wilde Ding, das wir machten – sein weiches Fleisch durchdrang, das außen nur noch aus Gänsehaut bestand, während er stieß, leidenschaftlich stampfte, die Liebe machte, von der wir beide besessen waren, die in mir wirbelte wie der Tornado, der Dorothy nach Oz hinaufgetragen hatte. Sie wand sich heulend durch die erschauernden Höhlungen meines Schoßes, drang durch die Schreie aus meinem Mund, entrang sich seinem Keuchen an meinem Ohr, schwamm auf den heißen, salzigen Tränen aus meinen Augen, aus all meinen Öffnungen, zerbarst, als wäre es das Ende der Welt oder ein neuer Anfang: Eine Spermie, die in ein Ei dringt, tausende winziger Ufos, die eine runde, üppige, warm schimmernde Erde durchsuchen; eine biochemisch-interplanetarische Hochzeitsvision, eine Stadt der Smaragde.

Daß ich die Kontrolle verlor, hatte mir eine Vision gewonnen, erkannte ich, als wir dalagen und zur Musik unseres Herzschlages dahintrieben auf unserem magischen Pfühl, durch grüne, grüne Galaxien ritten, Himmelskörper umkreisend.

Später, als die Nacht ihr schwarzes Tuch um uns schlang, wurde mir bewußt, wie völlig entspannt ich mich fühlte, ein bißchen desorientiert zwar, doch friedvoll, mächtig, warm, daheim. Ich wandte mich zu Sasha (der stets gleichzeitig mit mir aufwachte) und sagte: »Was meinst du – daß ich dich wieder einmal verlassen habe: hat das unser Geschlechtsleben verbessert?«

»Ros«, erwiderte er und gähnte dabei wie ein Bär, »warst du es denn nicht, die gesagt hat ›es hatte überhaupt nichts mit Sex zu tun?‹« Und seine Hand schnellte vor und kitzelte meine Rippen, bis ich nach Luft schnappte und kicherte.

Nisa Donnelly

Schnitzeljagd

Bars, zumal ihre Atmosphäre an einem Samstagabend, waren nicht gerade Randis Lieblingsorte. Zuviel Schweiß und Trubel, Gelächter und Musik, Tränen und Dramen, alles wild durcheinanderwirbelnd, atemlos, bedrängend, eine Verschwörung, Migränen zu verursachen, die man tagelang nicht los wurde. Tödliches Erinnertwerden an schwaches Urteilsvermögen.

Randi stand über all dem oder dachte es jedenfalls. Phantasien zu später Abendstunde, die im Tagesstaub nur zerplatzten wie Kinderballons, waren anderen Frauen vorbehalten, all denen, die noch zu träumen verstanden. Und Randi wußte, daß Traumfetzen den Fußboden von *Babe's* bedeckten, ganz so, wie achtlos weggeworfener Müll sich im Rinnstein vor der Bar sammelte.

Ausschweifende Phantasien, zart und so wenig reißfest wie Tüll, verstaute man am besten gleich neben dem Vibrator, hob sie sich auf für einsame Nächte, in denen einsame Lust als Einziges zu haben war. Für manche vielleicht boten Bars heißen Sex, doch für sie war das noch nie so gewesen. Besser, man überließ die Bars samt ihren Versprechungen unbeschreiblicher Ekstasen den wahren Gläubigen; Randi jagte längst nicht mehr trügerischen Wahnbildern aus vergeblichen Phantasien hinterher.

Nur die Gewißheit, Zigaretten zu bekommen, zog sie zu *Babe's*, wo sie sich immmerhin sicher fühlen konnte; niemand würde ihre Lederjacke anstarren, ihr kurzes, gekräuseltes Haar, oder schlimmer noch, sie »Sir« nennen.

So streifte Randi vorbei an Lavendelschatten, die die Straße in Weichheit badeten, nächtliche Versprechen flüchtiger Paradiese aussandten, von Geheimnissen raunten, die hinter der grellen, purpurnen Neonleuchtschrift nisteten, die sich durch nächtliche Schwärze brannte. »Geh' rein, geh' raus, geh' heim«, gab sie sich selbst das Versprechen, während sie die Tür aufstieß und instinktiv die Augen gegen das rauchverhangene Dämmerlicht zusammenkniff. In einer Ecke erhellte schattenhaftes Licht den Zigarettenautomaten und das Münztelefon, wo eine hochgewachsene Blondine wartend den Hörer etwas von ihrem Ohr abhielt und, wie Randi vermutete, ungeduldig war, weil niemand antwortete.

Die unbefangenen Augen der Blonden wurden schmaler, senkten sich dann auf Randis Brust, kreisten, versuchten die Tiefen ihrer schwarzen Lederweste zu erkunden, die offen über einem T-Shirt hing, das sich über vollen Brüsten spannte. »Hübsch«, murmelte die Blonde beifällig, und sie ließ schamlos die Blicke weiter schweifen, höher hinauf, wo sie Randis Ohrläppchen kitzelten, über ihren Mund leckten. Wasseraugen, verschattet von dunkleren Regenbogen, verhangen unter schweren Lidern, blickten schließlich fest und unverwandt in Randis. Das war die Frau, von der Randi stets geträumt hatte, genau so, wie sie jetzt vor ihr stand in Kleidern aus schwarzem Satin und Samt. Langes blondes Haar fiel bedenklich knapp neben einem ihrer Augen herab, schlängelte sich dann ungehindert über nackte Schultern, auf denen silberne Sternchen schimmerten. Samtige Hände mit langen, roten Fingernägeln spielten mit der Telefonschnur. Die Frau wandte den Blick nicht von ihr ab. Randi, die sich plötzlich nackt und ausgesetzt fühlte, wurde rot; die Frau lächelte wissend und wandte sich wieder dem Telefon zu.

Nervös drehte sich Randi weg, wühlte in den Taschen ihrer Jeans, ertastete einen Knopf ihres geliebten Flanellhemds, eine leere Zirgarettenschachtel und dreiundzwanzig Cents – acht davon in Pennys. »Die nimmst du wohl nicht an, wie?« fragte sie den Zigarettenautomaten, der ihr eine fast obszöne Antwort entgegenblinkte, als sie die zerknautschte Zigarettenpakkung oben auf den Rand legte. Ein paar Scheine hervorziehend, drängte Randi sich durch eine Gasse zwischen der ausladenden Mahagonitheke und einer Wand aus Spiegeln, Gelächter und weichen Schultern. Sie lehnte sich an das kühle, harte Geländer und wedelte mit den Geldscheinen. »Nichts lockt eine Barfrau schneller an, als Lappen, die im Wind flattern«, bemerkte sie beiläufig zu der Frau links neben ihr.

»Hängt alles davon ab, mit wieviel man herumwedelt«, flüsterte eine Stimme an ihrer rechten Schulter. Erschrocken hob Randi den Blick zum Spiegel und siehe da, hinter dem eigenen vertrauten Abbild war die Frau aufgetaucht, die sie eben am Telefon gesehen hatte. In demselben Augenblick, als die Bardame ihr die Scheine aus der Hand nahm, legten sich schmale Finger mit langen, lackierten Nägeln auf Randis Schulter und streckten ihr eine Schachtel Zigaretten hin: Randis Marke. Doch als sie ›danke‹ murmelte und nach den Zigaretten greifen wollte, schlossen sich die Finger um die weißgoldene Schachtel und schoben sie in den weich schmelzenden Spalt zwischen einem Paar köstlicher voller Brüste. Eine Handvoll Münzen klimperte in Randis offene Hand, die sich automatisch um das Kleingeld schloß. Hypnotisiert und machtlos konnte Randi den Blick nicht von der Frau abzuwenden, deren heißer Atem ihr Ohrläppchen kitzelte. Glänzende Augen fielen auf Spiegelglas und dann zurück bis in Randis Seele. Randi stockte der Atem. Sie schloß die Augen, zwinkerte, schaute wieder hin. Die Vision starrte zurück und lächelte.

Eine Ewigkeit mochte verstrichen sein, obwohl die Zeiger der kleinen Uhr, die in den Bauch einer Meerjungfrau eingelassen war, die neben der Registrierkasse stand, noch nicht weitergerückt waren. »Der Automat hat nicht das, was du willst, aber ich«, sagte die Stimme flüsternd durch die Musik und das Geklapper an der Bar hindurch. Randi wandte sich um und spürte die Worte wie etwas Warmes, das ihr Ohr umschmeichelte. Kleine Schauder rannen ihr über den Rücken. »Ich trinke Southern Comfort. Mit Eis. Und einer Zitronenscheibe. Bring's da nach hinten hinüber.« Die Vision machte eine spitzen Mund zu ihrem Spiegelbild hinüber, lächelte strahlend und ging davon – ohne sich umzudrehen.

»Southern Comfort mit Eis und einer Zitronenscheibe«, plapperte Randi die Bestellung nach. »Und ein Bier, ohne Glas.« Der Spiegel verriet Randis hungrige Augen, die der Vision bis zu einem winzigen Tisch in einer dunklen Ecke folgten, von wo aus die Frau sie beobachtete und wartete. Randi spürte, wie jene Augen über ihre Beine strichen, ihren Hintern unter Brieftasche und Schlüsseln abwogen, über ihre Schultern glitten, hinunter zu ihren Brüsten, bis ihre Möse ganz warm zu werden begann. Und die ganze Zeit über tippten elegante Finger auf die halbverdeckte Zigarettenschachtel. Bei jeder anderen Fau hätte das abwesend, unschuldig, nonchalant gewirkt. Doch bei dieser Frau war jede Bewegung, jedes Flüstern nichts anderes als ein nachdrückliches Versprechen. Eine glänzende rosa Zunge fuhr kreisend über ein Lippenpaar, das geduldig auf die weiche Süße von Southern Comfort, auf Randi wartete.

Die Musik, der Lärm, die Leute schienen um sie her zu versinken, bis es niemanden mehr in der Bar, ja vielleicht auf der ganzen Welt mehr gab, außer ihr. »Ich habe auf dich gewartet«, flüsterte die Erscheinung, als Randi schließlich an den Tisch kam. Winzige Schatten, flackernd, verstärkt von Kerzenlicht, umspielten die schwarze Lady, wie Randi sie inzwischen bei sich nannte. Randi hob zu sprechen an, doch etwas Undefinierbares in den Augen dieser seltsamen Frau brachte sie zum Verstummen. Ein schwarzer hoher Hacken stützte sich lässig auf einen freien Stuhl, als Randi den Drink absetzte. Als das Bein zurückgezogen wurde, blitzte einladend ein nackter Schenkel auf.

Sich auf einen der vinylbespannten Stühle sinkend lassend, der von zu vielen Nächten ganz wacklig war, setzte sich Randi hin, als gäbe es fortan keinen anderen Platz mehr, wo sie je wieder sein wollte, als gäbe es keine Morgen, kein Gestern. Die Frau schnippte eine Zigarette heraus, zündete sie an un steckte sie dann mit dem Filter voran in Randis Mund. »Besser?« fragte sie. Randi nickte eingeschüchtert, wagte kaum zu atmen, aus Angst, die Vision könnte sich in Rauch auflösen.

»Die gehören dir.« Die schwarze Lady schob die Zigaretten zu Randi hinüber. »Und das gehört natürlich mir.« Sie hob ds Glas und blickte fest in Randis dunkle Augen. »Und das wird mir natürlich auch gehören.« Die Augen zogen eine Spur über die sanfte Kurve von Randis Kinn, über ihren Hals, über ihre Brust, bevor sie dort Halt machten, wo Randis Brustspitzen gierig vorstanden und verrieten, daß ihr Fleisch in Aufruhr war. Randi fragte sich, ob die schwarze Lady bis unter das Leder schauen konnte, durch den Stoff hindurch und jetzt dabei zusah, wie diese schamlosen Brustwarzen hart wurden. Krampfartig fuhr ein Stich in Randis Bauch und lief in Wellen zwischen ihren Schenkeln aus. Sie wollte diese Empfindung nicht unterdrücken, konnte es nicht, selbst wenn sie es gewollt hätte.

»Wie hast du von den Zigaretten gewußt?« fragte Randi schließlich in dem verzweifelten Bemühen, etwas zu finden das sie dieser Frau sagen konnte, deren Augen unter ihrem T-Shirt stöberten, kitzelten, leckten, an den immer härter werdenden Brustwarzen sogen. Mit einem kleinen Seufzer und einem langen, sehnsuchtsvollen Blick hob die scharze Lady die Augen zu ihr. »Ich bemerke solche Dinge eben. Es macht sich bezahlt, bestimmte Kleinigkeiten zu bemerken. Du bist mir gleich aufgefallen, als du durch die Tür kamst.« Randi konnte fast die Zungen kleiner Teufelinnen über ihre Haut tanzen spüren, die an ihr leckten und ihre verborgenen Geheimnisse aufsogen.

Die schwarze Lady lächelte sehr süß, ganz unschuldig, und dann fuhr ihre Zugenspitze pfeilschnell über ihre Lippen. Das verfehlte ncht seine Wirkung auf Randi, ihr Herz setzte aus und sank tief in ihre Möse, wo es gleichzeitig mit ihrem beschleunigten, heftigen Atem schlagend und zuckend lag.

»Übrigens bin ich gerade auf einer Art Schnitzeljagd.« Eine schimmernde Fingerspitze fuhr über den Rand ihres Glases. »Darum bin ich auch so angezogen. Für gewöhnlich würde ich nicht in eine Bar gehen, ganz allein, an einem Samstagabend, in Satin und Samt gekleidet. Aber ich war auf einer Party und da lief dieses Jägerspiel und so kommt's, daß ich hier bin.« Aufleuchtend küßten ihre Augen jede Linie, jedes Fleckchen auf Randis großflächigem Gesicht.

»Ich verstehe nicht«, sagte Randi und versuchte, das Ziehen zwischen ihren Schenkeln zu ignorieren, die schwachen Stimmchen zu überhören, die sie dringendst aufforderten, schleunigst in die Realität zurückzukehren, in die berechenbare Sicherheit ihres Lebens, bevor sie von dieser schwelenden Phantasie aufgezehrt wurde, die so bedrängend wirklich geworden war.

»Jeder andere Teilnehmer bei dieser Trödeljagd hat einen Partner.« Die Frau sah sehr unschuldig drein. Nur daß ein einzelner Finger um den Rand des Cocktailglases fuhr und immer wieder in die klebrige Flüssigkeit tauchte. Und außer daß sie eben diesen Finger an die Lippen führte und langsam die Tröpfchen von Southern Comfort ableckte. Ihre Augen wichen nie zur Seite. »Es gibt einen wirklich wunderbaren ersten Preis... für denjenigen, der mit all den Dingen aufkreuzt, die er beschaffen soll. Aber ich habe keine Gespielin – ich meine, Mitspielerin – sodaß ich alles allein machen muß. Und was, wenn ich dann verliere? Ich verliere sehr, sehr ungern.« Sie spitzte leicht ihren vollen Mund, und Randi fühlte sich an eine Puppe im Schaufenster eines Spielzeugladens erinnert.

»Du bist also hergekommen, um jemanden zu finden, mit dem du dich auf die Suche machst?«

»Genau. Willst du mitspielen?«

»Oh, ich kann wirklich nicht.« Randi rutschte auf ihrem Stuhl herum und beschloß zu gehen, bevor dieser Traum vor ihren Augen zerplatzte. Für Randi waren verliebte Fremde, insbesondere die ganz exotischen, nichts, was einem im wirklichen Leben über den Weg lief. Besser, sie ginge nach Hause, schaute sich einen Film im Nachtprogramm an und verwandelte ihre schwarze Lady in eine handgreifliche rauschhafte Phantasie – mit den besten Empfehlungen ihres stets so zuverlässigen Vibrators. »Ich muß noch was erledigen.« Randi klapperte nachdrücklich mit ihrem Schlüsselbund.

»Ich auch.« Die schwarze Lady seufzte enttäuscht, schürzte die roten Lippen und fügte dann ganz geduldig hinzu: »Deswegen hab' ich doch gefragt.« Sie lächelte wieder; Randis Herz machte einen Sprung. »Bist du wirklich nicht interessiert, mit mir zu spielen? Es ist eine echt wunderbare Jagd. Und wenn sie vorüber ist, können wir auf eine Party.«

»Ich mag Partys nicht sonderlich«, meinte Randi verärgert.

»Nein, aber diese wird dir gefallen. Hier, ich zeig dir sogar, was ich bisher so alles habe... von der Liste, verstehst du. Ich brauch' nur noch eins, und dann habe ich gewonnen. Du willst doch nicht, daß ich verliere, oder?« Randi schüttelte verneinednd den Kopf.

»Das ist meine Liste, paß auf.« Ein nacktes Pinup-Girl auf einer Grußkarte, eingehüllt in Glitzerstaub wie von Frostreif spitzte Randi die Lippen entgegen. »Nett, wie?« Randi nickte. »Sie erinnert mich an dich«, zwinkerte die schwarze Lady, »besonders um die Titten rum.« Randi wurde rot, dankbar für das schattige Dunkel der Bar. Als sie der schwarzen Lady beim Lesen zusah, stellte Randi sich vor, wie sie die weichen Lippen küßte, deren Bewegungen die Worte nachbildeten: »Ein Fächer aus Feder / zwischen Fingern für's Leder / – die aufnesteln die Spitz' / die schafft richtigen Sitz / bindet's dann zum Geschenk / und...«

»Und was?« Randis Neugier war nicht mehr zu zügeln und sie langte nach der Karte, die jedoch sofort aus ihrer Reichweite weggezogen und eingesteckt wurde. »Und... das ist das, was ich bisher alles habe.« Die schwarze Lady übersah Randis gierige Finger.

»Was gibt es denn noch?« fragte Randi, die sich plötzlich überdeutlich des Fußes der schwarzen Lady bewußt war, die ein Bein angehoben hatte, ihn kurz an ihren Knien entlangstreifen ließ und ihn dann zielstrebig auf dem Weg zu ihrer pochenden, naß werdenden Möse zwichen ihre Schenkel schob. Zur Antwort hatte die schwarze Lady nur gelächelt, den Rest Southern Comfort hinuntergestürzt und die Hand ausgestreckt. »Komm mit, wir besorgen den Rest.« Und Randi, die von ihrem Wesen hingerissen und hypnotisiert war, ließ sich brav durch den Raum führen, hinaus auf die Straße, und jeder Gedanke an Weglaufen war so aufgegeben wie das leere Cocktailglas auf dem kleinen Tisch.

»Das hier ist mein Wagen.« Die schwarze Lady stand neben einen schwarzen Sportwagen. »Aber ich hab' mein Auto dabei«, protestierte Randi. »Ich meine, da drüben.« Sich an Randi schmiegend, öffnete die schwarze Lady die Beifahrertür und ließ dann Brüste und nackte Schultern über Randis Rükken streichen. »In wem möchtest du lieber drin sein, in dem Auto da oder in mir?« Ein leises Stöhnen entrang sich Randi, die sich in den Sitz sinken ließ. »Braves Mädchen«, lobte die schwarze Dame, schlüpfte hinter das Lenkrad und streifte dabei den Rock weit bis über ihre Schenkel.

»Die letzte Sache finden wir in meiner Wohnung. Da fahren wir zuerst hin und dann auf die Party.« Randi hörte gar nicht zu; stattdessen schoben sich ihre begehrlchen Finger zentimeterweise auf nackte Schultern zu, doch ihre zaudernde Hand wurde auf halbem Weg abgefangen. Weiche, rote Lippen sogen an jedem einzelnen ihrer Finger, stöberten in Randis Handfläche, legten sich auf die glatte Wärme ihres Halses, stubsend, leckend. Schließlich küßte die schwarze Lady Randi fest und lange, während lebhafte Finger unter ihrem T-Shirt wühlten, aufreizend drückten und zupften, bis ihre Spitzen sich pochend und entflammt aufrichteten.

Gleich, ganz kurz darauf, glaubte Randi, sie würde vor Verlangen zerplatzen, als Hände in spitzenbesäumten Ärmeln sich zu ihrer Taille vorschoben, Verschlüsse lösten, sich vortasteten, das grobe Haar und die weiche Haut hinter den Knöpfen erkundeten. Schließlich glitt ein langer Finger in Randis feuchte, zuckende Möse, bewegte sich dort langsam vor und zurück, auf und nieder, fast im Gleichklang mit der Musik, die aus der Stereoanlage des Autos auf sie eindrang. Randi konnte an nichts anderes denken als an Finger, gierige, hungrige Finger, die ihre innersten Geheimnisse ausforschten. Sie ließ sich tiefer in den Sitz rutschen, und ihr entrang sich ein leises zitterndes Stöhnen, als sie ihre schäumende Möse anhob, diesen Finger zu verschlingen, der sie so zupackend in Erregung versetzte. Die schwarze Lady führte ihren Finger zuerst ganz kurz an Randis Lippen, dann an ihre eigenen und leckte dann langsam, geduldig die Feuchtigkeit auf, wie ein kleines Mädchen, das die letzten Reste ihres Eis am Stiel noch ganz für sich haben möchte. »Siehst du, du bist wirklich ein sehr braves Mädchen, und brave Mächen hab' ich echt gern.« Randi entging nicht, daß ihre schwarze Lady lächelte.

»Ich weiß nicht mal deinen Namen.« Die Worte kamen sanft, ruhig, als Randi ihrer Sprache endlich wieder mächtig war. »Ah, aber ich weiß deinen,« sagte die schwarze Lady und warf einen prüfenden Blick auf ihren Lidschatten im Rückspiegel. »Die Frau hinter der Bar hat ihn mir gesagt. Sie sagt, daß du nicht oft in's *Babe's* kommst, daß du Bars nicht besonders gern magst. Stimmt das?« Als sie sich vom Spiegel wegwandte, zeichnete das harte Nachtlicht Lydias feine Züge nach und Randi schaute gebannt zu.

»Ich bin immer die, die ich gerade für dich sein soll: Regina oder Yvette oder Nicole oder Natascha oder Lydia. Magst du überhaupt eine von uns?« Wortlos nickte Randi, aus Angst, den Zauber zu brechen. »Gut, dann Lydia – das bin ich. Viel besser als Natascha, findest du nicht auch? Bei der letzten Schnitzeljagd war ich Natascha und da habe ich verloren.« In Erinnerung an ihre Niederlage zog Lydia leicht die dichten Brauen zusammen. Doch bevor sie den Wagen aus der Parklücke fuhr, zuckte eine spitzenbesetzte Hand vor, griff sich eine von Randis schwellenden Brustwarzen, zwirbelte sie sanft, während eine rauhe Zunge saugend und leckend über Hals und Nacken fuhr, bis die feinen Häarchen sich aufrichteten. »Sind solche Jagden nicht ein Riesenspaß?« fragte Lydia, ließ den Wagen an und fuhr rasend durch die nächtliche Stadt.

Dennoch wurde Randi jedesmal, wenn sie Lydia näherrückte, beiseite geschoben. Stattdessen streichelten Lydias Hände ihre eigenen weichen Schenkel unter den Lavendelstrümpfen, die von schwarzen Strumpfhaltern aus Spitze gehalten wurden. Der Widerschein der Straßenlaternen bedeckten ihre Schenkel über dem hochgeschobenen Rock mit geisterhaftem Licht. Randis Möse pochte vor Verlangen nach Lydia; sie wollte ihre Finger nach den nackten Schultern ausstrecken. Ohne auf die Strecke zu achten, die sie fuhren, stellte sich Randi vor, wie Lydia sie berührte, wie Lydia die blöde Trödeljagd sausen ließ, die Party, wie Lydia es schaffte, die Zeit zum Stillstand zu bringen. Schließlich hielt das Auto vor einem verwunschenen viktorianischen Wohnhaus mit einem dutzend Briefkästen auf der Veranda.

»Komm mit.« Das waren Lydias erste Worte seit Beginn der Fahrt und sie rissen Randi zurück in die Wirklichkeit. Ohne einen Blick nach hinten zu werfen, glitt Lydia aus dem Auto und ließ Randi zurück, die sich abmühte, ihre Jeans wieder zuzuknöpfen. Das Klicken von Lydias hohen Absätzen, die über die weinumrankte Veranda stöckelte, hallte als Echo durch die nächtliche Stille. Als sie es schließlich geschafft hatte, aus dem Auto zu klettern und Angst hatte, daß Lydia im Labyrinth der Hinteraufgänge des Hauses verschwinden könnte, raste Randi, zwei Stufen auf einmal nehmend die Treppen hinauf, drängte sich durch die unverschlossene Tür und folgte dann dem Duft von Lydias Parfum und dem Klappern ihrer Absätze im Treppenhaus.

»Wo bleibst du so lange?« fragte Lydia, als Randi zu ihr aufschloß, obwohl nur wenige Sekunden vergangen sein konnten. Sie drehte den Schlüssel so langsam im Schloß, daß Randi fast das Geräusch der Riegel hören konnte. »Ich mag's nicht, wenn man mich warten läßt.«

»Entschuldige, Lydia.« Atemlos klammerte sich Randi an's Geländer, schnaufend zu Atem kommend, erschöpft von ihrem Aufstieg bis zur Wohnung im obersten Stockwerk.

»Du bist ein sehr unartiges Mädchen. Ich bin von dir sehr enttäuscht.« Nachdem Lydia aufgeschlossen hatte, gönnte sie Randi, die vor Schreck erstarrt war, keinen Blick mehr. »Weißt du, du hättest wirklich Strafe verdient.« Ihre rauchige Simme war dennoch klangvoll und samtweich, so als redete sie an einem blitzblanken, heiteren Tag über das Wetter. »Wenn ich mich verspäte, kann ich das Spiel nie gewinnen.« Überzeugt, daß Lydia sie wegschicken würde, wandte sich Randi zur Treppe und verfluchte ihre eigene Dummheit: Zufällig war sie bei *Babe's* hereingeschneit, war wunderbarerweise Teil eines Traums geworden und hatte jetzt alles vermasselt. »Keine Angst,« beschwichtigte Lydia Randis unausgesprochene Befürchtungen, »wir haben noch Zeit.« Ihr Lachen hörte sich an wie ein leiser Wind, bevor der Sturm losbricht.

Lydia betrat die dunkle Wohnung, zündete überall Kerzen an, ließ sich dann in einen mit schwarzem Satin bezogenen Sessel fallen, aus dem sie eine schwarze Katze verscheuchte, die empört fauchte. »Kümmere dich nicht um Miss Snooty Feline,« sgte Lydia und legte ein Bein dekorativ über eine weiche Sessellehne, wobei sie amüsiert Randi musterte, die ganz dumm vor Glück war.

Randi sah sich im Zimmer um, und ihr Blick fiel auf ein Bett mit vier Pfosten, deren Tüllvorhänge sich in der nächtlichen Sommerbrise leicht bauschten. Im Licht der Kerzen sah sie eine Serie von Nacktphotos. Auf einem der Bilder räkelte sich Lydia am Meer, nackt bis auf ein paar Stiefel und eine Reitgerte. Im Hintergrund weidete ein Pferd. »Phantasien, die Leute so von mir haben.« Lydias Stimme heftete sich an Randis hungrige Augen.

Verwirrt und viel zu schnell wandte sich Randi von der Photowand ab und stürzte sich in dem verunglückten Versuch, lässig und cool zu erscheinen, an die Wand, da sie erst jetzt bemerkt hatte, daß es außer dem Bett und dem Sessel, in dem Lydia thronte, keine Sitzgelegenheit gab. Verlegen warf sie einen Blick auf Lydia, die eingehend ihre roten Fingernägel bewunderte. »Im Kühlschrank ist Champagner, und die Gläser sind im Schrank. Hol' sie.« Lydia räkelte sich im Sessel, und das Unbehagen, das Randi fühlen mußte, war ihr offenbar völlig gleichgültig.

Als Randi in der Küche, dem Ort, der ihr in jedem Haus der liebste war, sich summend und trällernd zu schaffen machte, ging ihr Atem wieder ganz normal und sie fühlte sich ganz ruhig. Sie fand Tücher und Gläser und ein Tablett mit eingelegten Spiegeln, wählte eine Champagnerflasche aus dem halben Dutzend aus, das einem Salatkopf und einer halbausgetrockneten Brothälfte im Kühlschrank Gesellschaft leistete. Randi machte eine der Flaschen auf und versuchte dabei den bedrohlichen Augen der Katze auszuweichen, die auf sie herabspähte. Randi machte die Flasche auf, und es entwich nur wenig Schaum. »Na, wie findest du das?« fragte sie die Katze, die nur ein Auge zumachte und vorgab, zu schlafen. Randi trug auf dem kleinen Tablett die Flasche und die Gläser ins andere Zimmer und übte allein für Lydia einen Text ein, der unterhaltend und witzig war, eben ausschließlich für Lydia gedacht, die, wie sie sich vorstellte, rauchend in dem Satinsessel sitzen und auf ihren Champagner warten würde. Randi hatte ihrerseits bereits beschlossen, sich Lydia zu Füßen auf den Fußboden zu setzen wo sie ihre Schenkel liebkosen und ihre Finger in Lydias süße rosige Möse tauchen konnte. Sie lächelte erwartungsvoll.

Doch der Sessel war leer. Lydia lag auf ihrem Bett, ihre Augen waren hinter einer Schlafmaske versteckt. Das samtene Top hatte sie abgelegt, schneeweiß und rosa standen ihre Brüste hervor, wo sich Lydia mit einem Fächer aus Federn kitzelte, den sie durch ein Korsett aus schwarzer Spitze gesteckt hatte. Eine vergessene Zigarette schwelte in einem Kristallaschenbecher.« Oh, du bist zurück.« Das Streicheln des Fächers ließ die rosa Brustwarzen hart werden. »Ich habe auf dich gewartet, aber du kommst spät, also habe ich ohne dich angefangen. Das ist schade, denn eigentlich wollte ich dich.« Randis Hände zitterten und sie war sicher, daß gleich Tablett, Gläser, Champagner und Selbstvertrauen auf dem Fußboden landen würden. »Es tut mir leid,« murmelte sie kläglich und beschämt, weil sie wieder einmal einen vielversprechenden Augenblick zuschanden gemacht hatte.

»Bleib hier.« Lydias Stimme durchdrang die Nacht, als sie vom Bett glitt. Ihr das Tablett abnehmend, füllte Lydia die Gläser und begann dann, Randi die Lederweste abzustreifen. »Was für ein unartiges Mädchen. Läßt mich doch einfach warten, während ich dich so dringend haben möchte. Läßt mich hier ganz allein zurück mit nichts als diesem Fächer. Du schlimmes kleines Mädchen, ich muß dir eine Lektion erteilen!«

»Ja... ich meine, nein... ich weiß nicht,« stotterte Randi, starrte auf den Fußboden und hob dann die Augen zu Lydias gebieterischem Gesicht. »So ist's recht, du bist doch mein braves Mädchen,« flüsterte Lydia, die ihr Gesicht zu Randis Brust herunterbeugte, an dem Stoff knabberte und sog, der ihre gierigen Brustwarzen umhüllte. »Du magst das gern, wie?« Randi stöhnte; Lydia wandte sich um, blickte beiläufig über ihre Schulter und nahm sich ein Glas. »Du kannst meinen Rock aufmachen – vorsichtig.«

Mit zitternden Fingern versuchte Randi, den Reißverschluß aufzuziehen, doch dieselben Finger, die einen Vergaser aus- und einbauen konnten, waren zu hölzernen Stümpfen geworden. Ihre feuchten, kratzigen Jeans rieben sich an ihrer brennenden Möse. Am Satinstoff herumfummelnd, schaffte es Randi, daß der Rock schließlich fiel, und gierig langte sie nach Lydia, die sich ihr entzog. »Nein, nein«, schimpfte sie, als wäre Randi ein unartiges Kätzchen, das wieder etwas angestellt hatte, »nicht, bis ich's dir sage.« Lydia streckte die Hand aus, streichelte sanft Randis Gesicht, bevor sie ihre Lippen in der weichen, wartenden Kehle begrub und Randi zitternd und nach Luft schnappend aufstöhnte.

»Bitte, oh bitte, Lydia.« Randi schloß die Augen, bettelnd,

nach Lydias Fingern flehend, nach ihrer Zunge, in dem verzweifelten Verlangen, daß ihre Phantasie von der schwarzen Lady sich erfüllen möge.

»Bleib' einfach so stehen, wie du bist.« Und Lydia stieg aus dem Rock, enthüllte schimmernde Schenkel, die einen hübschen Kontrast zu den lavendelfarbenen Strümpfen bildeten, die an spitzenbesetzten Strapsen festgemacht waren. Sie roch nach Rosen, Räucherstäbchen, Champagner. Lydia trat dicht an Randi heran, leckte ihr den Hals, strich ihr über die Brüste. Hände an rüschenbedeckten Ärmeln befreiten Randi von ihrem T-Shirt, das hartnäckig an ihrer feuchten Haut klebte. Ihre Brustspitzen stießen aneinander, ganz hart, und Randis Beine zitterten wie nach einem elektrischen Schlag. Jetzt machte Lydia ernst, fuhr mit ihrer magischen Zunge über jede der prallen Knospen, bis Randi sich stöhnend zurückbog. Immer heftiger bearbeitete Lydias fordernde Zunge die schmerzenden Brustwarzen, nahm sie zwischen ihre weißen, starken Zähne bevor sie ihnen eine kurze Rast gönnte, um dann nur um so heftiger auf sie loszugehen. Neugierige Finger ertasteten, erforschten, entflammten die versteckten Nischen von Randis Körper. Schauer jagten durch ihre Adern.

Zupfend und suchend schienen tausend Finger in Randis feuchten Jeans auszuschwärmen und zu flattern, während Lydias forschernder Mund sich vorarbeitete und um ihre Gürtellinie wanderte. Lydia preßte Randis Rücken, leckte, biß, bis Randi ihre Haut heiß werden spürte und dann prickeln, als wäre sie zu lange in der Sonne gewesen. Als sie verlangend nach Lydia griff, um sie zu liebkosen, wurden Randis hungrige Finger bis hoch über das Korsett zu blütenweißen Brüsten geführt, doch plötzlich wurde sie heftig in die Wirklichkeit zurückgerissen, als kalter Stahl über ihren Handgelenken zuschnappte.

Vor ihrer Gefangenen herumtanzend, küßte Lydia Randi weich und erstickte ihr Stöhnen. Sich selbst zu ihrem Werk beglückwünschend, tauchte Lydia ihre Zunge in den Champagner, bevor sie das Glas an Randis Brustwarzen führte, die von der Kälte noch härter wurden. Unnachgiebige Finger glitten zu Randis Bauch, knöpften ihr quälend langsam die Jeans auf. Lydia biß und sog an der freigelegten Haut und führte Randi näher und näher an den Gipfel der Leidenschaft. Tief aus ihrer Möse aufsteigend entrang sich Randi ein leidvoll-lustvolles Stöhnen. »Du mußt ganz still sein. Wir wollen doch die Nachbarn nicht aufwecken. und ich habe viele Nachbarn, die alle sehr knurrig, sehr böse sind.« Lydia leckte Randis Nabel, und als die Jeans zu Boden rutschten, begrub sie ihr Gesicht in Randis weichem, flachen Unterbauch. Der Boden unter ihr schien sich aufzuwerfen und Randis Knie knickten ein unter der Macht der Schwerkraft der Leidenschaft.

Jetzt erst führte Lydia Randi zum Bett. Ihre Gefangene auf der Bettkante absetzend, legte sich Lydia zurück auf die Satinkissen. Im Kerzenlicht tanzende Schatten machten Lydias Finger unruhig aufleuchten, die einen einsatzbereiten Vibrator an ihre eigene Möse führte. Lydia hielt dabei die ganze Zeit ihre brennenden Augen auf Randi gerichtet. Lydia schob sich den summenden Vibrator zwischen die Beine, bis das winzige Spitzenhöschen sich an ihrem Kitzler rieb. Sich leicht zurückbeugend, entrang sich ihr ein leises Stöhnen, und Randi, die wie hypnotisiert zuschauen mußte, kam mit laufender Möse näher heran. Oben am Strumpfhalter spannten sich ihre Schenkel unter dem Ansturm des Vibrators, und Randi lehnte sich an Lydia, nahm eine vernachlässigte Brustwarze in ihren gierigen Mund und saugte daran. Lydias Haut war voller Elektrizität; Leidenschaften entluden sich auf dem Bett. Mit dem Kopf über das Spitzenkorsett fahrend, stupste und stieß Randi, bis sie Lydias weichen, spitzenbedeckten Venushügel erreichte, wo der Vibrator schnurrte. Lydias Atem kam hart und stoßweise, als sie sich Randi entgegenhob. Stöhnend und krampfend und von der Macht des Vibrators höher und höher gehoben, stemmte sie sich gegen den anbrandenden Orgasmus, der alle beide zu verschlingen drohte.

Endlich stellte Lydia den Vibrator ab, und machte sich von Randi frei. »Du bist doch wirklich ein unartiges Mädchen, nicht?« Sie streichelte Randis Haar und flüsterte sanft an ihrer Schläfe: »Hab' ich dir nicht befohlen, sitzen zu bleiben und nun zappelst du hier unruhig herum, willst wahrscheinlich deine bösen Finger in meine heiße, saftige, zuckende Möse schieben!«

Sich erhebend, streifte Lydia die nassen Höschen ab und wandte ihr weiches, rundes Hinterteil Randi zu, als sie ihre seidenen Strümpfe glattzog.

Lydias Brüste streiften Randis Gesicht. Tanzende Federn wischten über Randis Brüste; Gänsehaut folgte den kitzelnden Spitzen. »Das magst du doch, nicht wahr?« Randis Augen bettelten, sie wollte nur eine der Brüste mit den rosigen Brustwarzen, die sich immer wieder ihrer hungrigen Zunge entzogen, und sie wollte auch, daß nur ein einziger dieser Finger mit den langen roten Nägeln in ihre schmachtende Nässe tauchte. Quälend langsam bewegte sich eine weiche Brustspitze auf Randis geöffneten Mund zu. Randis Möse pochte vor Not, als Lydias Finger ihren hungrigen Mund an die harte Brustwarze führten. Ein mitternachtsblauer Seidenschal streifte Randis Stirn und wurde dann an ihren Schläfen festgebunden. Ein entschlossener Finger kreiste sacht und rührte nasse Geheimnisse auf. Randi konnte nur unter Wimmern und Stöhnen atmen. Finger streichelten ihren Bauch, kitzelten den weichen Hügel, der ihre feuchten Geheimnisse schützte.

Randi auf den Bauch herumdrehend, glitten lockende Finger in die letzten Tiefen des Begehrens, bis die weiche Haut dort vor Erwartung zitterte. »Du willst mich jetzt wohl, nicht wahr?« fragte Lydia, obwohl eine Antwort gar nicht nötig war. Lydias Finger fuhren im Kreis um Randis Lippenrand, und als ihre Zungenspitze hervorstieß, schmeckte sie das eigene Naß glatt und kühl. Sie saugte an dem Finger – wie ein Kätzchen an den Zitzen der Mutter. Lydia kitzelte ihren Rücken, ihr Hinterteil, machte es erzittern, die Hinterbacken wölbten sich der Berührung entgegen, zitternd vor Verlangen. Sie wollte von Lydia verzehrt werden, damit sich das schmerzende Zucken besänftigte, das erbarmungslos in ihrer Möse pochte, und Schauer um Schauer durchfuhren Randi. Ihre Fotze krampfte und ihre Nässe ergoß sich. Tiefste Geheimnisse rissen sich los. In Wellen durchlief ein Zittern der Erlösung ihren Körper.

Es war ein Gefühl der Wildheit, das sie schüttelte, ihren Arsch zur Explosion peitschte. Stöhnend nach mehr verlangend, krampfte ihre Fotze, hob sich ihr Hintern. Sie war jetzt nichts als eine zuckende, pochende, fordernde Möse, eine zur

Wildheit aufgegeilte Fotze, die nach mehr schrie. Sie wollte kommen, stöhnen, sich auf Lydias Bett ergießen und gleichzeitig wollte sie warten, die Leidenschaft verlängern. Randi begrub ihr Gesicht im Kopfkissen und schwelgte in Lydias Duft. Starke Finger rieben ihren Kitzler, kräftige, drängende Finger kneteten Nässe aus ihr hervor. Lydia kannt Randis Körper besser als sie selbst ihn kannte.

Von ferne hörte Randi das freundliche Summen einer Hummel, die sie an einem warmen Sommernachmittag auf ihre Wiese locken wollte. Das Summen kam näher, schnurrte an ihrem Kitzler, fuhr über ihre Hinterbacken, bis sie nicht mehr zu sagen wußte, was Vibrator, was Finger oder was Zunge war. Prall und heiß, wie sie sich immer im August in der gnadenlosen Prärie gefühlt hatte, war sie jetzt nur noch Fotze, Arsch, Titten in stoßender, sich ergießender Qual, stechend, pochend, mehr und immer mehr verlangend, nach Erlösung schreiend, nach Ekstase. Erfüllt vom Rausch des großen Kitzels, zuckend, trieb Lydia sie erbarmungslos bis an einen Abgrund, von dem Randi nicht gewußt hatte.

Bereitwillig ließ sich Randi hineinstürzen und fiel, fiel zukkend und zitternd, stürzend im Krampf weit hinaus über Raum und Zeit, bis Himmel und Meer im All explodierend zerstäubten.

Endlich lag sie schweißüberströmt da, zitternd unter Lydias Berührung. Die Hummeln waren verstummt, ihre Möse langsam ganz ausgelaufen. Metall klickte auf Metall, ein Laut von ganz fern, und ihre Handgelenke waren frei; schlaff fielen ihre Hände herab. Finger zerwuschelten ihr Haar und dann fielen silbrige Mondstrahlen auf das Bett. Verausgabt, leer, bewegungsunfähig lag sie flachatmend da. Süße Tränen, Zeugen äußerster Leidenschaft, höchster Wollust, ergossen sich auf das Kopfkissen. Feuchte Wärme liebkoste ihre Haut, und sie roch Pfefferminzseife, spürte warme Handtücher auf ihrem Rükken, ihrem Hintern, ihrer noch immer zuckenden Möse, als Lydia sie sanft wusch und abtrocknete, sie küßte und das Laken um Randis Schultern legte.

Mit vor Schlaf und Leidenschaft verhangenen Augen schaute Randi zu, wie Lydia sich auszog: die Strümpfe, das Korsett, die

Maske, alles fiel auf den Satinsessel. Sie sah zu, wie sie ihr langes Haar ausbürstete, dann zum Bett ging und sich neben Randi gleiten ließ, sie an sich ziehend, vor der Nacht schützend.

»Du bist wirklich ein sehr braves Mädchen«, murmelte Lydia, die sich um Randi schlang, ihr über das Haar strich und sie in Schlaf wiegte.

Sich zu Lydia herumdrehend, die Antwort ebensosehr fürchtend wie ihre Frage, sagte Randi unvermittelt: »Darf ich dich etwas fragen?« Lydia küßte sie sacht aufs Haar und zog sie fester an sich. »Was war das andere, das letzte, das du auf deiner Jagd erbeuten solltest?«

Lydia lächelte. Ein ganz leises, fast atemloses Kichern entschlüpfte ihr. »Du, mein Liebling. Hast du das nicht gewußt?« Ihr Flüsten wurde von der Nacht davongetragen. »Du warst meine Jagdbeute.« Und sicher in Lydias Armen, ließ sich Randi in Schlaf sinken.

Deena Metzger

Blutorangen

> Denn jetzt gebührt mir nicht zu tragen heiliges Gerät
> besudelt noch vom Blut der Schlacht und neuem Krieg;
> bis ich dereinst im lebensvollen Fluß die Schuld getilgt
> von grausem Streit und blutigem Gemetzel *Äneis*

Ich stelle mir gern vor, in einer langen Ahnenreihe zu stehen; wie die Buddhisten kann ich die Lehren über Jahrhunderte zurückverfolgen bis zu Ishtar, der Himmelskönigin, Göttin der Liebe und Ekstase, der großen Hure, Mutter der Hetären. Sie erinnern sich doch noch ihres Namens bei Esther, nicht wahr, der Hure der Kinder Israels, die sie vor der Tücke Hamans errettete, indem sie auf den Rat ihres Onkels Mordechai, des ersten heiligen Zuhälters der jüdisch-christlichen Welt, mit dem persischen König schlief. Sicher kennen Sie die Geschichte aus dem alten Testament. Als ich ein kleines Mädchen war, liebte ich das Purim-Fest, weil man uns dann immer aufforderte, Rouge auf die Wangen aufzulegen und Lippenstift zu tragen, je dunkler, desto besser, während wir begierig darauf waren, zu sehen, wer die Schönste ist, wer über den Festlichkeiten als Königin Esther das Zepter schwingen würde. Es gab ein Jahr, in dem ich diese Ehre errang, als mein Vater jeden Pfennig, den er hatte, hinlegte, damit ich dieser Ehre teilhaftig würde.

Sehen Sie, ich wurde aufgezogen im Glauben an die Braut, an die Shechina, den weiblichen Aspekt der Gottheit, die jeden Sabbath auf die Erde herniederkommt, wenn Mann und Frau befohlen wird, sich in das heilige Bett zurückzuziehen und jeder in der Gemeinde im großen Massenfick der Liebe den heiligen Geist unter ekstatischen Schreien beschwört, in seinen Körper zu fahren, ›Oh, Göttliche‹, und der gesamte Planet im Rhythmus dazu stampft und rollt. Um mich auf den Sabbath vorzubereiten, wechsele ich die Laken, parfümiere das Bad, trage Rouge auf meine Brustspitzen auf. Ich warte.

Christopher zieht mich gern damit auf und meint, er wäre überrascht, daß ich noch nie auf den Strich gegangen bin, da ich mich benähme, als wäre ich dazu berufen. »Ich hätte nie geglaubt, daß ich mal einer Frau begegnen würde, die behauptet, daß das Polieren ihrer Nägel ein heiliger Akt sei«, bringt er mit gespielter Entrüstung hervor, und ich lächle, während er neben mir steht und eindeutig fasziniert ist, während ich langsam roten Nagellack auf meine sorgfältig gefeilten, ovalen Fingernägel auftrage und die feinen weißen Halbmonde bedecke. Vor einer Hochzeit pflegten die Braut und all ihre Zofen ihre Finger in den Saft von roten Beeren zu tauchen, um sich selbst vor dem unheilvollem Eindringen böser Dämonen zu schützen. Abends hinterließ die Braut auf dem Rücken ihres Ehemanns dunkle Streifen, um ihr Hoheitsgebiet abzustecken.

Christopher weiß genau, was ich gern mag; wenn ich Blutorangen schäle, habe ich seine volle Aufmerksamkeit, während ich die dicke Hülle herunterschäle und das feine, blutrote Fruchtfleisch freilege. Dann leckt er den Saft von meinen Fingern. Das sind Blutsbande zwischen uns. Er bringt mir dunkle, süße Früchte an, Heidelbeeren, Brombeeren; ich mag Himbeeren gern, wir essen sie immer nur einzeln, untersuchen die rosafarbene, kreisrunde Öffnung, teilen das samtige rote Fruchtfleisch, stecken unsere Zungen in die kleine offene Mitte, bevor wir zubeißen. Man kann sich ganz in der Kugel einer Himbeere verlieren; sie ist eine Miniaturwelt. Die beste Himbeere, die ich je gegessen habe, reichte er mir, als wäre es das heilige Sakrament von seinem Mund, in dem er sie getragen hatte, als er eine halbe Meile den Fluß hinuntergeschwommen war. Sie war noch ganz unversehrt und warm und süß von seiner Zunge. Ich dehnte das Vergnügen aus und rollte sie im Mund herum, versuchte mir vorzustellen, was er wohl dabei empfunden haben mochte, als er sie mir brachte, steckte meine Zunge hinein, bevor ich sie schluckte. Er hatte mich die ganze Zeit dabei beobachtet; als ich fertig war, sprang ich ins Wasser und schwamm von ihm weg, und als er mich einfangen wollte, wandt ich mich aus seinem nassen und schlüpfrigen Griff, bog mich zurück wie ein springender Delphin, wobei meine Brüste nur leicht seine Lippen streiften, forderte ihn dann zu einem Wettschwimmen heraus, spritzte ihm Wasser ins Gesicht und wir lachten, als wären wir ganz unschuldig.

Dann bereiteten wir gemeinsam den Fisch zu. Das Licht sikkerte in Christopher ein, wie ein Fluß seinen Uferstreifen benetzt, und eine neue Kraft schien in seinen sehnigen Beinen aufzusteigen, schien seinen Körper schmelzen zu machen, so daß ich das Gefühl bekam, er würde gerade von innen her neu erschaffen: Weiße Knochen bildeten sich, dann silbrige Muskeln und Sehnen und dann die glatte, dunkle Haut, die sich straff über den Knochenbau spannte; die Haare, die sich magnetisch um seine Brustwarzen kräuselten und zu kreiseln schienen. Auch wir begannen zu kreisen, und das Crescendo einer zentrifugalen Kraft zog mich zu ihm hin, er mußte keine Hand rühren, die Anziehung ging ganz allein von seinem Inneren aus. Wir fielen übereinander, tief hinab in einen einzigen Punkt, wie eine ganz gewöhnliche Ishtar, die sich mit ihrem Tammuz oder Aphrodite am Meerbusen mit Adonis vereinigt und die Welt eins wird.

So war es mit Christopher von Anfang an gewesen. Wir wurden voneinander angezogen, wie zwei verzweifelte Fremde bei einem Tauziehen übereinandergeworfen werden. Rückschauend erkenne ich, daß ich mich auf etwas vorbereitet hatte, von dem ich nicht wußte, ob es eintreffen würde. Eines Tages wachte ich mit dem Wunsch auf, all meine alten Liebhaber anzurufen und meinen Frieden mit ihnen zu machen, und so spürte ich die zwei Ehemänner und die wenigen Geliebten auf, aus denen ich mir wirklich etwas gemacht hatte und traf mich mit ihnen. Ich brachte mein Haus in Ordnung oder wie man vielleicht auch sagen könnte, ich bereitete das Bett, wandte die Matratzen, stellte das Bettgestell in einer Nord-Süd-Koordinate auf, legte das frische Leinen zusammen, das ich in der Frühlingssonne und der Morgenbrise zum Trocknen aufgehängt hatte. Ich war wieder unschuldig; ich war rein.

Danach beachtete ich ein strenges Zölibat. Es war durchaus nicht so, daß ich keine Hitze spürte, das schon, aber als stetes Feuer, wie unter einem kleinen Topf, oder wie ein heißer Stein, der in mir kochte; aber ich öffnete mich nicht anderen Leibern, und sobald mir ein Mann nahekam, wandte sich das Verlangen, gleichgültig, wie stark es sein mochte, unweigerlich gegen ihn, und so sehr es mich zog, zuckte ich doch zurück, und mein Körper bestand darauf, daß ich mit seiner Hitze allein sein sollte. Zu jener Zeit vermochte es der Anblick eines schönen Körpers oder Gesichts nicht, mich zu erregen, und sogar Klugheit oder Großherzigkeit und eine überwältigende Präsenz, die stets in mir einen ähnlichen heftigen Ausbruch meines Verlangens bewirkt hatten, hörten auf, anziehend auf mich zu wirken, und ich phantasierte nicht mehr von der Poesie des Betts. Als ich mit Poeten in Berührung kam, träumte ich nicht von den sprichwörtlichen Armen, die mich in den siebten Himmel trugen. Ich hatte schon die Befürchtung, daß ich gegen meinen Willen zur Nonne werden würde, und ich erinnerte mich mit neuerwachter Sympathie an einen älteren Onkel, der sich bei mir beklagt hatte, nachdem ich vor Wollust ganz rasend geworden war, daß er jetzt kein Verlangen mehr spürte. Ich hatte nicht begriffen, wie man etwas vermissen könnte, das nicht da war. Doch in jenen Tagen fing ich an, diese Qual zu begreifen, als ich mich in meinem selbstgemachten Keuschheitsgürtel wand.

Ich hatte nicht begriffen, daß die Nonne sich mit Gott vermählen kann, daß dann, wenn sich ihr Leib nach innen kehrt, der Geist durch die heißen Kanäle des Gebets Einlaß findet und sie in ihrem Bett nicht allein ist. Esther Harding sagt, eine Jungfrau sei eine Frau ganz aus eigenem Wollen, sei Jungfrau, weil sie nicht gezwungen werden kann, entweder Keuschheit zu wahren oder sich einer ungewollten Umarmung hinzugeben. Ich war wieder Jungfrau geworden, fast war mir das Häutchen nachgewachsen, so daß, falls und wenn die Zeit dafür reif wäre, das Eindringen nicht automatisch sein könnte, daß dann wir beide uns der Schwerkraft bewußt wären, selbst wenn das Tor dem Bräutigam Gott geöffnet würde. Manchmal suchte ich Zuflucht bei dem Gedanken, daß ich das Tor vielleicht nie wieder öffnen würde; in solchen Zeiten hielt ich meine Hand davon zurück, sich zwischen meine Schenkel zu stehlen und in das einzudringen, was ein Heiligtum geworden war. Ich hielt mich draußen wie eine, die unter dem Bildnis Sheila na gigs, der irischen Göttin, vom Gebet ausgesperrt ist, die die Hände auf ihren Schamlippen hat, sich weit aufspreizt mit dem Bild der heiligen Portale der frühen Kirchen vor Augen und der jedes Vordringen über das Schambein hinaus geheimnisvollerweise verboten ist. Und dennoch brannte das Feuer weiter, stetig, ja sogar heftig, doch nichts, das von außen kam, konnte es nähren, und es war wie der Fluch einer ewigen Flamme, die nur sich selbst verzehren will.

Eines Abends war ich mit einer Freundin in einem geheimnisvollen Restaurant, das in einem mexikanischen Gewölbe, einem höhlenartigen Bau, untergebracht war, zum Abendessen verabredet. Der Raum wurde erhellt von echten Kandelabern; flammende Zylinder aus weißem Bienenwachs, eingelassen in weite, eiserne Reifen, die von der geschwungenen Decke hingen, schufen flackernde Muster auf handgewebten Teppichen in matten Naturfarben und auf Wandteppichen, die an sandfarbenen Wänden hingen. Ich saß mit dem Gesicht zur Tür, fasziniert von den riesigen Schatten, die von neu ankommenden Gästen geworfen wurden. Martha und ich hatten einander lange Zeit nicht gesehen, daher wählten wir unser Mahl mit ebenso viel Bedacht im Hinblick auf die Zeit, die wir zum Essen brauchen würden, wie für die Zusammenstellung der Köstlichkeiten, und nachdem wir sehr gemächlich die einzelnen Blätter einer Artischocke in zerlassene Butter mit Fenchelgeschmack getaucht hatten und die Reste aus unseren Zähnen stocherten, wurden uns verschiedene äthiopische Gerichte serviert: Ganz zart gedünstetes Lamm und scharf gewürzte Linsen, ein Essen, das auf dünnem Fladenbrot angerichtet war und das wir mit den Fingern essen mußten.

Wir sprachen über das, worüber Frauen in unseren Tagen so oft reden, nämlich über das Alleinsein und malten uns seine Freuden und Schrecken aus. »Es überrascht mich«, sagte sie gerade, »daß ich in Erwägung ziehe, allein zu leben, daß ich glaube, dafür wie geschaffen zu sein.« Sie war von einer strahlenden Integrität, die undurchdringlich war, und ich stellte mir vor, daß ihr Liebhaber mit ihr genau dasselbe erlebte, was andere bei mir empfunden haben mußten: die Gegenwart einer unsichtbaren Kraft nämlich, eine starke, nicht wahrzunehmende Abwehrbewegung, die alles wegschiebt, was sich ihr in den Weg stellt. Sie zog mich flüchtig an sich; sie hielt mich auf Abstand, näherkommen konnte ich ihr nicht. Zwischen uns würde immer ein Tisch sein, diese Grenze, die die Gesellschaft zog. Dieses Anziehen und die Abwehr, dieser Ruf und Widerruf waren wie ein Zug, der die Flamme in mir bewegte, und ich fühlte das Feuer so plötzlich in mir aufflackern, daß ich den Mund öffnen und die unerträgliche Hitze ausatmen mußte.

Die Tür des Restaurants mir gegenüber öffnete sich, Kerzen flackerten, Schatten tanzten, und dann breitete sich ein riesiges dunkles Muster auf der gegenüberliegenden Wand aus. Vielleicht waren ein oder zwei Kerzen vom Wind ausgeblasen worden, jedenfalls war ich mit einem Mal so aufgeschreckt, daß ich hochsah und mich von seinem Blick gefangen fand, unerwartet in der Falle saß, als hätten sich scharfe Eisenzähne in mein Fußgelenk gegraben. Ich konnte nicht wegsehen und erkannte zugleich, ohne es selbst recht zu begreifen, daß er auch von mir gefangengenommen war. Ich konnte nur seine Augen sehen; was er von mir sah, weiß ich nicht. Ich zwang mich, wegzuschauen, die Augen zu senken; es kostete gewaltige Anstrengung. Martha bemerkte meine Verwirrung, genauso gut hätte ich wimmern können; sie fragte, was passiert sei, besorgt, ich könnte plötzlich krank geworden sein. Vielleicht war ich das. Ich brannte überall und flammend stieg mir Röte ins Gesicht. »Man könnte meinen, du hättest einen Geist gesehen«, sagte Martha, »nur, daß du überhaupt nicht blaß geworden bist. Aber du zitterst.«

Ich mußte es ihr sagen. Ich konnte nicht. Was gab es da schon zu sagen? Mir fehlten die Worte. Er blieb weiter stehen, anscheinend wartete er auf seinen Tisch. Er ließ die Männer um ihn herum zwergenhaft erscheinen. Er hatte die wilde Leidenschaftlichkeit, die man bei häßlichen Männern findet. Allein durch seine Gegenwart erregte er Aufmerksamkeit, wenngleich sein Gesicht das nicht vermochte. Sein Gesicht wurde von der Macht seiner Persönlichkeit verdrängt, ich wußte nur, daß er groß gewachsen, breitschultrig und dunkel war. Es war die Energie, die er ausstrahlte, die mich traf. Ich war unfähig zu atmen. Er muß gewußt haben, was mit mir geschehen war, denn er schaute noch einmal zu mir hin; er hatte sich so weit befreien können, daß er lachte. Es war nicht das, was ich erwartet hatte, als er seinen Kopf zurückwarf und fast das Lachen eines Eroberers ausstieß. Falls es anfangs arrogant geklungen hatte, wurde es bald schon ganz sanft, klang irgendwie verlegen, als wäre er genauso beunruhigt wie ich.

Keiner von uns beiden war jung. Wenn man mich damals gefragt hätte, hätte ich glatt behauptet, er wäre ein Flötist, ein Saxophonspieler oder ein junger General von der Art, wie man sie in Ländern der dritten Welt findet, die Crème der Jungtürken, einer, der auf der Welt nicht seinesgleichen hat, und der bedächtige Mann neben ihm war sein Trommler oder sein Bursche. Die anderen pickligen Typen waren der Abschaum der Erde, Agenten und Promoter, die Söldner, Vertreter von Schallplattengesellschaften, PR-Schwätzer, Kriegsgewinnler, die ein Geschäft an Land ziehen wollten. Er stand weit über allen. Sie waren nur die schnatternde Claque, und hin und wieder richteten sie Fragen an ihn, und falls der Trommler sie nicht beantworten konnte, dann tat er es kopfnickend oder kopfschüttelnd, jedenfalls eindeutig desinteressiert. Ich bildete mir nicht ein, daß ich ihn ablenkte, denn zeitweilig schien er ganz in sich gekehrt, als meditierte er, und dann erwachte er und schaute mich direkt an, erwartete mich noch dort zu finden, wo ich war, und das tat er auch. Als hätte ich einen unhörbaren Befehl erhalten, mußte ich mich andauernd zu ihm wenden. Dann tauchte der Oberkellner auf, und sie wurden zu einem dunklen Tisch in einem der vorderen Räume geführt.

»Was wirst du jetzt tun?« fragte Martha.

»Nichts«, sagte ich und versuchte, den Bann abzuschütteln. »Er muß selbst was unternehmen, wenn er mich will«, erwiderte ich, um das Thema ein- für allemal zu beenden.

»Er unternimmt etwas, er will dich offenbar«, lächelte Martha, als der Trommler im Bogengang erschien und sich knapp in unsere Richtung verbeugte. Ich versuchte, unbekümmert zu wirken, als ich fröhlich auflachte und ihn zu uns heranwinkte. Er machte auf dem Absatz kehrt; ich ließ mich zurücksinken; erleichtert und enttäuscht. Das war's dann.

»Du mußt etwas unternehmen«, beharrte Martha.

»Bist du sicher, daß du nicht diejenige bist, die interessiert ist?« Ich wußte selbst, daß sie das nicht war und war mehr als überrascht von meiner Aufgebrachtheit. Ich hatte geglaubt, daß ich gegen eine Herzensaffäre immun wäre, und jetzt dies, zumal mit einem Wildfremden; in meinem ganzen Leben hatte ich noch nie jemanden aufgegabelt.

Wir aßen zu Ende, leckten die Soße von unseren Fingern, betupften uns die Gesichter mit warmen Handtüchern, die mit Rosenwasser getränkt waren. Gern hätte ich ihm das Handtuch hinübergebracht und ihm zärtlich über sein häßliches, starkes Gesicht gewischt, doch ich verdrängte den Wunsch und faltete das kleine Tuch ordentlich zusammen, Kante auf Kante und legte es beiseite.

»Du mußt etwas tun«, sagte jetzt Martha wieder.

»Meine Freundin, die Voyeurin?«

»Deine Freundin, die Freundin«, sagte sie weich.

»Warum ergreift er nicht die Initiative?« fragte ich. »Macht man das denn nicht so? Ich möchte nicht gern eine aggressive Frau sein.«

»Spiel dir nichts vor. Er kann nichts tun, ohne daß man ihn für respektlos hält; die Macht liegt ganz bei dir. Das ist schon eine Ironie, wie?«

»Woher weißt du das alles?«

»Wenn du auf meinem Stuhl säßest, wüßtest du das auch alles.«

»Der Sitz der Weisheit?«

»Mmm. Wenn du so willst. Doch du mußt etwas tun. Du mußt ihm eine kleine Botschaft schreiben und den Kellner damit hinüberschicken.«

Wir bestellten Kaffee. Schweigen senkte sich zwischen uns; es war nicht unbehaglich. Ich phantasierte nicht mehr, ich versuchte, mich im Dunkel zu halten. Dann hielt ich einen Füllfederhalter in der Hand, eine Stück Papier, und ich schrieb. »Wir geben es dem Kellner«, willigte ich ein, »aber erst wenn wir gehen, nicht früher.«

Martha zuckte die Achseln. Der Kaffee kam. Sie griff so beiläufig nach dem Zettel, wie sie nach den weißen Zuckerstückchen und dem Sahnekännchen langte, aber ich wollte ihn ihr nicht überlassen aus Angst, sie würde die Initiative ergreifen. Dann bemerkte ich, wie er durch den Raum ging. Es schien mir, daß er nur so lange in der Herrentoilette blieb, wie er brauchte, sich die Hände zu waschen. Als er wieder herauskam, warf er mir einen so langen Blick zu, daß ich die Kontrolle verlor und ihm zunickte, wie sein Bursche mir zugenickt hatte, und mit unverwandt auf mich gerichtetem Blick ging er langsam auf mich zu. Es war, als erreichte sein Geist noch vor seinem Körper unseren Tisch; wie von einer magischen Kraft gezogen, streckte ich meine Hand aus. Ich konnte nicht sprechen, gern hätte ich ihn nach seinem Namen gefragt, doch stattdessen hielt ich ihm einfach das Blatt Papier hin. Er nahm es ganz vorsichtig, bemüht, meine Finger nicht zu berühren – seine Hitze spürte ich deutlich auf meiner Haut – und sagte: »Ich werde ernsthaft darüber nachdenken.« Dann wandte er sich ab. Ich glaubte, ich wäre, von Stricken gebunden, mit ihm gegangen, doch da saß ich noch unbeweglich auf meinem Stuhl.

»Was hast du auf den Zettel geschrieben?«

Ich schrieb es für Martha auf ein anderes Blatt Papier auf, was mir eine gelungene Art und Weise schien, den Inhalt der Botschaft für mich zu behalten. »Ich weißt selbst nicht, was über mich gekommen ist.« Die Botschaft lautete: »Es ist so lange her, seit wir uns getroffen haben. Könnten wir uns nicht Freitag Abend, 22.00 Uhr, im *Euphrates* wiedertreffen? Ich werde ein Zimmer auf meinen Namen bestellen. Angela Silver.«

»Ich hab' ihm auch meine Telefonnummer gegeben.«

»Damit er sich noch einmal vergewissern kann?«

»Damit er ablehnen kann.«

»Und du?«

»Ich hab' meine Wahl getroffen; ich möchte nicht, daß irgendetwas Nebensächliches meinen Entschluß ändert.«

Im *Euphrates* läßt man die Schuhe vor der Tür, hängt die Kleider in den Wandschrank, zieht einen Morgenmantel und Pantoffeln an, die im Alkoven bereitliegen, bevor man im Duft von Räucherstäbchen den Innenraum betritt. Dieser Raum barg ein gefliestes Becken, und draußen vor dem Fenster, im Garten zwischen Farnen und Lilien, tanzte die Statue einer Nymphe zur Erschaffung der Welt. Der Jasmin blühte.

Die Eleganz des Hotels hatte mich schon ganz gefangen genommen, als er hereinkam und schlicht sagte: »Christopher.«

Ich sagte: »Angela«, und jetzt kannten wir bereits unsere Stimmen. Er legte gebieterisch einen Finger auf die Lippen, doch ich wollte nicht sprechen. Er sah sich im Zimmer um, dessen ausgewogene Schönheit jeden Vergleich aushielt; auf einem niedrigen Glastisch, neben den in einem Eiskühler bereitgestellten Champagnerflaschen, stand ein Korb mit tropischen Früchten. Den hatte er bringen lassen, denn kurz bevor er eintraf, war der Zimmerkellner hier gewesen, so daß ich also wußte, daß er kommen würde.

»Das ist das falsche Paradies«, sagte er. »Ich bin zu oft in meinem Leben hier gewesen.« Er half mir in meine Kleider und wir gingen, ohne zu sprechen, aus dem Hotel. Bis wir die Straße erreicht hatten, außer Reichweite der mutmaßlichen Sicherheit von Portiers und Gepäckträgern waren, verfiel ich in Zittern, und er nahm mir den Korb mit Früchten ab und trug ihn zusammen mit dem Champagner. Er sagte noch immer nichts, und ich erstarrte unter dem Bann des Schweigens. Ich konnte mir vorstellen, daß er meine Furcht voll und ganz begriffen hatte: Ein fremder Mann, dessen Vornamen ich nur kannte, und ich war unter innerem Kampf genau zu dem Zeitpunkt gekommen, in dem mir mein Leben am teuersten war. Er faßte mich sehr sanft am Arm, um mir Halt zu geben, und ich merkte, daß er nicht triumphierte.

Sein Auto war makellos und ganz ungewöhnlich. Das erleichterte mich. Zu jeder Einzelheit beschwor ich eigens eine Geschichte. Das Auto war weiß. Das war ein gutes Zeichen. Seine Augen waren dunkel unter gerunzelten Brauen; das bedeutete Ärger. Ich versuchte, mir das Nummernschild einzuprägen, doch als er mir sacht über das Haar strich, nachdem er die Wagentür aufgeschlossen hatte, vergaß ich sie sofort wieder und setzte mich auf den Beifahrersitz.

Als er an's Ende der Straße gekommen war – es war tatsächlich das sprichwörtliche Ende der Straße –, öffnete er mir die Tür, nahm eine Decke und ein Kissen aus dem Kofferraum und schritt einen Weg durch ziemlich unebenes Gelände entlang bis zu einer grasbedeckten Lichtung, die aus dem Unterholz geschlagen war, niedriges Eichengehölz, Dornen und Buchsbaum, die den Zugang verwehrten; der Mond hing wartend über uns. Er zog mich näher zu sich, das Mondlicht beschien unsere Gesichter, er streichelte mein Haar, strich mit den Fingern sanft über meinen Hals, wobei die Daumen ganz leicht meine Kehle drückten. »Hab' keine Angst«, sagte er, »wir sind nur hier, weil mein Herz gebrochen ist.«

Da empfand ich – ich glaube wegen seiner Stimme – weniger Furcht vor ihm, denn so große Zartheit konnte keine Schrekken bergen. Größere Furcht hatte ich vor dem Feuer in meinem Leib. Es war solche Stille um uns, daß ich mir vorstellte, er könnte die Flammen in mir lodern hören, die um die Holzscheite leckten, mit denen er sie nährte, mich still und gespannt prüfend, die Hand auf meiner Schulter, voll Zartheit in seinem wilden, wolfsartigen Gesicht und den fordernden, gelben Augen, in denen im Halbdunkel seltsame gelbe Lichter spielten. Dieses Aufglimmen wie aus Tieraugen machte, daß ich ihm noch mehr vertraute.

Lange Zeit saßen wir einfach auf der Decke. Wir konnten den Mond hören, Luna, wie sie barfuß, den Weg von Sternen erhellt, über den Himmel tappte. Lange schaute er seine Hände an. Ich wußte nicht, was er darin hielt oder ob sie leer waren. Dann schaute er zu mir hoch und unsere Augen saugten sich aneinander fest wie beim ersten Mal, und als sie in mich eindrangen, durchfuhr es mich wie ein Stoß, und dann öffnete ich mich, öffnete nacheinander eine verschlossene Kammer nach der anderen, öffnete mich weiter und tiefer, als ich mich je zuvor geöffnet hatte, und seine Augen sanken tiefer und tiefer in mich ein, als machte er mich mit seinen Fingern weit und erkundete die Wölbungen einer rosafarbenen Muschel bis zu ihrem tiefsten Punkt.

»Ist es das, was es heißt, eine Frau erkennen?« flüsterte ich.

Er seufzte schwer auf. »Falls er sie erkennt, hat sie es ihm leicht gemacht. Aber kann auch sie ihn erkennen? Wird er es zulassen?« fragte er nach längerer Zeit und schaute mich wieder an, immer noch der Wolf, doch diesmal in der Falle gefangen, seine Hand zu einer Klaue verkrümmt, die er sich abbeißen würde. Er streckte die Hand nach mir aus, etwas Unsichtbares lag in seiner Innenhand, die Finger öffneten sich wie in großer Qual. Ich wollte seine Hand berühren, doch hatte ich

Angst und wußte zugleich, daß er mich damit nicht wieder berühren konnte; dann sah ich ihm in die Augen, und sie waren verschleiert, und ich erkannte, daß darin die Aufforderung lag, in ihn zu dringen, daß ich diesmal der Mann sein müßte, mit meinen Händen und Augen nach ihm greifen, um seine stählernen Falltüren zu öffnen, die schwerer und finsterer und fester verschlossen waren als meine.

»Ich möchte dich erkennen«, sagte ich, fürchtend was ich wohl erfahren würde, wenn er mir seine beiden Hände zeigte, die so steif und verkrümmt und gelähmt waren. Ich wußte selbst nicht zu sagen, ob sie drohend oder im Schmerz verkrümmt waren, als er düster murmelte: »Es klebt so viel Blut daran. Du wirst nie weit genug in mich vordringen, sie jemals wieder rein zu machen; ich bin über und über davon besudelt. Auch wenn man einen gerechten Krieg geführt hat, hat man hinterher stets Blut an den Händen; sie werden nie wieder sauber.«

Er begann aus der Äneis zu zitieren; ich kannte den Vers. Er wiederholte die Zeile »Besudelt noch vom Blut der Schlacht und neuem Krieg« als wäre sie ein Mantra. Er war fast in Trance, sein Gesicht verzog sich vor Schmerz. Ich konnte nicht zu ihm vordringen und hatte wieder Angst. Ich konnte den Sommerwind in den fernen Bäumen hören, doch er kam uns nicht nahe – war das eine Warnung? Ich stand auf und zog mit dem Stock einen Kreis um die Decke, da ich mich fürchtete und auch, weil ich nicht wußte, was ich tun sollte, schritt ich dreimal im Kreis um die Decke, erst in die eine, dann in die andere Richtung – um Zeit zu gewinnen, redete ich mir selbst ein. Er schaute mich an, das Licht in seinen Augen begann zu erlöschen. Ich hatte nur noch wenig Zeit. Ich kniete mich neben seinen steif ausgestreckten Körper.

»Du mußt dich selbst aufgeben«, sagte ich mit mehr Bravado als Selbstvertrauen, nahm seine Klaue und drückte sie an mein Gesicht. Ich spürte seine stumpfen Nägel darüber kratzen. Er sagte nichts, also kratzte ich mit seiner Hand über meine Haut hinab zu meiner Kehle, legte meinen Daumen auf seinen Daumen und drückte sie an meinen Kehlkopf und sprach: »Da du Macht hast, mich zu verletzen, mußt du dich ergeben.« Sein

Gesicht zuckte. Ich fühlte, wie er zitterte und schließlich preßte sich zwischen knirschenden Zähnen etwas heraus, das einer Stimme ähnlich war.

»Habe ich dich denn nicht auserwählt?« fragte er. »Habe ich mich nicht selbst aufgegeben?« Seine Hände fielen schlaff herab, als wäre alles Blut aus ihnen gewichen. Er lag bewegungslos und hoffnungslos da, als hätte sein Herz zu schlagen aufgehört.

Ich faßte unter sein Hemd, und als ich das Schlagen unter meiner Hand spürte, begann ich, seine Sachen aufzuknöpfen. Er bewegte sich immer noch nicht. Ich war dankbar, daß die Knöpfe nicht aus Messing und nicht mit Adlern verziert waren. Ich zerrte das Hemd von ihm, und auch jetzt blieb er bewegungslos, weder lebendig noch tot. Meine eigenen Kleider schienen mir absurd. Ich wünschte mir, ich hätte einen der Hausmäntel aus dem sicheren Hotel gestohlen, doch das hatte ich nicht, also zog ich mein Kleid aus und beugte mich über ihn mit schwingenden Brüsten, und mein Bauch wölbte sich wie der Mond.

Er hatte sich selbst aufgegeben, doch es war so, als hätte dies ihn getötet. »Ich werde dich in eine weiße Fahne wickeln und dich den Vögeln überlassen«, sagte ich.

»Mach mit mir, was dir beliebt«, antwortete er bitter.

Ich machte den Verschluß seines Gürtels auf und zog ihm die Hosen über seine festen, schlanken Hüften. Er war darunter nackt, seine Haut wie dunkler Sand, und im Mondlicht schimmerte nur hier und da eine Stelle hell auf wie Katzengold. Ich fuhr tastend mit den Fingern über meine Beute, während er vollkommen still auf dem Rücken lag, Arme und Beine weggestreckt. Er war so still, daß ich ihm mit einem Messer das Herz hätte herausschneiden und es den Göttern darbringen können. Stattdessen beugte ich mich über ihn, ließ meinen Kopf in Gebetshaltung auf seinem Bauch ruhen. Ich hatte selbst nicht erwartet, daß ich das tun würde. Seine Augen waren offen. Es waren nicht mehr dieselben toten Augen wie vorhin, aber es waren auch nicht die Augen des Lichts. Ich wußte nicht, wie ich seinen übrigen Körper öffnen sollte. Ich betete lange Zeit, und dann hörte ich eine Stimme, und da erkannte ich, daß ich in einen Singsang verfallen war und weiter sang, daß die Stimme aus mir hervorbrach, und ich ließ sie raunen, und dann schien es mir, als fiele er in meinen Gesang ein, daß es jetzt zwei Stimmen waren, doch ich war mir nicht sicher, ob seine Lippen sich bewegten, und während ich weiter raunend sang, sah ich, wie er sich erhob. »Ich brauche dein Lebensblut«, flüsterte er und langte hinunter und zog den Faden zwischen meinen Beinen und den Pfropf heraus und fiel dann wieder zurück. Ich ließ meine Hände hinunter zu der warmen Öffnung zwischen meinen Schenkeln gleiten, tauchte sie ins Blut, streckte dann meine roten Finger beschwörend hoch ins Mondlicht, strich dann damit zuerst über seine Augen und begann dann, auf seinem Leib zu schreiben.

Er wußte, was ich tun würde, noch bevor ich es tat. Ich mußte nichts dazu sagen, als ich mit meinem Menstruationsblut auf seinen Lippen schrieb, seiner Kehle, seinen Schultern: »Dies sind die zweiundsiebzig Namen Gottes« und dann über seinen ganzen Körper in blutiger Schrift *Anat*, *El*, *Schakti*, *Schiwa*. Das brauchte eine lange Zeit und als ich bei seinem Bauch angekommen war, erhob sich bei der Inschrift *Tetragrammaton*, *Ely* sein Geschlecht, wandt sich bei *Hekate*, *Lilith* an meinem Leib, *Emmanuel*, *Magnus*, *Parvati*, wie eine Kobra aus ihrem dunklen Korb, *Auf-Ra*, *Mehen*, *Hathor*, *Thoth*. Das brauchte lange Zeit, *Messias*, *Sabahot*, *Adonai*, und als ich zu trocken wurde, legte er mich nieder und spreizte sacht meine Schamlippen und leckte die Rundung wieder offen, drang mit seiner nassen Zunge ganz langsam in mich ein, träufelte Nässe in mich, bis ich meinen Zeigefinger wieder eintauchen und mit neuer rostfarbener Tinte weitere Namen schreiben konnte, *Ischiros*, *Primos*, *Novissimus*, *Ereshkigal*, dann die Namen der Göttin mit den Namen Gottes vermischend, *Eva*, *Asherah*, *Jahwe*, *Shaddai*, *Aries*, *Leo*, *Pania*, all diese Namen auf seinem weichen, dunklen Bauch, über harte Brustwarzen und auf Schenkel, *Filius Hominis*, *Pater Omnipotens*, *Eumenides*. Der Kopf der großen Schlange, *Ptah*, *Python*, stieg tanzend vor mir auf, *Sheba*, *Khumbaba*, ein Samentropfen erschien vor dem kleinen Loch, *Gaea*, *Propheta*, das sich wie ein Auge weitete, *Jesus*, *Pentagna*, so stark war der Andrang seines Blutes, *Inanna*,

Sheol, *Shekinah*, *Athanos*, ich wollte die Schlange in meinem Mund, *Nehustan*, *Charitas*, *Infinitas*; so, glaubte man früher, wäre die Schlange gezeugt worden, *Via*, *Pastor*, *Virtus*, indem die Frau ihren Kopf in sich einsog, *Nahema*, *Apep*, ihr Biß wie der magische Kreis des Ouroboros, der die Zeit stillestehen ließ, *Nephthys*, *Anqet*, und der Anfang aller Schöpfung, *Nammu*, *Ceres*, *Persephone*, *Lux*, *Imago*, *Sanctus*, *Ninhursag*, Christopher bewegte den Kopf zwischen meinen Schenkeln, wir kreisten und wiegten uns im Atmen unserer Leiber, ich spürte, wie Freude geboren ward und ließ ihn einhalten, um den Geschmack meines Blutes von seinen Lippen zu lecken, *Ariadne*, *Dionysos*, *Hermes*, *Aphrodite*, *Osiris*, *Isis*, und drückte dann seinen Kopf wieder zurück, da ich diese Zunge wieder in meinem Leib wollte, fühlen, wie ich mich ihm öffnete, so wie er sich mir geöffnet hatte, den geschmolzenen Kern am Ende meines Rückrats, *Seraph*, wo es zu pulsieren und mich zu heben anfing. Im letzten Augenblick zog ich ihn von mir weg, tauchte mit meinen Fingern nach den letzten Blutstropfen, *Tammuz*, *Ischtar*, *Nahusah*, schrieb dann den letzten geheimen Namen des mannweiblichen Gottes auf den schwellenden Kopf der Schlange, deren Mund sich weiter öffnete, die Schlangenzähne sehen ließ, als meine Hände sich um sie schlossen und sie an den Mund zwischen meinen Beinen stieß. Seine Augen waren weit offen, und ich sah das Herz in seiner Brust schlagen, der große Schlangengott schlüpfte in mich hinein, schob sich mein Rückrat hinauf, als er seine Lippen an meine Schläfe preßte und Samen in mich hineinrann. »Ein lebendiger heiliger Fluß«, rief er aus, und unter seinen Worten hob sich mein Leib, als wäre er die Erde, aus dem dieser weiße Geysir aus Hitze und Schwefel hervorschoß. Die Bäume über uns stöhnten im Wind, als die ganze Welt ihre verschlungenen, zuckenden Glieder entwirrte und zur Ruhe kam.

Nach langen Minuten wischte Christopher sich die Tränen vom Gesicht und brachte den Champagner und den Früchtekorb zu unserer Decke. Der warme Champagner schoß schäumend aus der Flasche und badete uns in süßer Nässe. Ich lachte und er drückte mich wieder hinunter, hielt mich unter sich fest, während er eine Orange in vier Teile schnitt und das Fruchtfleisch zwischen meinen Beinen rieb, das beim Hineinbeißen süß und rot war, als er mir die eine Hälfte in den Mund schob.

So kam es, daß ich zur Priesterin der großen Hure wurde und in unserer heiligen Nacht vereinige ich mich im selben Augenblick mit Christopher, in dem sich auch die Götter paaren. Es ist die geweihte Nacht der Leiber, und wir heiligen den Sabbath mit so großer religiöser Inbrunst, wie sonst kaum jemand es tut.

Suzanne Miller

Die Jäger

Er wartete auf sie, liebte das Verrinnen der langen Augenblicke draußen gegen die geschwungenen Linien der Berge, draußen nahe den blaugrünen Massen der See. In diesem wachen, geduldigen Warten, dem heißen, aktiven Warten des Jägers, erkannte er in der gedämpften Stille dieser Augenblicke, daß der Schwung ihrer weiblichen Rundungen nicht isoliert und für sich war, sondern dasselbe wie der sanft gerundete Hügel, auf dem sie lag, denselben herrlichen Schwung hatte wie der nahferne Berg, dieselben weichen Vertiefungen hatte wie weiter weg das gewaltige, sacht in die Tiefe gleitende Meer. Da er weit genug von ihr entfernt lag, um sie ganz deutlich sehen zu können, war er verblüfft von solcher organischen Verschmelzung dessen, was er sah, von diesen übereinander kopierten Bildern, mit der Frau als lebendigem, mit Händen zu greifenden Mittelpunkt.

Das schließlich war es, was sie für ihn war, was eine Frau für ihn war: Das Wesen aller elementaren und bleibenden Dinge. Er spürte ein unwiderstehliches Verlangen, die Tiefen ihrer Mitte zu berühren. In dieser wunderbaren Berührung Erfüllung zu finden. Es war ein geduldiges Anschleichen an diese einzigartige Realität in ihr, diese tiefe Quelle der Lebenswärme in ihr, an das Licht, das Schicht um Schicht heller werdend im Berg nistete und endlich an das rhythmische, glättende, erlösende Anbranden der See. Nur durch sie und von ihrer Berührung konnte er von seiner Vereinzelung geheilt werden.

Als er diese Wahrheiten schließlich in ihr erkannt hatte, in ihrem Körper, wartete er und blieb still. Sie war noch nicht bereit, noch nicht vollkommen bereit für ihn. Er hatte noch nicht ihr leises Erschauern gespürt, das ihr seine Gegenwart anzeigte, noch nicht selbst ihr Verlangen gespürt, ihn und alles, was er ihr bedeutete, in ihrem neugewonnen Überfluß miteinzuschließen.

Alles, was an ihr Oberfläche war, schmiegte sich an die warme Feuchtigkeit der Bergerde, die in der Farbenprächtigkeit des Frühlings strotzte. Linie um Linie begegnete sie dem Abbild ihrer selbst, fühlte sich ganz von der Erde durchdrungen, die sie erfüllte, das transpersonale Mysterium der Schöpfung in ihr wiedererwachen ließ. Sie fühlte ihn nahe, sehr nahe. Sie spürte, daß seine Augen auf ihr lagen, sie erkundeten und frohlockte in ihrer tiefen Sinnlichkeit. Sie liebte es, wenn seine wache, gespannte Aufmerksamkeit sie einhüllte und ließ sich derweil halten von dieser anderen, überließ sich selbst ganz der hart-weichen Oberfläche der Erde. In der Art, wie sie sich an den Boden preßte, spürte er noch ihre Zurückhaltung, doch er war sich seiner sicher und geduldig. Sie waren zusammen alt. Uralt. Durch sie hatte er die grenzenlose Weite der Ewigkeit kennengelernt, in der sie verweilte und in der seine Vergangenheit, Gegenwart und Zukunft verschmolz. Durch das Scheitern seiner heftigen, gewaltsamen Jugend und Desillusionierung hatte er gelernt, daß ihr Zurückhalten nur vorübergehend, aber notwendig war. Seine ihm früh zugefügten Wunden hatten ihn gelehrt, daß das langsame, empfängliche innere Nachgeben der Frau gewiß war und die Geduld belohnt wurde; das Wissen, das aus Erfahrung kam, riet ihm, dies und nur dies in Geduld abzuwarten, ungeachtet der dunklen Momente, in denen sie ihn abwies.

Mit den Augen des Künstlers den Linien ihres Körpers folgend, der sich an die Erde schmiegte, sah er, wie jedes Heben und Senken sie immer anders erscheinen ließ, sie erneuerte. Sie war jetzt fast ganz gesättigt, ganz ausgefüllt von der starken Ruhe der Erde. Er fühlte, wie sie ganz weich in dem passiven Erdenschoß ruhte. Bald schon würde sie sich seiner Berührung bewußt werden. Die beharrliche Flamme des Lebensverlangens, begierig, sich zu erneuern, würde aufflackern, ihre gehaltene Zufriedenheit durchbrechen, eine andere Art der Befriedigung fordern.

Jetzt spürte er die atemlose Erregung vor dem Unbekannten. Als ihr Körper sich seiner Gegenwart mehr und mehr bewußt wurde, überkam ihn Unsicherheit. Diese Ungewißheit in ihm, diese Verletzbarkeit, obwohl viele Male erlebt in Jahren leidenschaftlichen Beisammenseins mit ihr, erschuf einen neuen Mann. Der moderne, erfahrene Mann fiel wie etwas Überflüssiges von ihm ab, und er wurde sich seiner eigenen Fremdheit bewußt, als er sich ihr zuwandte.

Es war dieser neue Mann, nach dem ihre Instinkte jagten, denn zwischen ihnen gab es kein belangloses Spielen, sondern nur das gegenseitige Jagen des anderen; Leben jagte sich in ihnen selbst.

Atemlos sah er zu, wie sie sich rührte. Unruhe zeigte sich an ihr, Unzufriedenheit mit ihrer Selbstgenügsamkeit, eine Störung des Friedens ihres Alleinseins. Sein Blut heizte sich pochend auf, langsam, rhythmisch wie das Schlagen primitiver Trommeln. Er wartete und lag ruhig, sein Jagdinstinkt gab ihm die Gewißheit, daß die Seele seines reinen Feuers sie anrühren würde und das Träumen von ihm in ihr auslösen würde, das Träumen ihrer Erfüllung durch ihn, bis es Schlag um Schlag dem Klang seines eigenen Blutes gleich wäre.

Sie streckte und dehnte sich wie ein Tier. Er war betroffen von der großen unpersönlichen Kraft in ihr. Er spürte sie, als er sich zu ihr hinbewegte und sie mit seiner starken Ruhe berührte. Endgültig. Vollkommen. Er sah es kraftvoll und lebendig in ihren Augen, als sie sich zu ihm wandte, ihn zu empfangen, jenes große, unpersönliche Mysterium, das sie aneinander band, den Mann und die Frau; das, was sie hinaustragen würde über das vertraute Gebiet ihrer privaten Leben, hinaus in die Wildnis ihrer vergessenen Vorgeschichte.

Sie erhob sich plötzlich, und er sah, daß sie ganz goldener, flammengleicher Glanz war. Sie bewegte sich langsam, traumhaft und mit einer fremden Wildheit auf ihn zu. Sie wandte sich ihm voll zu und legte sich sacht nieder, das Gesicht zu ihm gewandt, die Arme um seine Taille gelegt, und näherrückend berührte sie ihn mit der ganzen Länge ihres Körpers und ließ ihren Kopf an seiner Brust mit dem drängend schlagenden Herzen darin ruhen.

Er streichelte ihr weiches Haar, drückte seinen vollen, sinnlichen Mund leicht auf ihre Stirn, strich Haarsträhnen zurück, während er mit tastenden Küssen die Linien ihres geliebten Gesichts nachzog, die Höhlen ihrer Augen, die breiten Wangenknochen. Ihre weitoffenen Augen sahen in ihm etwas Neues und Unbekanntes. Dann legte sich sein Mund auf ihren, der ihm entgegenkam, ganz sacht, kaum ihre Lippen berührend, mit zärtlichem, schwebendem, leichtem Druck, als wollte er die Zeit anhalten. All sein erregtes Warten war nichts verglichen mit dieser Stille zarter Berührung. Und beide verloren sie sich ganz in dieser Entdeckung, dem warmen Gestreiftwerden vom Atem des anderen, diesem langsamen, nichts fordernden Sich-Begegnen.

Die Leere des Getrenntseins verflog im Austausch ihres Atems. Sie berührte seinen schönen, empfindsamen Mund, zwischen Küssen mit den Fingern darüberfahrend. Ihre Finger ertasteten die Linien seines starken Gesichts, seine hohe Stirn und schoben sich durch sein feines Haar, das sie in Locken um ihre Finger wand. Die ruhige Berührung ihrer Lippen wurde fester, stärker, bis nur noch ein Wesen aus ihnen zu atmen schien.

Es war so vieles im anderen zu finden. Wie viele Männer und Frauen waren sie? Sie suchten in der Wahrheit ihrer Leiber nach dem Wissen darum, was einer für den anderen war, bis schließlich auch dieses Suchen mit Atem, Lippen und Händen ein Ende fand, denn über die Mitteilung ihrer Sinne hinaus war am anderen nichts zu erkennen, und das war auch nicht mehr wichtig; sie waren Mann und Frau auf der Jagd nacheinander.

Er fühlte sich hart und fest an gegen ihre Weichheit. Ein tiefes Brennen stieg in ihr auf, verursachte ein Sich-Öffnen in ihrer eben noch so kühlen Ganzheit und Vollständigkeit. Es war so lange her, daß sie das letzte Mal geöffnet worden war, daß die Intensität und das Wirbeln der kreisenden Feuer in ihrem Innern sie verblüffte. Sie hatte das Gefühl, endlos auf den Rändern der Flammen reiten zu können. Er spürte, daß sie sich öffnete. Ihr Atem kam tief und stoßweise, und ihre Arme schlossen sich fordernd fester um ihn. Ihr Leib bog sich ihm entgegen. Er wich vor ihr zurück, sah ihren bestürzten Blick und kam wieder näher, verschloß ihren Mund und küßte sie, seine Tiefe auslotend, während er ihre geschwungene Weichheit bis hinab zum lebendigen Mittelpunkt ihres Geschlechts liebkoste, sich sacht an ihr rieb, kreisend über ihren wilden heißen Punkt strich, bis ihr süßer Nektar seine forschenden Finger bedeckte, und er gab ihn ihr zu schmecken und er mischte sich in ihren fast atemlosen Küssen.

Er schaute in ihre klaren, ehrlichen Augen und schob sich sacht auf sie, aufgenommen von der geschwungenen Mulde ihrer Hüften. Sie fuhr mit den Fingern um seine pulsierende, seidige Härte, zog ihn in sich, ganz tief in sich hinein. Während der Zeit ihrer Verschlossenheit, ihrer keuschen Verbindung mit ihm, war das Innere ihres Leibes dunkel und unvertraut geworden. Er schob sich sacht und vorsichtig zwischen ihre langsam nachgebenden Hautfalten. Es war solche Lebendigkeit in ihrem schrittweisen Sich-Öffnen, daß ihre Mitte sich in ganzer Tiefe um ihn schlang, als er tiefer vordrang, unendlich viel tiefer und endlich ihren abgerissenen erstickten Schrei hörte, als er die Berührung ihrer Tiefen fühlte. Daß sie ihm Leben öffnete, war ein Wunder der Lust.

Wieder lagen sie ruhig, so ruhig wie beim ersten Aufeinandertreffen ihrer Münder. Endlich hatte er sie wiedergefunden, hatte die tiefe Mitte ihres Blutes berührt. Er wollte sich nie wieder bewegen, denn sie umschloß ihn vollkommen, diese ewig unbekannte Frau, die unter allen anderen sein eigen war.

Die beruhigte Stille hielt lange Zeit an, bis neues Verlangen sich in ihnen meldete. Etwas, das sanft in ihrem Innern anschwoll, der kaum wahrnehmbare Fluß der Bewegung, das Umspannen und Freigeben, das ihn noch tiefer hineinzog, bis er seine eigene Unbewegtheit nicht länger ertragen konnte, drängten ihn gegen ihren sich aufbäumenden Leib und ihr wachsender Hunger trieb sie zu einem Höhepunkt aktiven Verlangens, bis ihre Körper im Gleichklang ein letztes Mal der Erlösung nachgaben und keine Bewegung mehr war, sondern nur noch zuckende Entspannung. Ein Rhythmus von äußerster Harmonie und vollkommener Bewegung, ein Atem, ein Herzschlag, ein seufzendes Aufgehen im Geheimnis.

Die Sonne schien voll auf sie herab. Sie lagen erdenschwer beieinander, während die letzten schnellen Zuckungen in ihr in seinem weicher werdenden Fleisch ausliefen, das jetzt von ihrer voll erblühten offenen Blume gehalten wurde. Nach einem langen Augenblick gewaltiger Ruhe strich sie mit ihren Fingern über seinen geliebten Körper. Er hatte sein Gesicht in ihre Halsgrube gelegt, wo er den tiefen, kräftigen Schlag ihres Herzens hören konnte.

Sie spürte neues Leben in sich, von größerer Neuartigkeit sogar als alle neue Pracht um sie her, die die Erde gab, ein hoffnungsvolles Rühren tief in ihrer Mitte. Sie waren Teil des Lebens um sie her, und die ganze natürliche Lebendigkeit der Welt leuchtete und glitzerte zwischen ihnen. Der süße Geruch ihrer Leiber wurde ihnen von einer warmen Brise zugetragen, und sie atmeten ihn tief ein zusammen mit dem Erdgeruch und waren erfüllt von anstrengungsloser Freude. Ihr tanzender Blick traf seine Augen, und sie küßten sich verspielt, kindlich, wiegten sich Seite an Seite inmitten all der Frühlingsblumen um sie her. Sie schmeckten die salzige Feuchtigkeit ihrer Körper, und er legte seinen Kopf ruhend in ihren vollen Schoß und hing träumend der Möglichkeit neuen Lebens nach.

Jetzt schmiegte er sich ausruhend an ihren Rücken, drückte sich an ihren feuchten Leib, die Arme über ihren Brüsten verschränkt. Sie strich mit der Hand über die feinen Härchen auf seinem Arm, ganz leicht nur, ohne seine Haut zu berühren. Sie gab vor, blind zu sein, sich vergewissernd an ihn zu erinnern, ihn zu berühren, um ihn nur mit dem Tastsinn gründlich zu erkunden. Er wußte, daß sie in diesem Augenblick eine blinde Frau war, die ihn entdeckte, sich ihn einprägte. Sein Herz war überwältigt von Leidenschaft für sie, denn er erkannte, wie zerbrechlich ihrer beider Leben war; er vergoß Tränen um sie, um das Kind, das sie vielleicht gezeugt hatten, um die überreiche Fülle der Erde, um sich selbst.

Endlich wußte sie, daß er für sie bestimmt war, wiedergeboren für sie und hierfür. Immer würde sie ihn und diese Wahrheit wiedererkennen, und dennoch würde sie ihn nie ganz kennen, denn sie würden immer zusammensein und immer einander unbekannt bleiben. Er würde sie nicht wieder verlassen und sie würde nie mehr hinaussehen über das Beruhigende seiner Gegenwart. Ihre Körper waren einander verbunden, hatten einander über Jahrhunderte erkannt, wußten um das Band, das sie unverbrüchlich zusammenhielt.

III

DAS VERBOTENE

Sobald die Menschen an außergewöhnlich erotische Situationen denken, dann zumeist an Verbotenes. In vielen Bereichen ist es gerade diejenige Sache, die nicht zu haben ist und besessen werden kann, die am wünschenswertesten und reizvollsten scheint. Handlungen, die einem Verbot unterliegen, bergen Erregendes; der Mann oder die Frau, die unerreichbar sind, sind oftmals begehrenswerter als der eine, die eine, die jede Nacht neben einem schlafen. Und die Sexualität ist ein solcher Bereich, in dem das Verbotene mächtig aufgeladen ist.

Sex und Verbotenes sind von Anbeginn unlöslich miteinander verbunden. Schon im frühen Kindesalter bekommen viele Kinder von ihren Eltern vermittelt, daß Sex zwar etwas Wunderbares, doch zugleich auch ganz Schlimmes ist. Viele Religionen eifern gegen die Sexualität, machen sie jedoch trotz aller Tabuisierung nur noch reizvoller. Neugier gegenüber sexuellen Tatbeständen setzt bereits in einem sehr frühen Alter ein und bleibt das ganze Leben hindurch wach. Insbesondere in Beziehung auf Gebiete der Sexualität, auf denen Erfahrung noch fehlt. Zugleich mit dem Verbotenen in der Erwachsenensexualität feiern die unglaublich starken sexuellen Empfindungen Auferstehung, die sich in Pubertät und Spätpubertät eingestellt hatten. Mit zunehmender sexueller Erfahrenheit verschiebt sich das Verbotene auf ganz neue Ebenen: Liebe mit einem verbotenen Partner, mit einem andersrassigen, mit der Möglichkeit, ertappt zu werden, andere beim Liebesspiel zu beobachten oder mit mehr als einer Person gleichzeitig durch die Betten zu steigen. Jeder Mensch hat eine ganz eigene Vorstellung davon, was für ihn das erregend Verbotene ausmacht. Doch letztlich ist es das Unbekannte, die Neugier darauf, wie es wohl sein mag, was die heiße Beklemmung verursacht, die mit dem Überschreiten scharf gezogener Grenzen sich einstellt, das die erotische Faszination steigert. Für einen Heranwachsenden ist alles Sexuelle von gesteigertem Interesse, weil alles verboten ist. Den Mädchen war sogar Knutschen und Petting verboten. Dazu sagt Sharon Mayes: »Ein behütetes Leben im Süden mit einem religiös eingestellten Elternhaus bedeutete, daß Sex unbedingt tabu war. Das Aufregendste, das man tun konnte, war, einen Jungen dazu zu überreden, daß er mit dir auf einem Motorrad oder in einem Auto durch die Gegend fuhr – schnell fahren und weit weg sein von den Eltern, das war echte Freiheit. Dann war da noch das Machtgefühl, etwas Verbotenes oder Tabuisiertes im Griff zu haben.« In Sharons Geschichte »Autoerotik«, ist das Automobil aufgeladen mit allem, was verbotene Sexualität an Erotischem hat. Das Auto, in dem sich gesellschaftlicher Status, Macht, Gefahr und Freiheit von den Eltern manifestieren, ist für sich schon eine Metapher der Sexualität. Bloßes Dahinfahren, insbesondere schnelles Fahren, kann physische Erregungszustände hervorrufen. Diese Erregung läßt sich genauso sehr dazu nutzen, sich auf ein Wettrennen einzulassen wie dazu, ein sexuelles Erlebnis zu steigern.

Für die meisten Menschen haben sexuelle Empfindungen, die sie als Jugendliche erleben, eine einzigartige Intensität, die manchmal zur Ursache dafür wird, daß Erlebnisse aus jüngster Zeit im Vergleich zu jenen verblassen. Als Folge davon bilden solche Pubertäts- oder Vorpubertätserfahrungen häufig den Stoff für Schlüsselphantasien oder bevorzugte Betätigungen dieses Menschen im späteren Leben. Das gilt sowohl für die Protagonistin in Sharon Mayes Geschichte als auch für die Hauptfigur in »Lang, lang ist's her« von Carolyn Banks. Während in Sharons Story das Automobil erotische Inhalte transportiert, bildet eine erotische Jugenderinnerung, die auf einen Museumsbesuch zurückgeht, die Grundlage für den Beitrag, den Carolyn geschrieben hat: »Ich erinnere mich noch, wie ich als Teenager einmal ins Museum gegangen bin. Das Museum hatte für mich etwas Erotisches, weil es der einzige Ort war, wo ich nackte Körper sehen konnte. Ich stellte mir dann vor, wie ich sie berührte und wie es wohl sein mochte, wenn ich noch nach der Schließungszeit im Museum eingesperrt wäre und all die Statuen plötzlich zum Leben erwachten.«

Carolyn nimmt diese Jugenderinnerung als Vorlage und baut sie in das Phantasieleben einer erwachsenen Frau ein. Während sie diese Phantasie weiter ausspinnt, gerät sie tiefer und tiefer auf das Gebiet des Verbotenen. Er, der verbotene Partner, ist viel jünger als sie, er zieht sie in Gegenwart von Passanten aus, die Exhibitionistin ist völlig hingerissen vom sinnlichen Zauber des Augenblicks, und der unerwartete Schluß steigert natürlich die erotische Spannung.

Ein anderer Weg, den erotischen Reiz zu erneuern und frischzuhalten, ist eine außereheliche Affäre. Die Möglichkeit der Entdeckung und die potentielle Bedrohung für die Ehe bringen das Adrenalin in Wallung. Die Zeit, die man notgedrungen allein verbringen muß, die Sehnsucht nach der / dem Geliebten, hält die erotische Spannung auf dem Höhepunkt. Jeder Augenblick, den man dann zusammen verbringt, gewinnt eine zusätzliche und ersehnte Intensität, was auf die oft verschlungenen, aber auch notwendigen Vorkehrungen und Planungen zurückgeht, die erforderlich sind, solche Affären außerhalb des gesellschaftlich Geduldeten aufrechtzuerhalten.

Sandy Boucher legt in ihrem Beitrag »Summen« besonderes Gewicht auf die Vielfalt von Gefühlen, die eine außereheliche Affäre mit sich bringt, körperliche Erregung steigert und für erotische Dichte sorgt. Wie Sandy hervorhebt: »Es ist der Reiz, die Tatsache, daß der Mann von nichts weiß, der verbotene Aspekt dieser Affäre, was den Kitzel der Erregung daran ausmacht. Jeder ausgetauschte Blick, jeder Moment ist erotisch aufgeladen und vibriert vor Erotik.«

Doch darüber hinaus beschäftigt sich »Summen« auch mit tieferreichenden Problemen. Wir haben darin eine Frau vor uns, die mit Veränderungen zu kämpfen hat, die von den Wechseljahren verursacht sind, und die Einzelheiten dieses Hauptteils werden in einer Weise dargeboten, die das Erotische eher betont als davon ablenkt. Dazu Sandy: »Die Menopause ist zugleich ein spirutuelles Sich-Öffnen, etwas, das eine Verwandlung bewirkt. Diese Frau durchlebt intensiv eine Periode der Umwandlung, und sie ist hochgradig verletzlich. Ihre

Fähigkeit, Zärtlichkeit, Fürsorglichkeit, Vertrauen anzunehmen, gestattet ihr, sich ganz ihrer Partnerin hinzugeben, und das verstärkt das sexuelle Empfinden. »Hinzu kommt«, so sagt Sandy, »ein Infragestellen der patriarchalischen religiösen Hegemonie, und der Rückgriff auf uralte matriarchalische Wurzeln wird durch die freudige Sexualität zweier Frauen unterstrichen, die sich in einem buddhistischen Meditationsraum lieben.«

Die Verbindung mit einem verbotenen Partner muß aber nicht unbedingt in aller Heimlichkeit ablaufen; es kann sich um jemanden von unterschiedlicher Rassenzugehörigkeit handeln, einer anderen Nationalität, um erhebliche Klassenunterschiede nach oben oder nach unten. Doch ein Mensch, der physisch anders ist, ein Mensch mit einer körperlichen Behinderung, ist in einer anderen Weise tabu – in einer Weise, die oftmals zugleich Beklemmung macht und reizvoll ist.

In ihrer Geschichte »Schrecklich normal« versetzt Rebecca Silver ihre Hauptfigur in dieses Dilemma zwischen Reiz und Furcht. Trotz allem, was der Beziehung im Wege steht – unterschiedlicher sozialer Hintergrund und Temperament – ermöglicht ihr das unwiderstehliche Hingezogensein zu der Stärke eines Mannes, der in der Art, wie er mit seiner Behinderung umgeht, so unglaublich vital ist, sich mit ihren Ängsten auseinanderzusetzen. »Das Erotische in dieser Geschichte ist so intensiv«, sagt Rebecca, »weil die Frau sich erfolgreich mit etwas auseinandersetzt, das in ihr selbst liegt und dagegen angeht. Sie hat ihre Angst überwunden – die Angst vor einem Körper, der anders ist.« Und diese Angst, diese gemischten Gefühle und das Ausweichen vor dem Außergewöhnlichen, Verbotenen tragen erheblich bei, erotische Spannung herzustellen.

Schließlich gibt es dann noch den Umgang mit dem Verbotenen um seiner selbst willen. In »Japanisches Spiel« denkt sich Victoria Starr eine völlig phantastische Situation aus. In dieser Geschichte kommt alles zusammen: Voyeurismus, Exhibitionismus, Rassenvermischung und Gruppensex. »Die Geschichte handelt von dem, was man nicht tun darf, vom Tabu dieser Gesellschaft«, sagt Victoria. »Das Verbotene ist erregend, weil es einem immer ferngehalten werden sollte.« Doch während in Erotica üblicherweise das Verbotene oder das Tabu ziemlich oberflächlich abgehandelt werden, beschäftigt sich diese Geschichte mit dem Verbotenen im Rahmen einer sehr intimen Beziehung. Und es ist hier gerade das Thema der intimen Beziehung als Grundlage dieses außergewöhnlichen Ereignisses, das die wesentliche Klammer ausmacht, die die ganze Geschichte zusammenhält und erst wahrhaft erotisch macht. »Das romantische Liebesmotiv«, sagte Victoria, »verleiht den Charakteren etwas Entspanntes und schafft eine lokkere Atmosphäre für dieses Experiment, da die Handelnden Vertrauen zueinander haben. Ohne dieses Moment wäre die Geschichte kaum erotisch. Sie würde eher Beklemmung hervorrufen, eben abgebrüht und knallhart.«

Es scheint also für Frauen zu stimmen, daß der Schritt ins Verbotene für sie die Sicherheit einer Beziehung im Hintergrund fordert. In jeder dieser fünf Geschichten, die die Grenzen des Verbotenen und des Tabus ausloten, bleibt der starke emotionale Zusammenhalt zwischen den Hauptcharakteren, die diese verbotenen Gebiete erkunden, etwas wesentlich Wichtiges.

Sharon S. Mayes

Autoerotik

Das rote Leder fühlte sich kühl an unter meinen Fingerspitzen. Tagträumereien hingegeben, strich ich mit der Hand über den Sitz und ließ sie dann wieder auf meinen Oberschenkel ruhen. Von der Kassette sang Joni Mitchell: »Sie hat den besonderen Südstaatencharme und setzt ihr eigenes Köpfchen durch.« Ich hab mich stets gefragt, warum Mom mich eigentlich Scarlett genannt hat. »Scarlett pfeift auf milde Gaben, eine Frau muß alles haben«, hatte sie gesagt. Ich konnte ihr darin nur zustimmen. Ich lächelte über die aufsteigenden Erinnerungen, die mir Gesellschaft leisteten. Don schlief auf dem Rücksitz, nachdem er die ganze Nacht in der Notaufnahme gearbeitet hatte. Ich hatte darauf bestanden, daß wir den Tag am Strand verbrachten, in einer Höhle, die ich das Paradies nannte.

Wir hatten früher einen kohlschwarzen Buick mit roter Lederpolsterung. Das war im Jahre 1959, und ich war gerade zwölf und er ging auf die zwanzig zu. Mein Vater liebte dieses Auto. Wir wuschen es beide. Ich beobachtete ihn dabei, wie seine kräftigen Hände liebevoll die Kühlerhaube mit dem Seifenschwamm streichelten. Er trug dabei seine alten karierten Bermudashorts und Tennisschuhe ohne Socken. Das Haar, genauso tiefschwarz wie der Wagen, fiel ihm in die Stirn, und wenn ich wußte, daß er nicht hinsah, bespritzte ich ihn unter irrem Gekicher mit dem Schlauch.

»Duuu kleines Scheusal«, schrie er dann, packte den Schlauch und richtete ihn auf mich. Wir rannten lachend um das Auto herum, bis ich dann irgendwann aufgab. Manchmal veranstalteten wir vorn auf der Wiese einen Ringkampf, während der schwarze Buick, auf Hochglanz poliert, am Bordstein stand. Dad schwenkte mich hoch in die Luft und schmiß mich dann auf den Vordersitz. Bevor ich mich noch richtig hochrappeln konnte, jagten wir schon über die baumbestandenen Landstraßen. Mein Haar wehte flatternd aus dem Seitenfenster, der warme Fahrtwind rötete meine Wangen. Dad zündete sich eine Zigarette an und konzentrierte sich auf die Straße. Er sprach nie sehr viel, aber ich himmelte ihn an. Unsere gemeinsame Liebe galt Geschwindigkeit, schnellen Autos und rotem Leder.

Wir würden für die Fahrt zwei Stunden brauchen. Nicht eben lange, wenn man gern Auto fährt. Ich öffnete das Schiebedach, sobald die Sonne den Nebel vertrieben hatte. Die wogenden grünen Hügel, die die Bucht einrahmten, tauchten aus den nächtlichen Nebelschleiern, das Wasser glitzerte wie Diamanten, und weiter voraus sah man die herrliche Brücke. Ein weiterer prachtvoller Tag im Paradies. Hunderte, Tausende, Millionen Menschen lebten nur zwei Autostunden vom Paradies entfernt, doch bei meiner Höhle war ich kaum jemals einem Menschen begegnet. Oft war ich allein hier, meilenweit weißer Sandstrand unter meinen Füßen, während der aufgewühlte Pazifik vor mir auf gigantische Felsen krachte, und hinter der Klippe bedeckten ganze Felder von Wildblumen die Hänge. Dort ästen Rotwild und Elche und paarten sich. Die Welt war hier lebensvoll und erzeugte neues Leben. Es war ein Ort zum Nachdenken, zum Träumen, zum Spielen.

Ich erinnere mich an den Abend, an dem ich heimlich aus meinem Schlafzimmerfenster kletterte und zum Haus meiner Freundin schlich, um zwei Freunde ihres Bruders zu treffen. Sie waren älter, vielleicht sechzehn, und einer von ihnen hatte ein Auto. Ich trug meine rosa Shorts und eine weiße Bluse mit Peter-Pan-Kragen. Meine Mutter und ich hatten an diesem Tag einen gräßlichen Streit gehabt, weil ich einen Büstenhalter haben wollte, und sie nur gemeint hatte: »Wofür denn?« Ja wirklich, wofür eigentlich? Der blonde Knabe saß hinter dem Lenkrad eines '53 Plymouth in Blaumetallic. Er duckte sich, um nicht gesehen zu werden, gerade als Susan und ich davor standen. Um die Schüchternheit ein bißchen abzubauen, lief ich um den Plymouth herum, strich mit der Hand über das Dach, den Kühlergrill, die Tür, bis ich direkt neben ihm stand. »Hübscher Wagen«, sagte ich mit einer ausholenden Bewegung.

»Ja«, grinste er leicht verlegen, die Zigarette zwischen die Vorderzähne geklemmt. »Wollen wir ne' kleine Spritztour machen?« Susan war schon auf dem Rücksitz bei dem etwas kurz geratenen mageren Jungen, der sich so weit von ihr weggesetzt hatte wie möglich. Ich dachte schon daran, die Tür aufzumachen und zuzusehen, wie er herausfiel, aber...

Den Kopf stolz zurückgeworfen, stieg ich vorn ein und sah ihn mir genau an. Er sah nett aus. In meinen Beinen prickelte es ein bißchen, und ich hatte mit einem Mal ein komisches Gefühl im Bauch. »Los, fahren wir.«

Sein Name war Billy. Er hatte die Highscool geschmissen. Seine Eltern waren geschieden, und er lebte mit seiner Mutter in einer Wohnwagenkolonie. Susan erzählte, daß er den ganzen Tag mit Autos zu tun hätte. Ich hatte nicht vor, mich dazu zu äußern. Ich war noch nie in seiner Gegend der Stadt gewesen. Ich rutschte rum, als er mich von der Seite her ansah. Auf dem Sitz unter mir lag so etwas wie Maschendraht, der an meinen nackten Schenkeln kratzte. Ich hatte vor, es ihm zu sagen, doch Billy war, genau wie mein Vater, ziemlich wortkarg. Ich bemerkte, daß sein Auto nicht annähernd so schön war wie Dads.

Schließlich erlaubte mir Billy, eine Decke über den kratzigen Sitz zu legen. Jedes Wochenende, wenn ich den Abend bei Susan verbrachte, fuhren wir in ein Autokino. Ich überlegte, daß das ruhig noch eine Weile so weitergehen könnte, bis meine Eltern es herausfanden. Billy schien mich zu mögen. Ich mochte ihn auch ganz gern, besonders, wenn er mich fahren ließ; spät abends konnte ich Nebenstraßen bei heruntergekurbelten Fenstern hinunterjagen, während der schwarze Himmel uns entgegenstürzte und die Bäume sich vor uns auf der Straße teilten. Billy lag dann auf dem Rücksitz und rauchte Zigaretten. Einmal sagte er, er denke daran, mich irgendwohin mitzunehmen.

Als er nächste Woche wiederkam, hatte er ein Radio in den Plymouth eingebaut. Als er mich gegen Mitternacht aufgabelte, war er mächtig herausgeputzt, ich meine, er hatte richtige Hosen an, keine Jeans. Er sagte kein Wort. Eine Stunde lang fuhren wir in Richtung Meer, und dann fand er die Stelle, wo er parken wollte. Wir saßen da und starrten die Trillionen Sterne an, und der Mond beleuchtete voraus einen Weg, der parallel zum Wasser verlief. Billy legte seinen Arm auf die Lehne meines Sitzes und drehte sich zu mir. Er sah mich komisch an, und ich starrte direkt zurück. Als er mich schließlich küßte, dachte ich, ich würde schmelzen. Seine Hand auf meiner Schulter fühlte sich heiß an. Ich war ganz hingerissen von seinem Geruch, seine Hände schoben sich langsam um meine Taille, er zog mich näher zu sich heran, bis er mich ganz eng umschlungen hielt. Aus dem Radio plärrte Conway Twitty »It's only make believe.« Ich fragte mich, wie lange das so dauern könnte.

Als mir das Küssen gerade so richtig Spaß zu machen begann, spürte ich seine Hand im Rücken unter meiner Bluse. Ich dankte Gott, daß meine Mutter in der Büstenhalterfrage nachgegeben hatte. Ein warmer Schauer kroch mein Rückgrat hoch, aber ich hörte gerade noch rechtzeitig auf, ihn zu küssen, um herausbringen zu können, daß ich das eigentlich nicht machen wollte. Er zog sich zurück und schaute mich traurig an. Mir tat es leid, daß er das so aufgenommen hatte. Immerhin hatte ich ja nicht gesagt, daß ich aufhören wollte. Er legte seine Hand auf mein Knie und drückte zu. »He, hör damit auf, das kitzelt.« Dad machte das oft bei mir.

»Du bist ein hübsche Mädchen, weißt du das?«

»Nein.« Ich war verärgert und geschmeichelt.

»Du bist noch ein Kind, weißt du.«

»Nein, bin ich nicht!« Das brachte mich in Wut, und ich wollte aussteigen und ein Stück gehen. »Was glaubst du denn eigentlich, was du bist?« gab ich wutentbrannt zurück.

»Ich bin niemand«, sagte er mit Betonung. »Niemand, mit dem du rumspielen kannst.«

»Ja wirklich? Naja, dann geh ich eben.« Ich hatte meine Hand schon am Türgriff.

Er griff nach meiner Schulter und drehte mich zu sich hin. Er küßte mich ganz fest, dann hob er mich hoch und schaffte es irgendwie, mich auf den Rücksitz zu bugsieren. Er bedeckte mein Gesicht mit Küssen. Ich fühlte sein Gewicht auf meinen Beinen, und sein Knie schob meinen Rock hoch. Sanft knöpfte er meine Bluse auf. Seine Hand legte sich über meine Brust, und sie schwoll ihm entgegen. Ich zitterte am ganzen Leib.

Seine Knie drückten meine Beine auseinander, und ich spürte, wie etwas Hartes sich gegen mich preßte. Von Empfindungen überwältigt, vergaß ich die ganze Welt um mich her, ja sogar mich selbst. Ich war mir nur der weichen Decke im Rücken bewußt, nahm seinen Geruch auf und spürte das Ziehen im meinen Brüsten.

Plötzlich setzte er sich auf und schlug die Hände vors Gesicht. »Ich kann nicht.« Ich wußte nicht, was er meinte, was eigentlich los war. Er brachte mich in sitzende Stellung und küßte mich zart auf die Wange. »Du bist noch ein Kind, du dürftest gar nicht hier sein. Komm, ich fahr dich nach Hause.«

Ich hab ihn nie wedergesehen. Aber über eine lange Zeit mußte ich fast jede Nacht an ihn denken. Manchmal sogar heute noch. Wir hatten jetzt die Brücke überquert, mein silberner Prelude, ich und Don auf dem Rücksitz. Nur noch eine kurze Strecke auf dem Highway, bevor wir dann zum Meer abbiegen mußten und um die impressionistischen Hügel kurven würden, durch Täler mit Rotbuchen, über baumlose Ebenen nahe dem Wasserreservoir, wo die Habichte kreisen. Es war fast kein Verkehr. Ich trat das Gaspedal weiter durch, fegte mit quietschenden Reifen durch Kurven, ließ mich an Abzweigungen von der Kraft des Wagens herumschleudern. Ich drückte mich tief in den Schalensitz. Zeit für eine nächste Kassette, eine Zigarette.

Nach Billy passierte ein oder zwei Jahre lang nicht mehr viel. Susan und ich verbrachten viele Nächte brütend über alten Nummern von Plaboy, die ihrem Vater gehörten, während zur Untermalung die Top Twenty liefen. Manchmal streichelten wir uns gegenseitig den Rücken, und das Kitzelgefühl im meinen Brüsten meldete sich wieder. Eines sonntags morgens wachte ich blutbedeckt auf, voll Schreck, daß Gott mich wegen dieses Gefühls gestraft haben könnte. Susan versicherte mir beruhigend, daß das gar nichts Großes wäre, nur eine lästige Sache, die sich jeden Monat einstellte. Mom meinte, ich wäre jetzt eine Frau. Aber das hieß noch lange nicht, daß ich mich auch wie eine benehmen durfte.

Drei neue Jungs zogen in unserem Block ein. Ziemlich gammelige Knaben namens Darren, Meryl und Hotrod. Ich pflegte

Hotrod dabei zuzusehen, wie er jeden Tag seine Harley-Davidson auf Hochglanz brachte. Meryl hatte eine alte Schrottkiste, einen dieser Kombis, die aussahen, als wären sie ganz aus Holz.

Susan und ich hatten die Wälder hinter ihrem Haus voll in unseren Besitz gebracht: das war unser abgestecktes Territorium. Wir hatten uns eine Festung in einer mächtigen Linde gebaut, wo wir oft zum Sonnenbaden nackt herumlagen. Es dauerte nicht lange, bis Darren, Meryl und Hotrod hinter uns her spionierten. Hotrod nannte uns »Lockenten« für den Knast und versuchte, die anderen Burschen davon zu überzeugen, daß sie die Hände von uns ließen. Als wir dann alle schließlich so weit waren, daß wir wenigstens miteinander sprachen, stichelte ich, alberte herum, machte allen möglichen Blödsinn, aber ich bettelte nie um eine Spritztour auf dem Motorrad. Nachdem die Babys zur Beratung die Köpfe zusammengesteckt hatten, kam es zu einer Abmachung: eine Fahrt für ein Spiel Strippocker. Strippoker zuerst, danach die Runde auf dem Byke. Ich fing an zu glauben, daß Jungens nicht gerade fair sind.

Wir versammelten uns in unserer Baumfestung. Ich war bereit und zuversichtlich, da ich beim Spiel noch nie oft verloren hatte. Ringe, Halstücher, Schnürsenkel – alles zählte, und ich schleppte eine Menge Klunkern von meiner Mutter mit mir herum. Die arme Susan war nicht so pfiffig gewesen, und sie verlor gleich von Anfang an. Darren und Susan saßen schon in ihrer Unterwäsche da, während Hotrod und Meryl hin und wieder für ein paar Minuten verschwanden. Susans mollige Brüste stachen aus ihrem BH hervor, und die durchschimmernden Brustwarzen waren so rot wie ihre Backen. Sie lachte hysterisch und schien fröhlicher, als ich es bei ihr je erlebt hatte. Darren, dessen Augen an ihren Brüsten klebten, saß nur da und hatte die Jacke über seinen Schoß gelegt. Niemand achtete mehr auf die Karten. Daß ich so rot im Gesicht war, kam einfach daher, weil ich wütend war. Die ganze Aufmerksamkeit galt nur Susan. Ich erinnerte mich, daß mir hier zum ersten Mal der Gedanke kam, daß in manchen Fällen Verlieren auch Gewinnen bedeuten kann.

Als ich mich schon davonmachen wollte, sagte Meryl, daß er

mir etwas zeigen müßte, daß er auf einer Lichtung gefunden hätte. Ich folgte ihm durchs Gebüsch, Susan und Darren verhandelten gerade über neue Regeln, wobei der nächste, der verlieren würde, den anderen gestatten mußte, ihn an jeder Körperstelle zu berühren, die er sich aussuchen durfte. Vom Spiel gelangweilt, folgte ich Meryl ins Unterholz. Als wir auf die Lichtung kamen, stand Hotrod dort hinter einem Baum, die Harley neben sich aufgebockt. »Komm«, sagte er, »Du bekommst ne' Fahrt.«

Es war eine mächtige Maschine. Ich konnte kaum raufklettern und verrenkte mir die Knie, doch schließlich schaffte ich es, hinter Hotrod aufzusteigen, während Meryl sich hinter mich setzte. Ein gewaltiger Schub ließ uns vom Boden abheben. Wir fuhren ein paar Mal im Kreis, bis wir einen Satz in die Luft machten und auf dem Sandweg landeten. Ich hatte die Augen fest zugekniffen und schickte ein Stoßgebet zum Himmel, obwohl ich gerade vor kurzem erst Atheistin geworden war. Hotrods Haare klebten in meinem Gesicht, und ich legte meinen Kopf auf seine Schultern. Die Bäume flogen über uns als schwarze Masse dahin, Meryl rückte näher an mich heran und umschlang mich mit Armen und Beinen. Seinen Kopf hatte er an meinem Hals begraben, und ich spürte seinen Atem heiß unter meinem Hemd. So eingeklemmt zwischen beiden, fühlte ich mich unbesiegbar. Die Räder schlugen auf Asphalt auf, nachdem wir vom Sandweg über einen Graben gesetzt waren, Staub wirbelte wild auf, und ich schrie auf. Es war ein starkes körperliches Aufwallen von Energie, ich war völlig hingerissen. Die freie Straße vor uns versetzte mich in Ekstase.

Meryl begleitete mich häufig auf meinem Schulweg. Er war da, wenn ich frei hatte, und wir gingen dann zusammen nach Hause. Gelegentlich kam er auch mit seiner Schrottkiste, und wir fuhren dann in den Vergnügungspark, wo wir Berg- und Talbahn fuhren, in die ich mich am liebsten setzte. Für einen Jungen war er unglaublich nett zu mir. Wir gingen sogar dazu über, Händchen zu halten, und wenn ich beim Nachbar Babysitten war, kam er zu mir herüber.

Unsere Eltern hatten sich schon seit langem angefreundet. An Wochenenden spielten sie bis spät in die Nacht Bridge. Wir hockten dann in meinem Schlafzimmer oder seinem und gaben vor, fernzusehen. Im Frühjahr, kurz vor meinem vierzehnten Geburtstag, machten unsere beiden Familien einen Ausflug in den Nationalpark, wo wir ein großes Picknick veranstalten wollten. Meryl aß zehn Hamburger und zehn Hotdogs auf seinem Sitz. Nachdem unsere Eltern von Softball und Schwimmen geschafft waren, machten wir uns dünne, auf Schatzsuche zu gehen. Ich trug neue, purpurrote Shorts und ein Top mit Trägern, das Mom mir nach monatelangem Quengeln und Zanken gekauft hatte. Meryl lief vor mir her, verstecke sich hinter Bäumen und sprang dann mit lauten Buh-Rufen hervor. Er dachte, er könnte mir Angst einjagen, und ich tat sogar so, als hätte ich welche. Wir setzten uns unter eine schattige Eiche, um den Eichhörnchen zuzusehen. Das war der Moment, als ich rechts neben mir im Gebüsch sich etwas bewegen sah. Ganz leise gingen wir auf Zehenspitzen näher heran, um besser sehen zu können. Zuerst wußte ich nicht zu sagen, was sich da abspielte. Ich sah rosiges Fleisch, das sich rhythmisch bewegte, Beine, die aus dem Boden zu wachsen schienen. Es gab auch viel Gestöhn, aber das war nicht furchteinflößend. Meryl legte mir die Hand über den Mund und zog mich weg. Er sagte, die »ficken«. Meine Neugier behielt die Oberhand über meinen gesunden Menschenverstand, von dem Mom meinte, ich hätte eh nicht so viel davon. »Laß uns zusehen«, flüsterte ich.

»Ich kann dir zeigen, wie man's macht«, grinste Meryl und hielt meine Hand ganz fest. Meine Hand schien eine ganz enge Verbindung zu meinem Bauch zu haben, denn ich spürte wieder dieses schmerzhafte Ziehen. Bevor ich antworten konnte, küßte er mich auch schon. Mein Kopf fiel zurück ins Laub, und meine Arme, die nirgendwo Halt fanden, mußte ich um ihn legen. Als er anfing, meine Brüste zu befühlen und seine Hand zentimeterweise in meine Shorts schob, spürte ich die Hitze stärker in mir aufsteigen. Es war wie in dem Augenblick, als das Motorrad vom Boden abgehoben hatte. Ich wollte jetzt nicht Halt machen. Ich konnte Conway Twittys Song hören und spürte Billys Autodecke unter meinem Rücken. Ich roch den fremden Männergeruch, spürte seine Armmuskeln, das Harte zwischen seinen Beinen. Er streichelte die Innenseiten meiner

Schenkel, schlüpfte mit den Händen unter meine Shorts und in meine Höschen. Ein unglaublicher elektrischer Schlag fuhr zitternd meine Beine hinab und in meinen Unterleib. Meryl versuchte gerade, mir die Shorts herunterzuziehen, als ich am Baum ein Gesicht sah. Es war Hotrod, der direkt über uns stand.

Mit ungewohnter Kraft schob ich Meryl von mir. »He, was machst du denn da, du Schleimer?« Der eine Träger an meinem Top war fast heruntergerutscht, und meine Shorts waren voller nasser Flecken. Meryl lag einfach steif neben mir und starrte Hotrod wie ein Idiot an. »Du spionierst.« Ich war sehr ungehalten.

Hotrod kniete sich hin, zog mir ganz beiläufig den Halter bis zur Taille herunter. Er besah sich meine Brüste und lächelte. Meine Brustwarzen standen vor und wollten berührt werden. Ich schlang die Arme um mich und stierte ihn böse an. Ich konnte sehen, daß seine Hosen genau wie bei Meryl ausgebeult waren. Er nahm einen Zweig und strich damit die Innenseite meiner Beine auf und ab, dann über meine Shorts und ließ ihn dann weiterkreisen. Kleine Wollustschauer mischten sich in meinen Unmut. Meryl schaute uns, den Kopf auf den Ellenbogen gestützt, zu. Seine Jeans standen offen. Hotrod rieb über die Schwellung an seiner Hose, während er weiter mit dem Zweig herumspielte. Ich wollte weiter zusehen, doch stattdessen wälzte ich mich auf den Bauch, neugierig und ärgerlich zugleich. Meryl rubbelte meinen Rücken, und ich konnte hören, daß Hotrod heftig atmete. Aus der Ferne rief Dad nach mir. Ich schoß hoch und lief los, ohne zurückzuschauen...

An einer bestimmten Stelle gabelt sich die Straße. Wenn man sich dann nach rechts wendet, kommt man an einen ganz bestimmten Punkt. Ich nahm die Kurve ohne zu zögern, weil ich wußte, daß zehn Kilometer voraus das war, was ich das Tor zum Paradies nannte. In Wirklichkeit war es nur ein Durchlaß für das Vieh. Das Tor stand immer offen, und in die Straße waren Metallnoppen eingelassen, um die Autofahrer zu zwingen, mit dem Tempo herunterzugehen. Doch für mich war es viel mehr. Vom Meer her strich heulend ein starker Wind über die Weiden, der Prelude zitterte unter den Böen. Kühe weideten träge zu beiden Seiten und wandten uns gleichgültig die Köpfe zu. Ich spürte, wie mein Kaschmirpullover meine Brüste kitzelte. Mit 140 km/h auf den Rand der Erde zuzujagen, lenkte mich ab. Don war jetzt wach und reckte sich auf dem Rücksitz wie eine Katze, langte nach einer Zigarette.

»Da sind wir, kurz vor dem Tor zum Paradies«, rief ich fröhlich.

»Scarlett, um Himmels willen, fahr langsamer.« Auf der Suche nach Feuer zappelte er hinter mir herum. »Wer glaubst du denn, wer du bist, etwa Richard Petty?«

»Sei nicht so mufflig, schau dir doch nur diesen herrlichen Tag an.«

Im Sonnenlicht leuchteten die Wiesen smaragdgrün. Wilder Iris zog purpurne Streifen durch das Grün. Das war ein Ort, wo ich gern ausgelassen über die Felder rannte, mich die Hügel hinabrollen ließ oder mit dem Gesicht zur Sonne gewandt dalag und spürte, wie sich die Erde unter mir drehte. Ich bog auf den Parkplatz am Ende der Straße. Don packte unsere Sachen zusammen: Wasser, Obst, Bücher, Ferngläser, Pullover. Ich stieg aus und streckte mich, dann schob ich den Sitz nach vorn, um ihm zu helfen.

»Komm her.« Er zog mich hinein, bis ich auf ihm lag und küßte mir wild das Gesicht.

»He, was ist das denn?« Er hatte seine Hand unter meinen Jeans und knetete mein Hinterteil. Sein Hemd war bis zur Taille offen, seine braungebrannte Brust warm und schrumpelig vom Schlaf. Ich wühlte mein Gesicht hinein. »Laß uns erst runter zur Höhle gehen.« Ich wollte das köstliche Vorgefühl verlängern.

Sanft drückte er meine Brüste in seine Handflächen und begann, mit meinen Brustwarzen zu spielen. Der kräftige Ledergeruch der Sitze vermischte sich mit seinem Schlafgeruch. Ich konnte sehen, wie sich die Eukalyptusbäume rhythmisch im Wind wiegten. Ich schloß die Augen und unsere Zungen berührten einander. Er wußte, was ich unwiderstehlich fand. Ich konnte nicht fünf Minuten auf ihm drauf liegen, ohne ihn in mir drin haben zu wollen, und solange hielt er mich mühelos fest.

»Wir haben den ganzen Tag vor uns, Liebes. Jetzt, später im

Auto, in der Höhle, auf den Feldern, wo immer wir Lust haben«, flüsterte er und leckte gleichzeitig mein Ohr.

Im Wagen breitete sich eine mollige Hitze aus, nur gelegentlich unterbrochen von der kühlen Brise, die durch die offene Tür hereinkam. Bald schon steckte ich ihn in mich hinein und hörte seinem üblichen lustvollen Gemurmel zu. Ich stützte mich auf die Armlehne und spürte den kalten Stahl des Türgriffs dicht über dem weichen Leder des Polsters. Ich bewegte mich auf ihm, mein Gesicht in seinen weichen Hals gedrückt. Seine Hände mußten mich mehrmals festhalten, während wir in unserer jeweiligen Ekstase dahintrieben. Der Rücksitz hüllte uns in Rot wie die heißen Flanellaken auf unserem Bett...

In meinem fünfzehnten Sommer zog ich weit weg von Susan, Meryl, Darren und Hotrod. Wir lebten in einem Vorort nahe der Stadtgrenze einer Kleinstadt. Ich war in trüber Stimmung und unglücklich, vermißte meine alten Freunde. Tagein, tagaus machte ich lange Spaziergänge über schmale Landstraßen. Eines Tages kam eine Wagenladung Jungs pfeifend, zischelnd und schnalzend vorbeigerast. Ich beneidete sie um ihre schnelle Kiste. Wenige Minuten später waren sie zurück. Ich ging weiter, war mir durchaus meines engen Rocks bewußt, der mein pralles Hinterteil voll zur Geltung brachte. Sie hielten an. Ein langer, schlaksiger Knabe stieg aus, das braune Haar stand in der Mitte stachelig hoch, während es an den Seiten mit Pomade angeklatscht war. Ich lächelte ihn höflich an. Der heißgemachte kirschrote '57 Chevy röhrte neben mir. Der Fahrer jagte den Motor rücksichtslos hoch, und Kies und Staub flogen durch die Luft.

»Hay, du bist neu hier, wa?« Das »wa« wurde an jeden Satz angehängt. Zustimmung wurde dabei schon immer unterstellt.

»Yeah.« Ich hatte ihn in der Schule herumhängen sehen und wußte, daß er einer von den »jungen Strolchen« war, wie meine Mom sie nannte. Er spielte schwarze Musik auf seinem Saxophon und war in einer Jazzband, deren Mitglieder auch Schnaps tranken. Er trug stets Jeans und ein schwarzes T-Shirt mit einer Schachtel Camel, die in seine Ärmel eingerollt war. Er stand in dem Ruf, der beste Sandbahnrennen-Fahrer im ganzen Bezirk zu sein. Der Chevy gehörte ihm.

Stirnrunzelnd sagte er zu mir: »Ein Mädchen sollte nicht allein hier draußen rumlaufen, wa.« Auf mich zugehend, blieb er stehen, als ich auch stehenblieb. »Es sei denn, du suchst irgendwas, wa.«

»Oh yeah.« Ich legte eine Hand auf die Hüfte und verlagerte mein Gewicht so auf die eine Seite, daß sie provozierend hervorstand. »Besten Dank, daß du's mir gesagt hast.«

»Wie heißt du?« Desinteressiert zündete er sich eine Zigarette an.

»Wenn du's unbedingt wissen mußt, Scarlett.« Ich wandte mich im selben Augenblick ab wie er. »Und du?«

»J. B.«

»Was ist das denn für ein Name?« Nur Initialen statt eines Namens waren blöd, dachte ich. Offenbar spürte er meine Mißbilligung.

»Darf ich Sie ein Stück mitnehmen, Madam Scarlett?« Er machte einen Kratzfuß wie ein Ritter, der sich vor einer Prinzessin verneigt, und seine Galanterie brachte mich ziemlich durcheinander.

»Vielleicht irgendwann.« Ich hatte nicht die Absicht, zu diesen kreischenden Idioten ins Auto zu steigen. Einer von ihnen lehnte an der Kühlerhaube und kämmte sich das Haar.

»Wie wär's denn mit jetzt, Miss Schnippisch?« Sein schiefes Grinsen war ansteckend. Ich mochte ihn bereits.

»Nein.« Ich warf den Knaben im Auto einen wütenden Blick zu. »Bis bald.« Ich machte schwingend kehrt und schlenderte heimwärts. Ich war hochrot vor Erregung. Jetzt war ich wieder ganz lebendig, dachte mit heißen Backen daran, was ich alles zu ihm hätte sagen sollen, witzige, schlagfertige Antworten, knappe, spitze Retourkutschen. Ich wollte mit ihm in diesem Chevy ein Sandbahnrennen fahren.

J. B. hatte vor mir noch keine Freundin gehabt. Die Boys akzeptierten mich widerwillig, und auch die anderen Mädchen waren nicht gerade überfreundlich zu mir. Wir paßten irgendwie gut zusammen, hitzköpfig, ungeduldig und wütend, wie wir waren. Niemand wußte es, aber dieses ganze Zeugs, das Jungen und Mädchen miteinander trieben, war bei uns nicht drin. Wir waren Freunde. Ich half ihm an seinem Auto basteln, und er brachte mir bei, wie man eine Gangschaltung bedient. Jeden Samstag gingen wir zum Sandbahnrennen. Es gab ausgesprochen lächerliche Regeln, nach denen Mädchen auf der Rennbahn dies oder das nicht durften. Doch wenn wir allein draußen auf dem Land waren, ließ er mich üben, Rennen zu fahren. Eines Tages, so meinte er, würde man auch Mädchen zu den Rennen zulassen und er fänd's gut, wenn ich dann darauf vorbereitet wäre.

Einige Monate später nahm er mich mit in einen Nachtclub, wo er spielte. Leidenschaft atmete heiß aus seinem Saxophon. Dies war Abenteuer, Leben, wie ich es mit allen Sinnen genießen wollte. Tanzen liebte ich fast genauso wie Autofahren. J. B. war zufrieden. Er sagte, daß ich »Fortschritte« machte, was immer das bedeuten mochte. Während der Pause setzte er sich zu mir, und ich fühlte mich ziemlich wichtig. An diesem Abend gab er mir einen Gutenachtkuß. Es war kaum mehr als ein Schmatz, aber immer noch besser als nichts.

Ich träumte, daß ich eine Landstraße entlangging. Eine Wagenladung Boys mit J. B. am Steuer bremste vor mir. J. B. stieg aus und ging auf mich zu. Langsam knöpfte er meine Bluse von oben nach unten auf, er schob seine Hand in meinen BH und nahm eine Brust heraus. Die anderen Boys sahen mit aufgerissenen Augen zu. Ich drehte den Kopf weg, damit er mir nicht an den Augen ablesen konnte, wieviel Vergnügen ich dabei empfand. Zärtlich strich er über meine Brustwarzen, hakte dann meinen BH auf und schloß die Hände fest über meine Brüste. Ich stand ganz unbeweglich da und ließ mich von ihm berühren, wo er wollte. Er kniete sich hin und fuhr mir mit seinen Händen über die Beine zu meiner Hüfte hinauf und dann zurück zu meinen Höschen. Meine Höschen waren naß. Als er sie mir unter dem Rock herunterstreifte, wachte ich auf.

Ich schloß meine Beine fest um Don und das Gefühl zu steigen fing wieder an. In dem Augenblick, kurz bevor vor Beginn eines Rennens die Flagge fällt, ist der Drang, loszubrausen, abzuzischen, kaum noch zu kontrollieren. Sobald dieses Gefühl einsetzt, gibt es kein Zurück mehr. Es gibt nur noch dieses verzehrende Verlangen, jeden Zentimeter Straße unter sich zu haben, aus jedem Beschleunigen einen Teil des Finish zu machen, das nur so aufregend und befriedigend sein kann, wie alles, was man vorher an Energie aufgebracht hat, um bis zur Finalrunde zu gelangen. Die Ziellinie zu überfahren, hat etwas Magisches, setzt einen Schlußpunkt, an dem ich die Bremsen nur ganz vorsichtig einsetze. Nachdem ich angehalten habe, habe ich nur noch den Wunsch, gleich wieder zur Startlinie zurückzukehren. Don hielt mich fest und atmete schwer. Einige Minuten blieben wir bewegungslos.

Ich setzte mich auf und lächelte ihn an. Seine Wangen glühten, die Augen hielt er geschlossen. Ich fragte mich, ob seine Phantasiewelt der meinen ähnlich wäre, ob auch ihn Erinnerungen, Träume aus der Vergangenheit gleich stark anmachten wie mich. Gab es einen Weg, wie man darüber reden könnte? Würde dadurch ruiniert werden, was wir hatten? »Schatz, woran denkst du eigentlich, wenn wir uns lieben?«

»An dich.« Er sagte es, ohne die Augen aufzumachen, ohne alles Zögern.

»Nur an mich? An nichts sonst?«

»Naja, an deinen wollüstigen Körper.«

»Na komm schon, du denkst doch nicht nur an das, was wir gerade tun. Was sonst noch, sags mir!«

»Du bist sexy, was soll ich sagen. Ich will nur das, was im Augenblick wirklich ist.«

Männer müssen ganz verschieden sein, dachte ich und hütete mich, das natürliche Gleichgewicht der Dinge durcheinanderzubringen. Ich war nicht unglücklich darüber, daß er mich sexy fand.

Wir schlenderten den Sandweg entlang, der Wind peitschte um uns, und in der Ferne war das Donnern der Brandung zu hören. Die Sonne schien, doch sie wärmte kaum. Ich wußte, daß der feine Sand in der kleinen Bucht heiß sein würde. Die ganzen Kleider würden dann wieder runterkommen. Wir hielten uns an den Händen und bestaunten gemeinsam das purpurne Eiskraut, die wilden Lilien und den orangefarbenen Klatschmohn am Wegesrand. Don entdeckte an einem Berghang einen prachtvollen Elch.

J. B. und ich gingen ein Jahr fest miteinander. Außer einem einfachen Gutenachtkuß machte er nie Anstalten, mich zu berühren. Ich fing schon an zu überlegen, ob er nicht etwas sonderbar wäre. Oft folgten wir den Autos mit anderen Teenagern, um irgendwo zu parken, aber alles, was wir machten, war, über Autos reden, Science Fiction und Musik. Eines abends, es war im Juni, gab sein Freund Butch ihm eine Flasche mit schwarzgebranntem Whiskey. J. B. wollte mit mir zu einer anderen Stelle fahren, um ihn mal zu probieren. Er hätte da einen Friedhof entdeckt, wo nie jemand hinging. Der Weg war unbefestigt, aber passierbar und führte zu einer sacht abfallenden Wiese, auf der Trauerweiden und umgestürzte Grabsteine Ruhe und Frieden verbreiteten. In dieser Nacht herrschte Vollmond und es war hell genug, das ganze Tal zu überblicken. Wir tranken einiges von dem Whiskey, er brannte mir in der Kehle. J. B. trank weiter, und ich beobachtete die Sterne. Die Flasche in der Hand, kletterte er aus dem Wagen und folgte mir. Der Chevy schimmerte im Mondlicht fast wie unter Neonlampen. Ganz gegen seine sonstige Gewohnheit legte J. B. mir seinen Arm um die Schultern. Ohne zu sprechen, bewegungslos, starrten wir lange zu den Sternbildern hoch. Dann sagte er plötzlich aus heiterem Himmel: »Ich liebe dich.«

Mir war, als müßte ich ganz ohne Grund gleich zu weinen anfangen. »Ich liebe dich auch, J. B.« Das war so einfach, und ich glaube, zu jener Zeit liebte ich ihn wirklich, mindestens genauso sehr, wie ich seinen Chevy liebte.

»Laß uns auf den Rücksitz klettern, wa.«

»Okay.« Ich war bereits schon schrecklich nervös, aber jetzt schien mein Herz sich selbst zu Tode schlagen zu wollen. Meine Beine waren wie Gummi. Ich wußte, daß es jetzt wirklich so weit war. Der geisterhafte Mond und die Sterne waren mir gruselig. Der Rücksitz des Chevys dagegen schien einladend.

Seine Küsse waren anfangs langsam und zögernd und steigerten sich dann zu rasender Leidenschaft. Das eine Jahr des Abwartens und der Erwartung hatte das Verlangen angefacht. Er erschien mir wie jemand, den ich nicht kannte, ein Fremder. Ich berührte ihn zum ersten Mal und war schockiert, als ich fühlte, wie groß er in meiner Hand war. In meine Brüste stieg Wärme. Er knöpfte meine Bluse wie in jenem Traum auf und zog mich ganz liebevoll und sorgfältig aus. Wir zitterten beide, als wir fieberhaft weitermachten. J. B. streichelte sacht meine Brüste, bis ich fühlen konnte, wie die Stelle zwischen meinen Beinen warm und feucht wurde. Seine Küsse waren jetzt ganz anders als vorher, zuerst lang und sanft, und dann leckte seine Zunge über meine wie eine Flamme, die im Dunkeln tanzt. Seine langen, schlaksigen Beine drückten meine Beine Zentimeter um Zentimeter rhythmisch auseinander. Seine Schwanzspitze stippte in meinen Bauch, und ich konnte nicht widerstehen, ich hob mich an, ihm entgegen, öffnete meine Beine so weit, wie es der Rücksitz gestattete. In meinem Blickfeld flammte ein weicher roter Schein auf, als er in mich eindrang. Seine Küsse bedeckten wild mein Gesicht. Ich erinnere mich dann nur noch an das darauf folgende Gefühl endloser Bewegung. Die Sterne zwinkerten und fielen vom Himmel. Hinterher rasten wir die Landstraße so schnell entlang, wie an Geschwindigkeit aus dem Chevy herauszuholen war, mit heruntergekurbelten Fenstern, um unsere heißen, erschöpften Leiber abzukühlen. Ich war völlig atemlos, außer mir, von Sinnen.

Don las angestrengt. Ich spielte mit dem Sand, ließ ihn durch meine Finger laufen, sah zu, wie mein Diamant prall wurde. Rechts von mir in der Klippe hatten Seemöwen ihr Nest. Sie führten eine lebhafte Unterhaltung, kreischten einander zu, flogen dann auf Futtersuche für die Jungen. Ich erinnere mich, daß ich als Vierjährige den Wunsch gehabt hatte, ein Vogel zu sein. Mom kam, als ich mich gerade vorbereitete, aus dem Fenster zu fliegen und ermahnte mich sehr streng, daß ich nicht wie ein Vogel fliegen könnte, wenn ich ja ein Mädchen sein wollte. Der logische Kern dieser Aussage ist mir entfallen, doch ich fühle mich stets daran erinnert, wenn ich Vögel beobachte. Ich hab keine Flügel, sagte ich übermütig zu mir, aber ich hab Räder!

Don rieb meine Beine mit Sonnenöl ein. Seine Zärtlichkeiten kamen immer ganz unvorbereitet. »Willst du zurück zum Auto?« flüsterte er eindringlich und knabberte zärtlich an meiner Schulter.

»Was hast du bloß heute mit dem Auto?« fragte ich lachend. Ich kam langsam ins Grübeln, ob er nicht doch Bescheid wußte.

Carolyn Banks

Lang lang ist's her

Sie lächelte, als sie ihn so unberührt von allem stehen sah. Das Gewicht auf eine Hüfte verlagert, als wartete er schon seit langer, langer Zeit. Die schwächer werdende Sonne drang noch durch das Oberlicht, doch er schien nichts zu bemerken. Weder blinzelte er, noch hob er eine Hand schützend vor die Augen.

Früher am Tag hatte sie zugesehen, wie zwei Teenager an ihm vorbeigegangen waren. Sie hatte auf ihre jungen Beine geschaut, den raschen Schritt, die wippenden Röcke, die Haare straff zusammengebunden und lang herunterfallend wie Mädchen aus einer Fernsehwerbung unter der Überschrift »Junge Amerikanerinnen«. Sie hatte einen kleinen Stich von Neid verspürt, eine unbestimmte Furcht auch. Sie waren jung, und er war jung, und ihr Kichern galt ihm, ihm allein; eine klare Aufforderung, schwärmerische Bewunderung.

Doch das machte nichts. Er schaute nicht mal zu ihnen hin. Allein dies schon, so fand sie, machte ihn nur noch attraktiver und würde die Mädchen veranlassen, zurückzukommen.

Laß sie doch, dachte sie plötzlich, als wäre der Gedanke allein schon eine Kühnheit, laß sie doch! Denn unter allen Frauen, allen Frauen durch die Jahrhunderte, ob jung, alt, glatthäutig oder nicht, hat er mich erwählt!

Das war eine Erkenntnis, die ihr Schwindel verursachte. Cylia fühlte sich als eine, die etwas ganz besonderes war. Es war auch etwas, das niemand außer ihr wissen mußte. Sie fühlte sich einfach schon dadurch als Ausnahme, daß sie sich diesen einen Gedanken immerzu wiederholte: er hat mich erwählt. Sie spürte es ganz unmittelbar: Wenn sie sich diesen Gedanken in eine Empfindung übersetzte, dann müßte es so sein, als würde die äußerste hauchdünne Schicht ihrer Haut zu knistern anfangen, ja vielleicht sogar glühen.

Sieh nur, was das bei dir angerichtet hat, ermahnte sie sich tadelnd selbst, aber ganz und gar nicht unglücklich.

Er hatte sie nicht hereinkommen sehen, und sie war froh darüber. Das gab ihr Gelegenheit dazu, ihn ganz offen zu betrachten, ohne abgelenkt zu werden. Das tat sie dann auch, nahm alles in sich auf, versuchte sich zu erinnern, wo sein Haar sich kräuselte, wo er glatt und haarlos war. Das und jede Sehne, jeden Muskel, jede Wölbung, jede Kurve.

Sie wußte, er war von klassischer Schönheit, und insofern war er sowohl zeitlos als auch geschlechtslos, womit sie sagen wollte, daß auch halbwüchsige Knaben sich vermutlich genauso benommen hätten wie jene albernen jungen Mädchen, die sich in seiner Gegenwart ihrer selbst, ihrer Sehnsüchte, ihrer neu erwachten Begierden voll bewußt gewesen waren.

War das denn nicht genau auch das, was ihr geschehen war? War sie nicht auch selbst nur müßig herumgeschlendert, ganz mit sich bechäftigt, als sie plötzlich, ja beinahe prickelnd, im Bewußtsein seiner Gegenwart aufgeschreckt war, ganz so, als zielte etwas auf sie; Cupidos Pfeil vielleicht.

Das hinterließ keine sichtbare Spur, obwohl sie das erwartet hatte; sie spürte ein unnennbares Verlangen, etwas, das sie mit sich fortriß. Davon war überhaupt keine Spur geblieben. Sie sah danach noch genauso aus wie vorher – doch nein, nicht ganz. Danach war sie leicht erhitzt gewesen, die Lippen ganz leicht aufgeworfen, irgendwie gesünder, wenn nicht gar, wie sie es erhofft hatte, munterer, ausgelassener.

Aber vorher? Was hätte ein zufälliger Betrachter eigentlich schon sehen können? Eine Frau mit Laufmasche an ihrer Strumpfhose – überdies noch eine in Übergröße; kein Makeup. Sie verwendete schon seit Jahren keins mehr. Ein Tuch, das locker um ihr handtuchgetrocknetes, naturgelocktes Har gebunden war. Ja, und ihr Haar hätte schon vor einigen Wochen geschnitten werden müssen, falls man pingelig war und besonders darauf sah. Und dann diese Bluse. Viel zu modisch für den Rock, den sie heute morgen achtlos hervorgezogen hatte.

Doch wie dem auch sei, das wars eben, was mit ihr geschehen war. Ihr, der »saloppen Cylia«, wie die Schüler ihrer Klavierklasse sie einmal genannt hatten, wenn sie sich recht erinnerte:

Sie hatte sich mit ihm allein in einem Raum gefunden und dabei eine Regung verspürt, die sie fast schon vergessen hatte. Ein leichtes Ziehen da unten. Und dann hatte sich auf ihrer Haut jene Art Knistern ausgebreitet, an das sie dann später als an etwas Prickelndes zurückdachte. Das waren die ersten beiden Anzeichen, ein Ziehen und ein Kitzel.

Eigentlich hatte sie ihn noch gar nicht richtig angesehen; hatte nur gespürt, daß er da war, gefühlt, daß er mit ihr im selben Raum war. Daher war ihr auch so überdeutlich bewußt gewesen, was die Teenager empfunden haben mochten, weil sie selbst einer gewesen war, weil sie es auch jetzt wieder war.

Eigentlich sollte sie es eher eine Art Ausgesetztheit nennen, die Entblößung eines Teils von ihr, der weich war, zart, und den sie jetzt so intensiv fühlte. Und der, was sie anbetraf, lange Zeit begraben gewesen war.

Sie dachte das ohne Scham, ohne darüber zu urteilen. Es war lediglich eine zutreffende Feststellung, eine, die sie unwillkürlich lächeln machte.

Jetzt fiel ihr auf, wie er dastand, nackt und ohne daß es ihm etwas auszumachen schien, oder etwa doch? Die eine Hüfte war vorgeschoben, und die einfallenden Strahlen des schwächer werdenden Lichts leuchteten sein Geschlechtsteil aus, als wäre ein Spotlight darauf gerichtet.

Sein Penis war nicht aufgerichtet, und das erfüllte sie mit Vorfreude. Es machte ihr Spaß, sein schlaffes Glied mit ihrer Hand zu umschließen und zu spüren, wie es lebendig wurde. Oder weitaus besser noch, kniete sie sich mit Vorliebe vor ihm hin, fing ihn mit ihrem Mund ein, nahm ihn zwischen die Lippen und zog und zog und zog, während er länger und hart wurde. Sie konnte ihn so bis zur Wurzel aufnehmen, solange er schlaff war. Und dann – sie mußte nicht zentimeterweise drauf warten – spürte sie auf ihren Lippen den sanften Zwang, höherzuwandern, immer höher bis zur schwellenden Knospe seines Penis.

Sie umflatterte diese Stelle wie ein Kolibri, und wie ein Kolibri auch fühlte sie sich in Augenblicken wie diesen zart und zerbrechlich.

Dann umspannte sie seine marmorgleichen Hüften, und sie

führte ihn vor und zurück und immer wieder vor und zurück in einem Rhythmus, der uralt, instinktiv, elementar war.

Sie kannte die Laute, die er von sich geben würde, kannte die Bedeutung jedes einzelnen: näher, noch näher. Dann, die Finger tief in ihrem Haar vergraben, würde er sie anfassen, sie hochziehen. Dann würde sie ihn freigeben, zu ihm hochschauen, zu den Augen mit den schweren Lidern, in seine beglückte Miene.

Dann – er konnte nur ganz wenig Englisch – würde er nur zwei Worte sagen: »Jetzt du.« Bestimmt machte er dann auch viel Aufhebens von den Sitzkissen und Wandteppichen, Vorhängen, Draperien und dergleichen Schnickschnack, die er sammelte, um ihnen das Bett zu bereiten. »Jetzt du.« Ja, das würde er sagen, während er sie dabei wohl kaum auf das Bett drängen, ihr vielmehr aus den unterschiedlichsten Stoffen und Gerüchen, die ihr so vertraut waren, ein Nest bauen würde.

Sie wußte auch noch anderes: kannte das Gewicht seiner Schenkel, die Berührung seiner Finger, die Wärme seines Atems und seine biegsame Zunge.

Er war ja so erfahren. Wenn sie sich zugleich mit ihm bewegte, war es wie ein Tanz, wie etwas Eingeübtes: da ein Bein von ihm, hier ihres. Sein Rücken so, ihr eigener so gebogen. Selbst wenn sie sich im Taumel wanden und sie auf ihm zu liegen kam, war das anstrengungslos, kundig, wie ein Schweben.

Er hat mir Grazie verliehen, dachte sie. Doch vielleicht auch hatte sie mit ihrer gesteigerten Empfänglichkeit sie von ihm angenommen.

War es so schon von Anbeginn gewesen? So schwerelos und glatt, ein Akt voll Schönheit, ebenso wie eine Handlung der Liebe? Obwohl der Anfang nur erst wenige Tage zurücklag, fand sie es schwierig, sich an ihr früheres Selbst zu erinnern: nachlässig, doch zugleich wohlanständig, eine Schlampe, wie sie jetzt sehr wohl wußte.

Doch jetzt war sie hier bei ihm und fühlte – ja was eigentlich? Ach ja, ein Ziehen, ein Kitzel. Er war ein Fremder für sie gewesen, ein wunderschöner, junger Fremder, tatsächlich so schön, daß sie nicht imstande gewesen war, wegzusehen, unfähig, den bewundernden Blick von seiner Herrlichkeit zu wenden.

Er war schlank, seine Haut straff, und Muskelstränge reichten vom Bauch in Wellen wie Leitersprossen bis hoch zu seiner Brust. Sie konnte nicht aufhören, daran zu denken, wie es wohl sein mochte, diese Muskeln mit der Hand anzufassen. Und dann mit ihrer Wange zu berühren und dann vielleicht auch mit der Innenseite ihrer Schenkel.

Ach was, genausogut hätten sie heute auch hier sein können, jene kichernden Mädchen mit ihren kurzen, wippenden Röcken. Sie hätte es gar nicht wahrgenommen, hätte überhaupt nichts anderes mehr wahrgenommen, sobald sein Leib sie aus jenen Tiefen, die alles in ihr zum Erklingen brachten, angerufen hätte, wie es dann auch geschah.

Sie war wie umgestülpt. Ihr weiches, rosiges zartes Unten war zu sehen, zeigte sich. Und ja, ja, ja, er wußte darum, auch er wußte davon.

Die anderen im Raum – nicht nur die Mädchen, sondern auch ein Mann in Uniform und, wie sie sich jetzt wie unter Hypnose erinnerte, ein älteres Ehepaar mit vollem grauen Haar – zogen sich höflich zurück, oder so war es ihr jedenfalls erschienen. Es mochte auch durchaus sein, daß sie auch nur vor ihrem inneren Auge wie ausgelöscht waren. Aber was machte das denn schon! Was einzig zählte, hatte sie ja bereits festgestellt: daß sie in einem ganz außergewöhnlichen Zustand war, und daß er es wußte, es wirklich wußte.

Dann hatte sie wohl das Dümmste getan, das man machen konnte, nämlich, die Augen noch immer gebannt auf ihn geheftet, in ihrer Handtasche gewühlt, und dann hatte sie eine Brille mit dunkeln Gläsern hervorgeholt, eine Brille mit geradezu pechschwarzer Tönung, und dann hatte sie – raffiniert, wie sie meinte – diese Brille aufgesetzt und sich dadurch sicher gefühlt. Sie konnte so einfach wegschauen, ihn mit weit offenen, verzückten Augen anstarren, als wäre sie ganz unbeobachtet.

Ihr Versuch, sich selbst zu schützen, erwies sich gnädigerweise als völlig unwirksam.

Er lachte sogar darüber, als er auf sie zuging. Cylia wollte all ihre Willenskraft aufbieten und davonlaufen, doch sie konnte sich nicht bewegen, konnte nur noch warten.

Sie spürte, wie sie tief Atem holte, als er die Hand ausstreckte, ihr die Brille abnahm und beiseite tat. Sie konnte sich nicht erinnern, wann sie wieder ausgeatmet hatte. Es war ihr, als hätte sie den Atem die ganze Zeit angehalten, direkt bis zum gegenwärtigen Augenblick, ja, daß sie ihn vielleicht sogar noch immer anhielt.

Nachdem die Brille aus dem Weg war, hatte er sie geküßt, zuerst mit kleinen, leckenden Strichen seiner Zunge und sanftem Stupsen, war mit seinen weichen, feuchten Lippen über ihre Lider und ihre Wangen gefahren. Wann hatte er ihre Bluse aufgeknöpft? Das fragte sie sich immer noch, während seine Hände und dann sein Mund ihre Brustspitzen festhielten. Ihre Augen waren geschlossen, als sie spürte, wie der elegante Seidenstoff über ihre Schultern glitt, als sie hinter sich das kaum hörbare Rascheln vernahm, als er zu Boden fiel.

Dann fiel der Rock, er stellte sich hinter sie, sein Glied hart an ihre Schenkel gedrückt. Sie war froh über die Laufmasche in ihrer Stumpfhose, froh, weil sie ihm dabei half, sie wegzustreifen, ihm half, seine Finger unter den Elastikstoff ihrer Höschen zu schieben, die sie darunter trug.

Doch es war gar nicht peinlich, dieses Abstreifen all ihrer Kleidungsstücke, war überhaupt nicht peinlich. Es war eher ein Zerfließen und Sich-Auflösen, wie man es vielleicht in einem Film erlebte. Dann, so vermutete sie, mußte sie wieder die Augen geschlossen haben, denn sie erinnerte sich, daß alles, was sie spürte, nur noch Empfindungen waren: naß, weich, süß, heiß, hart, hineinschlüpfen, gleiten, verrinnen, glitschig, hart, hart, heiß, heiß, heiß. Erst später ging ihr auf, daß sie sein Glied gefühlt hatte und seine Zunge und dann wieder sein drängendes Glied in ihr, wieder und wieder und wieder und alles Drängende verflogen war und nur noch sanftes süßes Nachspiel übrigblieb.

An irgendeinem Punkt hatte sie sich dann auf die sanften kühlen Fliesen gleiten lassen. Sie hatte daran gedacht, wie hingegossen darauf zu erstarren, dazubleiben, wie eine Reliquie, über die man in Museumsführern schreiben und die von Touristen angestarrt werden würde. Sie versuchte, es ihm auseinanderzusetzen, doch sie mußte aufgeben, weil es zu kompliziert war, ihr schmales Vokabular dafür nicht ausreichte.

Oh, jenes erste Mal! Ihr war schließlich bewußt geworden, daß Stunden um Stunden vergangen sein mußten, und daß sie noch immer hier war, matt und salzig von Schweiß und seinem Samen und ihrem eigenen, wunderbaren Zerfließen. Sie war dann aufgesprungen, hatte die Stellen wiedergefunden, wo er ihre Sachen hingeworfen hatte, die Falten zu glätten versucht, so gut es ging.

Nachdem sie ihn jenes erste Mal verlassen hatte, war sie dennoch durch die Stadt gewandert mit seinem, an ihr und in ihr haftendem Geruch, der so mächtig war, daß manchmal andere Frauen sich zu ihr umdrehten und sie anlächelten.

Sie hatte zurückgelächelt.

Und jeden Tag darauf war sie zu ihm zurückgekehrt, und jeden Tag war er dagewesen, auf sie wartend.

Sie versuchten, ganz auf das Sprechen zu verzichten, sogar das »jetzt du« war überflüssig. Oh ja, ein oder zweimal rief sie seinen Namen, *David,* obwohl er sie nie nach dem ihren fragte. Für Cylia hatte das etwas Reinigendes, etwas Seltenes, das dadurch noch wunderbar seltener wurde, eine Vereinigung, die über alle gesellschaftlichen Konventionen hinaus war. Sie fragte ihn nichts, und er fragte sie nichts. Keine triviale Alltäglichkeit sollte zwischen sie treten. Sie wußte alles, auf das es ankam: wie er schmeckte, sich bewegte, welchen Geruch er hatte.

Ah si, amore, hörte sie jemanden sagen.

Müde von ihrem Liebesspiel, war sie in Schlummer verfallen, sachte und schrittweise führte er sie ins Hier und Jetzt zurück. Ermattet an ihn gelehnt, waren ihre Augen seiner Handbewegung gefolgt. Er zeigte hinauf zum Oberlicht und wollte ihr bedeuten, daß die Sonne längst untergegangen war.

Sie reckte sich und stand auf und begann sich anzuziehen, während er ihr dabei zuschaute. Sie bewies jetzt mehr Sorgfalt bei dem, was sie anzog. Sie lehnte sich an eine Alabastersäule, um das dünne Nylongewebe erst über ihr linkes, dann über ihr rechtes Bein zu ziehen. Unübersehbar schaute er ihr dabei zu. Besondere Sorgfalt verwandte sie auf ihre Bluse und bedeckte ihre Brüste, während sie blasse lila Spitze in Ordnung brachte. Auch der Büstenhalter war ganz neu.

Sie benutzte keinen Kamm, sondern fuhr sich nur mit den

Fingern durchs Haar, genau so, wie er es immer tat. Sie hatte keinen Spiegel, doch sie sah, daß zumindest er es – und sie – schön fand.

Sie fragte sich, ob er es wußte oder ob es ihm etwas ausmachte, daß ihr Ehemann auf sie warten würde.

Und der erwartete sie tatsächlich. Seine Hände schlugen ungeduldig auf seine Hosen, und er sprudelte heraus, noch bevor sie neben ihm stand. Sie konnte sich David in Hosen wie diesen, senfgelb, nach Art der Golfer, nicht vorstellen.

»Ich muß dir schon sagen, Cylia, dies ganze Getue um bildende Kunst ist mir völlig unverständlich! Verdammt, wir sind hier in Florenz, in Italien! Florenz mit all den vielen Restaurants und Läden und allem drumherum! Und du, du, du...« Er senkte die Stimme, als schickte er sich an, etwas ganz Unanständiges zu sagen, »...du verbringst deine ganze Zeit damit, eine verdammt langweilige Statue mit einem Steinschwanz anzustarren.«

Sie wandte sich kurz ab. Er durfte ihr Lächeln nicht sehen.

Er mißdeutete ihre Reaktion. »Okay, okay, tut mir leid, ist mir so rausgerutscht«, entschuldigte er sich.

Sie sah ihn zärtlicher an, wie schon seit langer Zeit nicht mehr. »Ist schon gut«, sagte sie, ergriff seinen Arm und drängte sich so nah an ihn wie möglich. »Ja, tatsächlich, das ist sie wirklich, du hast recht.«

Sandy Boucher

Summen

Wie froh ich bin, daß sie nicht wie eine meiner drei Töchter aussieht. Besonders in den letzten Jahren, in denen ich Meditationsübungen gemacht und mich dem Studium der großartigen, eleganten Texte des Buddhismus gewidmet habe, hatte ich oft das Empfinden, daß die Zeit nicht existiert, oder daß die Spanne eines Lebens nicht größer ist als ein Tautropfen, der zitternd an einer Blüte hängt und genauso flüchtig ist. Was kann in dieser Sichtweise das jeweilige Lebensalter noch bedeuten?

Und dennoch, wenn Jeannine mich an eine meiner Töchter erinnerte, wäre mir das unbehaglich. Immerhin lebe auch ich in der zeitlich begrenzten Welt der Bedingungen. Eine dieser Bedingungen ist mein alternder Körper, über den derzeit die Stürme der Wechseljahre hinweggehen. Eine andere ist das alte Haus mit dem Schindeldach, in dem Ralph und ich leben. Mit verfaulendem Fundament und in Gefahr, auf der Rückseite am steilen Hang abzusacken,steht es noch immer mit verblichenem, schäbig gewordenem Charme leicht auf den Hügeln von Berkeley. Das Haus spricht zu einigen Menschen von einem noblen, unbeschwertem Jahrzehnt, als Bäume noch zahlreicher waren als die Häuser auf den Hügeln; wie vielleicht auch meine Erscheinung in manchen Menschen eine Nostalgie für die späten Vierziger, frühen Fünfziger Jahre weckt, als junge Menschen vermutlich unschuldiger waren und größeres Vertrauen in das Leben setzten als heutzutage. Ich selbst bin an jener Zeit meiner Jugend nicht interessiert oder an den Jahren der Mutterschaft, die danach gekommen waren.

Eigentlich bin ich jetzt einzig interessiert an diesem bestimmten Augenblick in dem großen, schattigen Schlafzimmer mit seinem Blick auf die ferne Golden Gate Bridge, die sich rot über das funkelnde Wasser schwingt. An diesem stillen Nachmittag höre ich hin und wieder nur das Gurren der Tauben, die unter der Dachtraufe wohnen. Ein sanfter, grauer Ton, von irgendwo weit her dringt er in mein Bewußtsein, aus ich auf schwarze Locken schaue, die flachgedrückt sind wie bei einem neugeborenen Lamm, feucht von unserem Schweiß und einem süßeren, dickeren Saft. Ein feines Gekräusel flaumiger Haare zieht sich wenige Zentimeter den Schenkel hinab, weich liegt es an der Unterseites ihres Bauches. Dieses Fleckchen dunklen Haars, so fein, daß die Haut darunter sichtbar ist, feucht und warm, heißt mich willkommen. Ich lecke das sanfte Gekräusel Locke um Locke, grase weiter bis dorthin, wo das Haar dichter wächst, der Duft kräftiger wird. Geruch einer salzigen Feuchte, der Höhlen in meinem Bewußtsein auftut, ein reicher Duft ozeantiefer Geheimnisse, von sonnenwarmen Oliven, von Sonnenlicht, das sich in dicke, goldene Flüssigkeit verwandelt, in die ich hingegeben tauche. Jeannines Duft.

Ich strich über die zarte Haut an der Innenseite ihrer Schenkel, meine Finger trafen sich bei den rosigen Lippen, die unter dem Haar sichtbar waren, streiften leicht darüber hin. Dann ihre Stimme, ein weich gehauchtes Ohhh der Vorfreude. Ich hebe den Kopf und schaue zu ihr hoch, sehe ihre braunen Augen, die mich mit demselben eindringlichen Blick ansehen, demselben konzentrierten Ausdruck, der in ihr Gesicht tritt, wenn sie sich an meine Brust schmiegt, eine meiner Knospen in den Mund nimmt und sie sacht mit ihrer Zunge untersucht, mir mit ihren Lippen Nahrung gibt. Welche Sammlung, welche leidenschaftliche Wachheit. Meine eigene Möse beginnt zu pochen, mein Körper ist heiß und scheint anzuschwellen, die Empfindlichkeit meiner Haut ist gesteigert.

Während die Finger meiner rechten Hand mit ihrem Haar spielen, leicht über ihre Vulva tasten, greife ich mit meiner linken nach ihrer kleinen, schwieligen Hand. Ich küsse ihre Finger, mein Mund verweilt in ihrer Innenhand, ich sauge an ihrem Daumen, lasse meine Zunge langsam kreisen. Ahhh, sagt sie, hebt ihr Becken an, bietet sich mir dar. Ich drücke eine meiner Brüste gegen die geöffneten Lippen, fühle ihre feuchte Wärme auf meiner Haut, an meiner hart sich zusammenziehenden Brustwarze. Jeannine schaudert, sie sagt meinen Namen, und ich senke mein Gesicht herab, fahre damit über ihren Schenkel, bewege mich sacht gleitend nach oben, bis ich ihre äußeren Schamlippen küssen kann. Sie ist dazu übergegangen, fast unmerklich sacht, ihr Becken in kleinen Kreisen zu bewegen, mit jedem näher mir entgegenkommend, als Geste des Verlangens, mit jeder mich lockend, einladend ihr zu folgen. Das tue ich jetzt. Leicht mit meinen Fingern ihre Lippen spreizend, dränge ich meinen feuchten Mund zwischen sie, grüße die pralle Knospe, die ihr Kitzler ist, schiebe meine Zunge vor, um die Öffnung ihrer Scheide zu erkunden, gehe mit dem Mund höher, um sie wieder zu saugen. Jeannines Mund entringt sich ein weiches Summen, das vibrierend durch ihren Körper fährt und das mein Mund noch spürt. Meine Arme an ihren angehobenen Schenkeln vorbeischiebend, greife ich hoch, um ihre Brüste zu umspannen, umspiele die harten rosa Warzen, während mein Mund hungrig jeder stoßenden, Erlösung suchenden Bewegung ihres Verlangens folgt.

Dieselben Brüste halte ich eine halbe Stunde später sanft umspannt, während wir im tiefen, heißen Wasser der Badewanne liegen. Als ich sie einlud, zu mir hineinzusteigen, hatte sie gefragt: »Wann kommt Ralph nach Hause?« »Nicht vor sieben, glaube ich.« Ihre Brauen zogen sich zusammen. »Du *glaubst*!« Aber sie stieg zu mir hinein, hob ihre kurzen, kräftigen Beine über den Wannenrand, tauchte den kleinen Hintern ins Wasser, so daß wir jetzt Gesicht zu Gesicht sitzen. Ich seife ihre Brüste ein, lange Brüste mit nach unten zeigenden Knospen, während sie mir erzählt, daß immer dann, wenn sie zu sehr abmagert, ihre Brüste wie leere Taschen auf ihrem Brustkorb liegen. Ich kann es mir gar nicht vorstellen, sie sind jetzt so prall, quellen mit ihrem schlüpfrigen Gewicht über meine Hände. Jetzt berührt auch sie mich dort, murmelt in mein Haar: »Deine Brüste sind so anheimelnd.« »Hmmmm«, sagte ich, ein kleiner Laut voller Zustimmung und Zufriedenheit.

Nur an solchen verstohlenen Nachmittagen können wir zusammensein. Ich bin seit vierzig Jahren verheiratet, mit drei verschiedenen Männern. Manche Frauen finden die Ehe einschränkend: Ich finde sie befreiend. Sogar die Ehe mit einem Mann wie Ralph, der einen Buchladen mit parapsychologischer und metaphysischer Literatur betreibt und dem es mehr ums Meditieren geht, als darum, Geld zu verdienen. Er kommt für mich auf. Und ich mag die Sicherheit einer Ehe, die beruhigende Routine, die Behaglichkeit. Meine Mutter hat mich einst dazu ermuntert, eine praktische Haltung dem Leben gegenüber einzunehmen und mir dabei einen unstillbaren Appetit für seine Freuden zu bewahren. Auch Jeannine mag Ralph gern: sie möchte ihn nicht verletzen. Sie trägt ihre Liebe für mich verschlossen in sich wie einen geheimen Schatz, gefaltet und eingewickelt dicht bei ihrem Herzen. Ihr Verlangen jagt Flammen durch ihren Leib, leuchtet aus ihren Augen. Manchmal treffen mich diese Augen ganz unvorbereitet, so, wenn ich mich beispielsweise hinüberbeuge, um Ralph Kaffee einzuschenken. Ich schaue hoch, dorthin, wo sie sitzt, an ihrem Fensterplatz, die Zeitung aufgeschlagen weghaltend. Doch sie liest nicht: ihre Augen folgen beobachtend jeder meiner Bewegungen mit einer wachen, so gebündelten Aufmerksamkeit, daß es mich aus der Fassung bringt. Sie schaut in mich hinein, und ohne mich auch nur um einen Zentimeter zu rühren, habe ich das Gefühl, als stürzte ich zu ihr, als würde ich mit ihr niedersinken, tief, immer tiefer, bis ins Innnere jenes Ortes, den wir gemeinsam besuchen, der Ort, wo Stille ist, wo wir einander halten.

Jetzt, in der Badewanne, haben wir unsere Köpfe einander an die Schultern gelehnt; der Dampf, der vom Wasser aufsteigt, macht unsere Gesichter feucht. Ich weiß nicht, ob es meine tobenden Hormone sind oder die Hitze des Badewassers, die bewirken, daß mir der Schweiß von der Stirn strömt. Während meine Hände unter Wasser sind, um über ihre Flanken zu streichen, sich um ihre Hinterbacken zu schließen, wendet Jeannine den Kopf, um ihn an meiner Schulter zu reiben. Ich lächle in Erinnerung daran, wie ich ihrer zum ersten Mal ansichtig wurde und wie völlig unmöglich es mir damals gewesen wäre, mir auch nur diese Freude vorzustellen, die mich unter der Berührung ihrer Lippen an meiner Kehle durchflutet. Sie war eine Frau um die dreißig in einem schmuddeligen blauen Overall, deren schwarzes Haar schlaff und strähnig bis kurz über ihre Ohren ging. Sie grub mit einer Schaufel in unserem Vorgarten. Ich liebte es, ihr bei der Arbeit zuzusehen, wie ihre

Arme vorstießen und sich hoben, jetzt mit gebeugtem, dann mit gestrecktem Rücken. Dann fielen mir ihre Augen auf, die die Farbe von altem Mahagoni haben, das Aufflackern von Interesse, das aufleuchtete, als sie zu mir hinschaute. Ich bemerkte ihren Mund mit der vollen, schwellenden Unterlippe. Am zweiten Tag hatte sie ihr Haar zu glänzender Weichheit gewaschen und trug einen sauberel Overall; sie saß auf der Veranda und unterhielt sich mit mir, lächelte mich einladend an, bevor sie mit ihrer Arbeit anfing. Am dritten Tag begann ich, ihr zur Hand zu gehen.

Jeannine und ich haben oft gekichert in Erinnerung an Lady Chatterly's Lover, da sie ja jetzt unsere Gärtnerin war. In Wirklichkeit sind wir weit entfernt von den klassischen Herrin-Dienerin-Rollen aus den Trivialromanen, denn sie hat sich nur Urlaub genommen von den vielen Jobs bei den Medien, die ihr bisher ein reichliches Auskommen ermöglicht haben: jetzt leistet sie sich den Luxus, sich körperlich tüchtig auszuarbeiten, genießt die relative Einfachheit ihres Jobs als Gärtnerin. Wenn jemand aus kleinen Verhältnissen stammt, dann eher ich, Tochter einer verwitweten Mutter, die für meine Schwester und mich aufkommen mußte, indem sie als Kassiererin in Kinos arbeitete. Heirat war mein Ausweg aus der überfüllten, heruntergekommenen Wohnung, wo wir alle im selben Bett schliefen, weil es nur eins gab; sie war meine Leiter, auf der ich Sorgen und Mangel unter mir ließ. Ich erklomm sie mit Freuden.

Ich spüre die flachen, starken Muskeln oben an ihrem Rükken und an den Schultern, massiere sie, lockere sie, während Jeannine wohlig vor sich hin schnurrt, als sie sich plötzlich versteift, hochschreckt, kleine Wellen heißen Wassers über meine Bauch rinnen läßt. Den Kopf zurückgeworfen, werden ihre Augen weit.

»War das nicht ein Auto in der Einfahrt!?«

Ich lausche, höre nichts.

Jeannine steht in der Wanne auf, das Wasser rinnt von ihrem Körper, und sie streckt sich nach dem Fenster, das auf die Einfahrt hinaus geht.

»Oh Gott, es ist *Ralph*!«

Von unten ist der dumpfe Knall einer zugeworfenen Autotür zu hören.

Jetzt steht sie neben der Wanne, ihr Körper ganz verrenkt vor Panik.

»Was soll ich bloß tun!«, fragt sie mit flehend zu mir gewandten Augen.

Ich sitze im warmen Wasser, umgeben von Dampf, und meine Nervosität entlädt sich in einem kaum hörbaren Kichern.

Auch sie schüttelt es einen kurzen Augenblick lang, doch dann fragt sie noch einmal »Was soll ich bloß tun?« Sie spreizt ihre Hände in einer hilflosen Geste.

»Zieh deine Sachen an«, sprudele ich hervor, »schnell!«, denn ich kann hören, wie Ralph unten die Tür aufschließt und im Wohnzimmer herumwandert.

Sie zieht kleine graue Söckchen über, die ganz lächerlich aussehen, dann ihre Cordhosen, ihr rotes Hemd und alles über ihren noch nassen Körper.

»Er ist jetzt in der Küche«, zische ich. »Geh' nach unten und rede mit ihm.«

»Oh Scheiße, meine Unterhosen!«

»Ich verstecke sie.«

Sie wischt den Spiegel klar, schaut in ihr gerötetes, nasses Gesicht, auf ihr strubbeliges Haar.

Ich kichere noch immer.

Halb schon aus der Tür, dreht sich Jeannine noch einmal um, fixiert mich mit einem wilden Blick.

»Ich hasse so etwas!«

Dann sehe ich nur noch das glatte, weiß gestrichene Holz der Tür.

Wenige Minuten später höre ich Stimmen in der Küche, Ralph und Jeannine, die eine Unterhaltung angefangen haben. Er hat ihr wahrscheinlich ein Getränk angeboten, Karottensaft, frisch aus dem Mixer; vermutlich hat sie ihn nach einem Buch ausgefragt, etwas reichlich Exotisches und schwer Aufzutreibendes, wie etwa ›Initiates and Initiations in Tibet‹ von Alexandra David-Neel. Diese bibliographische Fachsimpelei wird eine sichere Tarnung bieten für Jeannines verdächtig aufgelöste Erscheinung, denn sobald Ralph nach esoterischen Büchern gefragt wird, verliert er jede Verbindung zur Welt um ihn her, und er sucht in seinem Kopf herum wie in einer altertümlichen, labyrinthischen Bibliothek, wo ein Buchtitel ihn zum nächsten führt, im behaglichen Stöbern nach dem wurmzerfressensten, am stärksten von Milben befallenen Band, der jemals ausgegraben wurde. Er schert sich nur wenig um den Inhalt jener Bücher oder um deren Erhaltungszustand; es ist die Suche, von der er heiße Bäckchen bekommt.

In meinem dampfenden Versteck lasse ich mich jetzt treiben, lasse mich tief ins noch immer heiße Wasser sinken, überlasse mich Schauern der Lust, unter denen ich mich winde. Unten hört man weiter Stimmen, oder vielmehr Ralphs Stimme. Ich kann mir sein hingerissenes Gesicht ausmalen, sein aufgeregt vorgerecktes Kinn. Und Jeannine, die ihn aus großen, erleichterten Augen anschaut.

Ich sehe sie erst am nächsten Sonnabend wieder. Ralph und ich sind zu einem Liederabend im Clear Light Institute gegangen, dessen Direktor er ist. Ich hätte mich fast noch entschlossen, zu Hause zu bleiben, weil ich unter der Schlaffheit und fliegenden Hitze litt, die jetzt eine ständige Begleiterscheinung meiner Periode sind. Ich habe andere Frauen von einem heißen Aufflammen erzählen hören, aber dies ist anders, nicht ein Aufflammen, sondern eine beharrliche, tiefe, kreisende Hitze, die mich verschwitzt und lethargisch macht. Ich war den ganzen Nachmittag lesend im Bett geblieben, als Ralph hereinkam, mich zu fragen, ob ich mitkommen wollte. Nach kurzem Nachdenken beschloß ich, daß das Singen und die Meditation vielleicht genau das Richtige wären, um mein wallendes Blut abzukühlen.

»Wenn Frauen den buddhistischen Kanon verfaßt hätten«, sagte ich zu Ralph, als wir durch Berkeley fuhren, »gäbe es sicher spezielle Meditationen für die Wechseljahre.«

Ralph hing diesem Gedanken nach und begann dann, mir von der *Thergatha* zu erzählen, einem Gedichtband, der von den ersten buddhistischen Nonnen geschrieben worden ist. »Sie waren Zeitgenossinen Buddhas. Sie schrieben in Pali, dieser ganz archaischen Sprache. Es ist ein ziemlich dicker

Band... Geschichten aus dem klösterlichen Leben, Gesänge über ihre Augenblicke der Erleuchtung...« So ging es die nächsten zehn Minuten weiter. Er berichtete mir von den verschiedenen Übersetzungen, dem Verbleib des Originals und wie es aufgefunden wurde. Dieser Vortrag war so gedankenreich, von so großer gründlicher Sachkenntnis und Sensibilität, daß ich ganz stark meine Zuneigung für Ralph empfand, nach seinem Arm faßte und ihn sanft drückte.

Der Meditationsraum im Clear Light Institute ist mit üppigen tibetanischen Malereien auf seidenen Schriftrollen behängt: blaugesichtige Dämonen tanzen vor aufgefächerten orangefarbenen Flammen, grünhäutige Göttinnen fuchteln mit ihren vielen Armen. Die Wandverkleidungen sind tiefrot angestrichen und in jenem klaren, matten Blau, das die Tibetaner so lieben. Vergoldungen ranken sich die Säulen hoch. Vielleicht dreißig Menschen sitzen auf Kissen, die Augen geschlossen, mit offenen Mündern, um die heiligen Silben zu singen, diese Laute, die im Bauch vibrieren, in der Kehle und einen mit dem großen Klang verbinden, dessen Echo durchs Universum hallt. Manchmal spüre ich wirklich diese Verschmelzung des Klanges, wenn nicht ich den Gesang, sondern der Gesang mich singt, aber heute abend bin ich rastlos, unangenehm berührt von dem schleppenden Gebrumm, das mein Hitzegefühl und die Benommenheit verstärken. Vielleicht war es ein Fehler, hierher zu kommen. Ich denke daran, mich nach oben zu schleichen und mich in den Vorraum oder auf die Terrasse zu setzen.

Dann kommt Jeannine. Ich fühle, wie sie den Raum betritt. Es ist eine Empfindung wie von einer kühlen Hand, die auf meinem Rücken hochgleitet, ein Signal, aufzuwachen. Während sich meine Augen öffnen, sehe ich, daß sie gerade durch die Tür geschlüpft ist und bemerke an der steifen Haltung ihrer Schultern, daß ihr die Verspätung peinlich ist. Sie trägt ein purpurnes, weites Oberteil und Jeans; ihre kleinen Füße sind nackt. Ein schmales Goldkettchen umschließt ihr sonnengebräuntes Fußgelenk.

Ob sie wohl weiß, daß ich hier bin? Mein Herz hämmert. Ich brauche all meine Kraft, ihr nicht zuzuwinken, nicht meine

Hand zu heben. Dann stelle ich fest, daß sie sich rechts neben mich, das Gesicht mir zugewandt, auf ein Kissen gesetzt hat. Ihre wache Gegenwart hüllt mich ein wie ein Tuch. Vor Aufregung wird mir ganz schwach, denn ich weiß, daß sie diesen Platz eingenommen hat, um mich anzuschauen.

Der Singsang hört auf, die letzte lange Silbe im Raum zerdehnt und angehalten, kräftig und laut von wenigen tiefen Männerstimmen getragen, über denen sich die höheren Stimmen der anderen Männer und Frauen erheben. Und dann tritt Stille ein, eine Stille, in der der Gesang noch immer nachhallt, in der sich eine vielschichtige Sensibilität aufgebaut hat. Ich spüre meinen Körper noch vibrieren, während ich mich für die halbe Stunde Meditation zurechtsetze, die sich immer an den Gesang anschließt.

Um die Steifheit meiner gekreuzten Beine zu lockern, verändere ich vorsichtig meine Stellung und lege meine rechte Hand auf mein Knie. Eine ganz schlichte Handlung, einfach zu beschreiben, doch ihre Bedeutung reißt mich in einen Taumel. Während sich meine Hand auf mein Knie zubewegt, wird mir bewußt, daß ihre Aufmerksamkeit voll darauf gerichtet ist. Es sind kurze, quälende Augenblicke mit stockendem Atem, als mein Arm sich bewegt und meine Hand mit dem Ballen nach unten sich der Rundung meines Knies nähert. Jeannines gebanntes Zuschauen spüre ich wie ein Gewicht an mir, so als höbe ich sie mit meinem Arm und als trüge ich sie durch die Weite des Raums. Mein Arm ist schwer vom Gewicht seiner Aufgabe, während er die kurze Strecke überbrückt und dann innehält, meine Hand nur zentimeterbreit über dem Knie schwebt. Dann, mit einem unhörbaren Laut wie das schwebende ›Ahhh‹ der Hingabe, legen sich meine Finger auf den Stoff meines Rockes, bis sich meine Innenhand sanft über der Rundung meiner Kniescheibe schließt. Es ist, als hätte sich die Luft zu einem festen Stoff verdickt. Nichts ist in diesem Raum, nur diese Hand, die auf einem Knie ruht. Sie ist gewaltig, würdig der Leidenschaft, die Jeannine ihr darbringt. Sie ist magisch hell, perlend im Schein ihrer geheimnisvollen Gegenwärtigkeit. Die vergoldeten Säulen, die Gesichter von Dämonen und Menschen bleiben hinter ihrer mystischen Kraft zurück.

Ganz leicht öffne ich die Augen und sehe aus den Winkeln Jeannines vornübergebeugte Gestalt, mit vor Verwirrtheit zitterndem Mund. Ich fühle, wie zart meine Hand auf meinem Knie liegt, wie eine Wolke aus Morgennebel auf der Kuppe eines Hügels, gewichtslos einhüllend, uns beide in einem Zustand der Gnade haltend.

Nach dem Gesang kommen wir alle noch einmal im Vorraum zusammen. Ralph ist mit den anderen Übungsleitern zu einer Besprechung gegangen, hat vorher meinen Ellenbogen genommen und mir versichert, daß er nicht lange bleiben wird. Dieses sachte Berühren am Arm scheint sich bei uns zum Ritual entwickelt zu haben, um die Zuneigung und die beiderseitige Trägheit zum Ausdruck zu bringen, die uns aneinander binden. Jeannine vermeidet geflissentlich, vom anderen Ende des Raumes zu mir herüberzusehen, wo sie sich mit einem der jungen Meditationslehrer unterhält. Also bin ich jetzt dran, sie anzuschauen. Ich sehe gern zu, wie sie auf jemanden eingeht, sogar auf diesen jungen Mann, der ein bißchen allzu besitzergreifend ist, wie er sich so beharrlich über sie beugt und seinen starren Blick nicht von ihrem Mund lösen kann. Jeannine summt vor gleichbleibender Begeisterung, wann immer sie mit Menschen zusammen ist. Vielleicht stellt er sich vor, daß ihr gerader Blick in seine Augen ihn zu allerlei Artigkeiten ermuntern soll, doch das ist nur die Art, wie sie jeden anschaut, dem sie begegnet. Ihr Haar ist heute abend weich und knisternd mit seiner kurzen Pagenfrisur, die ich manchmal so lustig finde. Gegen das Purpur ihres Hemdes hebt sich das schimmernde Braun ihres Halses ab. Unsere Augen begegnen sich jetzt, und ich spüre, wie ich vor schierem Vergnügen grinse. Jeannine entschuldigt sich bei dem jungen Mann: plötzlich steht sie vor mir.

Noch immer lächelnd, möchte ich mich ihr mitteilen, von meinem schwierigen Tag erzählen, meiner Schwäche.

Als sie mich an sich drückt, spüre ich, wie klebrig meine Haut ist, wie mein ganzer Leib zittert.

»Tut mir leid, ich hab' so viel geschwitzt, ich muß riechen.«

Mich festhaltend, beugt sie ihren Kopf auf meine Schulter herab, ihre Wange an den dünnen Baumwollstoff meines Kleides gelegt. »Ich liebe deinen Geruch.«

Die Worte ergreifen mich, als kämen sie von ihren Armen, ihren Schultern, ihren Schenkeln; etwas in mir gibt nach, ich verliere die Fassung.

»Oh, wer wird denn weinen?« Jeannine legt ihre Hände auf meine Wangen, wischt die Tränen mit den Daumen fort.

»Komm mit mir«, flüstert sie, »ich möchte dich festhalten.«

Ich zögere, blicke mich um nach all den Menschen hier im Foyer, die in kleinen Gruppen zusammenstehen und uns scheinbar nicht beachten.

»Ich kenne genau den richtigen Ort«, murmelt Jeannine, während sie mich zur Trepe ins Souterrain führt.

Wir steigen enge, gewundene Treppen zu einem Flur hinab, von dem verschiedene Türen abgehen. Ganz am Ende des Ganges schiebt Jeannine einen schweren Vorhang zur Seite und führt mich in einen winzigen, höhlenartig dunklen Raum, der nur von kleinen Kerzen auf einem Altar erhellt ist. Dieser Raum ist denen vorbehalten, die ganz allein meditieren wollen. Jeannine zieht den Vorhang vor dem Eingang straff, macht ihn fest, wendet sich dann zu mir und berührt mein Handgelenk mit kühlen, beruhigenden Fingern. »Du weißt doch, wenn der Vorhang vorgezogen ist«, flüstert sie, »würde niemand wagen, hereinzukommen.«

Ich schaue mich um, langsam passen sich meine Augen dem Dämmerlicht dieses vertrauten Raums an. Er ist vielleicht drei Quadratmeter groß, mit einem einzigen Meditationskissen neben der Tür gegenüber dem Altar. Seine Wände bedecken Teppiche und Wandbilder, dämpfen das Geräusch der Gebetsmühle, die sich in einer Ecke dreht. Das Rad ist ein hoher, breiter, in grünes Papier eingeschlagener Zylinder mit einem Saum von zuckendem Rot. Das Summen bei jeder seiner Umdrehungen gibt ein eindringlich beharrliches Geräusch in diesem engen Raum, die in ihm versammelten Gebete werden wie vom Flügelschlag eines Schmetterlings ins Universum geschickt.

Jeannine schließt mich in ihr sachtes Pochen ein, als sie mich in die Arme nimmt. Einen Augenblick hält sie mich zart, während sich ihre Brust, tief Atem holend, hebt.

Dieser Raum ist dunkel, eng umschlossen wie ein Mutterleib. Jeannine beginnt zur Gebetsmühle zu singen, in einem

Tonfall, der wie das Pulsieren unseres Blutes in unseren Adern ist. Sie schaukelt mich, besänftigt meinen Körper, glättet meine brennende Haut. Ihr Duft vermischt sich mit dem Geruch der Räucherstäbchen, der den Raum erfüllt. Langsam beugt sie ihren Kopf zurück, um meine Lippen zu suchen, und ich schmecke ihre Nässe, Minze, ein feiner Nachgeschmack des Tees, den sie nach dem Gesang getrunken hat. Jetzt bewegt sie die Lippen, mich suchend, ihre Zunge stellt meinem Mund Fragen, und meine Antwort ist ein schnelleres Atmen, das meine Brust erschüttert. Sie ist verspielt, lockt, zwingt meine Zunge, ihren schnellenden Bewegungen zu folgen; und ich spüre kleine zuckende Bewegungen in meiner Klitoris. Ich will sie näher und immer näher bei mir haben. Ich möchte sie ganz umschließen, sie mit meinem Inneren aufnehmen.

Das Gebetsrad singt schnurrend von Sonnenschein, klarer Bergluft, einem vielfenstrigen Kloster, das an einer Klippe hängt, während Jeannine mich einlädt, mich auf die mehreren Schichten von Teppichen zu legen. »Hier?« flüstere ich. »Wie können wir das tun?« Glänzend vor Verlangen lächeln mir ihre braunen Augen zu. »Hier kommt niemand herein... nicht, wenn der Vorhang zugezogen ist. Man wird glauben, daß wir meditieren.«

Ich schaue mich unsicher um. Der Buddha sitzt mit geschlossenen Augen auf dem Altar und hängt eigenen Gedanken nach. Die Farbe der Decke unter ihm hat die Farbe des zarten inneren Gewebes der Schleimhäute; sie schimmert in sattem Rot und rosig im Kerzenlicht. Ein einzelnes Bild, auf eine Schreibrolle gemalt, hängt an der Wand. Es zeigt eine Göttin im Tanz. Sie ist nackt bis auf eine Schnur, auf die Juwelen aufgereiht sind und die sich zwischen ihren Brüsten hinabschlängelt, ihre Schenkel säumt. Ihr Leib ist silbrig, das Gesicht golden. Über zornigen Augen steigen die Brauen an wie Vogelschwingen. Ihr Kopfschmuck ist ein aus Gold getriebenes und mit Juwelen besetztes Schwein.

Doch Jeannine berührt mich, drängt mich, zieht mich hinab, bis ich zur dunklen Decke hochstarre, die mit Malereien von so hohem Alter bedeckt ist, daß ihre Farben ganz verwaschen sind. Jetzt liegen wir Brust an Brust, und die Hitze meines Körpers, die mir den ganzen Tag so unwillkommen gewesen ist, nimmt zu. »Ja«, murmelt Jeannine an meiner Kehle, »Oh ja, Liebe...« Sie hat ihre Hände unter mein weites Kleid geschoben, tastend, unter dem Stoff umspannt sie meine Brüste und ihre Daumen flattern gegen meine hart werdenden Brustwarzen. Sie küßt mich, ihre Zunge tief in meinen Mund getaucht, und ich spüre, wie ich mich ihr öffne, ganz der Hitze meines Körpers hingegeben, die zu einem steten Brausen anschwillt, machtvoll wie eine gewaltige Woge. Auf dieser Woge reitet Jeannine, kommt schwimmend meinem Mittelpunkt näher und näher. Ihre Hüfte reibt sich an meiner, der feste Hügel ihres Schambeins erschüttert mich mit sanftem Stoßen, quält mich süß mit seinem Drängen.

Dann hebt sie sich leicht von mir, und ich erkenne an ihren tief geröteten Wangen, ihrem wild glänzendem Blick, daß meine Hitze auf sie übergegangen ist. »Wir müssen unsere Sachen ausziehen«, murmelt sie, »oder alles wird knittrig und feucht.«

Ich schaue zum Eingang mit dem Vorhang. »Aber wie können wir...?«

»Doch, das wird besser sein.« Um mich zu überzeugen, hebt sie ihr purpurnes Hemd, einen Augenblick lang sind ihre Arme hocherhoben, ihr Oberkörper gestreckt, und mein ganzer Leib zittert vor Lust beim Anblick ihrer Brüste, lang und voll, die rosa Brustwarzen pralle Beeren. Sie streift sich die blauen Jeans herunter und wirft sie zur Seite. Das Fußkettchen ist ein zerbrechlicher goldener Streifen auf ihrer nackten Haut.

»Komm, ich helfe dir.« Sie schiebt das Kleid höher und streift es mir über den Kopf. Jetzt bin auch ich nackt, und ich spüre die Luft auf meiner Haut.

Langsam läßt sie sich hinabsinken und liegt in ganzer Länge auf mir, ein Bein zwischen meinen Schenkeln, und ihr Becken scheint in meines einzusinken. Ich bin ganz ohne Widerstand. Ich fühle, wie ihr Herz in schnellem Rhythmus gegen meinen Brustkorb pocht.

Dann küßt sie meine Schulter und bewegt sich meinen Arm hinab, bis ihr Mund die Innenseite meines Ellenbogens findet. Ihre Zunge leckt über die zarte Haut, ihre Lippen küssen feucht. Mein ganzer Arm vibriert vor Lust, und ich kann fühlen, wie meine Möse sich unter dem Gewicht und der Wärme ihres Körpers öffnet. Jetzt streicht sie weiter zu meinem Handgelenk, ihre Zunge untersucht jeden Zentimeter empfindlicher Haut, bis sie abläßt und meinen Handballen küßt.

Heftig stemmt sie sich hoch und gleitet hinab, um meine Schenkel glatt und weich zu machen. Sie beugt sich zum Kuß hinab, ihre Wange streift mein Schamhaar und löst ein Pochen in meiner Möse aus. Sie schiebt sich weiter hinunter bis zu meinem Knie, ihr Mund fährt kreisend über meine Kniescheibe, die Zunge zeichnet ihren Umriß nach. Dann legt sie saugend den Mund an den Muskel kurz unterhalb der Kniescheibe, und flatternde Stöße von Energie jagen die Innenseite meines Schenkels hinauf zu meiner Scheide. Sie streift mit dem Mund noch tiefer, liebkost meinen Fußknöchel und ist dann bei meinen Füßen, die sie in ihre zärtlichen Hände nimmt. Sie küßt die Wölbung meines Fußes, und als sie dort zu saugen beginnt, muß ich stöhnen.

Ich habe die Augen geöffnet und entdecke, daß das Bild der Gottheit an der Wand tanzt. Ihre Brüste leuchten im schummrigen Licht auf. Ein Arm, ein Fuß sind erhoben. Sie schickt sich an, den nächsten Schritt zu tun, bildet einen Rhythmus, der sich von ihrem silbrigen Körper auf meinen überträgt. Ich lasse ihn in meine Bewegung übergehen, meine Hüften kreisen jetzt langsam und sacht, meine Brüste sind aufgerichtet, die Hände stemmen sich gegen den Teppich.

Jeannine schiebt sich hoch zu mir, ihr Mund sucht meine Brust. Ich schließe die Augen, als sie sie küßt, spielerisch zupft, sie anhebt und umfaßt, und ich sehe vor mir den Leib der Silberfrau in ihrem bewegten, leidenschaftlichen Tanz. Ich erkenne jene Brüste wieder, die schönen, schmalen Hüften, die kräftigen Locken dunklen Schamhaars. Die Augen öffnend, sehe ich, wie ihr Gesicht über meine Brust gebeugt ist, ihr Haar fällt nach vorn auf mich, ihr Blick ist intensiv und konzentriert. Ihre Lippen schließen sich über meiner Brustwarze und sie saugt, kostend, zart. Unsere Bewegungen vollziehen sich jetzt gleichzeitig, Hüften und Schenkel heben und senken sich. Ich lasse den Kopf zurückfallen, schließe meine Augen, überlasse mich ganz diesem Tanz, während Jeannine hungriger saugt, ihre Zähne mit qualvoller Zartheit meine harte, gespannte Brustwarze fassen. Ich dränge meine Brust in ihren Mund und sie nimmt sie, saugt so viel in sich auf, wie ihr Mund fassen kann.

Ihre Hand bewegt sich zwischen meinen Beinen, suchend, in meiner Scheide, die jetzt so feucht und offen ist. Ihre Finger gleiten in mich hinein, bewegen sich innen aufwärts, und der Daumenballen ihrer Hand reibt langsam meinen prallen Kitzler. Mein Kitzler ist jetzt wie die Spitze meiner Brust, will gesaugt werden.

Meine Hände umspannen Jeannines Rücken, kneten ihre Schultern, drücken sie an mich. Wo wir einander berühren, sind wir schlüpfrig von Schweiß. Mein Mund hungert danach, sie zu schmecken.

Jeannine hebt sich, wendet sich um, läßt meine Brüste, um meine Hüften zu umfangen. Ihre Beine sind über mir. Kurz bevor sie sich auf mich senkt, schaue ich hinauf in den dunklen Busch der Haare zwischen ihren Schenkeln, fasse dorthin, um die kleinen, seidig-rosa Lippen ihrer Scheide aufzufalten. An der Wand, über den Monden ihrer beiden Hinterbacken, tanzt der Silberleib der Frau in ekstatischer Bewegung.

Dann ist sie über mir, ihr Mund schließt sich über meiner Möse, ihre Brüste pressen sich in meinen Bauch, das Gewicht ihrer Hüften liegt auf meinen Schultern und dann, ganz dicht, die heiße, fruchtige Öffnung ihrer Scheide, die sich meinem Mund zum Saugen und Eintauchen darbietet. Jeannine stöhnt auf und bewegt sich in instinktiven kleinen Schauern, während sie auf mich herabsinkt. Ich fange das Gewicht und das Gefühl ihres ganzen Körpers auf; er öffnet sich mir noch mehr. Mein Gesicht geht ganz in ihrer Möse auf. Wir sind nur ein einziges Wesen, unsere Bewegung reißt uns fort zu einem uralten Bild der Lust. Es gibt nicht Innen noch Außen. Es gibt einzig diese Bewegung, dennoch weiß ich, daß ich Jeannines Hinterteil umklammere, ihren Rücken streichele, sie noch tiefer in mich hineinpresse. Mitten im Sturm des Begehrens sind die leisen Bewegungen des Tanzes in unseren Leibern, die sich tief in uns regen, uns dem Moment der Auflösung entgegentragen.

Jeannine summt in meine Scheide, die sanften Erschütterungen heben meinen Körper, während ich das Pulsieren der Gebetsmühle laut, überlaut im Raum höre. Wir sind jetzt nichts weiter als Klang, fortgetragen hinaus über die Grenzen unseres Bewußtseins, rauschhaftes Bewegen, Willen ohne Mittelpunkt und Ränder. Ich weiß einzig noch von der herben, heißen Weichheit ihrer Möse, mein Gesicht ist eingetaucht, zu saugen, zu saugen. Ihr eigenes Saugen jagt Wellen durch meinen Körper. Die heiße Not steigt zum Höhepunkt und es kommt ein Augenblick der Gier, der so dicht ist wie ein Schmerz. Ich werfe mich gegen sie und ihr Mund preßt sich in mich, jetzt ganz fest, hart, sie wird mich nicht lassen, sie wird mit mir kommen, ich sauge und sauge.

Der Augenblick bricht. Ich drehe den Kopf, um meine Schreie im weichen Fleisch ihrer Schenkel zu ersticken. Hohe abgerissene Laute entringen sich mir. Ich spüre das Stöhnen ihrer Erfüllung, das in meiner Möse nachzittert, während meine Hüften zucken, meine Finger sich in ihren Rücken graben.

Und dann sind wir frei, treiben außerhalb unserer Grenzen im Leeren. Ruhe, ein vollständiger Stillstand tut sich unter uns auf.

Frieden.

Ich liege unter ihr, meine Arme gleiten von ihr herab. Ihre Wange liegt ganz ruhig und warm an meinem Schenkel.

Den Kopf wendend, schlage ich die Augen auf, um noch einmal zu der tanzenden Göttin zu sehen. Sie ist zur Bewegungslosigkeit zurückgekehrt, ihr einer Fuß mit der Spange angehoben bis in alle Ewigkeit. Doch ich sehe jetzt, daß der Ausdruck ihres geöffneten Mundes, den ich mir als böse Fratze gedeutet hatte, vielmehr ein Lächeln von solch ergreifender Süße ist, daß sich mir ein langer, stoßweiser Seufzer entringt.

»Ja, Liebe«, antwortet mir Jeannine. »Oh ja, mein Liebling.« Ihr Atem streicht heiß über die Innenseite meines Schenkels.

Wir halten einander lange Zeit in den Armen, bis wir imstande sind, uns aufzusetzen. Und dann dauert es noch ein bißchen, ehe sie mein Kleid aufnimmt, um es mir über den Kopf zu streifen, wobei sie innehält, mich küßt, und unsere Münder schlüpfrig sind, feucht vom schweren Saft unserer Leiber. Dann sehe ich zu, wie sich die purpurfarbene Bluse über ihren Brüsten schließt, sie die Jeans über ihre Hüften zieht. Wir stehen da, berühren einander sacht, eine die Hand auf der Hüfte der anderen, und ich versinke in diesen dunklen Augen, die jetzt so weit sind, mich auf ihrer Tiefe tragen. Das Geräusch der Gebetsmühle ist ein stetes Pochen, uns an die Ewigkeit erinnernd, die wir gerade verlassen haben. Als wir den Vorhang heben, um hinauszugehen, schaue ich noch einmal zurück zu der Frau, deren Körper im Tanz aufblinkt, deren goldenes Gesicht zu mir herüberstrahlt.

Als wir draußen vor dem kleinen Raum stehen, unsere Kleider glätten, haben wir eine ganz andere Wirklichkeit betreten. Ein hellerleuchteter Flur mit blauem Paneel führt zu den Treppen. Rechts und links von uns verschlossene Türen. Jeannine und ich schauen einander mit weit offenen, friedvollen Augen an.

Wir gehen getrennt davon, um Ralph zu suchen, der auf der Terrasse auf mich wartet.

»Du warst verschwunden«, sagte er ganz ohne Vorwurf.

Und später, als er mir in den Wagen hilft: »Fühlst du dich besser?« Und während er auf der anderen Seite einsteigt, betrachtet er mich mit nachdenklichem Blick. »Du siehst... hmmm... entspannter aus...«

Ich kann dazu nur nicken und sehe ihm stumm in sein langes, ernstes Gesicht.

Wir fahren unter alten Bäumen dahin, die von einem tiefen Schwarz sind und in der Dunkelheit aufragen. Hoch über uns der blasse aufgehende Mond. Die Nacht schien unfaßbar alt.

Rebecca Silver

Schrecklich normal

Die Sonne schien mir voll in die Augen, als ich blinzelnd über die Wiesen schaute. Der Mann schien direkt aus dem Sonnenlicht herauszutreten, eine schlanke, undeutliche Silhouette, doch ich konnte gerade noch eine freche, flinke, geschmeidige Körperdrehung sehen, mit der er seinen Teamkameraden lachend etwas Unmißverständliches zu verstehen geben wollte. Ich spürte den vertrauten ziehenden Stich, wenn das Blut sich entschieden hat und sagt: dieser da. Ich setzte mich auf und schüttelte benommen die Sonne ab.

Er setzte sich auf die Decke neben mich und sah dem Spiel zu: die Stars von *Lost and Yearning* spielten Softball gegen die Kneipenmannschaft des *Lonestar Café:* die Mannschaften sahen aus wie Kids aus den Vorstädten, die herumbolzten und das Massiv der Wolkenkratzer weniger massiv machten, deren erste Schattenfinger den hellen, freundlichen Spielplatz zu verdunkeln begannen. Er verfolgte das Spiel ganz gespannt: sein Gesicht war seltsam ernst, während er dem Flug des Balles von einer Hand zur nächsten zuschaute. Immer noch leicht benommen vom grellen Licht, konzentrierte ich mich auf meine Lektüre, um ihn auf mich aufmerksam zu machen.

Sein Äußeres war etwas knabenhaft, hager, schlaksig, als wäre er sein kurzes Leben lang sehr waghalsige Risiken eingegangen; ausgeblichene Jeansjacke, Lederstiefel, ein schwarzes Lonestar-T-Shirt, ungebändigtes weiches, schwarzes Haar. Als er sich halb von mir abwandte, konnte ich endlich einen vollen Blick auf sein Gesicht werfen. Außergewöhnlich hohe Wangenknochen und die schattenlosen schwarzen Augen eines Indianers, eine hohe Stirn, eine Adlernase und Lippen, die wie gemeißelt aussahen. Die Linien in seinem Gesicht bildeten einen Kontrast zur Jugendlichkeit seines Körpers, doch es waren eher Höhlungen und Vertiefungen, die von Leid und Schmerz zeugten und nicht von Alter, ebenso wie die Vertiefungen um seine Augen und die eingegrabenen Furchen in den glatten Partien seines Gesichts. Sein Haar war dunkel, geradezu schwärzlich, und durch die Furche in seiner Wange zog sich eine feine Narbe. Ich achte sehr auf Hände, und was ich zu sehen bekam, war sehr schön. Seine rechte Hand lag kräftig und gutgeformt auf seinem Schenkel, sonnengebräunt und ausdrucksvoll. Ich wartete gespannt darauf, wann er spüren würde, wie aufmerksam ich ihn musterte.

»He du«, sagte er grinsend. Er streckte mir seine Hand entgegen. »Lefty.«

»Hi, Lefty!« Ich schüttelte sie. Sie war warm, der Griff fest. »Ich bin Sarah.«

»Mensch ist das heiß!« Er schüttelte seine Jacke ab. Voll Unbehagen wurde ich rot. Ohne mich noch zurückhalten zu können, wandte ich peinlich berührt meinen Blick ab. Auf dem Rücken trug er eine Art Geschirr aus Leinwandgurten, die sich über beide Schultern schlangen und herunterreichten bis zu der Stelle, wo das war, was ihm noch von seinem linken Arm geblieben war. Der Armstumpf war eingepaßt in ein weißes Verbindungsteil, zu dem wiederum ein Gelenkstück paßte, das in etwas endete, was man nur einen Haken nennen konnte. Der »Arm« der Prothese war mit starkem braunen Leder überzogen, in dessen Innenseite ein Reißverschluß eingenäht war. Er übersah geflissentlich mein Unbehagen. Mit einem verächtlichen kleinen Lächeln zog er den Haken durch die Lasche eines Bierdosenverschlusses und riß ihn auf. Ich hörte das Geräusch von Metall auf Metall.

Ich hatte mich wieder auf den Rücken gelegt, als die Spieler auf uns zugetrabt kamen. Ich spürte ein lästiges Unbehagen, so irrational wie unabweisbar, das eines »normalen« Menschen, der sich gleichzeitig angezogen fühlt von Andersartigkeit und zugleich abgestoßen ist. Meine Kindheitstabus, die man wirksam dagegen errichtet hatte, daß ich jemals auch nur Notiz von einer Behinderung nahm, mischten sich störend in mein brennendes Verlangen, mein Interesse an ihm als Mann zu zeigen. Wie sollte ich das wohl auf die Reihe bekommen? Mit ihm reden konnte ich jetzt nicht – seine Freunde hatten sich zwischen uns hingeworfen und räkelten sich in der Gluthitze. Ich hörte ihn sagen: »Verdammt, an einem Tag wie heute würde ich mir am liebsten die Klamotten vom Leib reißen und nackt durchs Gras laufen.«

Ich hörte mich selbst hervorsprudeln »Ich auch!«

Er sah mich ungeheuer überrascht an. Eine schrecklich lange Zeit sagte niemand ein Wort. Ich war eine Fremde unter dieser Gruppe von Freunden, nur mitgeschleppt von einer Bekannten, die noch auf dem Spielfeld war, und dies war die erste Bemerkung, die ich überhaupt an jemanden gerichtet hatte. Oh ja, sehr gekonnt, du Idiotin. Mit dem Arm über dem Gesicht legte ich mich zurück und hoffte, die Erde würde sich gnädig unter mir auftun.

»He, da drüben ist ein Karussell. Wer mag Karussells?« Es war seine Stimme, und seine Aufforderung galt mir. Ich kam ein bißchen unsicher auf die Beine. »Na los!«

Wir stolperten über den Grashügel hinüber zu dem kleinen Karussell, wo einige Kinder schon Schlange standen. Er beugte sich zu mir und flüsterte: »Weißt du, Karussells sind ja großartig, aber sie sind echt langsam, meinst du nicht? Fährst du auch lieber schnell?« Ich nickte. »Na los, dann hier lang!«

Er führte mich schnell quer durch den Park und dann die 5th Avenue hinunter. Wir blieben vor einer massigen weißen Harley Davidson mit schimmernden Chromspeichen stehen, die unvorschriftsmäßig auf dem Bürgersteig geparkt war. »Gefällt sie dir? Steig auf. Halt dich fest.« Grundgütiger Gott, ich stieg zu ihm auf!

Er trat den Kickstarter durch, erweckte die Maschine zum Leben, und wir schossen vorwärts. Unwillkürlich umklammerte ich seine Taille. Wir flogen davon, es war ein Fliegen, wie im Traum, und die weiße Maschine bewegte sich tanzend über die 5th Avenue durch den Verkehr. Der Wind fegte mir die Haare aus dem Gesicht, mein Herz klopfte im Takt mit den Kolben der Maschine. Die großen Räder wirbelten unter meinen Füßen; das Herz dieses Ungeheuers, das direkt unter mir zu sein schien, schlug mit einer kraftvollen Regelmäßigkeit, und seine Schläge fuhren zitternd meine Schenkel hinauf und schüttelten meinen ganzen Körper durch. Zu beiden Seiten der Straße stürzte alles zurück: Taxis, Pferdewägelchen, das jagende Grün des Parks; wir hatten unsere eigene Rennstrecke. Wir segelten. Wie eine Haut hatten wir die unbeholfenen Bewegungen dieser Stadt der Sterblichen mit ihren Fußgängern abgestreift. Ich war high, high! Einen Augenblick lang hielt ich den Atem an, als ich sah, daß der Tachometer 110 km/h anzeigte, und er nahm seine Hand von der Lenkstange, um in einen anderen Gang zu schalten; das einzige, was uns jetzt im Gleichgewicht hielt, war dieser wunderbare Haken mit den zwei Klauen. »Wir machen einen Ausflug«, schrie er durch den Wind zu mir nach hinten. »Komm ganz dicht ran und leg dich zusammen mit mir in die Kurven.« Wir fegten über das Kleeblatt, von dem es zum Westside-Highway abgeht, und ich sah von unten einen Streifen des Hudson zu uns heraufschimmern. Er beugte sich so tief hinunter, daß wir fast parallel mit der Straßendecke waren und rief: »Du mußt mir einfach vertrauen, oder wir machen Bruch.«

»Ja«, schrie ich zurück und preßte mich noch enger an ihn, umschlang ihn, als wären wir nur noch ein Körper.

Ich kenne jetzt also seine Geschichte, dachte ich, als ich mich anzog, da wir uns zum Abend verabredet hatten, so gut, wie er auch meine kennt. Das war wie eine Allegorie, in der Privilegiertheit und Benachteiligung aufeinander treffen, so scharf voneinander abgesetzt, als wären wir sinnbildliche Gestalten, die an einem mittelalterlichen Portal in Stein gehauen sind. Ich bin eine Princeton-Absolventin, Kind einer Diplomatenfamilie, die mich auf lustig-überschwengliche Weise vergöttert, also mich verwöhnt hat, mich mit beschwichtigendem Schulterklopfen durch eine stürmische Pubertät und dann durch die Jahre auf dem College brachte, wo ich nicht mehr ganz so wackelig auf den Beinen war. Ich war jetzt in New York und wartete auf eine Schiffspassage nach England, wo ich von der Universität von Cambridge ein Stipendium bekommen hatte, um Shakespeare gründlich zu studieren. Er hatte mir an jenem Tag, als wir das schimmernde Band des Hudson entlanggeflogen waren, seine beklemmende Lebensgeschichte erzählt. Wir hatten an einem grasbewachsenen Hang neben dem Highway haltgemacht und saßen mit einander zugewandten Gesichtern auf dem Motorrad, redeten miteinander, als wäre es von höchster Wichtigkeit, unsere Karten offen auf den Tisch zu legen.

Er war gleich nach seiner Geburt von seinen Eltern weggegeben worden. »Alles, was ich von ihnen weiß, ist, daß sie eine Puertoricaña war und Mercedes hieß – was so viel heißt wie Gnade. Er war Nuoricaner. Sie waren noch sehr jung, aber sie waren verheiratet. Eines Tages fand ich dann in einem Aktenordner einen Brief, in dem stand, daß sie mich wegen meines Geburtsfehlers weggegeben hätten. Ich war also bis zum dritten Lebensjahr in einem Waisenhaus. Ich war der kleine Star unter den Körperbehinderten. Ich war in der Obhut der Schwestern. Dann kamen meine Eltern und adoptierten mich. Sie sind Italiener. Mein Vater war Klempner, aber er hat sich jetzt zur Ruhe gesetzt und ist Hausmeister in einem Altersheim. Meine Mom hatte ein Alkoholproblem, aber sie ist jetzt bei den AA und Jesus in sicheren Händen. Die Kids in der Schule haben mich immer mächtig aufgezogen. Also wurde ich ein ziemlich rauher Bursche und machte Zoff. Als Jugendlicher bin ich sogar ein paar Mal eingebuchtet worden, aber es war nichts Schwerwiegendes. Ich habe massenweise Pot geraucht, jetzt bin ich also Barmann im Lonestar und nebenbei Fotograf. Ich habe diese Vorrichtung für meinen Haken selbst erfunden, die für eine Kamera besser geeignet ist als für eine gesunde Hand. Ich mußte mir diesen besonderen Motorradtyp zulegen, weil es der einzige mit automatischer Schaltung ist. Ich komme aus Queens, schon mal dagewesen? Nein, dachte ich mir. So, das wärs schon, Kid. Das bin ich in Kurzfassung.« Er lachte, auf seine ganz eigene Weise rauh. Ich hörte ihm nur einfach zu und wußte, daß es für mich nichts dazu zu sagen gab.

Ich habe ein dünnes rosa T-Shirt angehabt und einen bauschigen leichten Rock, und der Wind, der vom Fluß herüberwehte, hatte mich abgekühlt. Er war vom Motorrad gestiegen und hatte sich, das Gewicht auf eine seiner schmalen Hüften gestützt, an die niedrige Uferböschung gelehnt. »Komm doch mal her zu mir, Mädchen«, hatte er langsam und etwas belustigt gesagt. Ich war von der Maschine geglitten und leicht ängstlich zu ihm hingegangen. Mit der rechten Hand hatte er mir zärtlich über das Gesicht gestrichen, sein Haken steckte in meinem Rockband und zog mich unwiderstehlich näher. Er hatte mich wie ein ausgewachsener Mann geküßt, als wäre ich seine Quelle, sein rechtmäßiger Besitz, sein eigenes Wasser, von dem er trank, wenn ihm danach war. Sein Haken hatte mich in einer engen Umarmung gehalten. Ich war zuerst eingeschüchtert von seiner Härte gewesen, dann später ganz erregt, und ich hatte mich weit in seine Krümmung hineingelegt. Er schlang seinen Arm um meinen dichten Haarschopf und hielt meinen Kopf ganz fest und nahe, so daß er von meinem Mund trinken konnte, bis sein Durst gestillt war. Wie ich es befürchtet hatte, verfing sich der Haken in meinem langen, windzerzausten Haar. »Wenn ich nicht aufpasse, bleibe ich an dir hängen«, lächelte er. »Mein Haar, das verheddert sich immer mit irgend etwas«, sagte ich entschuldigend und begrub dann mein Gesicht in seiner salzigen Halsgrube und wünschte mir, daß ich doch bloß kein Wort gesagt hätte.

Ich fühlte Wärme in mir aufsteigen, als ich an jenen Nachmittag zurückdachte. Ich betrachtete mich selbst in dem langen Spiegel, als ich in meine Strümpfe schlüpfte: ich bin eine füllige Frau mit dem breiten, hellen Gesicht Osteuropas und den schläfrigen, dunkelblauen Augen aus dem Rußland meiner Großmutter. Mein kräftiges schwarzes Haar reicht beinahe bis zur Taille, und ich weiß sehr wohl, daß es mir das Aussehen von jemandem verleiht, der in seinem Aufzug nie ganz ordentlich und vollständig ist. Selbst wenn ich hochelegante und überaus dekorative Kleidung trage, ich scheine stets etwas sehr verwirrend Nacktes an mir zu haben, daß ich mit fließenden Röcken und hohen Kragen zu verdecken trachte. Ich sehe aus, als gehörte ich ins ausgehende 19. Jahrhundert, wie eines jener blühenden Bauernmädchen, die uns auf alten Serigraphien aus dem Rahmen entgegenstarren. Mein Bauch ist rund, meine Hüften und Schenkel viel voller, als meine eleganten Freundinnen gutheißen können, doch ich liebe diese fleischliche Fülle; ich lebe gern in einem Gehäuse runder Weichheit, die meine Knochen gut versteckt. Ich mag meine Brüste; rund, schwer und tiefer angesetzt mit kleinen blaßrosa Warzen. Ich zog meine Strümpfe hoch und hakte meinen einfachen, weißen Büstenhalter zu. Ich schlüpfte in ein goldschimmerndes Baumwollkleid,das sich eng an meine Hüften schmiegte und beim Gehen die Form meiner Beine zur Geltung brachte und streifte mir schwarze flache Sandalen über die Füße. Von draußen rüttelte der Sturm an den Fenstern. Ich besprühte mich mit Rive Gauche, das ich von meinem letzten Nadelgeld gekauft hatte, zwischen meinen Brüsten, an den Handgelenken und an beiden Schenkeln. Schwebend leicht und rundum golden schloß ich die Tür hinter mir ab und trat hinaus auf die Hitze der Straße, die von der im Wasser untergehenden Sonne in tiefem Rot erglühte. Ich fühlte mich selbst als Teil der Sonne, losgelöst von den Massen aus Hitze und Licht, wie ich so frei und beschwingt in Menschengestalt die 85th Street langschlenderte.

Er saß auf der Kühlerhaube eines Autos in der Columbus Avenue, als ich zu ihm aufschloß. Die Massen gutgekleideter junger New Yorker hatten bereits ihren nächtlichen Paseo die Avenue hinauf und hinunter aufgenommen, gingen eng umschlungen und sprachen in gedämpftem, aufgeregtem Tonfall aufeinander ein. Es war nach Sonnenuntergang. Die Luft roch sauber und feucht. Noch einen Häuserblock weit von ihm entfernt, als er mich noch nicht gesichtet hatte, schaute ich ihn mir eingehend an: er sah hart, etwas aggressiv und einfach hinreißend aus. Er trug – natürlich – eine schwarze lederne Bykerjacke, die seiner drahtigen Gestalt etwas weichere Formen gab. Im Gegensatz zu der wohlgenährten Menge, die an ihm vorbeiströmte, der weißen Jeunesse aus den wohlhabenderen Gegenden, die hier in pastellfarbenem Chif flanierte, wirkte er erschöpft und ernst und – ja, das war das richtige Wort – *cool.* Er hatte diese Art. Die Leute warfen im Vorübergehen verstohlene Blicke auf seinen Haken, einige starrten auch direkt darauf, doch er benahm sich ganz so, als müßten sie neidisch sein, weil sie nicht selbst einen hatten. Genau das war es: ich erinnerte mich wieder, wie er den Haken benutzte, damit im Gespräch gestikulierte, ihn spielerisch einsetzte, damit kitzelte; wenn er ungeduldig war, trommelte er damit auf den Oberflächen irgendwelcher Gegenstände herum, riß Streichhölzer für meine Zigaretten an seinem scharfen Ende an; in klarer, eleganter Schrift hatte er meinen Namen damit in den Sand geschrieben. Er war ganz ein Teil von ihm, zum Leben erweckt. Als ich daran zurückdachte, wie er mich damit berührt hatte, hätte ich schwören können, daß er mit diesen sich gabelnden Stahlspitzen noch die zartesten Grübchen meiner Wangen erspürt hatte. Plötzlich verstand ich mein starkes Hingezogensein zu ihm: die Art, wie er diesen Haken wie eine Tapferkeitsmedaille hielt, hatte mit Grazie zu tun. Es hatte Charme.

Der Blick, den er mir zuwarf, als er mich sah, gab mir das Gefühl, schön und stolz zu sein. Er nahm mich bei der Hand, und wir gingen ins Panarella. Es war kein Lokal, das ich ausgesucht hätte: Manhattan-Chic eben, protzig, überladen, mit Neonschriftzügen in den Fenstern. Er wollte reden, und ich war darauf eingestellt, zuzuhören. Er bestellte einen Jack Daniels; ich bestellte einen bestimmten Weißwein, an den ich mich noch von Ausflügen in die Weinberge in der Umgebung meines heimatlichen Berkeley erinnerte. Er trank und beugte sich im Kerzenlicht zu mir herüber. Ich spürte, worüber er jetzt am liebsten sprechen würde, also machte ich für ihn den Anfang:

»Erzähl mir doch mal, woran du dich aus der Zeit im Waisenhaus noch erinnern kannst.«

»Als meine Eltern mich abholen kamen, hatte man sich nicht gerade liebevoll um mich gekümmert. Ich denke schon, daß die Schwestern es gut meinten, aber sie hatten mir anfangs keinen Haken zugebilligt. Sie wollten einfach nur, daß ich eine falsche Hand anlege, weil das billiger war. Diese Babys hier kosten so um die zweitausend Dollar. Ich erinnere mich nur noch an herumflatternde Gewänder in Schwarz und Weiß, und dann habe ich noch den Tag in Erinnerung, als eine Schwester kam und mir mitteilte, daß ich das Heim verlassen würde. Ich verbrachte als Kind eine Unmenge Zeit in Krankenhäusern, wo ich ständig Übungen machen mußte. Ich sag's dir, ich war ein echtes einarmiges Wunderkind! Ich erinnere mich noch an all diese Spezialisten, weiß'te. Große Kerle in weißen Arztkitteln, die um mich herum saßen und auffordernd sagten, ›nun komm schon Scotty, zeig uns mal, wie du Butter mit einem Messer aufs Brot schmierst‹. Und ich sagte – es war Rosinenbrot – und ich sagte, da sind aber Kakerlaken drin. Und sie meinten, das sind keine Kalerlaken, das sind Rosinen. Also sagte ich zu denen, okay, ich schmier Butter drauf, aber essen tue ich das nicht. Ich war ein echter kleiner Klugscheißer.

Dann war da dieser Typ, der eine ganz neuartige Armprothese entwickelt hatte. Ich war sein Versuchskaninchen. Er legte sie mir an und sagte: ›Wenn du da reingehst und dich den Ärzten vorstellst, dann sagst du ihnen, wie toll du dich damit fühlst‹. Und ich sagte: ›Aber das Ding tut weh‹. – ›Nein, ganz und gar nicht‹, sagte er und packte mich beim Ohr‹. Ich sagte dir doch, er fühlt sich toll an‹. Also meinte ich nur, okay. Aber sobald wir dann vor den Ärzten standen, fing ich an zu zetern: ›Nehmt mir das Ding ab. Das tut höllisch weh‹.«

Er hatte seinen doppelten Whiskey leergetrunken. Lefty sprang von einer Geschichte zur nächsten, die Augen dunkler und lebendiger denn je. »Einmal hab ich zugesehen, wie ein paar Kinder Tennis spielten. Ich saß an der Seitenlinie. Und dann sieht mich diese eine Dame mit tieftraurigen Augen an, und sie nimmt ihrem eigenen Kind, das so ungefähr in meinem Alter war, den Schläger weg und gibt ihn mir. Der Junge hat mir einen echt giftigen Blick zugeworfen. Ich kann's ihm nicht verdenken. Sie tat dies ganz demonstrativ vor all den anderen Typen auf dem Platz. Seit ich sechs Jahre alt bin, kann ich diesen Blick schon auf eine Meile Entfernung erkennen. Ich konnte damit nicht... ich wollte dann einfach nur noch von da weg.

Im Grunde genommen also wird mir von diesem ganzen Getön vom »tapferen Krüppel« inzwischen ziemlich übel. Ich meine, ich sehe manchmal Leute – ich seh diesen einen Typ fast jeden Tag, er sitzt im Rollstuhl, vom Hals abwärts gelähmt. Und er düst mit diesem verdammten Rollstuhl durch die finstersten Straßen New Yorks und mitten durch den Stoßverkehr. Und dieser Kerl weiß ganz genau, falls er umkippt, das war's dann, dann ist er tot. Aber er macht's. Ich bin immer völlig weg.

Wenn wir unter uns sind, reißen wir unsere eigenen Witze, wie bei diesem Behindertenskirennen. Da gab's die »Zweifach mit Draht Verstärkten«, dann die »Vierfach mit Draht Verstärkten«, und ich war der »einarmige Bandit«. Deshalb nenn' ich mich Lefty, verstehst du. Ich schnappe sie mir, bevor sie mich erwischen.

Ich hasse diese Fernsehmammutserien-Kacke à la »Jerrys Kinder.« Was ich wirklich mal machen möchte: ich möchte mal Aufnahmen von einer Reihe von behinderten Leuten machen, die echt Haltung zeigen, wie dieser Skiläufer ohne Beine, den ich kenne. Von dem möchte ich in einem Studio Aufnahmen machen mit nur ganz spärlichem Hintergrund. Ihn mit seinen Skiern und mit einem ganz bestimmten Blick, mit dem er in die Kamera schaut. Dann ist da noch dieser Blinde mit seinem winzigen Baby, einem Mädchen. Und er nimmt das Baby in einem Traggestell vor der Brust überall mit hin, läuft mit seinem neugeborenen Winzling durch die Straßen. Das ist Haltung. Das ist so, als würde einer sagen: wenn mein Baby durch irgend etwas zu Schaden kommt, dann bekommst du's mit mir zu tun. Ich möchte von ihm und der Kleinen mal eine Aufnahme machen. Einfach so. Tapfer.

»Aber weißt du, hier sitz' ich und rede und rede«, er seufzte, und ich spürte, wie seine müden Augen sich wieder mir zuwandten. »Hey, du da, Lady«. Dann blieb er stumm und setzte sich zurück, schaute mich an, als sähe er mich zum ersten Mal, ließ seine Augen auf meinen Schultern, auf meinen Lippen und Brüsten ruhen. Ich spürte sein Knie unter dem Tischtuch zwischen meinen eigenen. Er lehnte sich weit vor und flüsterte: »Verstehst du, ich sehe Typen, die noch all ihre gesunden Gliedmaßen haben, jedes Teil funktioniert einwandfrei, und sie wissen überhaupt nichts damit anzufangen.«

»Ja, tatsächlich«, sagte ich lächelnd.

»Was ich jetzt gern tun würde: ich möchte dich in voller Lebensgröße mit meiner Zunge malen.«

»Ja, laß uns gehen«, erwiderte ich.

Mein Apartment war dunkel und kühl, als wir ankamen. Es war klein und ging auf einer Seite auf einen Lichtschacht und auf der anderen zur Straße hin, und es war kärglich möbliert: ein Fouton auf dem Fußboden, ein Krug mit Iris, ein paar kümmerliche Geranien, ein Sessel und meine Bücher. Er schloß die Tür hinter mir, und ehe ich mich's versah, hatte er mich zu sich herumgerissen und drückte meinen Kopf nach hinten. Seine Zähne gruben sich in meine Unterlippe. Ich fiel nach hinten in den Sessel, und er kniete zwischen meinen Beinen vor mir. Ich konnte meinen Pulsschlag in meinen Ohren dröhnen hören. Oh, gib mir Geschmeidigkeit und Leichtigkeit, dachte ich und wußte erst jetzt, wie verängstigt ich eigentlich war. Seine Zähne gruben sich in die weichste Partie meines Halses, und ich holte scharf Luft. Ich lehnte den Kopf zurück und schloß die Augen, hatte wieder das Gefühl, als würde der Boden unter mir wegstürzen.

Er hockte wippend auf seinen Fersen und sah mich mit einem dämonischen Grinsen an. Ich schämte mich, weil ich sicher ganz rot und wirr und aufgelöst aussah. Aber ganz bewußt hielt ich seinem Blick stand. Er nahm meine beiden Hände in einen ganz festen Griff. Mit seinem Haken zog er die Linie meiner Kehle nach, langsam, ganz langsam bis hinunter zu meinem Schlüsselbein. Wieder schloß ich die Augen und konnte es kaum noch aushalten. Ich war mir nur noch dieser feinen Stahlspitze bewußt, mit der dieser wilde Mensch, der vor Verlangen nach mir dunkel zu glühen schien, zum Mittelpunkt meines Seins hinabglitt. Alle Wirklichkeit schoß in diesem erstarrten Punkt meiner Haut zusammen. Sie fuhr tiefer hinunter zu der Stelle zwischen meinen Brüsten, von der aufsteigend ich jetzt das Parfum wahrnahm, das ich hitzig verströmte. Er hakte das Metall hinter den obersten Knopf meines Kleides und zog unter leisem Lachen mit einem kräftigen Ruck nach unten. Der Knopf riß, dann der nächste und übernächste. Er langte mit dem Haken hoch zwischen meine Brüste und schnippte den Verschluß meines Büstenhalters auf. Ich war jetzt nackt bis zur Taille. Er stand auf und zog mich hoch, meine Hände hielt er jetzt in einem ungemein starken Griff hinter meinem Rücken zusammen. Eine plötzliche Bewegung nach vorn hätte mich nur der Spitze des Hakens ausgesetzt. Mein Kleid fiel mir von den Schultern und hing mir über die Hüften. Mit großer Heftigkeit, doch zugleich sehr kundig und erfahren, zog er mit dem kühlen Stahl zuerst den Umriß der einen, dann der anderen Brust nach. Mein Atem ging schneller. Er zog die Kreise immer enger und enger. Noch nie hatte mich eine Berührung so erregt wie diese. Benommen machte ich einen Schritt nach vorn und fiel gegen seine Schulter, doch hart stieß er mich wieder zurück. »Noch nicht«, sagte er, während er mit der Stahlspitze flüchtig eine Brustwarze streifte. Ich war sofort ganz naß. Ich stöhnte, wand mich, um von ihm freizukommen. Doch die beiden feinen Zinken seines Hakens öffneten und schlossen sich ganz sanft, so sanft, so behutsam um meine Brustspitze, hielten mich fest, so daß ich mich nicht mehr bewegen konnte, selbst wenn ich gewollt hätte.

»Das ist kalt, wie?« sagte er noch immer lächelnd. »Ja«, sagte ich schweratmend, wie jemand, den man gerade in einen eiskalten Ozean gestoßen hat, von dessen Unterströmungen er kilometerweit von der Küste weggerissen wird. Dann gab er mich frei, und ich spürte dort, wo das Metall gewesen war, seinen Mund, der sich ganz warm öffnete.

Ich kniete mich auf die Fouton-Matratze und zog ihn zu mir herab. Ich mußte meine Gedanken sammeln, zu verstehen versuchen, warum ich so große Angst hatte. Was bekomme ich wohl zu sehen, wenn er den Arm abnimmt? Werde ich abgestoßen sein? Dieser Gedanke kam mir zugleich mit meiner Wut über mich selbst, wegen der Furcht, die ich empfand. Doch Zivilisiertheit und aufgeklärtes Bewußtsein sind machtlos, wo zwei Leiber nebeneinander im Dunkeln liegen.

Ich dachte zurück an das allererste Mal, als ich im Alter von vierzehn Jahren das Glied eines Mannes berührt hatte. Ich hatte dabei genau dasselbe Entsetzen und dieselbe schreckliche Neugier empfunden und dabei gleichzeitig mit jener beherzten Gewißheit der Kindheit gewußt, daß der einzige Weg, meine Angst vor der Lust zu überwinden, der war, einfach tief Luft zu holen und zuzugreifen. Ich zögerte, damit konfrontiert zu werden, was unter der weißen Haltevorrichtung des künstlichen Arms sein würde, doch zugleich wußte ich auch, daß ich die Stelle berühren wollte, über den anfänglichen Schock hinwegkommen und mich schrankenlos der Liebe zu Lefty hingeben wollte. *Bin ich wirklich so ahnungslos, wenn es dazu kommt, meinen Körper ganz und unbedingt einzusetzen, daß ich so große Furcht vor einem Körper habe, der so ganz anders ist als meiner? Ja, ja, es scheint wirklich so.*

Doch als ich dann im Dunkel sein Gesicht sah, mit diesem Ausdruck geduldiger Belustigung – ja sogar Mitgefühl mit mir, entspannte ich mich. Er weiß ganz genau, was ich denke, da er solche Augenblicke schon viele, viele Male durchlebt hat. Er richtete sich in knieende Stellung auf, reckte sich und sagte: »Ich fänd's ziemlich unfein, mit einem Haufen Eisen zwischen uns mit dir auf die Matte zu gehen. Findest du nicht auch, daß wir das hier ablegen sollten?« Ganz beiläufig und elegant, wie ein Fechter, der seinen Umhang abwirft, schlüpfte er erst mit einer, dann mit der anderen Schulter aus den Gurthalterungen. Mit der rechten Hand griff er nach der Lederstulpe, in der sein Armstumpf steckte, zog sie ab und legte sie neben die Fouton-Matte. Dann zog er sich das Hemd über den Kopf, zog den Reißverschluß seiner Jeans auf und stieg aus ihnen heraus. Er legte sich nackt neben mich.

Er war überall tief gebräunt, und meine Haut schien mir dagegen von geisterhaftem Weiß. Ich streichelte seine Brust, sie war glatt und zart, fast haarlos. Er stützte sich auf seinen Armstumpf, um sich von mir liebkosen zu lassen. Ich sah jetzt, wie dünn er war und wie wenig entwickelt die Muskulatur um den Knochen herum; er endete knapp oberhalb der Stelle, wo sonst das Ellbogengelenk gewesen wäre. Die Muskeln auf dieser Seite seines Oberkörpers waren weniger ausgeprägt als die auf der rechten Seite. Ich strich über das feine schwarze Haar in seiner Achselhöhle und ließ dann meine Hand sacht seinen Arm hinuntergleiten und hielt ihn dort einen Augenblick fest. Da, das war er. Es war schön.

Nachdem das überstanden war, küßte er mich. Zuerst sanft, dann heftiger, so heftig, wie mir schien, daß meine Lippen anschwellen würden. So nah bei ihm wurde mir ganz warm, meine Hände glitten über seinen Rücken, und dann gruben sich ganz leicht meine Fingernägel in die Kurven seines Hinterteils. »Hmm Mädchen, ich könnte dich auffressen«, flüsterte er mir feucht ins Ohr. Auf seine eine Hand gestützt, lag er über mir, kniete. Sein linker Armstumpf strich über meine Seite; glitt zwischen meine Beine. »Komm, tun wir dieses ganze Zeug weg«, sagte er, und ich wand mich aus meinen Höschen und schleuderte mein zerknittertes Kleid beiseite. Sofort war sein

Mund über mir, spielte mit meinen Brustwarzen, so daß ich immer und immer wieder aufstöhnen mußte. Er küßte sich mit offenem Mund den Weg frei über meinen Bauch die haarige Linie hinab bis zu meinem Busch, und ich hatte die Empfindung, als würde sich bei jedem Kuß eine neue Blüte Klatschmohn öffnen. »Ach, leg dich einfach zurück, Schätzchen. Ich mag das, ich mag das unheimlich gern. Laß mich.« Ich öffnet meine Beine für ihn. Seine Zunge war auf mir, genau da, leckte mich sanft, schmeckte ganz langsam wie bei einer Weinprobe, verhielt dann prüfend, wurde dann gierig, durstig, trank und trank. Ich verlor mich ganz, ich griff nach ihm, vertrau mir, oder wir müssen untergehen. Ich vertraute ihm mit allen Fasern, aber dennoch stürzte ich, der Boden stürzte auf mich zu, aber dann war es der Himmel.

Ein Morgen in New York kommt strahlend und plötzlich. Ich öffnete die Augen, als ein heißer Lichtstrahl das kleine Zimmer erhellte. Er strich über zerwühlte Bettücher, die vertrocknende Iris in ihrem Tontopf, den Körper meines Geliebten, der zusammengerollt neben mir lag und mit der Heftigkeit eines Kindes schlief, meinen Arm festhaltend, einen feinen Schweißfilm auf der Stirn, da, wo das Haar flaumig und weich wurde. Ich küßte ganz leicht die Narbe, die sich über seine Wange zog und schmeckte mein eigenes Aroma auf seinen Lippen. Ich war glücklich, verrückt vor Glück. »Du bist einfach ein Tier, du«, flüsterte ich in sein traumverhangenes Gesicht. Er wachte sofort auf und sah mich mit diesem verrückten Grinsen an. »Ja, und was bist du, Kätzchen? Schau mal, was du mir angetan hast.« Er nickte zu seiner Schulter hin, wo feine rote Streifen sichtbar waren. »Los komm, steh auf. Wir nehmen die verdammte Straße zwischen die Beine«, rief er fröhlich und sprang auf, ganz heimisch in seiner dunklen Haut und sah ganz komisch aus in diesem verwüsteten Bett. Schreckliche Symmetrie, schreckliche Normalität, so dachte ich. Du hast einen Schrecken verloren, denn ich, meine Liebe, hab die Kurve gekratzt. Er warf einen Blick auf seine Schulter und rieb über die Stellen, die ich aufgekratzt hatte. »Sag mal, glaubst du eigentlich wirklich, daß ein paar Jahre, in denen du Shakespeares Asche aufwühlst, dein Blut verwässern und dünner machen können? Du bist einfach umwerfend, Frau. Ich sag's dir. Nein, nicht unter die Dusche. Ich will deinen Geruch in der Nase haben, den ganzen Tag über.« Er zog seine Jeans an und bückte sich, um seinen Arm und alles, was dazugehörte, aufzuheben. »Wie denn, liegen hier noch irgendwelche Körperteile rum?« lachte ich und küßte ihn hingerissen, preßte Saft für ihn aus und sang jubilierend meine ganz kleinen, privaten Hymnen.

Als wir die Treppen zu seinem Motorrad hinunterstürzten, rutschte ich aus; er fing mich mit seinem Haken auf, und ich ließ meine Hand darin liegen und ganz sanft, zärtlich, hielt er mich fest, und es war ganz leicht, sie ihm zu überlassen. Leichtigkeit. In diesem blassen Morgenlicht schien alles leicht. Trinken, Ertrinken – alles.

Victoria Starr

Japanisches Spiel

Ich werde manchmal schrecklich nervös, nachdem das Startzeichen gegeben wurde. Wenn ich mir Geoff so anschaue, sein furchtbar gespanntes, blasses Gesicht, naja, er ist auch ziemlich nervös und angespannt. Auf der Eisenbahnfahrt aus der Stadt heraus hatten wir es immer und immer wieder beredet, aber Geoff kam stets auf das eine Argument zurück, das uns überhaupt erst veranlaßt hatte, uns auf diese Abmachung einzulassen: »Zu Hause treiben wir es ja auch andauernd, warum sollen wir uns dafür nicht mal bezahlen lassen.« Ja, warum nicht? Aber würde sich dadurch nicht alles ändern? Würde es nicht merkwürdig sein, wenn jemand uns zuschaute, uns filmte, uns anfeuerte? Nun ja, vielleicht... Aber da ist noch die quälende Tatsache, daß wir in Asien sind und pleite und wir genügend Kohle für unsere Weltreise zusammenkratzen müssen... Wir brauchten das Geld, und Kikushi wird uns gut bezahlen.

Ich hatte ihn bereits einmal allein getroffen. Kimusha, der schwarze ugandische Geschäftsleiter der Bar, in der ich arbeite, hatte mich an ihn vermittelt: »Berühmter japanischer Künstler«, hatte er gesagt. »Sehr angesehen, Vicky. Er braucht ausländische Frauen als Aktmodelle, du bist da vielleicht ganz gut...« »Okay, für hundert Dollar pro Bild würde ich schon meine Titten zeigen und stillsitzen.« Doch Kikushi verlangte einige ziemlich pornographische Einstellungen, also schaltete ich schnell – ich trieb meinen Preis hoch. Ich mußte auch sichergehen, daß er mich nicht anfaßte. Ich könnte dabei nicht einmal sagen, ob er es überhaupt gewollt hätte; er war nicht sehr direkt, aber ich wollte eben sichergehen. Kikushi sieht eigentlich nicht schlecht aus. Er ist sogar ein hübscher Japaner – ein bißchen kurz geraten – aber das bin ich ja auch. Sein Gesicht ist breit und offen wie ein auf der Spitze stehendes Dreieck, mit hohen Wangenknochen und einer blassen, reinen, glatten Haut, schwarzen Augen, die einen aus ovalen Schlitzen anblitzen – sie erinnern mich an Katzenaugen, und ich mag Katzen. Er bewegt sich sogar wie eine, schleichend und dann mit diesem belustigten, gerissenen Blick, als wäre er hinter etwas her, hätte aber alle Zeit der Welt, es einzufangen. Und sein blauschwarzes, stacheliges Haar steht hoch, als hätte ihn jemand hinter den Ohren gekrault. Er ist schon recht bemerkenswert, aber seit einiger Zeit langweilen mich japanische Gesichter.

Ein weiterer guter Grund, zu Kikushi zu gehen: er lebt außerhalb dieses metrapokalytischen Tokios in einem wunderschönen alten Haus im traditionellen Stil, das von einem üppigen Garten voller Farne umgeben ist. Und er besteht darauf, daß jede Sitzung mit einem Bad beginnt, und zwar in einem rundum verglasten Raum, von dem man Ausblick hat auf hohes, weiches Gras und blühende, tiefrosa Fuchsien.

Ich weiß nicht genau, warum er mich andauernd wieder zu sich bestellt... irgendeine körperliche Befriedigung kann er von unseren Sitzungen nicht gehabt haben, und die Zeichnungen, die er gemacht hat, waren ziemlich skizzenhaft und, um ganz offen zu sein, ziemlich erbärmlich. Aber diesmal soll es ja um etwas ganz anderes gehen: er möchte uns filmen... und zuschauen. Geoff meint, daß er die Nacht damit rumbringt, sich pausenlos einen abzureißen, nachdem ich ihm Modell gestanden habe. Vielleicht hat Geoff ja recht. Als geborene Kalifornierin hab ich genau das Aussehen, auf das die Japaner so scharf sind: von Wind, Sonne und vom Surfen weißgelbliches Haar, lang und kräftig, mit dunkleren Strähnen darunter, Augen grün wie der Pazifik, eine Farbe, die sich je nach den Lichtverhältnissen verändert... und vom Wellenreiten und viel sportlicher Action bin ich schlank und geschmeidig. In Kalifornien sehen anscheinend alle Mädchen genauso aus wie ich. Doch hier in Tokio bin ich ein exotischer Star.

Schritte; gleich wird er die Tür aufmachen, und ich werfe Geoff einen letzten Blick zu, solange wir noch allein sind. Er sieht irgendwie furchtsam aus, mit zusammengepreßten Lippen. Er ist ein schöner Mann, hochgewachsen und eckig, sehr englisch, mit weiten, grauen, atlantischen Augen, tintenschwarzen Wimpern und feinem, glänzendem Haar, das wie Herbstlaub aussieht. Er könnte eine umwerfende Frau abgeben, doch es wäre schon eine Schande, die phantastische Welt seines Schwanzes außen vor zu lassen – das ist das einzig runde an ihm, sein Schwanz. Oh ja, das hatte ich fast vergessen, auch sein Arsch – allein schon der Gedanke daran turnt mich an, und ich lasse ihn darüber auch nicht im Zweifel, so wie ich meine Zunge rausstrecke, sie aufrolle und mir über die Lippen lecke. Ihm fällt der Unterkiefer runter, er läßt seine verkrampften Hände sinken, dann greift er nach mir, aber gerade in dem Augenblick, in dem die Tür aufgeht.

»Vicky... komm herein... komm herein. Ah, Geoff, nett, Sie auch mal zu sehen. Ich hab schon so viel von Ihnen gehört.«

»Tatsächlich?« sagte Geoff verbissen und nicht eben freundlich, während ich auflache. Und es ist ein Lachen, in dem sich Aufgeregtheit und Nervosität mischen. Geoff weiß überhaupt nicht, was da abläuft – aber jetzt, wo wir schon mal hier sind und die Sache so weit gediehen ist, bin ich fest entschlossen, meinen Spaß daran zu haben.

»Er hat nur die besten Sachen über dich gehört, mein Herzchen, nur die allergeheimsten Sachen, die so furchtbar sexy sind...« Ich muß kichern und mach' mich über die beiden lustig, und Kikushi wendet seine flinken Katzenaugen von Geoff ab und wendet sie lächelnd mir zu, ganz beglückt von meiner Bemerkung. Mir geht auf, daß er zwischen uns ein ganz inniges Einverständnis voraussetzt.

Auch Geoff lächelt dazu, weil er sicher sein kann, daß ich Kikushi nichts erzählt habe, was auch wirklich stimmt. Aus seiner Reaktion versuche ich mir darüber klarzuwerden, ob er nicht vielleicht langsam zu verstehen beginnt, was ich im Zug gemeint hatte, als ich ihm auseinanderzusetzen versuchte, daß diese Arbeit für mich wie eine Show ist: ein improvisiertes Schauspiel, in dem ich einfach jede Rolle übernehme, die das Stück von mir verlangt. Aber im Augenblick brauchen wir trotzdem jemanden, der die Spannung ein bißchen abbaut. Kikushi spielt seine Rolle sehr gut.

»Du, Vicky,möchtest du jetzt wieder deinen üblichen Schwarzen Russen?« Ich nicke zustimmend. »Und Sie, Sir?« Er spricht ein etwas geziertes Englisch, noch etwas gespreizter durch seine höfliche japanische Förmlichkeit.

»Einen Scotch, bitte, ohne Wasser.«

»Sie fangen mit dem Bad an, ja bitte? Es ist alles vorbereitet. Sie kennen das ja, Vicky... ich komme dann mit den Drinks.«

Ich führe Geoff in den rundum verglasten Raum, in dem das japanische Bad tief in den Steinboden eingelassen ist. Kikushi hatte sich offenbar auf einen außergewöhnlich festlichen Tag eingestellt, denn auf dem Wasser schwammen Rosenblüten, weiße, gelbe und rosafarbene, die ihren Duft verströmten. Geoff hatte offenbar schnell seine Fassung wiedererlangt, denn ich spürte ihn hinter mir, als er durch mein dünnes Baumwollfähnchen meine beiden Pobacken packte. Ich wirbelte herum und schlang ihm die Arme um den Hals, und auf Zehenspitzen küßten wir uns, und Geoff tauchte seine Zunge tief in meinen Mund. Langsam ist er angeheizt – sobald wir uns küssen, gibt es drumherum kein großes Getue mehr. Eine Hand gleitet von seinem Hals abwärts an seinem Hemd vorbei bis zu seinem Hosenbund, und ich schiebe einen Finger hinein, fummele, schiebe das ganze Zeugs beiseite und erkunde mit meinen langen Fingernägeln die Stellen, wo seine Haut ganz weich ist.

»Willst du mich haben?« flüstere ich und entwinde mich ihm spielerisch. Nachdem er mich abgesetzt hat und ich wieder festen Boden unter mir spüre, mache ich seinen Hosenknopf auf und brauche dafür nur einen Finger.

»Jaaaa...« bricht es stöhnend aus ihm hervor, und mir wird bewußt, daß er Kikushi vollständig vergessen hat. Das ist gut so, denn der will ja nur zusehen. Beidhändig öffne ich Geoffs Hosen, während er sich das Hemd aufknöpft. Er hat's gern, mir dabei zuzusehen, wie ich ihn ausziehe, also tue ich mein möglichstes, presse mit meinen langen Fingern seine Schenkel zusammen, bin hingerissen von seinen schwellenden, harten Muskeln, während ich ihm die Hosen runterziehe. Seine nackten Beine haben einen hellen Goldton, und der stammt noch von den zwei Monaten, die wir gemeinsam in Thailand gewesen sind.

Ein schräger Blick nach oben, und ich beschließe, die Puppen tanzen zu lassen. »Ich will deinen Schwanz...« sage ich mit sanftem Druck auf seine Bällchen und schiebe runde, feste Handknöchel zwischen seine Arschbacken. »Dann sieh zu, daß du den Hals auch vollkriegst«, erwidert er keß und reißt sich die Wäsche mit zwei eingehakten Daumen runter, legt seinen Penis frei, der sich doch direkt vor meinen Augen als ein wütender Steifer aufspreizt – der Kopf ein einziges, aufgequollenes Rot, die Haut, die sich zurückrollt wie ein rosa Theatervorhang, der hochgeht ... diese Show geht ab.

Ich lache, springe auf die Füße, gebe ihm mit einer Hand einen Klaps auf den Hintern, wölbe die andere über seiner Versteifung und sage: »Noch nicht jetzt, Schatz ... wir beginnen mit dem Bad.« Geoff sieht mir zu, wie ich mich herunterbeuge, um die Hand prüfend ins Wasser zu strecken. Weil ich weiß, daß er mir zusieht, lasse ich mein Kleid hochrutschen und biete ihm einen vollen Blick auf meinen prallen Hintern, meine langen Beine ... mit einem Seitenblick ertappe ich ihn dabei, wie er an seinem Ding herumstreift, die Haut an der Furche zu seiner Schwanzspitze rauf und runterzieht. Ich sag zu ihm: »Du weißt doch, je länger wir durchhalten, desto mehr Knete machen wir. Also laß es uns heute langsam angehen, okay, Baby?« Wir grinsen beide. Bald darauf aalen wir uns bequem in der Badewanne. Geoff flüstert mir gedämpft zu: »Wenn wir bumsen, sollst du die Engel im Himmel singen hören ...«, und ich sehe, wie unter Wasser seine Hand wieder zu seinem Schwanz geht. Ich find' es toll, wenn er solche Sachen sagt, und das weiß er auch ganz genau. Er starrt mich mit einem aufsässigen Blick an, mit dem er mir zu verstehen geben will: ›Ich werd dir schon zeigen, wer hier das Sagen hat‹.

Ich zieh' mein Kleid über den Kopf und bin jetzt nackt bis auf die weißen Spitzenhöschen, die mir Geoff vor Urzeiten mal geschenkt hat. Mit gespreizten Fingern, wie ein Netz, umspanne ich meine Brüste, und meine Brustwarzen drücken sich zwischen dunkelrosa Fingernägeln hervor. Wenn ich so meine Titten halte, werde ich immer ganz geil. Ich packe fest zu, um Geoff zu verstehen zu geben, wie aufgeregt ich bin, und er lächelt. Ich schlüpfe aus meinen Höschen und steige in die Wanne. Schließlich kommt Kikushi sicher gleich, und ich möchte den Mann nicht schockieren. Geoff meint: »So wie du von ihm gesprochen hast, dachte ich immer, er wäre alt, fett und häßlich. Ich hab mir jemand völlig anderen vorgestellt...«

»Findest du ihn attraktiv?« frage ich ein bißchen verblüfft. Ich hatte mich so darauf eingestellt, nicht mit ihm zu vögeln, daß ich mir vermutlich selbst verboten habe, mal gründlich darüber nachzudenken.

»Na ja, mein Typ ist er nicht«, sagte Geoff. Aber mir entgeht nicht eine gewisse Spannung, eine Verlegenheit, so daß sich mir die Frage aufdrängt: und wenn? Aber dann fährt er fort: »Ich dachte, daß du vielleicht...« Ja, er ist eindeutig verlegen. Falls Geoff auf diese japansiche Katze scharf ist, bin ich vielleicht diejenige, die ein Weilchen zusehen kann. Der Gedanke heizt mir so mächtig ein, vor allem, weil ich so etwas noch nie erlebt habe. Ich stell' mir Geoff mit einem Schwanz im Mund vor, mit einem Mann, der ihn bumst. Es verschlägt mir die Sprache, wenn ich mir dieses lustvolle, völlig neuartige Vergnügen vorstelle... ich darf mir nichts anmerken lassen.

»Du meinst, du würdest gern zusehen, wenn er mich vögelt?«

Ganz aus der Nähe kommt das Klicken von Eiswürfeln in Gläsern, und Kikushi betritt den Raum. Wir verstummen beide, und er weiß, daß er uns bei etwas unterbrochen hat. Als er sich niederbeugt, um mir mein Glas zu reichen, geht sein kurzer schwarzer Kimono auf, und ich sehe eine braune, unbeharrte Brust mit Brustwarzen wie Kupferpfennige. Nicht schlecht. Er bleibt vor dem abgesetzten Glas stehen, und mit dem Rücken zu Geoff und mir schaut er hinaus auf den Garten. Er streift seinen Kimono ab, und es sieht ganz so aus, als hätte er eine Hand an seinem Schwanz, und die Muskeln seines Hinterteils drücken zwei hübsche Grübchen in seinen glatten, braunen Hintern. Er bleibt minutenlang stehen. Reißt er sich einen ab? Ich schaue zu Geoff hin, um mich zu vergewissern, wie er darüber denkt und sehe, wie seine Hand unter Wasser sich selbstvergessen, aber schwungvoll an seinem zuckenden Glied zu schaffen macht. Er ist voll drauf. Phantastisch.

Doch als Kikushi sich herumdreht, ist er ganz und gar nicht steif, obwohl er einen hübsch proportionierten Schwanz hat, der zwischen den zwei pflaumengroßen Eiern runterhängt. Vermutlich hat er meditiert. Er steigt zu uns ins Bad und sagt:

»Sehr erfreut, daß Sie heute kommen konnten. Ein herrlicher Tag...« und ich denke, mein Gott, wie schafft er das bloß, so gleichmütig und obenhin zu sein. Übrigens ist draußen eine graue, dicke Suppe. Zu Geoff gewandt sagt er:

»Sir, Sie sind sogar noch attraktiver, als Vicky gesagt... ich dachte, sie übertreibt, wenn sie sagte, daß ich Sie sehen muß... aber nein, nein, sehr hübsch. Danke, danke Vicky. Sie haben mir einen so schönen Mann zum Fotografieren gebracht.« Er nickt mit glücklichem Lächeln. Das ist das geschäftliche Vorspiel; es soll uns daran erinnern,weswegen wir hier sind. Ich stürze meinen Schwarzen Russen hinunter. Geoff kippt seinen Scotch. Kikushi war so weitblickend, die Flaschen mitzubringen, und er steigt aus dem Becken, um unsere Gläser nachzufüllen.

Noch ein paar Drinks und noch mehr unverbindliches Blabla, und ich bin soweit, die Sache jetzt energisch anzugehen. Ich spüre, daß ich ein bißchen blau bin, aber das macht es nur leichter. Ich denke mir, wie es wohl wäre, wenn ich statt einer Schriftstellerin ein Pornostar würde und mir meinen Weg durchs Leben bumse, anstatt mich mit all diesem intellektuellen Scheiß herumzuplagen... man macht mehr Geld, das ist mal Tatsache. Ich muß bei dieser verwegen komischen Aussicht kichern, während Kikushi uns ins Studio führt... Geoff wirft mir einen Seitenblick zu und hat wieder diesen strengen Gesichtsausdruck. Nach dem langen Einweichen im Wasser ist sein Schwanz wieder schlaff, und ich sehe, daß er sich ernsthaft Sorgen macht, ob er ihn wohl in Gegenwart dieses sonderbaren Mannes wieder hochbekommen wird. Aber so, wie ich mich fühle, braucht er sich darüber keine Gedanken zu machen.

Ich werfe mich, alle Viere von mir gestreckt, bäuchlings aufs Bett. Kikushi weist uns ein: »Nun beginnen Sie. Tun Sie einfach so, als wäre ich nicht hier und Sie beide bei sich zu Hause.« Mit einem Blick über die Schulter sehe ich, wie er sich in eine dunkle Ecke verzieht, wo die Kamera als hohes, wachsames Auge steht. Ich streiche mit den Händen über das weiße Kashmirlaken und denk mir dabei: immerhin hat er einen guten Geschmack. Es ist fast so weich wie Geoffs Haut. Mir ist noch ganz heiß vom Baden, aber auch das Bett ist ganz warm. In diskretem Abstand sind strategisch Scheinwerfer aufgebaut. Kein Wunder, daß es in Kikushis Ecke so dunkel aussieht. Gegen die Lichter kann ich ihn kaum erkennen. Geoff läßt sich aufs Bett sinken und liegt halb auf mir, nur um mir ganz nahe zu sein. Ich rolle mich herum, und jetzt liegen wir Bauch an Bauch. Während wir uns tief in die Augen sehen, schlinge ich meine Arme um seinen Hals. Es ist soweit... heißt dieser wortlose Blick, in dem auch die Verwunderung darüber steht, was um alles in der Welt uns hierher gebracht hat, in dieses Bett und vor die Linse dieses reichen Voyeurs.

Und plötzlich spüre ich, wie Geoffs anschwellender Schwanz meinen Schenkel kitzelt. Seinen Blick festhaltend, beobachte ich, wie ganz langsam, doch deutlich erkennbar, greifbar, sich bei ihm eine Verwandlung vollzieht. Es ist wie ein Sturm, der sich zusammenbraut; ein Nordseesturm, hungrig, und etwas tückisch, doch erregend und kraftvoll, ein heranheulender Wind, in dem ich mich lebendig fühle. Seine Lippen flüstern: »Komm Baby, fick mich...« und ich spüre, wie sich die Woge hebt, als wäre ich ein Kiesel, der von einer Strömung ergriffen wird und wirbelnd, reißend hinaus auf See gesaugt wird. ›Ja, ich werd' dich ficken‹... höre ich meine Stimme in einen Singsang verfallen, und fest streichen meine Hände über seine breiten, eckigen Schultern, die angespannt waren, da er sich hochstemmte, damit das Gewicht seines Brustkastens mich nicht erdrückt. Jedes Mal, nachdem wir gebumst haben, begehre ich diesen Mann noch ein bißchen mehr... ich weiß eigentlich nie, was sich da abspielt – nur, daß es einfach immer besser und besser wird. In der Erwartung, daß seine Schwanzspitze gleich an meine Möse tippt, drücke ich meinen Hintern hoch, während er gleichzeitig mit mir seinen Arsch höher hebt, spielerisch meiner Bewegung folgt wie ein Brecher auf einer Brandungswelle. Meine Hände schieben sich um seine schmalen Hüften herum zu seinem Hintern. »Was für einen Prachtarsch du hast, du kleiner Ficker, der beste Arsch, den ich je gesehen habe...« Ich spüre, wie sein Schwanz hart wie ein Felsen sich in meinen weichen Unterleib drückt. Auch bei mir schwillt es, und ich reibe mich an ihm, auf und nieder, und wir reiben uns aneinander, bis er dann seinen Schwanz oben am Spalt meiner Muschel entlanggleiten läßt. Er ist naß von seinem eigenen Saft, und ich spüre die Schlieren auf meinem Schenkel, auf meinem Bauch und mit Lust auch an den Lippen meiner Möse. Ja, jetzt öffnet er mich, nein, er gibt mir nur zu verstehen, was mich noch erwartet. Ich führe seinen Hintern mit einer Hand, schaffe mir einen vollkommenen Rhythmus. Mir ist, als müßte ich gleich kommen, so sehr ist er im Einklang mit mir. Dann brechen wir plötzlich ab und suchen wieder einer den Blick des anderen. Er sieht so schön aus, ganz versunken in unsere Liebe... der Raum ist vergessen, verschwindet. Wo ist Kikushi? Ich erinnere mich nicht mehr an ihn, hier sind nur noch Geoff und ich und treiben auf einer warmen weißen Wolke, gleiten auf dem Meer.

Ah, und jetzt ist es endlich passiert. Jetzt nimmt er meine Möse mit seinem Schwanz. Er schiebt ganz sacht mit jedem Stoß ein bißchen tiefer. Meine Möse saugt ihn wie ein Kind seinen Lutscher. Ich gebe Laute von mir wie ein Möwenschwarm, weiche Laute, dann seufzende Schreie. »Du fickst mich so schön«, stoße ich hervor; er lacht weich, »siehst du jetzt schon Sterne...« Er ist zart, hat sich noch ganz unter Kontrolle, doch ich spüre, wie sie ihm langsam entgleitet. Ich fühle es tief in meinem Schoß, da, wo seine Schwanzspitze mich tief drinnen küßt... ich mag es so, wenn er außer sich gerät, ich mag es, wenn er ganz wild wird. Er fängt an, ihn ganz tief in mich hineinzurammen, fester jetzt, schneller. Er atmet schwer, und ich sporne ihn an. »Du Sauhund...« flüstere ich, da ich weiß, daß es ihm kommt, wenn er mich dreckig reden hört. Ich spüre, wie ein schweißiger Film sich auf seinem Rücken ausbreitet. Ich liebe es, ich liebe das Gefühl, wenn er ihn so in mich hineinrammt, daß seine Eier gegen meinen Arsch schlagen, und ich stemme mich ihm entgegen, und unter scharfen, hastigen Atemstößen halte ich mit ihm mit.

»Fick mich, oh fick mich doch!« Ich schließe die Augen, bin jetzt auch ganz weg; wohin hat es mich verschlagen, woran hab ich mich verloren? An den inneren Rhythmus, die Empfindung im Inneren, die jetzt ansteigt. Ja, wie Schlagzeugwirbel, der anschwillt – ich muß meine Bewegungen anpassen, muß genau im Takt bleiben, so, ja so. »Ich komme, du Saukerl, jetzt fühl mich!« Ich drücke seinen Schwanz, und er treibt ihn in mich hinein, höher, fester, wir rutschen über das Kashmirlaken, meine Beine schnellen hoch, meine Nägel graben sich in seinen Rücken – er weiß genau, wann er aufhören, aber tief drin bleiben muß, so daß wir beide, wenn mein kleiner Krampf kommt, die Wellen spüren können, wie die, nach dem man einen schweren Stein in einen Teich geworfen hat. Wir sind so eng aneinandergepreßt, so heiß, wieder habe ich das Gefühl zu schmelzen, mich aufzulösen, meine Möse zuckt noch in dem Rhythmus, den wir zu Anfang hatten. Ich sinke schlaff zurück, und meine Arme schweben träge über meinem Kopf. Seinen Schwanz noch immer tief in mir, strecke ich mich lang aus. Ich strecke mich und spüre meine wohlige Erschlaffung bis in die letzten Fasern. Ich schaue hinab zu seinem bohrenden Schwanz, er ist dick und brennend heiß, schlüpfrig von meinem Saft und dunkel. Was für ein Anblick. Wir lächeln mit wollüstig geöffneten Lippen. Geoff folgt meinem Blick zu seinem Schwanz. Er zieht ihn heraus und kniet sich über mich. Er packt ihn, schließt seine Faust fest darum, seine Armmuskeln zeichnen sich ab, unheimlich plastisch und sexy – ein Körper wie eine verflixte griechische Gottheit, ja, genau so sieht er aus. Sein Gesicht ist schmerzhaft angespannt, er hält seinen Schwanz in einem schmerzhaften Griff. »Nur deinetwegen...« sagte er und meint damit: ich muß ihm das zufügen, damit er mächtig hart wird...

Ich fasse mit der Hand an meine Möse, spreize die Beine und bin so offen, daß er in meinen voll aufgeblühten Kelch sehen kann. Er stöhnt, sein Gesicht bekommt etwas Weiches. Angestrengt fliegt seine Hand auf und ab. Ich halte meinen Spalt weit offen, meine Arme drücken meine Brüste zusammen. Meine Zunge stößt vor. Ich wünsche mir jetzt, ich könnte meine Brüste in mein Gesicht pressen und lecken, saugen, es mir selbst besorgen. Geoff beugt sich nieder, saugt und knabbert an meinen Brustwarzen bis... ich kann selbst kaum glauben, was er jetzt mit mir macht. Sein Mund gleitet von meinen Brüsten abwärts über meinen Bauch, verhält kurz, um den sanften, schwellenden Hügel kurz über der Stelle zu küssen, wo ich nach ihm lechze. Auf die Ellenbogen gestützt, stoße ich seinen Kopf zurück, bevor seine Zunge auf mir ist. Ich greife in sein Haar und halte sein Gesicht dicht an meine Möse, lasse ihn zuschauen, wie ein geschwungener rosa Fingernagel darin verschwindet... Geoffs Gesicht spiegelt Faszination und Gier. Sacht meinen Saft verreibend, kitzele ich mit der glitschigen Seite meinen Hintern und gebe ihm dann meinen Finger zu lutschen.

Ich setze mich auf, lasse mich von seinem Mund ziehen, und als ich auf den Knien bin, richtet auch er sich auf, so daß wir jetzt beide knien, Gesicht an Gesicht, die Augen tief ineinander getaucht, schwer atmend. Ein Licht trifft unangenehm meine Augen,und ich fühle mich geblendet, als hätte ich direkt in die Sonne gesehen. Kikushi kommt heute auf seine Kosten. Ich weiß, daß Geoff und ich uns seiner Anwesenheit, wenn auch nur schwach, bewußt sind. Wir bieten ihm eine Vorstellung, und zwar eine von unseren besseren, möchte ich meinen. »Laß mich dich jetzt aussaugen, Baby ...« Ich stöhne auf. Geoff hat seine Hände auf meine Titten gelegt. Ich beuge mich vor, kitzele mit meinen langen Haaren und mit meiner Zunge seine Brustwarzen, dann wie auf einer Leiter seine Rippen abwärts, Zentimeter um Zentimeter tiefer, noch etwas tiefer. Seine Hände sind jetzt überall, drücken hier, packen da fest zu. Es ist ein phantastisches Gefühl, ich bin ganz weg, und ich möchte mit meinem Mund ins Ziel, ihn in mich hineinschlingen – doch ich tu es nicht. Ein gekonntes Schwanzlutschen fängt langsam an und steigert sich dann. Ich puste sacht über die pralle Spitze, dann kommen ganz weich, weit offen und feucht, meine Lippen. Sie passen vollkommen. Ich lecke erst das winzige Loch und fahre dann mit meiner Zunge rundherum um die Einkerbung direkt unterhalb der Wulst. Geoff seufzt auf, stöhnt hin und wieder leise. Eine Hand hat er an meiner Brust, mit der anderen hält er mir das Haar vom Gesicht weg, damit er mir dabei zusehen kann, wie ich ihn in den Mund nehme. Bin ich jetzt mit dem Gesicht zur Kamera, ja? Was für ein prachtvoller Schuß. Ich lüpfe meinen Hintern hoch in die Luft, ich weiß, daß er ihn immer gern in Bewegung sieht. Meine Zunge gleitet seitlich an seinem Schwanz entlang, dadurch ragt er tiefer, weiter in meinen Mund hinein. Er drückt jetzt gegen meine

Mundhöhle. Ich ziehe die Lippen ein, meine Wangen sind gespannt – da, jetzt bewegt er sich gerade richtig noch ein bißchen weiter hinein. »Nimm ihn ganz, nimm mich, Baby, nimm mich...« Meine Wange ruht auf seinem seidigen Busch. Ich rieche jenen leicht muffigen Hodengeruch, während seine Eier sich aufrichten und schiebe seinen Schwanz noch tiefer in mich hinein. Ich möchte ihn schlucken, möchte ihn ganz verschlingen. Ich nehme seine Eier in meine Hand und lasse ihn kurz aus dem Mund rutschen und über mein Gesicht gleiten. Ich benetze mein Gesicht mit seinem glitzernden Schwanz. Er schmeckt ganz nach mir. Ich liebe es, wenn er meinen Saft an sich hat. »Ich will dein Zeugs schmecken, wenn's dir kommt...« stoße ich gedämpft und undeutlich hervor, seinen Schwanz noch immer halb in meinem Mund. »Ich will ihn, gib ihn mir.«

Eine gewaltige Hand versetzt mir spielerisch einen Klaps auf den Hintern. Das ist nicht Geoff, wie mir sofort klar ist. Dazu ist sie viel zu groß, doch zu wem sie auch gehören mag, jetzt schiebt sich ein ganz hübsch dicker Finger in meine Spalte. Als ich mich umdrehe, erkenne ich, daß es Kimusha ist, der Ugander, der mich mit Kikushi zusammengebracht hat. Was will der denn hier? Geoff und ich sind sprachlos, starren beide überrascht den Mann an, doch Geoffs Schwanz zuckt noch immer und drückt sich in meine Wange, und ich, ich kann jetzt nicht länger ruhigbleiben, weil Kimusha mit einer einzigen großen, schwarzen Hand meine Backen weit auseinandergespreizt hat, während ein Finger der anderen Hand kundig meinen Kitzler befühlt, rein und rausschlüpft, dann rundherum... Mit geschlossenen Augen folge ich seiner kreisenden Hand – wen kümmert das jetzt noch. Ich habe übrigens schon immer mit einem schwarzen Mann vögeln wollen. Bei der Arbeit habe ich mit Kimusha sogar geflirtet. Ein Blick in Geoffs Gesicht, der diesem schwarzen Riesen dabei zuschaut, wie er die Hände zwischen meinen Beinen in meinem Muff vergraben hat, verrät mir ein deutliches ›Ja‹ und daß er es gut findet. Und gut ist es nun wirklich... Kimusha lacht. Es ist ein freundliches Knurren. Er fickt mich mit schweren, schnellen Händen, und ich sauge an Geoffs Schwanz, als wäre es das einzige und allerletzte Ding, daß ich je wieder in den Mund bekomme. Kimusha bringt mich bis kurz vor den Höhepunkt, läßt mich dann wieder zurückfallen, mir ist ganz rasend zumute.

Wir sind fast am Ziel, keuchen beide schwer, sind kurz vor dem Kommen, als Kimusha beschleunigt, bis ich buchstäblich abhebe und aufschreie. Mein Gott, was macht er? Eine Hand in meiner Möse – ein Finger tief im hinteren Loch – habe ich ein himmlisches Gefühl und bin jetzt nur noch auf mich selbst bedacht. Krümme mich, schreie heraus in das weiße Kashmirlaken. Geoff hat seinen Schwanz gepackt und reißt es sich herunter. Er sieht mir leidenschaftlich gern dabei zu, wenn es mir kommt. Ich sehe zwei Schwänze – ist einer ein Schatten? – nein, es ist Kimushas, riesig und schwarz... ich hab noch nie ein so gewaltiges Ding gesehen. Die beiden machen's sich direkt vor meinem Gesicht selbst. Ich nehme einen in jede Hand, sie fühlen sich an wie Stangen, und so benutze ich sie auch, zieh mich daran hoch. Dann lecke ich erst den einen und dann den anderen. Kimushas, köstlich und schwarzrot, schmeckt unvergleichlich. Ich entlocke ihm ein Grunzen, zupfe seinen Schwanz, schiebe ihn mir in den Mund und nehme dann wieder Geoffs. Ich versuche, beide gleichzeitig in den Mund zu nehmen, doch ich schaffe es nicht, sie sind zu dick. Ich reibe sie gegeneinander und schiebe meine Zunge dazwischen. Geoff hält es jetzt nicht länger, ich sehe diese Falten in seinem Gesicht, die mir signalisieren: Ich muß es jetzt gleich haben. Er ist jetzt bereit. Mit einer Hand schiebt er mir seinen Schwanz in den Mund, mit der anderen schubst er, damit ich mich auf den Rücken rolle. Ich starre zu den beiden hinauf, zu den zwei fetzenden Händen, und ich schreie Geoff zu »Komm in mein Gesicht, du fickender Schweinehund, nun mach schon!« Doch das beflügelt auch Kimusha, denn ich sehe, wie sich sein Bauch spannt. Ja, Geoff hat's erwischt – »in meinen Mund, auf meine Titten, ich will dich überall«, schreie ich wie von Sinnen, und sein bittersüßer heißer Saft spritzt herab auf meine Lippen, auf meine Brüste, kitzelt mich heiß und naß am Hals. Ich liebe Geoffs Gesicht, wenn es ihm kommt – er ist in einer anderen Welt. Eine Hand ist um seine eine Brust geklammert, er quetscht sie mit solcher Kraft, daß seine Muskeln aussehen, als würden sie aus seiner Haut herausspringen. Er schreit wie ein splitternder, fallender

Baum unter heftigem Stöhnen, ja er brüllt geradezu. Sein Saft fliegt in alle Richtungen wie Meeresgischt, der auf die Klippen schwappt.

Kimusha beobachtet uns und arbeitet sich ab. Geoffs Samen noch auf den Lippen, recke ich den Kopf hoch und nehme einen seiner gewaltigen schwarzen Hoden in den Mund. Ich sauge daran und wende leicht den Kopf, bin entzückt von der nachtschwarzen Farbe seiner Schenkel. Ich verteile Geoffs Saft auf Kimushas Schwanz, über mein Gesicht, und das schafft ihn – ich lasse mich zurückrollen und ziehe sein Ding an meine Titten, an meinen Mund. Er ist angespannt und keucht, aber er schreit nicht. Wie ein Blitz fährt die Kuppe meines Daumens in seinen Anus, und er schreit auf – sein Saft schäumt weiß von seinem schwarzen Ständer. »Du Hexe...« stöhnt er lustvoll. Jetzt bin ich dran mit lachen.

Wir drei ruhen uns aus, ganz zittrig wie Echos, die in einer Schlucht nachhallen. Ich will mit einem Ruck vom Bett hoch und klappe gleich wieder zusammen, mit einem Kitzel in allen Gliedern und schweratmend. Geoff liegt auf einer Seite neben mir, Kimusha hat sich auf der anderen ausgestreckt. Ich höre zu, wie sie wieder versuchen, zu Atem zu kommen. Geoff fängt damit an, mit seinem Glibber meine Haut einzureiben, massiert mit einer Hand Brüste und Bauch, und dann folgt Kimusha seinem Beisiel; nur daß er mich mit seinen salzigen schwarzen Fingerspitzen im Gesicht berührt. Ich bin ganz fasziniert von seiner rosa Fingerkuppe, und als ein Finger über meine Wange streicht, schnappe ich ihn mir mit den Zähnen und lutsche daran wie ein Säugling. Aber er entzieht ihn mir und fährt mit dem nassen Finger geradewegs von meinem Mund abwärts über meinen Hals zu meiner linken Brust. Dann meine Rippen abwärts, bis hinunter zu meinem nassen klebrigen Kitzler. Ich seufze und spreize die Beine, je ein Bein über ihre Leiber gestreckt. Kimusha spielt nicht an mir herum, sondern läßt seine Hand außen auf meiner Möse liegen, während Geoff weiter meine Brüste einreibt. Ich hab es noch nie mit zwei Männern gleichzeitig gemacht. Ich hätte mir in meiner wildesten Phantasie nicht vorstellen können, wie gut sich das anfühlt, Hände auf den Brüsten zu haben, Hände in der Möse, zwei Schwänze, mit denen man spielen kann. Es ist das reinste Fickwunder. Meine Seufzer sind wahre Freudengesänge.

Ich höre jetzt nur noch Herzen schlagen – pam pam padam pam. Und wieder und wieder – es ist wie ein Schweigen nach vielen Worten und bedeutsamen Äußerungen, doch ich höre auch noch etwas anderes: das Surren einer laufenden Kamera, und als es dann mit einem Klick aussetzt, fällt mir wieder ein, oh Gott, ja, irgendjemand hat das alles hier gefilmt! Und bei dem Gedanken, daß wir dafür ja noch bezahlt werden, empfinde ich große Genugtuung. Unglaublich. Quer durch den Raum rufe ich Kikushi zu: »He, wenn alles entwickelt ist, können wir dann wiederkommen und uns den Streifen ansehen?« Er lacht, und Geoff und Kimusha fallen ein. Ich wende mich dem schwarzen Mann mit seiner freundlichen Hand in meiner Möse zu und dann Geoff...

Seltsam, aber ich fühle mich nicht im geringsten unbehaglich mit den beiden.

IV

DER ERGRIFFENE AUGENBLICK

Es gibt einige Geschichten, in denen sich die körperliche Erfahrung mit dem Unbekannten auf recht unterschiedliche Weise verbindet und dabei etwas einzigartig Erotisches hervorbringt. Ihnen fehlt ganz der Hang zu Gefahr, Überraschung, Beklemmung, zum Abenteuer oder zum Verbotenen. Einige Erotica konzentrieren sich so ausschließlich auf die Körpererfahrung, daß beim Leser unmittelbar eine physische Reaktion ausgelöst wird. Doch selbst noch in diesem Augenblickserlebnis, in dem es keine Vergangenheit und keine Zukunft gibt, stoßen wir wieder auf das Unbekannte. Das nächste körperliche Beisammensein, das Befühlen, der Geruch, die Berührung lassen sich nicht antizipieren, sondern nur im unmittelbaren Erleben entdecken. Die erotische Spannung entsteht weitgehend durch Gerüche, Geräusche, Tastempfindungen, optische Wahrnehmungen und insbesondere durch die körperlichen Empfindungen, die der Körper in der sexuellen Begegnung erlebt. Dennoch darf kein bestimmter sinnlicher Eindruck sehr lange andauern, ohne langweilig zu werden. Deshalb verändern sich solche Momente höchster Emfindsamkeit ständig, werden auf überraschende Weise immer wieder umgeformt, bis dann bei völliger Versunkenheit in das sinnliche Erlebnis die physiologischen Veränderungen so bedeutsam sein können, daß ein total veränderter Bewußtseinszustand eintritt. In Augenblicken höchster sexueller Erregung unterscheidet sich die elektrische Aktivierung des Gehirns erheblich vom normalen Wachzustand, was vielleicht den veränderten Bewußtseinszustand erklären mag, der in solchen Situationen erlebt wird.

In ihrer Erzählung ›Lichtstrahlen‹ geht Susan Griffin bis an die letzten Grenzen sinnlicher Erfahrung, deren der Körper fähig ist. Alle Sinne sind hellwach. Das Licht, das Gesumm von

Stimmen, die Körperempfindungen ihrer Hauptfigur sind in höchstem Maße erotisch. Indem sie in sich hineinhorcht und mit wachem Bewußtsein erlebt, kann sie sich als Teil von allem fühlen, das ist. Susan drückt das so aus: »Im erotischen Erleben kann man in seinem eigenen Bewußtsein lesen. Man ist für alles offen, man erweitert das eigene Bewußtsein vermittels der sexuellen Erfahrung. Das sexuelle Erleben voll und ganz akzeptieren und sich voll darauf einzulassen, macht das Erotische aus.«

Doch für Susan leistet das Erotische noch mehr. Sie setzt die ganze Macht des Sinnlichen ein, um bei ihrer Hauptfigur eingeschliffene Denkmuster zu durchbrechen. Indem sie ihre Orgasmushemmung durchbricht, versetzt sie sich selbst in die Lage, Enttäuschungen, die sie im Leben erlitten hat, zu akzeptieren und mit ihrer eigenen Unvollkommenheit fertigzuwerden. Und durch ihre einsame Liebe macht sie sich dazu fähig, sich selbst und die Tatsache ihrer Sterblichkeit anzunehmen, was mit einem gesteigerten Lebensgefühl einhergeht – und sie zugleich damit auch das Erotische als höherwertig erleben läßt. Auch hier macht das Unbekannte, nämlich das Nichtwissen darum, wann der Tod sich einstellen wird, jeden gelebten Augenblick kostbar und die Erfahrung des Augenblicks zu etwas Reichem und Erfüllten, das ausgekostet werden muß.

Die nächste Story, die von einem echten erotischen Erlebnis im Vollbad der Sinne erzählt, ist Kuku Lees Beitrag »Eine Nacht in Florida«. Die ganze Geschichte konzentriert sich auf das körperliche Erleben: das Berühren, die Gerüche, das Schauen und die Geräusche beim Liebesakt. »Das Erotische ist für mich das Berühren, ist das Sinnliche der körperlichen Empfindungen, ist der Stoff, den man anfaßt, und ich hab versucht, das für den Leser wieder lebendig zu machen«, erläutert Kuku. Und das in einer Weise, die einigermaßen atypisch ist für eine Frau von achtundfünfzig Jahren, die in einem gesellschaftlichen Milieu großgeworden ist, das ihr immer wieder klarzumachen versuchte, daß es ganz und gar nicht anständig ist, sich so offen mit Sexualität auseinanderzusetzen, geschweige denn gar darüber zu schreiben.

Dazu kommt, daß diese einfache, doch sehr liebenswerte

Geschichte den Leser, die Leserin ganz unerwartet packt. Erst im letzten Absatz geht uns schlagartig auf, daß wir von bestimmten Vormeinungen ausgegangen sind, die man als Ergebnis unserer eigenen kulturellen Prägungen betrachten kann. Es ist eine Geschichte, die uns ganz kalt erwischt und von uns verlangt, über die Art, wie wir automatisch reagieren, nachzudenken – Rechenschaft über das abzulegen, was uns als vermeintlich kulturelles Erbe zugespielt worden ist.

In ihrer Geschichte »Die verliebte Frau« verwendet T. Corinne Worte, um einen Rhythmus und ein Tempo zu schaffen, die den Leser zutiefst erotisch stimmen. Ihre Bechreibungen des Südens, der Blumen, des Essens, ihrer Geliebten sind ganz unmittelbar sinnlich, ja fast zu greifen und zu schmekken. Dennoch ist nichts festgelegt. Die verliebte Frau und Desire kommen zusammen, gehen auseinander und nehmen die Beziehung wieder auf. Der Leser wird in diese durchscheinend dichte Welt der Sinnlichkeit hineingezogen durch das Erleben des Augenblicks, ohne den Gedanken an Künftiges.

T.'s Story ist ein gutes Beispiel für die Schaffung einer Aura der Sinnlichkeit, die Vorrang vor der Sexualität hat. Sinnlichkeit ist allgegenwärtig, ob die beteiligten Personen nun beieinander sind, sich lieben oder nicht. Die sinnliche Stimmung, die sie in ihrem Beitrag erzeugt, spiegelt das wieder, was für T. in ihrem eigenen Leben wichtig ist. »Ich muß in meinem Leben offenbar immer etwas erotisieren«, bemerkt T. »Manche Leute erzählen Witze, ich erotisiere eine Situation, eine Beobachtung, eine Mahlzeit – nicht um dann einen genitalen Schlußpunkt zu setzen, sondern um mein Leben erregender zu machen. Ich finde Schönheit erotisch, Sanftheit und Tanzen und althergebrachte romantische Dinge wie Kerzenlicht schaffen eine sinnliche Stimmung oder Färbung, und das alles muß absolut nichts mit genitalem Sex zu tun haben.«

In ihrem Beitrag »Zwielichtphantasie« erzeugt Jackie Robb ähnlich traumartige Bilder. Statt einer stürmischen, leidenschaftlichen Erfahrung entwickelt sie behutsam jene Art langsamer Steigerung des Erotischen, die man bei einem Paar, das sich über lange Zeit kennt, antreffen mag. Sie nehmen sich Zeit zum Spielen, sie schaffen langsam eine sinnliche Atmosphäre, die auf kein eindeutig bestimmtes Ziel zusteuert. Die Hauptfigur geht so vollständig im Erleben des Augenblicks auf, ist sich der Beziehung, in der sie lebt, so sicher, daß sie gewiß sein kann, daß ihr Erlebnis in jeder Hinsicht lustvoll sein wird.

Zu dieser traumartigen Stimmung kommt bei Jackie noch das Ungewöhnliche dadurch herein, daß sie ihre Hauptfigur in eine fremde Umgebung versetzt hat. »Für mich«, sagte Jackie, »ist das Erotische das Resultat tiefer Intimität und gegenseitiger Kenntnis der Partner und jenem Unbekannten, Ungewissen, das jeder Situation, in der sie einander lieben, jedes Mal beigemischt ist. Die Frau ist in ihrem Hotelzimmer, das nichts gemein hat mit dem Alltagsleben, und das Intime spielt sich irgendwie in einer anderen Welt ab. Es ist diese Stimmung in einer anderen Welt, dieses Fernsein vom alltäglichen Betrieb, während sie andererseits mit jemandem zusammen ist, den sie so gut kennt, das ich so erotisch finde.«

Die eingehende Beschreibung der Empfindungen, die das Erotische ausmachen, ist dasjenige, was jede dieser vier Geschichten voneinander unterscheidet. Es ist das wirkliche, körperliche Erleben beim Liebesakt. Es sind die Empfindungen, von denen der Körper ganz ausgefüllt ist, die auch in uns, den Lesern dieselbe erotische Stimmung hervorruft.

Susan Griffin

Lichtstrahlen

Sie war verändert. Der Sex in ihr war Reichtum und Fülle. Sie lag da und dachte nach. Es war wie an einem Binnensee, wie an einem Ort, an dem sie noch nie gewesen war, von dem sie nur geträumt hatte. Die Abende sind warm. Manche Stücke auf der Bühne erzeugen diese Stimmung. Manche Filme auch. Die Familie tritt hinaus auf die Veranda. Überall draußen sind Glühwürmchen. Der See ist ganz nah. Die Luft hat sich ausgedehnt, ist weich und weit. Über dem See tanzt ein Schwarm Glühwürmchen, andere Insekten und anderes, dessen Gegenwart man spürt. Das alles verbindet sich zu einem Klang, der von den purpurnen Hügeln zurückgeworfen wird. Diese Hügel sind wie Leiber, nur eben wie Leiber, die von innen nach außen gewendet sind, wie Fleisch und Haut geworden sind. Auf der Oberfläche des Sees sammelt sich das letzte Licht. Die Sonne ist untergegangen. Der Himmel ist weiß, und um den See herum, am Uferstreifen stehend oder weiter zurück, auf den Terrassen vor den Sommerhäuschen, reden Menschen miteinander, lachen. Der Klang ihrer Stimmen ist gedämpft und verschmilzt mit dem Gesumm der Insekten zu einem sanften Tönen, das man beinahe schmecken kann. Es ist eine Stimmung wie bei einem Anfang, einem Beginn. Niemand redet davon.

Nein, es war kein wirklicher See gewesen, als sie fünfzehn war, als das Geschlechtliche so viel Eigengewicht bekam. Doch die Laute waren dieselben. Erst vor einem Jahr war sie wieder dort gewesen und hatte sie gesehen, die Jungen, die in der warmen Nacht saßen. Fünfundzwanzig Jahre waren jetzt vergangen. Eine Garagentür wurde aufgemacht. Elektrisches Licht strahlte gleißend wie die Lichter im Inneren eines Kühlschranks in einem dunklen Raum. Das Dämmerlicht war von Gemurmel erfüllt. Auf der Treppe eines Hauses küßten sich ein junger Mann und eine junge Frau. Ein Mädchen und ein Junge. Sie erinnerte sich an den ersten Jungen, der sich auf sie gelegt hatte. Sein Körper war ihr angenehm gewesen, doch wirklich geliebt hatte sie ihre beste Freundin. Sie schliefen im selben Bett und sprachen die ganze Nacht von ihren Geliebten. So hatten sie einander geliebt, durch das Erzählen von Liebesgeschichten.

Vom Sex selbst hatten sie nie gesprochen. Sie konnte sich noch an das Gewicht seines Körpers erinnern, als er sich an sie gedrängt hatte und an sich selbst, gedehnt wie die warme Luft, wie sie ganz weich wurde, so unnennbar weich und langsam, still, ganz sacht, während das Blut in ihr, ein Pulsieren zwischen ihren Beinen, ganz schnell war. Doch man hätte nicht sagen können, daß dort, genau dort der Sitz des Geschlechtlichen gewesen wäre. Ebensowenig schien er irgendwo sonst an einer anderen Stelle zu sein, an ihren Schamlippen, dem Kitzler, den weichen Innenseiten ihrer Schenkel, in ihren Brüsten, der Vertiefung zwischen ihren Brüsten, der Haut zwischen Schamhügel und Anus, auch nicht an der Stelle kurz vor dem Haaransatz. An keiner dieser Stellen, die auf Berührung sofort reagierten, auch nicht in der Hand, die berührte, sondern in der Luft um sie her, die plötzlich Macht über sie bekam, sich auf ihren Kopf senkte, der Stelle, wo Könige und Königinnen Kronen tragen, Lichtstrahlen, die sie jede Stelle ihres Körpers deutlich empfinden ließen. Sie sah ihnen gern dabei zu, wie sie dahinschlenderten oder irgendwo saßen, sich küßten, die Jungen, die etwas hatten, dessen sie sich erinnern konnte, auch einst besessen zu haben. Sie konnte es nicht benennen.

Sie war gerade fünfzehn gewesen, als Sammy sie im Auto mitgenommen hatte. Er war der erste außer ihr selbst gewesen, der sie berührt hatte, dort an ihren Brüsten, zwischen ihren Beinen. Die Plötzlichkeit der Empfindung hatte sie überrascht, und sie schien anzuwachsen, nicht gradweise, sondern mit einem Mal hinaus über die Grenzen ihres Körpers, als wäre sie etwas Strahlendes, ein Edelstein, ein See am Ende eines Tages, der kreatürliche Hitze abgibt.

Warum war das so, daß sie, wann immer sie sich selbst berührte, es am liebsten so hatte, daß sie sich anfangs kaum berühren wollte? Bei vielen Frauen, die sie kannte, war es ganz ähnlich. So war es vielleicht der Luft vergleichbar, beinahe unsichtbar, die Berührung. Sie fuhr mit den Fingerspitzen über die Stelle, wo sich ihr Kitzler verbarg. Sie hatte ihr geschlechtliches Begehren seit Tagen in sich wachsen lassen. Das war keine Vernachlässigung. Sie wollte einfach, daß das Gefühl an sich und als solches existierte. Es war jetzt ein Jahr her, seit sie eine Geliebte gehabt hatte. Was hieß das eigentlich, Geliebte? Sie hatte eine Karte mit der Fotografie zweier Frauen gekauft. Eine den Kopf an die Schulter der anderen gelehnt, die andere sich über sie beugend. Eine schaute hoch zur anderen, deren Augen geschlossen waren. Geliebte. Warum waren sie eigentlich beisammen? Einst hatte sie gedacht, daß sie es wüßte. Sie hatte geglaubt, das hänge mit Familien zusammen, Gruppen von Menschen, die an Seeufern miteinander sprechen, die ein Leben lang zusammenbleiben. Als sie noch klein gewesen war und man ihr die Mandeln hatte rausnehmen müssen, hatte die Großmutter ihr Hampelmannpuppen gekauft. Sie sah sie jetzt wieder vor sich: mittels einer Schnur ließen sich Arme und Beine wegspreizen. Sie hatte sie geliebt, weil sie für sie eine Familie darstellten. Seit ihrem sechsten Lebensjahr hatte sie von Vater und Mutter und ihrer Schwester getrennt leben müssen.

Jenes Gefühl, das sie Einsamkeit genannt hätte, war in ihr als Bedürfnis, und dieses Bedürfnis wurde ganz einfach selbst zu einer sinnlichen Tatsache. Ihre Hand war leicht. Mit jeder Regung spürte sie eine Welle, bis sie am liebsten herausgeschrieen oder gestöhnt hätte, wobei die eigene Stimme sie selbst überraschte, sich etwas in ihr zu einem Wunsch ausformte. Sie konnte das Innere ihres Körpers selbst empfinden wie die Hügel, wie einen überwölbten Raum, ein Zelt, Knochen wie Querstreben oder Stangen, ein Laut, der in ihr nachzitterte, eine Stelle in ihrem Inneren wie der dunkle Innenraum des Autos. Sammy war gestorben. Ein Unfall. Das war plötzlich und gewaltsam geschehen. Er war verheiratet gewesen, und seine Frau gerade schwanger, und vor Jahren, als sie von seinem Tod erfahren hatte, hatte sie selbst gerade ein Kind erwartet. Jetzt war ihre Tochter genau in demselben Alter wie damals sie, als sie ihm begegnet war.

Sie war nicht seine Geliebte geworden. Es hatte sich zwischen ihnen auf diese eine Situation im Auto beschränkt. Es war klar, daß sie kein Paar werden würden. Sie hatte sich von ihm getrennt, ihn nur noch als Freund angesehen und damals noch nicht gewußt, daß die Berührung, die von ihm ausgegangen war, sich niemals ungeschehen machen ließ, stets ein Teil dessen bleiben würde, woran sie sich erinnerte, unzerstörbar.

Sie drückte die Innenhand fest in ihren Leib. Sie hatte Angst, zu viel zu wollen. Über viele Jahre war er kein Teil ihres Lebens gewesen, doch sie haßte es, wenn man ihr von seinem Tod erzählte. Dann verhärtete sie sich, wappnete sich gegen diese Möglichkeit. Ihr Verlangen sagte ihr, daß sie sich einen Geliebten wünschen würde, jemand anderen, der sie berührte. Sammy, der erste, der sie berührt hatte, war behutsam gewesen, nicht nur im Berühren, sondern in seiner ganzen Art, und das war ganz entscheidend gewesen. Im Algebrakurs hatte sie ihm die Antworten zugespielt. Es war allein die Art gewesen, wie er sie darum gebeten hatte und zugleich eine Kameradschaft, noch bevor das, was in gewisser Weise für jeden von ihnen etwas Einzigartiges gewesen war, sie beide zerbrochen hätte. Ebenso uneinlösbar war für sie heute, daß sie niemals das Leben haben würde, auf das sie vorbereitet worden war, als die eine in einer Zweierbeziehung, verheiratet, verbunden für ein ganzes Leben. Sie hatte Liebhaber gehabt und dann geheiratet. War geschieden worden, hatte wieder andere Geliebte gehabt, Frauen, ja sogar sechs Jahre lang mit einer Frau zusammengelebt. Und gelebt nicht gerade in der Weise, wie sie es sich erwartet hatte. Und auch das Wissen bereitete ihr eine gewisse Erleichterung, daß es nun keinen Weg mehr gab, ihr Ideal zu verwirklichen.

Ihre Tochter hatte ein Zögern an ihr bemerkt. Etwas, das sie unfähig machte, Anspruch auf ihr gemeinsames Leben zu erheben, als hätte es noch gar nicht begonnen. Als kleines Mädchen hatte sie auf dem Ideal bestanden. Die Jahre der Ehelosigkeit nicht vergeben wollen. Als sie elf gewesen war, hatten sie gemeinsam die Großmutter des Mädchens besucht und hatten dann einen Spaziergang gemacht, waren durch die Nachbarschaft geschlendert, in der sie groß geworden war. Sie waren bis zu ihrer Highschool gelaufen und dann noch weiter. Ihrer Tochter war der Park langweilig geworden, und sie wollte nicht weitergehen. Sie aber hatte noch ein Stück weitergehen wollen bis zu einer Häusergruppe jenseits des Parks, wo sie im Alter von fünfzehn Jahren so viel Zeit verbracht hatte. Sie hatte ihre Tochter an dem kleinen Teich zurückgelassen, wo andere Kinder mit ihren Müttern gewesen waren. Es war ihr sicher erschienen, obwohl ihre Tochter noch nicht ganz zwölf Jahre alt gewesen war und sie noch das schutzlose zarte Aussehen eines Kindes ihres Alters hatte. Später dann, als die Dunkelheit zu schnell hereingebrochen war und sie noch vier Querstraßen entfernt gewesen war, tief verschreckt und darum flehend, daß nichts Unvorhergesehenes eingetreten sein möge, war sie, so schnell sie konnte, in den Park zurückgehastet. Vor dem Ausgang hatte sie ihre Tochter gefunden, wartend und voll Angst vor der einsetzenden Dunkelheit.

Ihr Fenster stand offen, die Luft war klar, und sie fühlte sich, als wäre sie da draußen mitten zwischen den Bäumen, als gehörte sie zu den Dächern, ja sogar, als wäre sie Teil der Bucht. Wie weit war sie eigentlich gelangt, dieses Etwas, das sie als ihr eigenes Selbst erlebte?

Sie konnte sich selbst berühren, und es mochte scheinen, daß das, was sie empfand, wie ein verhaltener Ton gar nicht aufhörte, sondern sich fortsetzte noch über das hinaus, was sie erkennen konnte oder wo sie jemals gewesen war. Sie wollte eine Entscheidung, eine Intensität spüren, die ihr die letzte Gewißheit gab: du hast all das, was du gewollt hast. Sie zog diese Empfindung ganz eng wie ein Bettlaken an sich, versuchte, ihr Richtung zu geben, versuchte es mit ihrer Hand, die sie in sich hineingesteckt, dann herausgezogen hatte und die kreisend über ihr Geschlecht strich, schneller und schneller, in hastigen, flatternden Bewegungen, um ein ganz festes Grundgefühl zu erzeugen, ganz so, als wüßte sie, was das sein könnte.

Jetzt, da ihr Verlangen auf dem Höhepunkt war, fühlte sie sich fern von dem, was sie eigentlich gewollt hatte. Ihre Hand, die ihr vorhin noch verspielt und leicht vorgekommen war, schien ihr jetzt plump und schwerfällig. Sie hatte das deutliche Gefühl, daß es in ihr noch eine Stelle gab, die völlig unberührt war, niemals berührt werden würde, und sie fühlte sich ausgesetzt wie ein heillos verlassenes Kind, das, ausgeschlossen von sich selbst, nur noch weinen konnte.

Sie erinnerte sich an ein Wort, das sie lieber ganz aus ihrem Bewußtsein getilgt hätte. Schmutzig, schmutzig, besagte dieses Wort mit einer Stimme, die sehr jung war und sehr alt und es immer und immer wieder wiederholte, bis auch sie es schließlich selbst in den Mund nahm, bis ihre Lippen es nachbildeten und sie es sich ganz zu eigen machte. Sie war ein kleines Mädchen. Sie spürte den Drang, zu pinkeln, und sie hielt da unten die Hand vor, bis sie dann die Stimme ihrer Großmutter sagen hörte: »Schmutzig, unanständig. Das macht man nicht.« Und sie hatte das Wort auch noch späterhin benutzt, bis es dann aus ihrem Wortschatz verschwand.

Es war spät am Nachmittag, und unten von der Straße her drangen Geräusche zu ihr herauf. Die wie Klippen zusammengestellten Häuser schufen einen Zwischenraum, so etwas wie eine Höhle, aus der die Geräusche von bremsenden und abfahrenden Autos, von Fußschritten, flüchtigen Unterhaltungen, ein Echo bildeten. Ihr Zimmer war in großer Unordnung. Sie beließ es dabei.

Eine Zeitlang blieb sie ganz ruhig liegen, ganz still. Es war ihr, als kämen die Geräusche um sie her aus einer anderen Welt, aus einer Welt, die sie verlassen hatte. Ihre Hand lag auf ihrem Schenkel. Sie fühlte sich feucht und verschwitzt. Diese Stille war für sie etwas ganz Neuartiges, nichts Erholsames, nichts, daß ihr Schlaf bringen würde. Sie war eher wie ein wachsames Nadelöhr.

Sie hatte das Gefühl, aufgegeben zu haben. Es war nicht das, woran sie gewöhnt war, vielmehr war es eine ihrer Tugenden, stets zu glauben, daß es einen Ausweg gäbe. Die Vorstellung von dem, was sein sollte, ja sogar eine Vorstellung von dem, was ihre eigene Vergangenheit gewesen sein mochte, hatten sie verlassen. Ihre Mutter hatte einmal, als sie bei ihr zu Besuch gewesen war, einen Schuhkarton mit alten Briefen hervorgeholt. Sie fand darin einen Brief, den sie von ihrer besten Freundin bekommen hatte. Ihre Freundin war aufs College gegangen, und der Brief war kurz nach ihrer Abreise eingetroffen. Ihre

Freundschaft war von der unausgesprochenen Besorgnis überschattet gewesen, daß sie vielleicht ineinander verliebt wären. Nachdem sie sich selbst eingestanden hatte, daß sie Frauen liebte, kehrte die Erinnerung an diese Freundschaft wieder, und sie wußte, daß sie wirklich verliebt gewesen waren. Doch was sie da in Händen hielt, war etwas anderes. Auf dem Papier, jenseits der Frage, ob sie Geliebte waren oder es hätten werden sollen, war unumstößlich die Liebe selbst. Das waren sie füreinander gewesen. Sie liebte, und sie war geliebt worden, und sie konnte erinnern, was sie dabei empfunden hatte, die Liebe dieser Frau zu haben und was sie jetzt wieder lebhaft fühlte, während sie hier auf der Couch ihrer Mutter saß.

Es gibt im Leben bestimmte Wendepunkte. Sie vermitteln ein Gefühl für Form. Wendepunkte in einer Beziehung, die einem sagen, ob sie dauern wird oder zu Ende geht. Sie hatte gelernt, ihr Leben darauf einzustellen. Aber es bleibt noch immer das, was unumstößlich ist. Das hatte sie dadurch erfahren, daß sie ein Kind gehabt hatte. Ihre Tochter würde nie wieder elf Jahre alt sein, nie wieder ein Kind sein, und die Weise, in der sie Kind gewesen war, war jetzt unabänderlich. Ihre Tochter war das Kind geschiedener Eltern, und das würde ihr weiteres Leben bestimmen. Doch jenseits der Frage, welchen Einfluß das auf sie haben mochte, war es unleugbar das, was ihre Kindheit ausgemacht hatte. Es hatte ihr Leben ausgemacht, abwechselnd vom Heim ihrer Mutter zu dem ihres Vaters zu wechseln. Das war unabänderlich.

Sie fühlte eine tiefe Ruhe. Was ihr einst so erschienen war, als hätte es sie verletzt, ein Loch in sie gerissen, eine Leere jenseits von der sich eine Seite an ihr zeigte, von der sie nicht wußte, daß sie sie hatte, die sie wieder zusammenflickte, unsichtbar heilte, mit unerwarteter Kraft wie ein tiefes Luftschöpfen.

Als sie sich wieder berührte, durchströmte sie ein Gefühl der Süße, das sie ganz erfüllte. Und dann wurde alles drängender, wurde Verlangen in ihr lebendig. Wie ein Kind, das man davon abgehalten hatte, über den ganzen Tisch hinwegzulangen, packte sie plötzlich zu, riß sie alles an sich, verschlang es. Alle Beschränkungen, die sie sich selbst auferlegt hatte, schlugen jetzt auf sie zurück und meldeten Ansprüche an. Aus der Ferne fühlte sie sich beobachtet von einer furchtsamen und schüchternen Person; denn sie war jetzt ganz und gar nicht die, die sie zu sein geglaubt hatte: ein zurückhaltender, schutzbedürftiger Mensch, der seine Chance abwartete. Dann zerbrachen in ihr alle Dämme und ihr wurde ganz weit. Die Luft um sie war wie mächtiger Chorgesang, erst gedämpft, dann anschwellend,tief und süß im Inneren ihrer Scham, dann wie blendendes, trunkenmachendes Licht, das aus ihrem Inneren kam, sich in ihr ausbreitete und jetzt wie ein warmer Guß war, der ihren Nakken traf.

Ihr lag wenig an Erklärungen, die sie hätte finden können. Es ging ihr ganz einfach und ganz stofflich um das, was sie empfand. Sie wollte immer und immer wieder ihre Finger in sich hineinstoßen, und Traurigkeit breitete sich in ihr aus, bis in die letzten Fältungen ihrer Haut. Ein Schauer durchfuhr sie, gegen den sie sich nicht wehrte, denn auch das war ein Teil von ihr, Teil dessen, was sie in ihrem Leben gefühlt hatte. Es schloß alle Verluste mit ein, ja sogar die Toten. Eben dort, nichts von ihr fordernd, außer daß sie sie sich eingestand, die Wahrheit, als sie hinunterlangte, als wäre dort alles, was sie jemals gewesen war, was ihr Wesen ausgemacht hatte, ganz tief zu einer Stelle, wo mehr als Verlangen war, wo sich ein Schrei bilden würde mit einem Klang wie von schwerem Kummer, doch es wäre ein Laut atemlosen Nehmens, des Habens. Und immer und immer wieder ging sie in sich hinein, nahm sich selbst, fiel erschöpft zurück, stand dann auf, ging aber nicht draußen zwischen die Bäume und darüber hinaus, sondern es war ein ganz anderer Antrieb, der sie zog, als wäre sie hier und an vielen Orten gleichzeitig. In der Dämmerung, voll innerem Leben am Seeufer, gespiegelt von der blanken Oberfläche in leuchtenden Schleiern sich in der Luft ausbreitend, zart gegen das grüne Licht der Piniennadeln an der Küste abgehoben, flüsternd in ein Gespräch verwoben, das sie umgab und an dem sie sich beteiligte. Und wieder drang sie in sich ein, bis sie ganz ruhig war.

Und in der Feuchtigkeit der Bettücher rollte sie sich zusammen. Da war eine Party gewesen. Jetzt erinnerte sie sich wieder. Und sie sah die Gesichter derer, die gleich gehen würden. Sie hatte noch nicht gegessen. Ihre Tochter wollte um acht zu

Hause sein, zurück von ihrer ersten Arbeitsstelle. Was würde aus ihr werden, aus diesem Kind, das nicht mehr Kind war? Die Luft wurde kühl, aber so mochte sie es. Sie spürte ihren Zeh, den sie sich vor Jahren gebrochen hatte im Halbschlaf, als sie mitten in der Nacht auf der Treppe gestürzt war. Gern würde sie jetzt noch stundenlang so bleiben und das Licht anschauen, das sich auf der Wand ausbreitete. Was sollte sie zu Mittag essen? Sie schloß die Augen und konnte das Licht noch immer sehen. Nur für einen flüchtigen Augenblick. Und dann kam wieder das Gefühl. Sie ließ sich hineingleiten, und es wuchs in ihr. Sie trieb dahin. Irgendwo waren Glocken, sie hörte einen Laut, eine Musik, an die sie sich erinnern mußte. Da war Schlaf, sie war verwandelt. Alles, was sie je erblickt hatte, war in ihr, und ihr Denken bewegte sich träge vor und rückwärts, befreit von den herkömmlichen Mustern, alles neu einfassend und aus den einzelnen Stücken ein neues Kleid anpassend.

Bei Sonnenuntergang wachte sie auf. Sie stand auf, um ihn sich anzusehen, das tiefe Rot und das Blau des Wassers, so blau wie ganz helle Töne eines Liedes. Langsam wurde es im Zimmer dunkel. Als sie sich selbst im schimmernden Spiegel betrachtete, sah sie rosiges Licht sich über ihre Haut ausbreiten, das hier einen Arm, dort eine Hüfte, ihren Bauch, ihr flaches Hinterteil, eine Brust erhellte. Und dann die flüchtigen Blicke, die sie auf sich selbst hatte, wieder zum Verschwinden brachte. Sie ging zurück ins Dunkel. Sie war nicht geisterhaft, sondern erlebte eine verblüffende Gegenwärtigkeit in jenem Vibrieren all dessen, was wir sehen und dabei sogleich wissen, daß gerade dies der Augenblick seines Daseins ist.

Cucu Lee

Eine Nacht in Florida

Ich liege auf dem Riesenbett, jeder Nerv prickelnd, in meiner Möse ein sehnsüchtiges Ziehen in Erwartung meines Liebsten. Mit träger Wonne strecke ich meine Beine aus und bewundere ihr glattes Weiß gegen die Dunkelheit. Zurückgeworfen von der Glasscheibe eines großen gerahmten Drucks, der vorn im Flur hängt, kann ich jede seiner Bewegungen verfolgen, während ich ihm dabei zusehe, wie er sich im Badezimmer auszieht. Ich kann seine Rückenmuskulatur sehen und die auf seinen Oberarmen, während er sein T-Shirt abstreift. Gleich wird er hereinkommen. Nackt, und sein harter, steifer Schwanz wird mir verraten, wie dringend er mich will, begehrt, begierig darauf ist, daß wir uns lieben.

Als ich im Radio ein Musikprogramm einschalte, erinnere ich mich plötzlich siedendheiß an den Anrufbeantworter. Mein Gott, was wäre, falls Bart jetzt anriefe und er mit fröhlich tönender Stimme sagte: »Halt dich bereit, Baby! Ich komm gleich rüber, um deinen süßen Bauch zu küssen.«

Oder Peter – der immer alles vorausplanen muß – der vielleicht in seinem abgehackten New England-Akzent plötzlich ankündigt: »Es bleibt also bei Sonnabend, Liebling. Ich bring eine Flasche Soave mit. Bin so gegen acht da.«

Ich schalte das Gerät aus, nur zur Sicherheit.

Das Licht im Bad geht aus, und eine Männergestalt zeichnet sich im Türrahmen ab. Von der flackernden Kerze auf dem Nachttisch tanzen riesenhafte Schatten über Wände und Decke. Er tappt durch den kurzen Flur, während sich seine Augen langsam an den schwachen Kerzenschein im Schlafzimmer gewöhnen. Im Dämmerlicht sehe ich die Silhouette seiner hübschen Figur und spüre seine starken Hände, als er sie nach dem Bett und mir ausstreckt.

Er läßt sich auf das glatte, straffe Laken sinken und zieht mich an sich, wobei er mir seinen heißen Atem ins Ohr bläst. Sein Geruch – eine Mischung aus irischer Seife, Pfefferminzzahnpasta, Mundwasser und einem angenehm dumpf riechenden Rasierwasser – ist frisch, sauber und prickelnd.

In seiner Umarmung spüre ich meinen ganzen Körper warm werden. All meine Sinne sehnen sich nach den Versprechungen, die er mir bietet.

Seine Hand streichelt meinen Rücken, wandert zu meinem Schenkel und umkreist mit Kennerschaft meinen dichten, buschigen Schamhügel, wo es mir vor Erwartung ganz naß wird. Da unten, in dem dicht schwarzen, kräuseligen Nest, befühlt er meine Schamlippen und massiert sacht meinen Kitzler. Ekstase wallt in mir auf, als ich mich begierig seiner Berührung entgegenwinde, meine Beine zusammenpresse, um seine Hand dort festzuhalten, die rhythmisch in meine Pussy fährt. Er küßt mich. Seine Zunge schnellt wild vor, er leckt wie ein Kätzchen meinen Hals abwärts zu meiner Brust. Er nimmt eine Brustwarze in den Mund und fährt kreisend mit der Zunge darüber, so daß die Spitze ganz hart wird. Stromstöße gehen durch mich hindurch und mischen sich mit der Hitze, die ich in meinem Schoß fühle.

Er liebkost die eine Brust, und unter sanften Bissen und Küssen findet er den Weg zur anderen Brust und dann über meinen Brustkorb abwärts bis zu meinem gerundeten Bauch. Sacht auf und ab reibend, streicht er zärtlich über meine Haut vom Rippenbogen abwärts bis zu den Hüften.

Ein überwältigendes Verlangen wallt in mir hoch, füllt mich ganz aus, schwappt über, taucht mich in Wärme.

Als seine Zunge sich in die Vertiefung meines Nabels senkt, mich spielerisch kitzelnd überfallend, bringt mich ein unwillkürliches Zusammenzucken dazu, keuchend Atem zu holen und dann zu kichern. Auch er lacht auf und küßt mich dort noch einmal, um mich zu erinnern, daß er sehr wohl weiß, wo ich kitzlig bin. Seine Zunge in meinem Nabel läßt mich wieder und wieder zusammenzucken.

Seine Hände gleiten langsam meine Hüften abwärts, streicheln die Innenseiten meiner Schenkel und über die Vertiefungen um meinen Schamhügel. Meine Hüften reagieren auf seine Berührung, während ich ihm mein Becken entgegenstemme, dichter, näher, auf seine forschende Zunge zu. Ich keuche.

Seine Finger streichen über die Narbe an meinem Unterleib, und er küßt sie dort vom Schamhügel aufwärts bis zum Nabel. Dann legt er sich über mich und nimmt mein Gesicht in seine Hände und küßt mich inbrünstig. Seine Finger wühlen in meinem Haar, während er mich voll Gier küßt.

Ich spüre die Steifheit seines Gliedes, das sich an mich preßt, und ich bin mir dessen nur halb bewußt, daß ich wimmernde kleine Laute von mir gebe, während unsere Zungen hungrig einander suchen.

Wie Ringkämpfer auf der Matte rollen wir uns herum und klammern uns in wilder Umarmung aneinander.

Ich mache mich als erste keuchend frei.

»Du bist ein so großartiger Liebhaber.«

»Dafür braucht es zwei«, entgegnet er.

Ich umspanne seinen kräftigen steifen Schwanz mit der Hand und schiebe sacht die empfindliche Haut auf und nieder, auf und nieder. Er stöhnt wollüstig auf. Wie in einem Ballett sind unsere Bewegungen langsam und graziös. Als ich mich herumdrehe und seinen harten, flachen Bauch küsse, mit der Zunge durch den winzigen Krater seines Nabels furche und meine Nase in dem feinen, weichen Gekräusel versenke, das seine Scham bedeckt. Ich nehme diesen herrlichen Schwanz in meinen Mund, und mein Kopf beugt sich langsam auf und nieder, meine Zunge umkreist die Spitze und leckt rundherum um die Eichel, während er hingebungsvoll aufstöhnt. Ich knie seitlich neben ihm, und er hat unter mich gefaßt und meine Schamlippen ertastet. Mit seiner anderen Hand umspannt er eine Brust, als wäre sie ein Tennisball, preßt, knetet sie, während gleichzeitig seine andere Faust gegen meine Möse vorstößt.

Ich schmecke nur noch den frischen, süß würzigen Geschmack seines Gliedes in meinem Mund. Ich spüre, wie der Florida-Mondschein silbrig durch die Fenstervorhänge scheint, mit dem weichen Orange des Kerzenlichts verschmilzt, das mir seine kräftige, muskulöse Gestalt auf dem Bett enthüllt.

Der Beat der Radiomusik hallt in meinem Kopf wieder. Lippen und Hüften bewegen sich gleichzeitig im Takt, während ich begehrlich diesen großartigen Schwanz in meinem Mund bearbeite, und er meine Möse mit seinen Fingern erkundet.

Ich gebe seinen Schwanz frei, stemme meine Hüften hoch, lege ein Bein über ihn, sattle mein edles Pferd. Ich führe sein riesiges Ding in meine triefende Möse ein, setze mich zurück, und während meine Muskeln sich zuckend um ihn schließen, spüre ich, wie sein gewaltiges, pralles Glied meine Scheide ganz ausfüllt. Langsam, ganz sacht, hebe ich mich an, bis nur noch seine Schwanzspitze in mir ist, und dann gleite ich voll Erregung wieder an diesem Mast abwärts, auf und ab, auf und ab, auf und ab, bis er zu stöhnen anfängt. Ja, ja und ich lustvoll auf ihm reite, reite.

Als ich mich zu ihm vorbeuge, packt er jede meiner Brüste, saugt daran und knabbert mit winzigen kleinen Liebesbissen, bis ich auf seine Brust niedersinke, und mein ganzer Unterleib sich vor Leidenschaft windet.

Die Bewegungen übertragen sich auf meinen pochenden Kitzler und jagen mein Verlangen zu einem neuen Höhepunkt.

Ich möchte nicht, daß dieser Augenblick jemals endet.

Ein erstickter Aufschrei, als eine Woge von Empfindungen mich überschwemmt und mein Körper in einem zuckenden Krampf von diesem Erdbeben fortgerissen wird.

Er schiebt mich sacht in sitzende Stellung, ich bin noch immer aufgespießt von diesem Riesenspeer, und er hält mich an den Schultern, als er aufwärts stößt, kurz und scharf, seinen nassen Schwanz in meine empfängliche, begierige Möse hineinrammt. Mein Kopf fällt nach vorn, mein Haar bedeckt sein Gesicht, und ich bewege mich stöhnend noch mehr auf und ab.

Ich bin wie eine Ertrinkende, seine Küsse ersticken mich. Meine Zunge schnellt über seine Zähne, und er erwidert mit einem Kuß, in dem er mich an sich reißt, daß ich nach Atem ringen muß. Ich weine wollüstige Tränen, komme zum Luftschöpfen hoch, und immer und immer wieder stoße ich hinab.

Ich reite auf heranrollenden Wogen von Empfindungen, und mir scheint, als würde ich zu den höchsten Höhen getragen. In meinem Kopf fliegen Raketen auf, Glocken läuten.

Buchstäblich.

Schrilles, beharrliches Telefongeklingel reißt mich in die Gegenwart zurück. Wer mag wohl um diese Zeit anrufen? Ich schaue auf die Lichtanzeige der Uhr am Bett – nach Mitternacht.

»Nicht rangehen«, sagte er befehlend und zieht mich an sich, erstickt meinen Ausruf, küßt mich wieder und wieder. Als es noch sechs Mal penetrant klingelt, kann ich es nicht länger überhören.

Noch immer auf seinen Fahnenmast gespießt, greife ich nach dem lästigen Telefon.

»Hallo?« Die Verärgerung ist meiner barschen Stimme voll anzuhören.

Die zwölfjährige Kimberley wohnt an der Westküste. Dort ist es jetzt drei Stunden früher.

»Großmutter«, kommt ihre kleine, helle Stimme durch den Hörer, »was machst du denn gerade?«

Tee A. Corinne

Die verliebte Frau

Die Verliebte Frau wurde im Bewußtsein eines stillen, einsamen Kindes geboren, dessen Seele mit Familiengeschichten, Liedern aus den Südstaaten und Country-Western-Musik genährt worden war. Zum Dreivierteltakt sich bewegend, spann sie Träume von einem aktiven, fieberhaften Leben, immer Schicht um Schicht ihre Sinne mit Bildern und Gerüchen überlagernd. Sie beobachtete ihre Mutter mit ihren prachtvollen Brüsten, ihre zigeunerhafte Tante und die vornehme Mutter ihrer Mutter. Sie liebte sie heiß und in blühenden Farben der Leidenschaft. Ihre Parfums füllten ihre Kinderwelt aus. Noch lange, nachdem sie irgendwo hingegangen waren, zu einer Party, einem festlichen Anlaß, drückte sie dann wohl einen Handschuh an ihr Gesicht, atmete den Duft tief ein und glitt in einen Traum voll schöner, eleganter Frauen, die immer für sie Zeit hatten.

Die Verliebte Frau wuchs auf zwischen Laub, Moos, Agaven, Hartriegel, Magnolien, Orangen- und Pampelmusenbäumen.

Die laue, feuchte Hitze nährte sie, schloß sich um sie, schützend und unablässig liebkosend, gab ihren Träumen Stoff und beglückte sie. Die Sonne bräunte ihren schlanken Körper, wärmte Sand und Wasser, brachte mittags die Straßen in der Ferne zum Flirren.

Ihre Welt war angefüllt von Blumen: Gardenien, Bugainvilleas, Hibiskus, Oleander, Frangipani, zart, zerbrechlich, von leuchtender Farbe. Die Frauen züchteten Blumen, schmückten sich damit, lehrten sie deren Geheimnisse und ihre Namen.

Hager, wie sie stets gewesen war, daß sie mit dem sinnlichen Vergnügen, das man dem Essen zugestehen muß aß, um ihren gierigen Hunger nach der Vielfalt von Dingen zu stillen. Pekannuß und Pfirsiche aus Georgia, Feigen, Erdnüsse aus dem Garten ihrer Großmutter, Kokosnußmilch, süßen Kartoffelauflauf, Avocados aus dem Hintergärtchen, Hush-Puppies aus Roggenmehl und gehackten Zwiebeln, stark durchgebraten, außen knusprig, innen dampfend warm.

An Feiertagen gab es in Mehl gewälzte und gebratene Hähnchen, Truthahn aus der Backröhre, Hammelkeule, frische Austern, Hähnchenleber mit dicker, weißer Soße, sautierte Zwiebeln und würzige Apfelsoße.

In ihrer Familie aß man gut, es wurde geangelt, alles Mögliche angebaut und gesammelt, eingemacht, geräuchert, getrocknet, und sie tranken sich fröhlich durch die Jahre ihrer Kindheit. Sie starben früh in ihrer Jugend und hinterließen ihr Erinnerungen in großer Fülle.

Aus Träumen und Erinnerungen wollte sie sich ein Leben formen, das die Sehnsüchte des Kindes befriedigte, das sie gewesen war und die der Frau, zu der sie schnell heranwuchs. Sie wurde geschmeidig und ernst, verliebte sich in eckige, androgyne Frauen, die lesbisch wie sie selbst waren, reiste und plauderte und rieb sich an ihnen in den warmen Nächten von Mobile, Charleston, Savannah, St. Augustine.

Oh Verführung, jene herrliche, flüchtige Kunst, andere anzuziehen, einen Menschen an sich zu binden, ihn in die eigenen Lebenskreise zu reißen. Die Verliebte Frau war auf Verführung aus: intellektuell, ästhetisch und mit dem Unterleib. Sie war gern unter Menschen, mochte es, wenn sie ihre Geschichten spannen, lernte, wer und wie sie sind und waren.

Manchmal wurde sie auch von anderen verführt: durch die Art, wie sich jemand bewegte, den Kopf wandte oder sprach, durch Eingeweihtwerden in erlesen schöne künstlerische Arbeiten. Manchmal wurde sie auch von jenen verführt, die sich nur durch ein leichtes Heben eines Schleiers preisgaben, im Wissen darum, daß allein Winke und Andeutungen sie lüstern machen würden. Gewöhnlich blieben diese Frauen nie lange genug, um Freundinnen zu werden. Öfter fühlte sie sich zu denjenigen hingezogen, die sich ihr ganz öffneten, ihre Leidenschaften zeigten, ihr von ihren Zielen sprachen.

Verführung: die Kunst, jemand anderen wissen zu lassen, wer du bist.

Willst du mit mir tanzen, fragte die andere, da sie wußte, daß die Verliebte Frau bei Musik dahinschmolz. Willst du mit mir tanzen? Die Aufforderung sollte heißen: komm und lern mich kennen, laß mich dir zeigen, wer ich bin. Die Verliebte Frau bewegte sich unter leichter Berührung in ihren Armen, spürte, wie die Musik wie Wasser in sie drang, wie Wein in ihr aufstieg. Ein Teil von ihr wußte, daß dies kein gewöhnlicher Tanz war, wußte es sogleich, als die andere unmittelbar ihren Rhythmus übernahm, sich in ihr spiegelte, ihren eigenen fand. Sie tanzten wie Flüssigkeit in einem einzigen Glas, sich mischend, beschwingt, mit hochschlagenden Herzen, bis die Musik zu Ende war.

Bei der Verliebten Frau hatte das mit der Verführung früh angefangen: sobald sie bemerkte, daß sie Menschen auffiel, wenn der Blick einer Geliebten auf ihren Beinen ruhte, jemand zwischen Blickkontakten tief Atem holte, Lippen leicht eine Schulter streiften. Die Verliebte Frau war von Berührungen entzückt, liebkoste sich selbst, wiegte und rieb sich an ihren Freundinnen. Vom Geist des Lebens selbst ergriffen, mußte sich die Verliebte Frau manchmal an jemandem halten, um sich in der jungfräulichen Erde zu verankern, überschießender Energie festen Boden zu geben, die sie durchströmte. Dann wußte sie keinen anderen Ausweg, ihre elektrischen Ströme zu kanalisieren, sich selbst davor zu bewahren, sich in Geist aufzulösen, den Kontakt zu anderen, zur Außenwelt ganz zu verlieren. Manchmal auch glaubten Menschen, die auf diese Weise von der Verliebten Frau berührt wurden, sie fange erst etwas an und bringe dann Enttäuschung zum Ausdruck, wenn ein solcher Oberflächenkontakt ihren Bedürfnissen vollauf genügte.

Die andere zog die Verliebte Frau in ihre Arme, in die sie sich tief und langsam atmend schmiegte, um nicht vor Freude weinen zu müssen. Für diese Nacht nur war der Name der anderen Desire, und ihre Flamme hüllte sie beide ein. Die Verliebte Frau gab der anderen ihre Lippen, ihren Mund, hob ihre Brustwarzen ihren

Händen entgegen. Sie drückte ihren Schamhügel an den der anderen, ihre Beine schoben sich verschlungen ineinander. Desire hielt sie dort fest, drückte sich dagegen, erzeugte in ihr unstillbare Begierde. Desire nahm die Verliebte Frau, nahm sie mit einer Endgültigkeit, die offen blieb, gab ihr Nahrung, reizte sie weiter auf. Die Verliebte Frau schmiegte sich an ihre Geliebte, verkrampfte sich und kam, verkrampfte sich und kam.

Verführung: sich einer anderen öffnen, zulassen, daß sie von ihrem Hunger, ihrer Verletzlichkeit wußte.

Lieben, sagte sie, stellt sich stets überraschend ein, wie ein Sonnenaufgang, obwohl ich doch weiß, da es sich immer und immer wieder ereignen wird; es benimmt mir den Atem, öffnet meine Erinnerungen an Heiliges.

Sanfte Schwingungen der Musik, aufzuckende Lichter von der Musicbox her, Flitter, rasender Puls, Stöße, die ihr das Rückgrat hochfuhren. Ihr begehrlicher, vergrößerter Kitzler schreit nach Zuwendung, drückte sich gegen ihre Jeans, den Stuhl, Desires Bein. Sie tanzen ganz verworfen, bleiben auf einer Stelle stehen, reiben ihre Scham am Bein der anderen. Die Verliebte Frau atmet zum Dröhnen der Bässe, wiegt sich verträumt, saugt den herben Duft der anderen in sich auf.

Auf der Straße ist die Nacht heiß, gleich nebenan ein Torweg, der Atem der anderen ist an ihrem Ohr, ist eine andere Art Musik, Verlangen einer anderen, die die Hand in ihrem Höschen hat, sie fühlt, sie atemlos macht. Die Musik aus der Nähe reißt sie noch immer mit, hungrig, offen, naß und mit dem einen einzigen Wunsch, genommen zu werden, erlöst zu werden.

Die Verliebte Frau begegnete Desire erstmals in New Orleans, einer eleganten Lesbe mit schönem Knochenbau. Weder groß noch klein, ausgesprochen gut gebaut, beanspruchte Desire sie mit ihrem fast knabenhaften Körper, mit Hüften und liebenden Händen, kniete sich zwichen ihre Beine, hauchte in ihre verstecktesten Stellen, berührte sie im Zwielicht, im Halblicht bis spät morgens, still in Hausecken, auf verlassenen Straßen. Desires Finger mit den sauber geschnittenen Nägeln rührten Verlangen in der Verliebten Frau auf, machten sie unruhig, unzufrieden sogar mit dem, was Desire ihr gab.

Doch Musik öffnete Schleusen in der Verliebten Frau, als sie sich leicht schwankend in Desires Arme schmiegte. Musik schien von ihren karamellweichen Fingern auszugehen, und Desire nahm die Verliebte Frau. Reichte die Nacht aus? Konnte irgendeine Nacht genug sein?

»Ich geb' dir dies Leben«, sagte die Verliebte Frau, wissend, daß sie noch mehr zu geben hatte. »Ich gebe dir diese Nacht, diesen Tag, denn solange die Liebe grün ist, frisch von neuem Wachstum...«

»Halt mich ganz fest«, sagte Desire. »Nimm mich ganz hart.«

»Geh mit mir auf und davon«, bettelte die Verliebte Frau, und Desire weigerte sich, ging ihren eigenen Weg in die Zukunft.

»Ich werde dich vergessen«, drohte die Verliebte Frau. Doch das tat sie nie.

Die Verliebte Frau heiratete wegen Sex und Geborgenheit und fing schon kurze Zeit darauf an, sich Geliebte zu nehmen: Frauen und ganz junge Männer. Ihr Mann verehrte sie, borgte sich Leben von den Feuern, die in ihr brannten, liebte ihr Genie für schöpferische Lösungen.

»Es wurde immer behauptet, mein Vater könnte ein Auto mit einer Haarnadel reparieren«, pflegte sie zu sagen. Doch natürlich erklärte das nicht ganz ihre Fähigkeit. Über Generationen allerdings war man in ihrer Familie mit den Händen sehr geschickt gewesen.

Gut verheiratet, besessen von ihrer Vergangenheit, begann die Verliebte Frau, die Hände von Desire zu malen, manchmal nach der Erinnerung arbeitend, manchmal nach Fotografien. Obwohl viele Darstellungen auf der Leinwand realistisch gehalten waren, zeigten andere die Farbe der Leidenschaft: wo Schatten sein sollten, Grün, leuchtende Rottöne, Purpur, Kadmiumgelb.

Desire fand die Verliebte Frau in der Vorstadt wieder, wo sie, noch immer verheiratet, am College unterrichtete. »Soll ich wieder gehen?« fragte Desire ganz still.

»Nein«, flüsterte die Verliebte Frau. »Ich habe nie vergessen.«

Mittags im kalten Wasser schwimmend, gegen die Strömung, zwischen Felsen, lächelt Desire die Verliebte Frau an, kitzelt sie mit den Zehen, jagt sie von einem Ufer zum anderen. Desire zieht ihr das Oberteil herunter und drückt die Brustwarzen der Verliebten Frau. Drückt und formt ihre Brüste nach, küßt sie forschend, fordernd in unersättlicher Gier. Desire zieht die Verliebte Frau mit sich in den Sand, faßt in ihren Badeanzug, in ihren Leib, drängender jetzt in ihrem Verlagen. Die Verliebte Frau kommt ihr entgegen, öffnet sich dieser sonnendurchwärmten Paarung, wirft sich über sie, die Heißersehnte, Gefürchtete und Erträumte. Als sie kommt, verliert sie Kontakt zu allem bis auf die wirbelnden Empfindungen in der Mitte ihres Schoßes, in ihrem Hintern. Sie stößt ihren lang zurückgehaltenen Atem aus und wiegt sich und birgt sich an der Schulter ihrer Geliebten, an ihrer Brust.

Sie träumt, daß sie durch ein Gewölbe schlendert, das ganz aus Faßdauben gemacht ist. Die Frau neben ihr ist hochgewachsen, etwas kantig, doch an den Ecken abgerundet. Sie schreiten im Gleichtakt dahin, mit langsamen Bewegungen auf und ab, wie Karussellpferde. Geräusche um sie herum sind wie das Rollen der See. Die Flüssigkeit sammelt sich zwischen ihren Beinen, fließt an ihr hinunter. In dem glanzerfüllten Augenblick, als sie wieder im Sonnenlicht sind, als die Geräusche sich tosend vervielfachen, laufen seltsame Empfindungen kreisend um ihre Schenkel. Sie hat das Gefühl, beide Frauen gleichzeitig zu sein, im Körper beider Frauen. Die Verliebte Frau holt tief Atem, beide Frauen seufzen.

Bei Anbruch des Abends erwachend, streicht die Verliebte Frau mit den Händen über ihren Körper, um das Wirkliche vom nur Geträumten zurückzufordern. Ganz wach erinnert sie sich jetzt an die Hände von Desire, atmet langsam ein, spürt in ihrer Erinnerung kühle Hände: ein neues Erwachen, unauslöschlich von ihren Hautzellen festgehalten.

Als sie eines abends spät nach Haus kommt, stellt der Ehemann der Verliebten Frau ihr die Frage: »Was würdest du tun, falls ich dich bitten würde, daß du sie nicht wiedersiehst?«

»Dich verlassen«, sagte sie.

Die Verliebte Frau kehrte allein vom Strand zurück, brachte feingeschliffenes Wurzelholz, blaue Lupinen, glänzende Kiesel.

Desire kam ihr auf halbem Weg mit kleinen hungrigen Küssen, Lächeln und zart flatternden Bewegungen entgegen, die leicht wie Mottenflügel waren.

»Ich habe beschlossen, meinen Mann zu verlassen«, sagte die Verliebte Frau flüsternd, seufzend.

»Hoffentlich nicht meinetwegen«, erwiderte Desire.

»Nein, nein, allein meinetwegen.«

Den Winter und das folgende Frühjahr hindurch hatten sie ihre Liebe ganz für sich:

sobald du mich berührst
sobald ich Zärtlichkeit erwidere
ist Freude zwischen uns

Du bist meine Schrift geworden, meine Liebe; dein Leib, deine Worte. Ich habe deine Briefe binden lassen, die ich bei mir trage, abends vor dem Einschlafen lese, im Morgengrauen, bevor ich den Tag beginne.

Deine Liebe ist wie ein feiner Sprühnebel, der meine Bewegungen weicher macht, meine Farben sanfter, aufhellt, was sonst vielleicht Verzweiflung gewesen wäre. Wo deine Hände gelegen haben, gehöre ich ganz dir, und deine Hände waren überall. Deine Worte fallen auf mich wie Regen auf die Erde. Die Erinnerung an dich, oh Geliebte, die Erinnerung an dich überkommt mich ganz plötzlich, reißt mich aus dieser Welt in ein Märchen, wo ich so geliebt bin, wie ich es immer sein wollte.

Der Tag kommt, an dem die Verliebte Frau weiß, daß sie weiterziehen muß. Sie muß ihre Vergangenheit abschütteln, wie die weiße Pinie des Südens ihre Nadeln abwirft. Wachsen, so sagt sie zu sich selbst, ich muß in eine reichere menschliche Form hineinwachsen, die Person werden, die mein Herz zu sein mir verspricht, mir nahegelegt, zu der sie mich locken will.

Bruchstückhafte Bilder, verzauberte Städte tauchen vor ihren inneren Augen auf: Montreal, San Franzisko, Philadelphia, Paris, Vancouver, Cincinnati, große Bauten, Bögen, Denkmäler, von Sonnenlicht gesprenkelte Straßen. Kunstvoll aufgebautes Essen in Schaufenstern.

Auf der Zugfahrt erscheint ihr ihr Körper in der Dämmerung flüchtig, wie er sich in der Scheibe spiegelt, scheint rückwärts in die Winterlandschaft zu tauchen. Als der Zug in einen Tunnel einfährt, verdichtet sich ihr Spiegelbild vor dem schwarz gewordenen Fenster und zeigt feine, doch kräftige Farben. Sie flirtet mit sich selbst, stellt sich sexuelle Begegnungen vor, Orgien, auf denen geliebte Hände sie bis in die Tiefen ihrer Empfindung berühren.

Sie preßt ihre Beckenmuskulatur zusammen, denkt kurz daran, ihr Treiben unter einem Mantel zu verbergen, sucht dann stattdessen die Toilette auf und steht gegen die Wand gelehnt, das Gesicht zum Spiegel. Ein langer Seufzer geht ihrer Rückkehr zu ihrem Platz voran, wo sie sofort wohlig einschläft, von Städten träumt.

In dem funkelnden Sonnenlicht eines späten Vormittags sitzt die Verliebte Frau allein in einer Bar im viktorianischen Stil und wartet darauf, daß ein Tisch im angrenzenden Restaurant frei wird. Gelbe Stiefmütterchen blühen vor ihr auf dem Tisch, die Gläser funkeln. Gläser, die an den Stielen in einer Reihe aufgehängt sind. Sie bestellt Mandelwein, weil er ihr so fremdartig erscheint. Schnüffelnd nimmt sie den Duft auf, neigt leicht das Glas, in dem bernsteinfarbene Flüssigkeit ölig rollt; die Holztheke und die Parkettböden schimmern. Eine Frau mit derselben Nase wie ihre Geliebte kommt in hautengen Hosen herein. Die Wände sind mit grünem Filz bespannt, überall hängen Farne. Gutgekleidete Frauen ihres Alters kommen mit ihren erwachsenen Töchtern vorüber, vornehm, amerikanisch.

Sie stellt sich vor, daß sie alle unbekleidet sind. Phantasiert von Körperhaar, Sommersprossen, Leberflecken. Sie erinnert sich an die Berührung einer Geliebten am Abend, eine warme Hand naß vom Öl, glatt, schlüpfrig, die ihr Begehren nicht enttäuscht.

Der Oberkellner führt sie zu einem Fensterplatz. Sie bestellt und blättert dann in einer Zeitschrift: Fakten, Rohmaterial für einen anderen Traum.

Später nimmt sie im Gehen den Duft einer Frau auf, die an ihr vorübergeht. Süß wie die Blumen aus ihrer Vergangenheit. Die Verliebte Frau traf Desire in London wieder, in einem Pub. Schlank, ergraut, voller Geschichten. Sie gingen in ihre Wohnung, zogen sich beinahe scheu aus, aber noch immer erregt. Unter den Laken sprachen sie weiter miteinander, berührten einander sacht, zögernd; fanden es spaßig, daß ihre Münder so trocken waren.

Als die Verliebte Frau ihr Gesicht an der Schulter der anderen barg, fühlten sich Desires Hände befreit, über sie zu gleiten, sie wieder zu öffnen.

»Solange her«, sagte sie. »Es ist solange her, seit wir zusammen gewesen sind, seit es so wieder für mich gewesen ist.«

Das erste gemeinsame Kommen, wieder und wieder aus unvorstellbaren Entfernungen, gesammeltem, schmerzlichem Verlangen. Das vertraute Gefühl, wie eine Wange in der Hand liegt, eine Berührung wurden Feuer und Hunger, Schweiß und Liebe.

Die Verliebte Frau stöhnte.

Die Verliebte Frau seufzte.

Desire war rasend und schwemmte über sie hinweg. Auch diesmal kam es beiden gleichzeitig.

Am nächsten Morgen wachte die Verliebte Frau zuerst auf, wandte sich zu ihrer Geliebten um, um sie zu küssen, fand sie verschlossen und still. Die Verliebte Frau hatte Angst, der Morgen könnte ihnen nehmen, was die Nacht ihnen geschenkt hatte, berührte ihre Geliebte leicht an der Schulter und zwang sich, noch einmal einzuschlafen. Sie träumte von Stränden, davon, allein an windgepeitschten Meeresufern entlangzugehen, nach jemandem Ausschau zu halten.

Sie träumte davon, wie der Wind das Meer an Land weht, das Wasser ihre Kleider durchdringt, ihr das Haar aus dem Gesicht wäscht. Morgenrot geht auf, korallenfarben und glutrot Horizont über Horizont schichtend. Möwen fliegen auf und kreisen, rufen sie spielerisch, daß sie sich ihnen anschließt. Sie erhebt sich aus dem Sand, macht sich ganz lang, reckt ihre Muskeln, greift mit den Armen weit nach oben.

Sich noch höher reckend, will sie den Vögeln danken, dem Morgen. Sie muß feststellen, daß sie nicht sprechen kann. Die rosenfarbenen, goldumflorten Hände des Tages umfangen sie, schließen sich um sie, wirbeln sie herum, umschmeicheln den pelzigen Einschnitt zwischen ihren Beinen. Hinter den Traumaugen der Träumerin explodieren Novas, der Tag bricht auf, über den samtenen Himmel rasen Sterne. Die Träumerin keucht und wickelt das heliotropfarbene Haar des Tages um ihre Finger. Eine frühe Brise küßt ihre Wangen. Flatternd streift ein Vorhang leicht über ihr Gesicht, sich wieder streckend, weiter, höhergleitend, und dann schnellt sie sich hoch, paart sich mit dem Wind.

Ihre Erregung steigt, als sie Desire näherkommt, wirbelt durch ihren Oberkörper, steigt pfeifend auf in ihren Kopf. Träumend sinkt sie an der Küste der anderen zusammen, tollt über ihre Strände, vergräbt sich im knochigen Rückgrat der anderen.

Desire steigt auf in einen dämmrigen Himmel, sich mit ihr zu treffen, umfließt sie. Warmer, lavaheißer Atem umschließt ihren Körper, alles von ihr fordernd.

Die Verliebte Frau erwachte und fand sich in den Armen der anderen liegend. Oh, diese Gerüche der Leiber, die warme Berührung, die sicheren Hände. »Oh Gott«, sagte die Verliebte Frau, »Gott sei Dank«, sagte sie noch einmal und schaute in die schimmernden, ruhigen und so nahen Augen der anderen.

In Valencia aßen sie Orangen und badeten im Meer.

In Barcelona lebten sie in einem kleinen, kühlen, weißen Zimmer; schlenderten zwischen den Blumenverkäufern herum, bis sie über alles Maß erregt in ihr Zimmer zurückkehrten, eine den Körper der anderen tranken, ihren Duft in sich einsogen.

Jacqui Robb

Zwielichtphantasie

Das ist die Geschichte einer Frau; einer Frau, die wartet. Sie wartet in einem Hotelzimmer auf ihren Geliebten. Sie ist ihm von ihrem gemeinsamen Heim aus die Küste abwärts nach Süden gefolgt. Ihr Geliebter nimmt an einer Konferenz teil – an einem Treffen – hält eine Lesung; er ist jedenfalls jetzt nicht mit ihr zusammen. Er wird erst abends zurückkommen.

Die Frau liegt, nur mit einem bequemen Top bekleidet, auf dem Hotelbett. Es ist heiß, und sie fächelt sich mit einem Reiseführer zu, in dem die Sehenswürdigkeiten aufgeführt sind, die Hauptgeschäftsstraße, der Saal, in dem die Konferenz – das Treffen – die Vorlesung ihres Geliebten in vollem Gange ist. Die Broschüre wendet sich an Besucher, Touristen. Die Frau ist keine Touristin.

Die Frau ist nicht gelangweilt; es ist ihr zu heiß, sich zu langweilen. Die Sonne macht sie... nicht unruhig, sondern träge. Sie ruht in ihrem schattigen Hotelzimmer. Von dicken Teppichen im Flur gedämpft, hört sie draußen gelegentlich Schritte. Auf der der Tür gegenüberliegenden Seite des Zimmers ist eine Schiebeglastür, die auf einen Balkon geht, einen kleinen, zementierten Balkon mit schmiedeeisernem Geländer. Vielleicht sind Balkon und Geländer auch aus unbehandeltem Holz, da das Meer ganz in der Nähe ist.

Das schwache Summen eines vereinzelten Autos, das unten auf der Straße vorbeifährt, bildet einen interessanten Kontrapunkt zu den Schritten draußen im Gang. Die Autofahrer ahnen nichts von der Frau, die oben im Hotelzimmer wartet.

Die Frau summt tonlos vor sich hin. Es ist weder ein Song noch ein Lied, aber auch nicht unmelodisch. Sie summt einfach. Die Brise vom offenen Fenster her streichelt sie, kühlt sie ab. Die Frau ist ohne Eile. Sie wartet einfach.

Ich schließe die Augen und versuche, ein Lächeln zu unterdrücken, als du dich über mich beugst, um mich zu küssen. Der Duft von Lilien überwältigt mich: ich setze mich mit strahlendem Lächeln auf, nehme die Blumen in die Arme und vergesse dabei ganz, daß ich eben noch Schlaf vortäuschen wollte. Du küßt mich leicht auf die Wange, knabberst an meinem Ohr, wie du es getan hättest, wenn du mich hättest wecken wollen. Unsere Blicke begegnen sich kurz zur Begrüßung.

Du reckst dich, ziehst dein Hemd aus, zwischen den Schultern ist ein feiner Schweißfilm zu sehen. Du stehst einen Augenblick über mir und schaust zärtlich zu mir hinunter. Während du dich ausziehst, stelle ich dir Fragen, wie dein Tag gewesen ist. Du sagst, mein Bild wäre dir den ganzen Tag nicht aus dem Kopf gegangen, wie ich dort am Teich unter meinem Sonnenschirm gesessen habe, und du hättest den Wunsch gehabt, einfach neben mir zu sitzen. Du streifst deine Schuhe ab und gehst unter die Dusche.

Ich schlüpfe aus dem Bett, und die Blumen fallen hinter mir zu Boden. Ich sammle sie auf und sehe mich nach einer Vase um; da ich keine finden kann, entscheide ich mich für den Wasserbehälter aus Plastik im kleinen Flur, der das Schlafzimmer mit dem Bad verbindet. Auf einer Seite des Flurs ist ein Doppelwaschbecken und auf der anderen ein Wandschrank. Nackt bis auf mein kurzes Oberteil tappe ich hinüber zu den Wasserhähnen.

Ich schaue hoch und sehe mein Abbild im Wandspiegel, während ich gerade Wasser in den Behälter lasse. Mit der freien Hand streiche ich mir mein störrisches rotes Haar aus dem Gesicht, eine gewohnheitsmäßige und zugleich nutzlose Geste. Ich schaue mich leidenschaftlos an, betrachte meine Figur wie die einer Fremden. Meine Haut ist sahnig; nur das Mittel gegen Sommersprossen verleiht ihr hier und da eine ärgerliche Grüntönung. Ich bin schlank gebaut, aber nicht dünn. Männer, die mich begehrt haben, sprachen sogar von Rubens'scher Fülle. Ich zucke die Achseln; indem ich meine Figur akzeptiere, wie sie ist, akzeptiere ich zugleich die ganzen vergangenen Jahre, in denen sie so geworden ist. Ich kenne meinen Körper so genau, mein Blick ist mir so vertraut, daß ich nicht so sehr über meine

Gestalt nachdenke als vielmehr über den Geist, den sie bezeugt.

Ich mache mich von meiner Träumerei los, stelle die Lilien ins Wasser und stelle sie neben das Bett. Ihr Aroma macht die Luft freundlicher, verleiht der sterilen Atmosphäre etwas Wohnliches. Ich schaue mich um und staune über die Wirkung. Ich spüre, wie deine Gegenwart jeden Winkel des Zimmers ausfüllt, genauso wie der Duft der Blumen, die Winkel des Zimmers ebenso wie meine eigenen.

Als ich die Tür zur Dusche aufschiebe, schlägt mir heißer Dampf entgegen. Du ziehst mich hinein und unter den Wasserstrahl, als ich gerade nach der Seife greifen will, um dir den Rücken zu waschen. Ich protestiere lachend, mein Haar liegt klatschnaß auf meinen Brüsten, mein Top klebt an mir.

Ich schließe die Augen, als du die Arme um meine Schultern legst. Ich lehne mich an deine Brust, sauge deinen Duft ein, meine Wange liegt auf dem weichen, schwarzen Haar auf deinem Brustbein. Das Wasser tropft mir über die Rippen, läuft meine Beine hinunter; wir stehen ganz andächtig da, ganz gebannt vom Wasser, das von uns abrinnt. Nur langsam wird uns bewußt, daß wir uns gegeneinander drängen, spüren den Druck unserer sich berührenden Körper. Ich schiebe dich weg und küsse deine Arme, die sich von meinem Hals lösen.

Wieder im Schlafzimmer, hebe ich die Arme, um mein tropfnasses Top auszuziehen; du kniest dich schnell zu meinen Füßen hin und packst das Gewebe mit deinen Händen. Mit leuchtenden Augen schiebst du Millimeter um Millimeter das dünne Fähnchen meine Schenkel hoch, während wir beide zusehen, wie Wasser aus dem Saum tropft und rinnt. Ein etwas heiseres Lachen steigt in meiner Kehle auf. Meine Finger graben sich in deine Schulter, an denen ich mich festhalten muß, während ich an dich gelehnt lustvoll deine Berührung genieße.

Mein Top noch immer bis zur Taille hochgeschoben, begräbst du dein Gesicht in meinem gewölbten Bauch. Mein Atem geht schon heftiger, in meiner Kehle sitzt ein Kloß, meine Wangen röten sich. Meine Hände ziehen dich hoch, und du küßt meine Nacktheit, während du mir das Top über den Kopf streifst.

Unsere Gesichter sind einander ganz nah, und ich schaue dir offen in die Augen. Ich sehe Liebe darin und hinter der Liebe eine Aufrichtigkeit, wie es sie nur gibt, wenn man einander schon lange kennt. Andererseits versuchen auch meine grünen Augen nicht, dich auszuforschen oder ein Wissen zu verbergen, das ich von dir habe. Es ist ein Wiedererkennen; als hätten wir einander zustimmend zugenickt, führe ich dich zum Bett.

Deine Erektion weist den Weg. Ich sitze auf dem Bett, während du vor mir stehst. Ich liebkose langsam dein Glied, spüre sein samtiges Pochen, in deinen Augen ist Erwartung, als das Streicheln meiner Hände schneller wird und sich deinem Atemrhythmus anpaßt. Du stöhnst seufzend auf, als ich mit einer Hand deine Hoden anfasse. Ich fühle ihr Gewicht, stelle mir vor, wie sie sich zusammenziehen und spüre einen entsprechenden Druck bei mir, als sich auch in mir alles anspannt.

Ich küsse deine satinweiche Spitze und habe deinen Saft auf meinen Lippen, die deinen vertrauten, herben Geruch annehmen. Ich lecke an einer Seite abwärts, folge der Vene und fahre dann, so gut ich kann, rund um den Schaft. Aufstöhnend bekommst du weiche Knie und läßt dich auf die Bettkante sinken. Ich schlinge meine Beine um deine Waden, drücke die Daumen in die Grübchen deiner Hüften. Meine Finger graben sich in deinen festen Hintern, während ich mit der Zunge langsam über deine Spitze fahre. In meiner Erregung verliere ich die Kontrolle; meine Zunge fliegt über die Kuppe deines prallen Gliedes, mein Mund öffnet sich, um dich aufzunehmen.

Mein Kopf taucht in einer schnellen Bewegung hinunter, um dich zwischen weitgeöffneten Lippen in den Mund zu nehmen. Du verharrst völlig bewegungslos, kämpfst gegen den Impuls an, zu stoßen. Bis auf meine Hände, die deine Hüfte umklammern, bewege auch ich mich nicht. Ich beginne zu saugen, zuerst langsam, bis zu deiner Spitze, dann wende ich den Kopf hin und her, um dich ganz zu fühlen und dann wieder abwärts, bis mich dein Schamhaar streift, das sich um deinen steifen Schaft kräuselt.

Ich sitze aufrecht, schiebe meine Hände um dein Hinterteil bis zur Innenseite deiner Schenkel. Ganz zart mit den Fingerspitzen streiche ich über die Naht am unteren Ende deiner Hoden, wo ich die Spannung spüre; zart und mit prickelnder Leichtigkeit streiche ich deine Schenkel abwärts. Ich bewege mich gleichzeitig mit dir, so behutsam wie ein vorsichtiger Atemzug. Nehme dich einatmend in den Mund, während du dich mit einem Seufzer zurücksinken läßt. Doch ich halte mich noch zurück; obwohl du schneller wirst, verlieren wir den Kontakt nie vollständig. Wir schaukeln im Gleichtakt, und du sagst meinen Namen immer wieder und immer wieder mit vor Verzückung geschlossenen Augen.

Ich merke, wie du dich spannst und mich aufforderst, noch zu warten; ich bleibe ganz bewegungslos, die Lippen um deinen Schaft gelegt. Dann, mit einer ganz langen Bewegung in vollkommenem Einklang mit deinem Empfinden, fahre ich kreisend mit der Hand um meinen Mund und mische mit den Fingern meinen Speichel mit deinen rinnenden Säften. Du erschauerst ahnungsvoll. Ich liebkose deine Hoden, gleite in die Furche zwischen deinen Hinterbacken und umkreise mit dem Mittelfinger dein Loch. Jedes Mal, wenn meine Lippen dein pulsierendes Glied tiefer in mich einsaugen, schlüpft mein Finger unmerklich ein Stückchen näher zu deiner Muskelöffnung hin.

Du stöhnst und keuchst nach Luft; ich helfe dir, als du dich zurücksinken läßt, bis du lang ausgestreckt quer über dem Bett liegst. Ich liege zusammengerollt dir zugewandt, nehme einen deiner Schenkel zwischen meine Beine, damit du spüren kannst, wie es warm und naß vor Erregung aus mir herausrinnt. Die ruckende Bewegung meiner Hüften paßt sich ganz dem Rhytmus meines saugenden Mundes an. Deine Hände greifen nach mir, nehmen meinen Kopf, während du gegen dein Verlangen ankämpfst. Deine Finger tasten blind über meine Schultern, versuchen Halt zu finden, während dein Rücken sich spannt.

Ich schüttele deine Hände ab, will mich einzig auf deine Lust konzentrieren, weiß, daß du sie mir zehnfach zurückgeben wirst. Mein wilder Herzschlag beruhigt sich; mein Bewußtsein kehrt wieder ganz in Fingerspitzen und Zunge zurück. Wieder wird dein goldener Pfahl zum Mittelpunkt meiner Welt.

Wir wissen jetzt beide, daß der Höhepunkt unaufhaltsam

naht. In diesem zeitlosen Liebestanz, in dem keiner führt und keiner geführt wird, ist unser Rhythmus vollkommen aufeinander abgestimmt. In köstlicher Vorfreude halten wir inne, spüren dann ein unwiderstehliches Entzücken in uns aufsteigen, das so völlig neuartig und altvertraut ist. Jeden deiner Stöße in meinem Mund erwidere ich und nehme dich tiefer in mich auf. Dein Atem geht in Stößen, und meine Haut schimmert von Schweiß, während wir uns auf und ab bewegen.

Ich lege beide Hände um deinen schlüpfrigen Schaft, der Druck meiner Finger folgt meinen gleitenden Lippen, übernehmen manchmal allein, wenn ich Luft holen muß. Als du kommst, es erschauernd aus dir hervorbricht, fangen meine Hände deinen Saft auf, der durch meine geschlossenen Finger rinnt. Mit deinem Sperma male ich auf deinem Bauch, ziehe mit klebrigen Fingern deine Konturen nach. Schweratmend liegen wir nebeneinander, bis wir ruhig und entspannt liegen können.

Ich weiß, es ist eine erwartungsvolle Ruhe. Du bittest mich, daß ich mich auf dich lege und sagst, das müßte ich tun, damit du nicht von mir wegtreibst. So liegen wir Bauch an Bauch, deine Beine unter mir ausgestreckt, deine Arme um mich geschlungen. Ich kuschle meinen Kopf an deine Brust, an dein Herz. Der gleichmäßige, kräftige Schlag lullt mich ein; als du mich gekonnt auf den Rücken wirfst, protestiere ich schwach. Jetzt liegst du auf deine Arme gestützt über mir, hältst meine leicht angehobenen Hände fest. Ich winde mich und weiß dabei genau, daß du möchtest, daß ich genauso schöne Empfindungen habe, wie du sie hattest. – Als wir uns küssen, ist der salzige Geschmack auf meinen Lippen wie ein Aphrodisiakum. Meine Arme noch immer gestreckt haltend, küßt du meine Augen, die Nase, jede Stelle, die dir erreichbar ist. Mich schaudert, meine Spannung ist kaum noch auszuhalten, als du diese ganz besondere Stelle an der Seite meines Halses findest und sie mit weichen, trockenen Lippen küßt, mit Küssen, die federleicht sind, und ich höre auf, verspielt herumzuzappeln, als ich mich unter deiner Berührung entspannen kann.

Du spürst meine veränderte Stimmung sofort und kniest dich

geschickt zwischen meine Beine. Vorsichtig spreizt du sie mir auseinander, küßt die Innenseiten meiner Schenkel. Die absichtsvolle Leichtigkeit deiner Bewegungen jagt mir lustvolle Schauer über den Rücken. Du streichelst meine Beine unterhalb der Knie, meine Waden, und die zarte Sicherheit, mit der du das tust, läßt mein Verlangen wachsen. Du hebst meinen linken Fuß an deinen Mund und lutschst abwechselnd jeden einzelnen Zeh. Ich strecke die Arme nach dir aus.

Dein Zauberstab, der bereits prall ist, durchfurcht meinen Schoß; ich hebe die Hüften an, um dir entgegenzukommen, doch du entziehst dich. Du kniest über mir, als müßtest du erst feststellen, was du als nächstes schmecken willst. Deine Finger kreisen um meinen Bauch hoch zu meinen Brüsten, verfehlen jedes Mal nur ganz knapp meine Brustwarzen, in denen das erwartungsvolle Ziehen stärker wird. Ganz langsam, so langsam, daß ich darauf hereinfalle, bevor mir deine Absichten klarwerden, ziehst du mich in deinen Rhythmus hinein, in einer kreisenden, hypnotischen Bewegung, leicht tastend, dann bestimmter, fester, drängender.

Ich liege ganz still bis auf die kleinen, krampfartigen Zuckungen, die unwillkürlich tief aus meinem Inneren kommen. Ich habe das Gefühl, als jage ein Sturm Wolken über eine innere Landschaft, die sich dann über einer ganz bestimmten Stelle meines Körpers sammeln. Deine Lippen finden jetzt meine Brustspitzen, durch die elektrische Stöße gehen. Mein Keuchen hallt wie Donner in mir wieder. Ob du noch immer meinen Bauch liebkost? Ober ob ich selbst deinen Rhythmus aufgenommen und weitergegemacht habe, könnte ich nicht sagen, will ich nicht auseinanderhalten, möchte ich deshalb nicht aufhören. Du befühlst die Brustwarzen, den Bauch, meinen Hals. Deine Hände schließen sich um meine Brüste, während du an ihnen saugst und meine Erregung heftiger und heftiger wird. Deine Hände gleiten an meinen Seiten entlang, die fiebernd heiß und schweißfeucht sind von der Hitze der Leidenschaft, von der mein Gesicht hochrot ist. Du bist überall gleichzeitig, und ich, hilflos meinen Empfindungen preisgegeben, spüre, wie die letzten Reste meines erdverhafteten bewußten Verstandes davontreiben.

Du bist nur deshalb schneller geworden, um jetzt abrupt innezuhalten; ich hänge in der Luft. Als meine schweren Lider sich öffnen, sehe ich dein leuchtendes Gesicht über mir. Du bläst mir kühlen Atem auf Hals und Brüste, läßt dir Zeit, lächelst verstohlen. Ich schließe die Augen: ich spüre, daß du beobachtest, wie mein Schweiß trocknet und ich jetzt heiß zu glühen scheine.

Du schiebst dich an mir hinunter, bis du wieder zwischen meinen Beinen bist. Mein noch immer stoßweiser Atem geht jetzt langsam. Du machst dich lang, streckst deine Beine hinter dir aus, schiebst mich näher zur Bettkante. Du kniest vor mir, betrachtest Falten und Fältchen. Auf meinen Ellenbogen gestützt, begegnen sich unsere Blicke noch einmal, verschränken sich in unausgesprochenem Einverständnis, versprechen Ekstase. Schließlich, als die Luft ganz drückend und schwül ist von der Unausweichlichkeit der Lust, senkst du deinen Kopf herab auf meine wartende, zitternde Mitte.

Deine Zunge teilt in einer einzigen, sicheren, aufwärts gerichteten Bewegung die glitzernde Feuchte meiner Schamlippen. Meine Schultern sinken zurück aufs Bett, wieder streichelt mich deine Zunge, streift diesmal nur ganz leicht meinen Kitzler, und mein Körper tut einen Sprung. Dann wieder die Bewegung in einer einfachen geraden Linie, und diesmal ist deine Zunge gespitzt, kreist. Ich muß den Atem anhalten. Jedes sanfte Darüberfahren, nie hastig oder grob, verspricht Erfüllung, gibt Erfüllung.

Eingeleitet durch kaum merkliche Bewegungen, ändert sich jetzt das ganze Muster. Arme gleiten unter meine Beine, Finger umklammern meine Hüften, Schultern drücken meine Schenkel auseinander, Zunge, glattes Kinn, Lippen: alles erkundet die nassen Weiten meines Inneren. Höhlenmensch nenne ich dich, Tiefseetaucher; bei jedem Erkunden hebt er neue Schätze der Empfindung, schafft neue Wollust.

Meine Hüften geraten in stoßende Bewegung, als deine Zunge mich stärker leckt, sicherer. Du hebst mich in ungeahnte Höhen, doch immer wieder hältst du absichtlich inne, bevor ich in unerträglicher Wollust mich loslasse. Jedes Mal beginnst du wieder von vorn, und jeder Neuanfang trägt mich so hoch, daß ich mir nicht mehr vorzustellen vermag, welche Fernen und Weiten noch bevorstehen. Ich habe kein eigenes Wollen mehr, ich ergebe mich dir, ich lasse alle Erwartung fahren, alle Vernunft.

Tief aus deiner Kehle kommt ein leises Summen, zittert an meinem Beckenknochen, der wie eine Stimmgabel ist, hallt durch meinen Körper wieder. Das Summen hört nicht auf, es ist so tief, daß es kaum noch ein Ton ist, sondern eher wie ein schwerer, dunkler Gegenstand. Gleichzeitig fliegt deine Zunge leicht dahin, berührt kaum meinen Kitzler. Die Stelle, wo sie aufeinandertreffen, läßt sich nicht benennen. Dennoch ist die Berührung Feuer, und das Feuer breitet sich aus.

Diesmal kommt das Tosen von einer verborgenen Stelle in mir, eine Feuersbrunst, eine Eruption, die Lava durch die Arterien, Muskel und Bänder meiner Schenkel jagt, über meinen Rücken, sich als Schrei aus meiner Kehle löst und in meinen Schläfen explodiert. Jeder neue Orgasmus scheint ein Nachhall der anderen; mein Körper erlebt und erinnert gleichzeitig, und jede Erinnerung löst eine Kettenreaktion neuer Lust aus. Mein Schweiß mischt sich mit Tränen, die du mir mit klebrigen, dumpfigen Lippen von den Wangen küßt. Ich greife deine Hand und führe sie nach unten zu meiner Scham, die du sicher hälst, bis das Zittern nachgelassen hat.

Du liegst dicht neben mir, wir drücken uns eng aneinander, hören zu, wie der Sturm abzieht. Wir liegen ganz ruhig da, erstaunt über unsere Erschöpfung, darüber, daß unsere Leiber Schleusen sind für so vieles, das ungesagt bleiben muß.

Die Frau erwacht. Sie hat gedöst oder hat geglaubt, eingenickt gewesen zu sein. Es ist sehr still. Sie ist von der Stille aufgewacht oder vielmehr dadurch, daß die Stille von etwas Vertrautem durchbrochen worden ist, daß sie zuerst nicht so recht ausmachen kann. Sie bleibt ganz ruhig liegen um zu horchen, ob sie richtig gehört hat. Ein Schlüssel dreht sich im Schloß. Ein Schritt, den sie mehr in ihrem Bauch spürt, als daß sie ihn hören kann. Die Schritte ihres Geliebten sind wie Schwingungen in ihrem Blutkreislauf.

BIOGRAPHIEN

CAROLYN BANKS hat vier Romane geschrieben, ihren letzten unter dem Titel *Patchwork*. Die früheren Arbeiten sind: *The Girls on the Row*, *The Darkroom* und *Mr. Right*. Sie veröffentlicht regelmäßig Buchrezensionen in The Washington *Post*. Ihre Kurzgeschichten sind erschienen in *Black Mask* und

In Youth; Redbook und *Sports Illustrated* haben u. a. Reportagen und Features veröffentlicht.

SUSAN BLOCK stammt aus Philadelphia, ist Absolventin der Yale University – »magna cum laude« – und hat für zahlreiche Zeitschriften und Tageszeitungen sowie für Rundfunk, Film, Video und Theater geschrieben. Sie ist Verfasserin der Bücher *Advertising for Love* und *How to Play the Personals* und Preisträgerin des Women-in-Theater Award for Outstanding Achievement, der ihr in Los Angeles verliehen wurde. Gegenwärtig stellt sie gemeinsam mit Dr. Toni Grant ein Buch über weibliche Psychologie zusammen. Zu ihrer Rundfunksendung *Susan Block's Date Night*, die auf eigene Ideen zurückgeht, läd sie regelmäßig Gäste ein.

SANDY BOUCHER ist eine lesbische Feministin aus der San Francisco Bay Area, deren belletristische und journalistische Arbeiten in zahlreichen Zeitschriften und Anthologien erschienen sind. Unter vielen anderen Büchern beschreibt *Heartwoman* eine empfindsame Reise in ihre Vergangenheit im Mittelwesten und porträtiert dessen Frauen; drei Bände enthalten Kurzgeschichten: *Assaults & Rutuals*, *The Notebook of Leni Clare* und *Mountain Radio*. Derzeit arbeitet sie an einem Buch über Frauen und den amerikanischen Buddhismus der Gegenwart.

KIM CHERNIN lebt und unterrichtet in Berkeley, Kalifornien. Sie ist die Verfasserin von *The Obsessions: on the Tyranny of Slenderness*; *The Hungry Self: Women, Eating and Identity*; *In My Mother's House*; ein Band Gedichte erschien unter dem Titel *The Hunger Song*. Ihr erster Roman, *The Flame Bearers*, ist im Herbst 1986 im Verlag Random House erschienen. Sie ist gerade dabei, ein Buch über Göttinnen-Verehrung und die Neue Frau fertigzustellen.

TEE A. CORINNE ist eine zweiundvierzigjährige Bildende Künstlerin und Schriftstellerin. Ihr bildnerisches Werk umfaßt *The Cunt Coloring Book* (a. k. a. *Labiaflowers*), *Yantras of Womanlove* und *Women Who Loved Women*, ferner einzelne grafische Blätter in *Our Bodies/Ourselves* und in *I Am My Lover*. Kurzgeschichten in *Pleasures*: *Women Write Erotica*; *Penthouse*; *On Our Backs* und *Common Lives/Lesbian Lives*. Sie ist bei *The Blatant Image/A Magazine of Feminist Photography* Redakteurin und macht Buchumschläge für Naiad Press.

NISA DONNELLY ist freie Schriftstellerin und Journalistin aus der San Francisco Bay Area, deren Arbeiten der letzten zehn Jahre in einer Vielzahl von Publikationen aus dem Umkreis der Frauenbewegung erschienen sind. Sowohl in ihren Zeitschriftenbeiträgen als auch in ihren Erzählungen setzt sie sich mit Problemen lesbischer Frauen und deren Leben auseinander. »The Scavenger Hunt« (»Schnitzeljagd«) ist Teil einer Sammlung thematisch zusammenhängender Kurzgeschichten über Leben und Liebe lesbischer Frauen.

GAYLE FEYRER ist eine Künstlerin, die bereits zahlreiche Preise gewonnen hat und deren Spezialgebiet Fantasy und erotische Kunst ist. Ihre Publikationen umfassen u. a. Veröffentlichungen in der *Northwest Review* (*Calyx* und *10 Point 5*); gegenwärtig arbeitet sie an einem neuen Science Fiction-Roman. Abgesehen davon, daß sie mit einem Mann von vielseitigem Talent verheiratet ist und mit ihm sowie zwei äußerst temperamentvollen Katzen zusammenlebt, ist sie auch noch eine preisgekrönte Köchin.

SUSAN GRIFFIN ist Dichterin, Denkerin und Schriftstellerin, die als Beraterin bei Problemen schöpferischen Arbeitens in Berkeley, Kalifornien, ihrer praktischen und theoretischen Lehrtätigkeit nachgeht. Bekannt geworden ist sie mit ihrem Buch *Woman and Nature*: *The Roaring Inside Her*. Ihr Theaterstück *Coices* gewann 1975 den EMMY – Preis. Außerdem ist sie Verfasserin von *Pornography and Silence*, *Culture's Revenge Against Nature*, *Like the Iris of an Eye*, *Made from This Earth* und *Rape: The Politics of Consciousness*. Augenblicklich arbeitet sie an ihrem Buch *The First and the Last: A Woman Thinks About war*.

SIGNE HAMMER war Mitglied eines Tanztheaters und eines Straßentheaters, Buchlektorin, sie hat Verlagspersonal und Autoren gewerkschaftlich organisiert, als freie Schriftstellerin und Zeitschriftenredakteurin gearbeitet. Zu ihren Veröffentlichungen zählen Gedichte und Artikel in kleinen Zeitschriften und Fachorganen des Handels (u. a. *Fiction*, *Parade*, *Mademoiselle*, *Harper's Bazaar*, *Science Digest*). Die letzte ihrer nicht-belletristischen Arbeiten erschien unter dem Titel *Passionate Attachments: Fathers and Daughters in America Today*. Sie schreibt gegenwärtig an einer Biographie.

VALERIE KELLY schreibt seit sechs Jahren erotische Kurzgeschichten, die hauptsächlich in Herrenmagazinen veröffentlicht worden sind. Außerdem hat sie gut zwei Dutzend Drehbücher für das Erwachsenen-Video verfaßt und arbeitet derzeit für Caballero an *Love Stories* in der Manier Kay Parkers. Ihr Buch *How to Write Erotica* kam 1986 bei Harmony Books heraus. Zu diesem Thema veranstaltet sie über Kursusprogramme des L.A. Course Network ganztägige Seminare in Los Angeles, Kalifornien.

MARILYN HARRIS KRIEGEL ist Psychotherapeutin; einen Teil ihrer Zeit widmet sie dem Schreiben, den anderen ihrer Lehrtätigkeit in den USA und Europa. Ihre jüngste Veröffentlichung, bei der ihr Mann Robert Ko-Autor ist, heißt *The C Zone: Peak Performance Under Pressure* (Doubleday).

CUCU LEE ist freiberufliche Schriftstellerin, vormals Kolumnistin bei der texanischen Wochenzeitschrift und ständige Mitarbeiterin gastronomischer Zeitschriften sowie Artikelschreiberin für Unterhaltungsmagazine. Sie schreibt bereits seit vielen Jahren fürs Fernsehen und hat für ihr dichterisches Werk Preise bekommen. Dann ist sie auch noch eine ehemalige Schauspielerin und hat über viele Jahre eine eigene Public-Relations-Firma geleitet. Gegenwärtig lebt sie im San Fernando Valley und arbeitet für eine große Filmgesellschaft sowie für einen Fernsehproduzenten.

SHARON MAYES hat den M. A. in Klinischer Psychologie und einen Ph. D. in Soziologie erworben. Wissenschaftliche Arbeiten und Dichtungen von ihr sind in zahlreichen Fach-Zeitschriften erschienen; *Signs: The International Journal of Women's Studies* und *Wingspread: A Feminist Literary Journal*, um nur die zwei wichtigsten zu nennen. Nach zehn Jahren, die sie am College unterrichtet hat, in denen sie wissenschaftliche Arbeiten publizierte und als Psychotherapeutin tätig war, widmet sie sich jetzt ausschließlich ihrer schriftstellerischen Arbeit. Sharon ist verheiratet und lebt für ein Jahr mit ihrem Mann in Harare, Simbabwe, wo sie an einem Roman schreibt, der den Titel *Immune* tragen soll.

DEENA METZGER ist die Verfasserin von *The Women Who Slept with Men to Take the War Out of Them*, *Tree*, *The Axis Mundi Poems*, *Skin: Shadows/Silence* sowie *Dark Milk*. Unter ihren Stücken sind hervorzuheben *Dreams against the State*, *Not as Sleepwalkers* und *Book of Hags*. Ihr Aufsatz »Revamping the World: On the Return of the Holy Prostitute« hat breite Beachtung gefunden. Sie entwickelte sog. »Heilungs-Geschichten« als therapeutische Hilfen bei lebensbedrohenden Krankheiten und schreibt z. Z. an einem Roman mit dem Titel *What Dinah Thought*.

SUZANNE MILLER ist Künstlerin und Beraterin in Fragen der Persönlichkeitsgestaltung. Sie ist Verfasserin zweier Gedichtbände, hat einen Beitrag zu der Anthologie *Pleasures: Women Write Erotica* und zahlreiche Theaterstücke geschrieben, dessen eines sie selbst produziert und bei dem sie in Mill Valley, Kalifornien, auch Regie geführt hat. Außerdem hat sie viele Essays und Artikel herausgebracht, deren Themen von Kindesmißhandlung bis zu den heiligen Tänzen der amerikanischen Indianer ein breites Spektrum decken und vollendet gerade ihren ersten Roman *The Life and Times of Gypsy Marlowe*.

DORAINE PORETZ ist Dichterin, Stückeschreiberin und Lehrerin, die mit ihrer halbwüchsigen Tochter in Los Angeles lebt. Ihre Geschichten sind in zahlreichen Literaturzeitschriften erschienen und sie hat Lesungen aus ihrem Werk im Rundfunk, in verschiedenen Kulturzentren und Buchhandlungen in Los-Angeles und New York gehalten. Zwei Gedichtbände sind bisher von ihr erschienen: *Re: Visions* und *This Woman in America*; dazu kommen bisher fünf Theaterstücke. Gegenwärtig arbeitet sie an einem Buch über die Obdachlosen von Los-Angeles.

UDANA POWER ist Schauspielerin/Sängerin/Schriftstellerin, die im Fernsehen, in Filmen und Theater (auch am Broadway) aufgetreten ist. Während sie 250 Commercials abdrehte, fand sie auch noch die Zeit, zwei Romane und etliche Kurzgeschichten zu schreiben. Für den einen Roman und eine ihrer Kurzgeschichten sind Filmrechte erworben worden. Da sie es an der Zeit findet, der Geschlechterbeziehung neue Impulse zu geben, bemüht sich Udana um eine Versöhnung von Erotik und Liebe, Stärke und Nachgiebigkeit, damit Männer wie Frauen gleichermaßen das volle Potential menschlicher Energie gemeinsam feiern und genießen können.

JACQUIE ROBB , Absolventin der Lawrence University in Wisconsin, hat ausgedehnte Reisen durch Nordamerika gemacht. Sie ist Dichterin, schreibt Buchkritiken, Kurzgeschichten und Zeitschriftenartikel; ihr Beitrag »The Growing Season« erschien in *Pleasures: Woman Write Erotica.* Sie ist gleichzeitig auf einem Verwaltungsposten im privaten Unterrichtswesen tätig. Gegenwärtig schafft sie sich ein neues Heim unter Rotbuchen in Nordkalifornien gemeinsam mit ihrer Geliebten und einer Katze.

REBECCA SILVER ist graduierte Studentin in elisabethanischer Literatur an der Cambridge University. Ihren Bachelor of Arts erwarb sie am Smith College. Arbeiten von ihr sind erschienen im *Cosmopolitan* und in anderen Zeitschriften.

VICTORIA STARR ist das Pseudonym einer jungen schriftstellerin, die in Santa Cruz, Kalifornien, lebt und arbeitet. Sie ist verheiratet und erwartet ungeduldig ihr erstes Baby. Sie hat erst vor kurzem ihren ersten Roman abgeschlossen, eine Abenteuer-Liebesgeschichte, die in einem anderen Kulturkreis spielt, in dem sie die Realität der Wahrnehmung von Menschen aus der modernen Welt infrage stellt; bereits früher hat sie in *Wellspring* und *Xiachajo* Kurzgeschichten veröffentlicht. Höchstes erotisches Vergnügen erlebt sie in der Liebe zu ihrem Mann und dann, wenn sie ihre fette, weichbepelzte Katze streichelt.

GRACE ZABRISKIE ist Berufsschauspielerin, die zahlreiche Erfolge auf der Bühne, beim Film und beim Fernsehen verbuchen konnte. Eine Zeitlang hat sie ihren Lebensunterhalt damit verdient, daß sie Siebdrucke herstellte. Eine ihrer Kurzgeschichten, »Screaming Julians«, wurde in *Pleasures: Women Write Erotica* veröffentlicht. Es sind auch bereits Gedichte von ihr erschienen, sie schreibt Drehbücher und versteht sich außerdem vorzüglich auf Holzarbeiten.